Helmut Franz Weber

Hass bis in den Tod

Helmut Franz Weber

Hass bis in den Tod

Ende einer Flucht

Kriminalroman

Bibliografische Information der Deutschen Nationalbibliothek: Die Deutsche Nationalbibliothek verzeichnet diese Publikation in der Deutschen Nationalbibliografie; detaillierte bibliografische Daten sind im Internet über http://dnb.dnb.de abrufbar.

Verlag: BoD · Books on Demand GmbH, Überseering 33, 22297 Hamburg, bod@bod.de

Druck: Libri Plureos GmbH, Friedensallee 273, 22763 Hamburg

ISBN: 978-3-8423-4045-9

Vorwort

Auf die Idee zu dem Buch kam ich aufgrund meiner in vielen Jahren gesammelten Erfahrungen als Dienstgruppenleiter bei verschiedenen Polizeidienststellen und Abteilungen. Im Laufe der Zeit führte ich viele Gespräche mit den Kollegen aus meinen Dienstgruppen, in denen mir einige über ihre innere Zerrissenheit berichteten.

Sie sprachen von dem täglich zu bewältigenden Spagat, entweder ein strenger oder ein nachsichtiger Polizeibeamter zu sein. Auf Dauer wurde das schwierig, belastete sie, weil sie sich niemandem anzuvertrauen getrauten. Sie hatten Angst, den schmalen Grat zur Strafbarkeit zu überschreiten, wenn sie den Bürger nur ermahnten, wo eine Anzeige oder gebührenpflichtige Verwarnung geboten wäre. Dass in vielen Fällen ein paar erklärende oder mahnende Worte eher zum Ziel führen konnten als eine Bestrafung, durfte von den Vorgesetzten nicht akzeptiert werden. Allein den Staatsanwaltschaften und den Verwaltungsbehörden ist die Entscheidung vorbehalten, entweder eine Strafe auszusprechen oder das Verfahren einzustellen. Als Polizist muss man wissen, dass in diesem Beruf Gefühle ein schlechter Berater sind, dass allein die Buchstaben des Gesetzes Gültigkeit haben. Und wie die auszulegen sind, entscheiden übergeordnete Behörden. Wer sich also daran hält, ist auf dem richtigen Weg, macht keine Fehler, auch wenn er gefühlsmäßig mit der Zeit verarmt.

Dem gegenüber stehen die Karrierewünsche von Dienststellenleitern und Dienstgruppenleitern, die vom Bürostuhl aus die Geschicke der Dienststelle leiten und auf ihre Leute einwirken. Für die Durchsetzung ihrer Vorstellungen besitzen sie ein scharfes Schwert: die Beurteilung. Wer sich nicht an ihre Vorgaben hält, bekommt eine niedrige Punktzahl, die anderen eine höhere. Der eine bleibt auf der Strecke und wartet oft jahrelang auf eine Beförderung, die anderen machen Karriere und landen später selber einmal auf dem Stuhl des Dienstgruppenleiters oder Dienststellenleiters. Ein verhängnisvoller Kreislauf.

Ein weiteres Instrument, die Kollegen gefügig zu machen, ist die Statistik. Jede polizeiliche Maßnahme findet darin Einfluss, kann bei der Erstellung der Beurteilung als Grundlage für die Entscheidung herangezogen werden. Weniger eingenommenes Verwarnungsgeld und weniger aufgenommene Anzeigen werden gleichgesetzt mit Faulheit. Nach dieser Logik müssen die anderen also fleißig sein. Fühlt sich einmal ein Kollege ungerecht behandelt und zu schlecht beurteilt, hat ein Einspruch dagegen kaum Aussicht auf Erfolg. Die Zahlen der Statistik lügen nicht und belegen jede Entscheidung.

Die Folge dieser Entwicklung ist oft, dass der eine oder andere innerlich kündigt, Dienst nur noch nach Vorschrift leistet. Diese Kollegen kann man auch mit Drohungen nicht mehr überzeugen. Sie werden zum Ballast für das Betriebsklima und man möchte sie gern so schnell wie möglich an eine andere Dienststelle abschieben.

Diese inneren Konflikte, die Außenstehende nicht mitbekommen, habe ich in diesem Roman als zentrales Thema verarbeitet. Ich hoffe, es ist mir gelungen.

Wichtig ist mir, darauf hinzuweisen, dass ich die in der Handlung beschriebenen Ereignisse ausgeschmückt, mit dazu passender wörtlicher Rede ergänzt habe, so dass der Verdacht aufkommen könnte, meine innovativen Interpretationen seien selbst erlebt. Es handelt sich jedoch um die pure Phantasie eines Geschichtenschreibers, mit der man Leser unterhalten und keine falschen Narrative in die Welt setzen möchte, die allzu leichtgläubige Leser auf den Gedanken kommen lassen könnten, ich habe die Wirklichkeit beschrieben.

Zum Schluss möchte ich noch darauf hinweisen, dass auch der Schauplatz des Geschehens sowie die darin vorkommenden Personen frei erfunden sind. Sollte sich trotzdem jemand in der Beschreibung oder Charakterisierung wiedererkennen, so ist dies Zufall und nicht beabsichtigt.

Hufschlag, 23.03.2025

Zum Buch

Reichenfels und Irlbach sind zwei Nachbargemeinden im Landkreis Tiefenbach, nahe an der Grenze zu Österreich.

Die Haupteinnahmequelle ist der Tourismus. Sowohl im Sommer als auch im Winter bevölkern mehr Touristen als Einheimische die Straßen und Berge der Gemeinden. Die Einnahmen aus der Landwirtschaft allein reichen schon lange nicht mehr aus, den Einwohnern ein sorgenfreies Leben zu gewährleisten. Daher sind die Einkünfte, die der Fremdenverkehr zusätzlich mit sich bringt, ein willkommenes Zusatzeinkommen.

Die Einwohner sind brave, fleißige und gesetzestreue Bürger, die manchmal auch Fehler begehen, wie sie überall vorkommen.

Es gibt auch eine kleine Polizeiinspektion in Reichenfels, die für die beiden Gemeinden zuständig ist. Die etwa 20 Polizisten haben keine Probleme mit den Bürgern und diese keinen Ärger mit der Polizei. Man grüßt sich freundlich, bleibt meist zu einem kurzen Plausch stehen und tauscht Neuigkeiten aus. Eigentlich ist dieser Dienstbereich ein Polizeihimmel. Lediglich ein paar Kleinkriminelle, jugendliche Angeber mit Machogehabe sowie vereinzelt angetrunkene Urlaubsgäste, halten die Beamten auch mal auf Trab.

Bedauerlicherweise gibt es aber einen Dienststellenleiter wie auch eine Dienstgruppe, die das idyllische Leben nicht akzeptieren wollen. Der Chef fordert, dass jeder Verstoß entschieden verfolgt wird. Er hat Angst, dass die Dienststelle im Rahmen der anstehenden Polizeireform aufgelöst wird, weil zu wenig Straftaten und Ordnungswidrigkeiten aufgenommen werden. Im Vergleich zu den anderen Polizeiinspektionen im Direktionsbereich spricht die Statistik leider eine allzu deutliche Sprache. Die PI Reichenfels steht ganz oben auf der Liste. Um dies zu verhindern, verlangt er von seinen Beamten unerbittliche Härte gegenüber dem Bürger.

Unter den fünf Dienstgruppen ist es die B-Schicht, die die Vorgaben des Chefs wie gewünscht umsetzt. Sie sehen darin die Chance, eine gute Beurteilung zu bekommen und damit schneller befördert zu werden als die Kollegen der anderen Dienstgruppen.

Stundenlang fahren sie Streife und jeden noch so kleinen Verstoß ahnden sie. Ununterbrochen ziehen sie Fahrzeuge aus dem fließenden Verkehr, unterziehen sowohl den Fahrer, die Insassen als auch den Wagen und seine Ladung einer Totalkontrolle. Irgendetwas findet man immer. Eine Verhältnismäßigkeit existiert für sie nicht. Ständig bewegen sie sich mit der Wahl ihrer Maßnahmen an der Grenze zur Rechtswidrigkeit. Sie sind nicht für den Bürger da, sondern der Bürger für ihre Karriere.

Einige Betroffene aus Irlbach schließen sich in letzter Konsequenz zusammen, um gegen das rücksichtslose Vorgehen dieser Beamten vorzugehen. Jedoch ohne Erfolg. Ihre Beschwerden weist der Dienststellenleiter rigoros ab. Die Beschwerdeführer werden als Querulanten und Nörgler bezeichnet, die nur von ihren eigenen Verfehlungen ablenken wollen. Die Kontrollen nehmen schließlich sogar noch zu. Einige der aufmuckenden Bürger werden regelrecht abgepasst. Aus Wut und Verzweiflung entscheiden sich zwei von ihnen zu einem Racheakt, mit fatalem Ausgang.

Die Kriminalpolizei Tiefenbach wird mit der Ermittlung der Täter beauftragt. Den Kriminalbeamten wird jedoch schnell klar, dass das dahinterstehende Motiv Rache ist. Der Täterkreis ist allerdings groß.

Kriminalhauptkommissar Christian Köhler und sein Team müssen daher bald erkennen, dass das, was zunächst wie Routinearbeit aussieht, sich zu einem hochdramatischen Geschehen entwickelt, das tragisch in der herbstlichen Bergwelt endet.

1.

Andreas Höhensteiger näherte sich nach einem langen und anstrengenden Arbeitstag seinem Haus. Leise vor sich hin pfeifend und bester Laune, lenkte er den Renault Espace von der Staatsstraße auf den schmalen und holprigen Feldweg, der direkt vor seiner Garage endet. Nur wenige Meter trennten ihn noch von seiner Frau und seinem Sohn. Gleich würde er sie in die Arme schließen, mit ihnen noch herumtollen, um dann im Badezimmer zu verschwinden und sich bei einem heißen Bad zu entspannen.

Ein Zehnstundentag lag hinter dem vierunddreißigjährigen. Als Hausmeister einer großen Getränkefirma gab es den ganzen Tag was zu tun. Pausen waren eher selten. Wenn man ihn rief, musste es in aller Regel schnell gehen. Maschinen, die ausfielen, kosteten Geld. Andreas konnte alles, galt unter den Kollegen als Allrounder, keine Arbeit war ihm zu schwer. Doch der andauernde Wechsel von den kühlen Räumen in die warmen, von leiser Umgebung in die von Maschinenlärm erfüllten lauten Hallen, erzeugte Stress und kostete Energie. Trotzdem erledigte er alles zur Zufriedenheit des Arbeitgebers.

Die Mitarbeiter schätzten ihn wegen seines feinsinnigen Humors, hörten sich gerne die Witze von ihm an oder lauschten den Anekdoten aus seinem Leben. Manche waren wahr, andere erfunden. Egal. Hauptsache sie erzeugten Heiterkeit. Wenn einer der Kollegen zu Hause ein handwerkliches Problem hatte, konnte er sich jederzeit an ihn wenden. Er ließ keinen im Stich, schaute oft noch nach Feierabend oder auch am Wochenende vorbei und nahm sich der Sache an. Für seine Hilfsdienste verlangte er nichts, gab sich mit dem zufrieden, was man ihm gab. Freundschaft war für ihn wichtiger als Geld.

Feierabend bedeutete Entspannung. Kaum saß er im Wagen und fuhr vom Betriebsgelände, schon stellte sich ein wohltuendes Gefühl der Freude ein. Die Vorfreude auf Zuhause und die Familie verdrängte alle Probleme.

Im Fernlicht des Wagens konnte er bereits die Umrisse des Hauses erkennen. In der Küche brannte Licht. Wahrscheinlich wartete man auf ihn schon mit dem Essen. Während er noch überlegte, wurde er unsanft aus seinen Gedanken gerissen. Im Rückspiegel tauchten plötzlich die grellen Scheinwerfer eines Wagens auf, der sich schnell näherte. Er brauchte gar nicht erst überlegen, wer um diese späte Stunde noch abseits der Hauptstraße unterwegs sein könnte. Er bekam die Antwort prompt geliefert.

Mehrmals blinkte der Fahrer hinter ihm hektisch mit dem Fernlicht auf. Da er aber keine Anstalten zeigte, anzuhalten, wurde das Blaulicht eingeschaltet.

Andreas drehte den Rückspiegel zur Seite, da ihn die zuckenden blauen

Lichtblitze störten und seinen Augen Schmerzen zufügten. Ein Blick in den Seitenspiegel zeigte ihm, dass sich das Fahrzeug bereits direkt hinter ihm befand. Das aufdringliche blaue Licht beleuchtete ein ums andere mal das Innere, verlor sich anschließend für Sekundenbruchteile in der angrenzenden Wiese, um erneut zurückzukehren. Fasziniert betrachtete er die in der Dunkelheit liegende Umgebung neben dem Weg. Bei jeder Umdrehung des Lichts erkannte er für einen kurzen Moment etwas anders. Zuerst einen einsam in der Wiese stehenden Anhänger, dann weiße Siloballen, die wie Perlen auf einer Schnur aneinandergereiht dalagen und zum Schluss den elektrischen Weidezaun, der parallel neben dem Weg verlief.

„Ihr habt mir gerade noch gefehlt", brummelte er und ließ den Wagen langsam ausrollen. Aus Trotz blieb er mitten auf dem schmalen Feldweg stehen, genau unter den weit ausladenden Ästen einer uralten Eiche. Das Licht der Straßenbeleuchtung reichte nicht mehr bis hierher.

Der Streifenwagen hielt unmittelbar hinter ihm an. Im Seitenspiegel sah er die beiden Polizisten aussteigen, wie sie sich die Hosen hochzogen, ihre Jacken aufknöpften und die Pistolentasche öffneten. Schließlich näherten sie sich langsam von hinten seinem Wagen. Einer der beiden wandte sich der Beifahrerseite zu und leuchtete den Renault mit einer Maglite zunächst außen ab und anschließend richtete er den Strahl in das Innere.

„Such nur, du wirst nichts finden ... wie immer", lächelte Andreas spöttisch in den Rückspiegel, den er soeben wieder zurechtgerückt hatte, um gerade noch zu erkennen, wie sich der Polizist am hinteren rechten Reifen bückte.

Inzwischen stand der zweite Beamte neben der Fahrertür. Andreas ignorierte ihn, starrte stur geradeaus. Wut stieg in ihm hoch. Trotzdem würde er versuchen, freundlich zu bleiben, da er so schnell wie möglich heimwollte. Einfach nur das Maul halten, nahm er sich vor. Er schloss die Augen und die Gesichter der Frau und des Jungen tauchten auf. Augenblicklich sank der Wutpegel. Erst als energisch gegen das Seitenfenster geklopft wurde, drehte er provozierend langsam das Fenster ein Stück herab. Was nun folgen würde, war für ihn unschwer zu erraten.

Trotzdem lächelte er dem Beamten freundlich in das ihm leider nur zu wohlbekannte Gesicht. *Dick und Doof* hatten ihn wieder einmal ins Visier genommen. Die nicht unbedingt schmeichelhaften Spitznamen hatten sie aufgrund ihrer Körperstatur von Teilen der Bevölkerung bekommen. Der eine groß und schlaksig, der andere klein und dick. Neben ihm stand *Dick*, wie man unschwer erkennen konnte.

„Guten Abend der Herr. Darf ich fragen, wo Sie um diese Uhrzeit noch herkommen?"

Als Andreas, den für *Dick* typischen Singsang in der Stimme vernahm, war es mit seinem Vorsatz, freundlich zu bleiben und einfach das Maul zu halten, vorbei. Er hasste diese Stimme, die er schon so oft gehört hatte.

„Warum wollen Sie das wissen? Ich glaube nicht, dass ich ihnen auf diese Frage eine Antwort geben muss."

Der Beamte hörte sofort den scharfen Ton, bückte sich leicht nach vorne, bis er mit seinem Gesicht auf gleicher Höhe mit dem von Andreas war.

„Aber, aber, mein Herr. Wer wird denn so schlecht gelaunt sein? Ich hab Sie doch nur freundlich gefragt, wo Sie um diese Zeit herkommen? Haben Sie mit der Frage oder der Antwort ein Problem? Steigen Sie doch als Erstes mal aus."

Dick richtete sich wieder zu seiner vollen Größe auf, trat einen Schritt zurück und steckte die Daumen hinter das Koppel. Andreas ignorierte jedoch die Aufforderung, blieb regungslos sitzen.

„Ich glaube nicht, dass ich aussteigen will. Wenn Sie etwas von mir wollen, den Führerschein und Fahrzeugschein vermutlich, dann sagen Sie es bitte. Ich händige ihnen die Papiere gerne zur Kontrolle aus."

Andreas beugte sich zur Beifahrerseite und holte aus dem Handschuhfach das hellbraune lederne Mäppchen heraus, in dem er die Fahrzeugpapiere aufbewahrte. Durch den Spalt im Fenster reichte er es dem Polizisten.

„Bitte schön, hier sind meine Papiere. Sie haben sie ja in den letzten zwei Monaten erst ca. zehn Mal kontrolliert. Ich kann ihnen versichern, es hat sich seit dem letzten Mal nichts geändert. Wenn sich einmal etwas ändern sollte, dann erfahren Sie es als Erster. Das verspreche ich ihnen."

Wortlos und mit ernstem Gesicht nahm *Dick* das Mäppchen in die Hand, trat zwei Schritte zur Seite und ließ es zu Boden fallen.

„Ach ... wie bin ich heute schusslig. Jetzt ist es mir zu Boden gefallen."

Dick bückte sich und stellte sich dabei mit dem rechten Fuß absichtlich auf das samtbraune Ledermäppchen. Mit dem Fuß darauf drehte er sich einmal um die Achse, breitete schließlich hilflos die Arme aus und lächelte Andreas hämisch ins Gesicht.

„Ja wo ist es denn? Ich kann es einfach nicht finden. Es wird doch nicht vom Wind hinweggefegt worden sein? Ach, könnten Sie bitte aussteigen und mir beim Suchen helfen? Vier Augen sehen mehr als zwei."

„Wenn Sie nicht so dick wären", presste Andreas zwischen den zusammengekniffenen Lippen hervor, „könnten Sie über ihre unförmige Wampe zu Boden schauen und feststellen, dass sie mit ihrem Plattfuß auf dem Mäppchen stehen. Ich denke, dass derjenige, der es zu Boden fallen lassen hat, auch wieder aufheben sollte. Sofern Sie natürlich überhaupt in der Lage sind, sich ohne fremde Hilfe wieder alleine aufzurichten."

In der Zwischenzeit hatte *Doof* die Inspektion des Wagens abgeschlossen und sich zu seinem Kollegen gesellt. Im Gegensatz zu diesem überragte er ihn um fast zwei Köpfe, war aber nur halb so schwer.

„Das Bürschchen wird wohl frech?", fragte er *Dick*. „Ich denke, wir sollten ihm seine Grenzen aufzeigen."

Mit dem Zeigefinger forderte er Andreas auf, auszusteigen. Weil er nicht noch mehr Probleme bekommen wollte, stieg er folgsam aus. Mittlerweile musste er sich über sich ärgern, weil er sich zu solchen Äußerungen hatte hinreißen lassen.

Doof stupste ihn auch sogleich mit der Taschenlampe mehrmals vor die Brust. Für Andreas Geschmack etwas zu fest und zu oft. Mit einer blitzschnellen Handbewegung riss er *Doof* die Lampe aus der Hand und warf sie in hohem Bogen über seinen Rücken in die angrenzende Wiese. *Doof* machte in diesem Augenblick seinem Namen alle Ehre. Mit offenem Mund stand er da und schaute der Lampe nach.

Andreas musste sich abwenden, weil er wegen des dämlichen Gesichtsausdrucks von *Doof* ein Lachen nicht unterdrücken konnte. Er wollte aber nicht, dass die beiden das sahen. Stattdessen bekam er völlig unerwartet einen Schlag mit der flachen Hand auf den Hinterkopf, und zwar mit einer solchen Wucht, dass er mehrere Schritte nach vorne stolperte. Völlig verdutzt drehte er sich ihnen zu, hielt sich den schmerzenden Kopf. Von einer Sekunde auf die andere übermannte ihn unbändiger Hass. Er stand gerade im Begriff, sich auf die beiden Polizisten zu stürzen, da gewann in letzter Sekunde doch noch die Vernunft die Oberhand.

„Spinnt ihr? Seid ihr total verrückt geworden? Ich werde mich über euch beschweren. So lasse ich mich nicht von euch behandeln und schon gleich gar nicht schlagen."

Mit der rechten Hand deutete er gegenüber *Dick* und *Doof* den „Scheibenwischer" an. Als er einsteigen wollte, hielt ihn *Dick* mit festem Griff am Oberarm zurück.

„Moment mal Bürschchen. Du steigst erst wieder ein, wenn wir mit der Kontrolle fertig sind. Und ich kann dir versprechen, wir fangen jetzt erst an. Also ... mach den Kofferraum auf."

Doof hatte inzwischen die Taschenlampe aus der Wiese geholt und leuchtete durch das Heckfenster in das Innere des Kofferraums. Andreas schnaufte zwei Mal tief durch, öffnete ihn und trat einen Schritt zurück. Es bedurfte eigentlich nur eines einzigen Blicks, um festzustellen, dass der Kofferraum völlig leer war. Trotzdem beugten sich die beiden hinein, hoben den Kofferraumboden an und öffneten die seitlichen Staufächer.

„Darf ich fragen, was Sie suchen? Etwa Drogen oder Waffen?"

Dick richtete sich auf und sah Andreas gestreng an.

„Dir werden deine blöden Sprüche noch vergehen Bürschchen. Das garantiere ich dir."

Andreas verschränkte die Arme und setzte sich auf die Motorhaube des Streifenwagens. Von dort beobachtete er die beiden bei ihrer Arbeit. Als er sah, dass sie sogar den Ersatzreifen aus der Mulde des Kofferraums holten und hinter das Auto legten, wallte erneut Wut in ihm auf. Die Augen verdrehend blickte er hilfesuchend in den Himmel. Leise murmelte er: „Lieber Gott, lass bitte Hirn herabregnen."

In diesem Moment bemerkte er, wie *Doof* aufgebracht auf ihn zukam.

„Schau sofort, dass du von unserem Auto runterkommst, du ..." Er beendete den Satz aber nicht.

„Ich glaube nicht, dass euch beiden dieses Auto gehört. Meines Wissens nach wurde es aus Steuergeldern finanziert. Also steckt auch ein Teil von meinen Steuern in dem Fahrzeug."

Doof kam einen weiteren Schritt auf ihn zu, holte, direkt vor ihm stehend, mit der rechten Hand aus. Andreas blieb aber ungerührt sitzen und schaute ihm, ohne mit der Wimper zu zucken, furchtlos in die Augen. *Doof* hielt in seiner Ausholbewegung inne, winkte nur ab.

„Wo hast du denn den Verbandskasten und das Warndreieck?", wurde er stattdessen von ihm gefragt. Am Unterton der Worte ahnte Andreas sogleich, dass neues Unheil bevorstand.

Gemächlich drückte sich Andreas von der Motorhaube ab, holte aus dem Netz hinter dem Fahrersitz den Verbandskasten. Das Warndreieck zog er unter dem Sitz hervor und reichte beides *Doof*.

„Bitte der Herr. Soll ich auch noch alles aufmachen, damit Sie eine Bestandsüberprüfung durchführen können?"

Dick stand daneben und nahm den Verbandskasten entgegen. Die Taschenlampe hielt er dabei so, dass er die Aufschrift lesen konnte. Plötzlich erschien in Dicks Gesicht ein hämisches Grinsen. Er hatte offensichtlich etwas gefunden.

„Wie alt ist denn dieser Verbandskasten?", fragte er. Andreas musste kurz überlegen.

„So alt wie der Wagen. Der Kasten war nämlich beim Kauf schon im Fahrzeug und das Auto hab ich nagelneu gekauft. Und wenn Sie sich bücken und den Fahrzeugschein aufheben, dann können Sie auch gleich nachschauen, wann das Fahrzeug zugelassen worden ist. Ich denke, dass sogar Sie dies ohne Hilfe eines Taschenrechners ausrechnen können."

Den Kopf bedauernd schüttelnd und mit geschürzten Lippen, kam *Dick* auf Andreas zu. So, als würde ihm das Folgende leidtun, erklärte er ihm.

„Leider muss ich ihnen mitteilen, dass dieser Verbandskasten nicht den Vorschriften entspricht. Sehen sie ...", dabei deutete er auf die seitliche Aufschrift, „diese Nummer besagt, dass es sich um einen alten Verbandskasten handelt, der laut Straßenverkehrszulassungsordnung nicht mehr zulässig ist. Sie bräuchten einen Verbandskasten der neuesten Serie."

„Also gut", erwiderte ihm Andreas „dann besorge ich mir halt einen neuen Verbandskasten. Ich gebe zu, dass ich das nicht gewusst habe."

„Unwissenheit schützt nicht vor Strafe", blaffte ihn *Doof* an. „Das kostet Sie zehn Euro Verwarnungsgeld. Stellen Sie sich vor, Sie kommen zu einem Unfall und der Inhalt ihres Verbandskastens entspricht nicht den Vorschriften oder ist abgelaufen ... dann muss das arme Unfallopfer vielleicht verbluten ... nur weil Sie so schlampig sind." *Doof* redete mit ihm, als hätte er ein kleines Kind vor sich.

Andreas ballte die Hände zu Fäusten, verzichtete aber auf eine Erwiderung. Als *Doof* die geballten Hände erkannte, redete er in einem weniger provokativen

Ton weiter.

„Überlegen Sie doch nur, Sie oder ihre Frau sind in einen Unfall verwickelt und benötigen Erste Hilfe. Dann sind Sie doch sicherlich froh, wenn die Ersthelfer einen vorschriftsmäßigen Verbandskasten mitführen. Hab ich nicht recht?"

Andreas wollte eigentlich etwas erwidern, unterließ es jedoch und nickte nur.

Dick hatte inzwischen die schriftliche Verwarnung ausgestellt und ihm in die Hand gedrückt. Dann verabschiedeten sich die beiden Polizisten endlich.

„Einen schönen Abend noch Herr Höhensteiger". Ohne eine Antwort abzuwarten, kehrten sie zu ihrem Fahrzeug zurück. Bevor *Dick* einstieg, drehte er sich nochmals zu Andreas um.

„Übrigens ... nur weil wir heute so gut aufgelegt sind, verzichten wir auf eine Anzeige wegen Beleidigung und Widerstand. Sollten Sie sich aber entschließen, sich wegen der Kontrolle zu beschweren, müssen wir in unserem Bericht ihre Äußerungen und Handlungen wahrheitsgetreu wiedergeben. Also ... bis bald."

Andreas hob das Mäppchen vom Boden auf, stieg in den Wagen. Das weiche Leder war an einigen Stellen beschädigt worden. Wutentbrannt schleuderte er es auf den Rücksitz, startete den Renault und fuhr unverhältnismäßig schnell die wenigen Meter bis zum Haus. Den Wagen stellte er in die Garage, zog lautstark das Tor zu und versperrte es. Dann betrat er das Haus.

Linus, sein vierjähriger Sohn, kam freudestrahlend die Treppe vom ersten Stock herabgelaufen und warf sich dem Vater in die Arme.

„Was? Du bist noch nicht im Bett? Komm her ... ich bring dich rauf. Wo ist denn Mama?"

Linus nahm den Kopf seines Vaters in beide Hände und drehte ihn zu sich. Mit dem Zeigefinger der einen Hand deutete er nach oben, den anderen hielt er vor den Mund.

„Psst, Mama ist eingeschlafen. Sie liegt in meinem Bett. Darf ich heute bei dir schlafen?"

Er zeigte dabei ein derart schelmisches Lächeln, dass Andreas nicht anders konnte, als ihn an sich zu drücken und zu küssen. Sonja, seine Frau, lag tatsächlich mit geschlossenen Augen im Bettchen von Linus. Als Andreas Linus behutsam neben sie legen wollte, öffnete sie die Augen und grinste die beiden an.

„Das würde dir so passen, du Schlingel. Du schläfst in deinem Bett und ich in meinem. Ist das klar, mein Junge?" Linus hatte sich bereits in die Decke gewickelt und die Augen fest zusammengedrückt. Ohne die Augen nochmals zu öffnen, winkte er den Eltern zu, die Hand in Hand das Kinderzimmer verließen.

„Wo warst du denn so lange?", fragte Sonja auf dem Weg in die Küche. „Das Essen wird schon kalt sein. Es steht schließlich bereits eine halbe Stunde auf dem Tisch. Es gibt Kartoffelsuppe mit Wiener Würstchen. Linus hatte Hunger, und wir wollten nicht so lange auf dich warten."

„Ich bin ohnehin nicht hungrig. Ich geh gleich ins Bad."

Sonja schaute Andreas fragend an. Etwas stimmte nicht. So gut kannte sie ihn inzwischen, dass sie das spürte.

„Hattest du Stress in der Arbeit?"

Andreas lehnte sich an die Küchenzeile, holte den zusammengeknüllten Strafzettel aus der Hosentasche. Wortlos warf er ihn auf den Tisch. Sonja strich ihn glatt und versuchte ihn zu entziffern.

„Das versteh ich nicht. Wir haben doch einen Verbandskasten im Auto. Hast du den nicht dabei gehabt?"

Er erklärte Sonja, was vorgefallen war. Sie schaute ihn mit ihren großen rehbraunen Augen sanft an, wartete, bis er fertig erzählt hatte.

„Das gibst doch nicht. Haben es die beiden auf dich abgesehen? In den letzten zwei, drei Monaten bist du von den Blödmännern mindestens fünf oder sechs Mal angehalten und kontrolliert worden."

Sie warf einen Blick auf die Unterschrift, versuchte, den Namen des ausstellenden Beamten zu lesen.

„Wenn ich diese Sauklaue richtig entziffern kann, dann heißt er Dietz oder so ähnlich." Andreas berichtigte sie.

„Der Dickere von den beiden heißt Xaver Diehl. Im Dorf nennen ihn alle nur noch *Dick*. Der andere heißt Rainer Gruber und ist der *Doof*.

Andreas drückte sich schwungvoll von der Küchenzeile ab und trat an den Tisch. Mit dem Zeigefinger tunkte er in den Topf. Die Suppe war noch lauwarm.

„Ich versteh das nicht Sonja. Warum werde ich immer nur von den beiden angehalten? Es gibt so viele Polizisten ... aber nein ... immer nur die zwei. So geht es auch den anderen vom Stammtisch. Schön langsam glaube ich, dass sie uns gezielt abpassen. Das kann doch kein Zufall mehr sein. Der Michael Gallinger und die Ruth vom Gassner-Wirt haben die gleichen Erfahrungen gemacht."

Andreas lief mittlerweile im Zimmer auf und ab, um sich abzuregen. Sonja saß währenddessen mit überkreuzten Beinen am Küchentisch, verfolgte ihn mit den Augen.

„Du solltest dir unseren Kofferraum ansehen, wie der aussieht", fuhr er nach einer kurzen Pause fort. „Morgen kann ich mich hinsetzen und alles wieder einbauen und einsortieren. Da brauche ich mindestens eine halbe Stunde dazu."

„Jetzt reg dich nicht auf. Das sind die beiden doch gar nicht wert. Das ist doch ihre Absicht, dass du dich ärgerst. Komm jetzt ... geh unter die Dusche, dann fühlst du dich gleich wieder besser. Versuch einfach, den Vorfall zu vergessen."

Sonja umarmte ihn, küsste ihn zärtlich auf den Mund. Tatsächlich verflog augenblicklich der Ärger.

Sanft schob sie ihn zur Tür. Mit Schwung nahm er schließlich immer zwei Stufen auf einmal. Er ließ heißes Wasser in die Wanne einlaufen, legte sich hinein und entspannte sich langsam. Als er eine Stunde später aus der Wanne stieg und ins Schlafzimmer ging, schlief sie bereits tief und fest. Vorsichtig legte er sich neben sie, stellte den Wecker und versuchte ebenfalls einzuschlafen. Es wurde aber eine unruhige und überwiegend schlaflose Nacht. Die Polizeikontrolle, und vor allem, wie sie abgelaufen war, ließ ihn nicht zur Ruhe kommen. Immer und immer wieder kam der Ärger in ihm hoch. In Gedanken verprügelte er die beiden. Irgendwann überkam ihn doch noch die Müdigkeit und ließ ihn einschlafen.

2.

Nach der Kontrolle setzten Xaver Diehl und Rainer Gruber ihre Streife fort. Für Ende September kam ihnen der Abend für die fortgeschrittene Jahreszeit viel zu warm vor. Er erinnerte eher an einen lauen Augustabend, an dem man bis tief in die Nacht im Freien sitzen konnte. Und trotzdem war nicht viel los, auf den Straßen im Dienstbereich. Rainer Gruber hatte den Beifahrersitz zurückgedreht, sich hineingelümmelt und ließ sich durch das halb geöffnete Seitenfenster die lauwarme Luft ins Gesicht wehen. Doch im Gegensatz zu Xaver konnte er nicht lange ruhig sein, deshalb dauerte es auch nicht lange, da drehte er die Rückenlehne wieder nach vorne und begann ein Gespräch.

„Hast du schon gehört, was für Spitznamen wir bekommen haben?"

„Natürlich", antwortete ihm Xaver. „Mich nennt man *Sheriff* und dich *Jäger*."

„Nein. Ich meine nicht, wie uns die Kollegen nennen, sondern wie uns die Leute bezeichnen."

„Ach, die meinst du. Wenn ich mich nicht täusche, dann nennen sie dich *Doof*." Xaver lachte laut los, klopfte voller Heiterkeit auf das Lenkrad. Von Rainer erntete er dafür einen bösen Blick.

„Das findest du wohl lustig? Dein Spitzname macht dir aber auch nicht gerade Ehre. *Dick* möchte ich schon gleich gar nicht heißen, da ist mir *Doof* noch lieber."

„Übrigens", fuhr Rainer Gruber nach ein paar Sekunden fort, „der Spitzname passt eigentlich ganz gut zu dir. Wenn ich dich so von der Seite betrachte, dann machst du mit deiner Leibesfülle nicht gerade die beste Figur in der Uniform. Man muss direkt Angst haben, dass dir plötzlich die Knöpfe vom Hemd abspringen, so spannt es. Ich frag mich sowieso schon seit langem, wie du es schaffst, das Hemd überhaupt noch zuzuknöpfen. Es wäre bestimmt nicht zu deinem Nachteil, wenn du ein paar Kilo abnehmen würdest. Ich denke da an ungefähr zwanzig Kilo."

Nun lachte Rainer laut los, Xaver fiel in das Lachen mit ein.

„Nein, nein, mein Freund. Das kommt überhaupt nicht in Frage. Der hat eine Menge Geld gekostet". Gleichzeitig klopfte er sich mit der linken Hand auf den Bauch.

„Du machst deinem Spitzname aber auch alle Ehre, Rainer. So saublöd, wie du vorhin geschaut hast, als dir der Typ die Taschenlampe aus der Hand gerissen hat ... ich konnte den Kerl verstehen, dass er lachen musste. Ich hab mich auch zusammenreißen müssen, um nicht in sein Gelächter mit einzustimmen."

„Ja, ja. Das hab ich schon bemerkt. Das Lachen ist ihm aber noch gründlich vergangen. Ich bin gespannt, ob er die Verwarnung zahlt. Hast du dir das Ablaufdatum vom Verbandskasten aufgeschrieben?"

„Nein. Warum sollte ich? Der zahlt schon. Viel mehr interessiert mich, ob er sich über uns beschweren will. Das wäre momentan ein ungünstiger Zeitpunkt. Die letzten beiden Beschwerden sind noch nicht vom Tisch und nächstes Jahr stehen Beurteilungen an."

Daran hatte Rainer auch soeben denken müssen. Im Schritttempo fuhren sie mittlerweile über den Dorfplatz. Laute Musik drang plötzlich an ihr Ohr. Xaver stoppte den Wagen und beide lauschten, von woher der Lärm kam. Wortlos deutete Rainer schräg nach vorne. Xaver fuhr wieder los. Kurz darauf erkannten sie auf einem der Grundstücke neben der Dorfstraße ein hell erleuchtetes Partyzelt sowie Lampions, die auf einer Schnur zwischen Bäumen aufgehängt waren. Xaver schaltete das Autolicht aus und lenkte den Wagen in die Grundstückszufahrt. Direkt vor dem Gartentor hielt er an. Die laute Musik kam aus dem Zelt. Die Feiernden sprangen wild hin und her und sangen aus voller Kehle den Text des Songs, der gerade gespielt wurde.

Ohne, dass sie es bemerkten, hatte einer der Gäste das hellerleuchtete Zelt verlassen und sich im Schutz der Dunkelheit eine Zigarette angezündet. Im aufflackernden Licht des Feuerzeugs entdeckte er den Streifenwagen. Geduckt zwischen den Sträuchern schlich er sich an und warf einen neugierigen Blick ins Innere des Polizeiautos. Auf einmal drehte er sich um und eilte ins Zelt zurück.

Es dauerte ein paar Sekunden, dann brach die Musik ab und es wurde still. Schließlich wurden die Feiernden über eine Mikrofondurchsage informiert, dass *Dick und Doof* vor dem Grundstück stehen. Einer der weiblichen Gäste fragte in Karnevalsmanier: „Wolle mer se reinlasse?" Ein anderer antwortete: „Nein. Der Dicke passt seitlich nicht durch die Tür und der Doofe wegen seiner Größe nicht."

Der Rest ging in lautem Gelächter unter.

„Wollen wir den Stimmungskiller spielen und reingehen?", fragte Rainer.

„Nein", erwiderte Xaver. „Wir können nicht beweisen, wer von denen uns beleidigt hat. Da blamieren wir uns nur. Ich hab eine bessere Idee. Wir stellen uns in der Nähe auf die Lauer und warten, bis einer von denen mit dem Auto vorbeifährt. Und dann Gnade ihm Gott."

Hundert Meter weiter fanden sie einen geeigneten Platz. Auf dem Parkplatz des Einkaufscenters stellten sie sich seitlich an eine Hecke, direkt hinter einen Lieferwagen. Von dort aus konnten sie die Straße überblicken, ohne selber gesehen zu werden. Bei offenem Fenster machten sie es sich in ihren Sitzen bequem. Dann begann die Zeit des Wartens. Xaver zündete sich eine Zigarette an, blies den Rauch genüsslich durch das offene Fenster.

Mittlerweile war es schon zehn Uhr Abend geworden und noch immer wollte sich keiner der Feiernden auf den Heimweg machen.

„Jetzt stehen wir schon fast eine Stunde da. Glaubst du, dass sich von denen überhaupt jemand traut, mit dem Auto wegzufahren, nachdem sie wissen, dass wir in der Nähe sind?", fragte Rainer.

„Natürlich", entgegnete Xaver. „Die sind doch alle zu faul zum Gehen. Die fahren ja sogar mit dem Auto zum Zigarettenautomaten, auch wenn es nur ein paar Schritte sind. Zu Fuß geht von diesen Säufern keiner. Da wette ich mit dir."

Rainer lehnte sich wieder zurück, schloss die Augen und konzentrierte sich auf die Musik, die man leise hören konnte. Viel lieber hätte er mitgefeiert, als neben Xaver zu sitzen und sinnlos die Zeit totzuschlagen. Sein Kopf bewegte sich im Rhythmus der Musik hin und her, da vernahm er plötzlich ein verdächtiges Geräusch neben dem Wagen. Hinter der Hecke meinte er, unterdrückte Stimmen vernommen zu haben. Er nahm die Taschenlampe zur Hand, richtete den Lichtstrahl dort hin, wo er die Personen vermutete.

„Ich hab hinter der Hecke Stimmen gehört", erklärte er Xaver.

„Hast du auch wen gesehen?"

Bevor Rainer antworten konnte, brach plötzlich und unerwartet lautes Lachen aus. Es mussten sich mehrere Leute hinter der Hecke aufhalten.

„Der eine ist dick und doof, der andere dünn, dafür umso dämlicher", rief einer unter dem zustimmenden Gejohle der anderen. Xaver riss die Tür auf und versuchte, so schnell es ihm seine Leibesfülle erlaubte, auszusteigen, vergaß dabei aber, sich abzugurten. Das Gelächter wurde nun noch intensiver, fast hysterisch. Rainer erfasste in dieser Sekunde, dass die Leute hinter der Hecke alles genau sehen konnten. Sie hatten nämlich vergessen, die Innenbeleuchtung auszuschalten.

„Bleib hier Xaver", raunte Rainer seinem Kollegen zu und hielt ihn an der Schulter zurück. „Bis du um die Hecke herum bist, sind die schon längst zu Hause."

Widerwillig musste er Rainer zustimmen. Wenn er jetzt loslief, machte er sich erst recht zum Gespött der Leute. Wütend ließ er sich zurückplumpsen. Die

Rückenlehne nach vorne drehend, startete er den Wagen, setzte zurück und verließ den Parkplatz mit quietschenden Reifen.

„Das wird noch ein Nachspiel haben", schrie er in Richtung der Feixenden. „Ich komme zurück. Einen von euch erwisch ich schon noch. Darauf könnt ihr Gift nehmen." Er war außer sich, weil man sie so vorgeführt hatte.

„Lass uns zur Dienststelle zurückkehren", schlug Rainer vor. „Ich hab Hunger."

„Nein", kam die barsche Antwort. „Einer muss heute noch dran glauben. Ich muss unbedingt noch Dampf ablassen, bevor ich zurückfahre."

Rainer erwiderte nichts, weil er wusste, dass es sinnlos war, Xaver von einem einmal gefassten Entschluss abzubringen. Er fuhr zum Eisstadion, stellte den Wagen neben der Bundesstraße hinter einer Plakatwand ab. Sie mussten nur eine Minute warten, da näherte sich ihnen vom Dorf kommend schon ein Pkw. Von weitem konnten sie sehen, dass auf der Fahrerseite das Fahrlicht defekt war. Xaver sprang augenblicklich auf die Straße und stellte sich mit der Kelle in der Hand mitten auf die Fahrbahn. Mit Handzeichen gab er dem Fahrer zu verstehen, wo er anhalten sollte.

Mit einem Ruck riss er die Wagentür auf, kaum dass das Fahrzeug zum Stehen gekommen war.

„Fahrzeugkontrolle. Führerschein und Fahrzeugschein", bellte er den jungen Fahrer an.

Der schaute ihn erschrocken an, sagte aber nichts. Er beugte sich zum Handschuhfach und holte die geforderten Dokumente heraus. Bevor er sie Xaver aushändigte, stieg er aus, lächelte ihn übertrieben freundlich an und hob ihm die Ausweise entgegen.

„Auch ihnen einen guten Abend, Herr Hauptkommissar. Bitte ... hier sind meine Papiere."

Xaver erfasste augenblicklich die Kritik, die aus den wenigen Worten herauszuhören waren. Wortlos nahm er die Ausweise, unterzog sie einer Prüfung, umrundete dabei einmal das Fahrzeug. Vor dem Fahrer blieb er dann wieder stehen.

„Für wen es ein guter Abend werden wird, wird sich ja gleich zeigen. Auf der Fahrerseite sind vorne das Abblendlicht und hinten das Rücklicht ausgefallen."

„Das weiß ich Herr Hauptkommissar", entgegnete der Mann ruhig. „Als ich heute Nachmittag von der Kaserne aus Staufen weggefahren bin, war das Licht noch in Ordnung. Es muss erst auf dem Weg zu meiner Freundin in Siegburg ausgefallen sein. Als ich vorhin von ihr wegfuhr, hat sie mich darauf aufmerksam gemacht. Ich werde den Wagen gleich morgen in die Werkstatt bringen und den Defekt beheben lassen."

„Das glauben Sie", gab ihm Xaver barsch zur Antwort. „Mit dem kaputten Licht fahren Sie mir in der Dunkelheit keinen Meter mehr."

Der Soldat wusste für einen Moment nicht, was er von der Drohung des Polizisten halten sollte. Er hoffte, dass dieser nur Spaß machte. Die nächsten Worte zeigten ihm aber, dass er es ernst meinte.

„Sie stellen mit dieser Beleuchtung eine Gefahr für andere Verkehrsteilnehmer dar. Unsere Aufgabe ist es, solche Gefahrenquellen zu erkennen und vom Verkehr fernzuhalten. Sie können ihren Wagen hier stehen lassen und morgen bei Tageslicht abholen."

Xaver stieg in den Streifenwagen und holte die Mappe mit den Formblättern aus der Einsatztasche.

„Moment mal", rief ihm der junge Mann nach. „Das können Sie doch nicht machen. Wieso stelle ich eine Gefahr dar? Ein Licht geht ja noch und außerdem habe ich nur noch fünfzehn Kilometer bis zur Kaserne. Auf der Straße ist ja um diese späte Zeit eh nichts mehr los. Wichtiger ist doch, dass beide Bremslichter und die Blinker intakt sind."

Xaver baute sich direkt vor dem jungen Mann auf, so dass sich ihre Körper fast berührten.

„Sehe ich etwa aus wie ein Prediger, der alles zwei Mal sagt?", fuhr er ihn ein weiteres Mal an.

„Ich hab noch nie gehört, dass man die Weiterfahrt untersagen kann, nur weil ein Abblendlicht ausgefallen ist."

Xaver übertrug die Personalien und Daten vom Führerschein und Fahrzeugschein auf das Formular. Währenddessen ging Rainer zu dem Soldaten und erklärte ihm die Maßnahme.

„Sehen Sie. Mit dem kaputten Licht ist das Erscheinungsbild ihres Wagens sowohl von vorne als auch von hinten verändert. Andere Verkehrsteilnehmer könnten daher der Meinung sein, ein einspuriges Motorrad kommt ihnen entgegen. So ein Irrtum kann tragische Folgen nach sich ziehen."

Der junge Mann zog die Stirn in Falten, überlegte kurz und fragte Rainer schließlich.

„Das versteh ich nicht. Was soll das für eine Auswirkung auf andere Verkehrsteilnehmer haben? Wenn er das Licht sieht, dann muss es ihm doch egal sein, ob es sich um das Licht eines Motorrads oder Autos handelt."

„Sie verarschen mich doch!", fuhr er schließlich einer plötzlichen Eingebung folgend fort. „Das hier ist versteckte Kamera. Stimmts?"

Xaver übernahm wieder das Wort.

„Junger Mann. Sie müssen noch viel lernen, vor allem die Bestimmungen der Straßenverkehrsordnung. Uns ist um diese Zeit nicht nach Scherzen zumute. Wenn Sie mir versprechen, dass Sie während der Dunkelheit nicht fahren und den Wagen hier bis morgen stehen lassen, dann lasse ich ihnen den Fahrzeugschlüssel. Ansonsten stelle ich den Schlüssel sicher und Sie können ihn morgen bei der Polizeiinspektion in Reichenfels abholen. Außerdem bekommen Sie von mir eine Bußgeldanzeige."

„Was bekomme ich?", fragte der Mann entgeistert. „Seit wann bekommt man wegen eines kaputten Lichts eine Bußgeldanzeige? So weit ich weiß, kostet ein solcher Mangel ein Verwarnungsgeld von zehn Euro. Gelten hier in Irlbach andere Regeln als im restlichen Deutschland? Schön langsam kommt es mir so vor."

Xaver lächelte den Mann übertrieben freundlich an.

„Grundsätzlich haben Sie mit den zehn Euro recht. Das gilt aber nur, wenn Sie nicht gewusst haben, dass das Licht defekt ist und wenn keine Gefährdung vorliegt. In ihrem Fall bedeutet dies zehn Euro für das kaputte Licht und wegen des Vorsatzes, weil sie es gewusst haben, aber trotzdem gefahren sind, eine Verdopplung des Verwarnungsgeldes. Da zusätzlich eine Gefährdung hinzukommt, verdoppelt sich die Summe erneut, so dass wir bei einem Bußgeld von vierzig Euro sind. Haben Sie das verstanden oder muss ich ihnen die Berechnung aufschreiben?"

„Jetzt aber mal halblang. Ich weiß nicht, in was für eine Schule Sie gegangen sind und welche Kinderstube Sie genossen haben, aber so lasse ich mich nicht behandeln. Ich will augenblicklich ihre Namen sowie die Dienststellenanschrift. Ich werde mich beschweren."

„Unsere Namen und die Anschrift finden Sie auf der Bußgeldanzeige", antwortete Xaver kurz angebunden.

„Jetzt wird es langsam Zeit, dass ich Sie auf meine Rechte hinweise", erwiderte der Soldat ärgerlich. „Sie wissen genau, dass ich das Recht habe, ihren Dienstausweis zu verlangen. Von diesem Recht mache ich nun Gebrauch."

Der junge Mann streckte Xaver die Hand entgegen und wartete. Xaver ließ den Kopf hängen und rollte die Lippen. Gefährlich leise und betont langsam sprechend fuhr er fort.

„Junger Mann. Wenn Sie sich über uns beschweren wollen, dann muss ich die erforderlichen Maßnahmen aber auch vorschriftsmäßig zu Ende führen, und das bedeutet ..."

„Ja, sprechen Sie nur weiter. Ich bin ganz Ohr und schon gespannt, was jetzt noch kommt."

„... das bedeutet für Sie, dass Sie mir ihren Fahrzeugschlüssel aushändigen müssen, da ich nicht sicher sein kann, dass Sie doch noch während der Nacht ihr Auto holen. Das Risiko kann ich nicht eingehen, denn ich mache mich haftbar, falls Sie einen Unfall verursachen und dann herauskommt, dass ich von dem Defekt gewusst habe und trotzdem die Weiterfahrt nicht unterbunden habe."

Der junge Mann sah Xaver mit offenem Mund sprachlos an, drehte sich plötzlich um, ging zielstrebig zum Wagen, setzte sich hinein und machte Anstalten, den Wagen zu starten.

„Machen Sie keine Dummheiten", rief ihm Rainer zu und stellte sich vor das Fahrzeug.

„Dann lassen Sie mich wenigstens zur Tankstelle ins Dorf zurückfahren. Vielleicht ist dort noch auf und ich bekomme die zwei Lämpchen."

„Die Tankstelle macht um zweiundzwanzig Uhr zu. Dort ist niemand mehr."

„Wie komme ich dann in die Kaserne? Ein Bus geht um diese Zeit ja auch nicht mehr."

„Dann müssen Sie halt jemanden anrufen, der Sie abholt ... oder zu Fuß gehen. Fünfzehn Kilometer sind für einen jungen Soldaten doch ein Klacks." Die Häme war aus Xavers Worten allzu deutlich herauszuhören. Rainer mischte sich nun ein und raunte ihm ins Ohr, dass es nun genug sei.

„Okay, ich mache ihnen einen Vorschlag", erklärte Rainer anschließend. „Sie lassen das Auto über Nacht hier stehen. Dafür fahren wir Sie in die Kaserne. Morgen können Sie dann mit dem Bus kommen. Hier gegenüber befindet sich sowieso die Bushaltestelle."

„Da ist doch ein Haken dabei? Ohne Gegenleistung fahren Sie mich doch nicht in die Kaserne?"

„Richtig. Dafür verzichten Sie auf eine Beschwerde. Mein Kollege ist deshalb so gereizt, weil ihn seine Frau verlassen hat", log ihm Rainer vor. „Sonst ist er nämlich nicht so."

Der Mann lächelte bitter.

„Ja. Offensichtlich ist er sonst die Freundlichkeit und Güte in Person. Also gut. Sie fahren mich in die Kaserne und ich vergesse die Beschwerde."

Rainer hob ihm die Hand hin und der Mann schlug ein, wenn auch widerwillig. Schweigend legten sie die fünfzehn Kilometer bis zur Kaserne zurück. Direkt vor dem Haupteingang ließen sie den jungen Mann aussteigen.

„Der hätte sich mit Sicherheit beschwert", erklärte Rainer während der Rückfahrt. „Du bist schon ein bisschen arg weit gegangen mit deiner Bußgeldanzeige, vor allem, dass du ihn nicht mehr hast weiterfahren lassen. Die Anzeige geht nie durch."

„Das werden wir ja sehen", presste Xaver hervor.

Fritz Moser, der dritte Kollege der Schicht, wartete schon auf ihre Rückkehr. Er saß im Sozialraum und hatte das Essen bereits vorbereitet. Vor drei Tagen hatte er seinen vierzigsten Geburtstag gefeiert und deshalb die Schichtkollegen zum Essen eingeladen.

„Danke für das ausgezeichnete Essen Fritz", bemerkte Xaver und stand vom Tisch auf. „Du darfst uns ruhig öfters einladen. Ich übernehme den Abwasch und ihr verschwindet. Ich lass mir nicht gerne bei der Küchenarbeit zusehen. Also ... raus mit euch."

Fritz hatte klare Vorstellungen vom weiteren Verlauf der Nachtschicht. Er wollte auch noch etwas Verwarnungsgeld einnehmen. Der September war bisher nicht so gut gelaufen, er hatte nur Verwarnungen in Höhe von dreihundert Euro ausgesprochen, und das war ihm entschieden zu wenig. Im Oktober mussten es auf jeden Fall mehr werden.

„Sollen wir zum *Ramsler* fahren oder hast du eine andere Kneipe im Sinn?", fragte ihn Rainer, als sie losfuhren.

„Nein ... geht klar. Dort haben wir schon länger nicht mehr vorbeigeschaut. Die sollen nicht denken, dass es uns nicht mehr gibt. Vorher stellen wir uns aber noch irgendwo hin und warten, bis ein Gurtmuffel vorbeikommt. So ein paar dreißig Euro-Verwarnungen würden mir guttun. Und auf dem Weg zum *Ramsler* fahren wir noch ein paar Parkplätze ab und schauen nach abgelaufenen TÜV-Plaketten."

Was nur die engsten Kollegen wussten, Fritz drückte sich vor Alkoholkontrollen. Vor zehn Jahren hatte er selber den Führerschein für neun Monate abgeben müssen, nachdem er betrunken in einen Unfall verwickelt wurde.

Rainer war das genaue Gegenteil. Er kontrollierte zu jeder Tages- und Nachtzeit Autofahrer auf Alkohol und Drogenkonsum. Mittlerweile hatten ihm die Kollegen den Spitznamen *Vampir von Reichenfels* verpasst. Da der Dienststellenleiter das erfuhr und als Mobbing bezeichnete, wurde er ab diesem Zeitpunkt nur noch *Alkocop* genannt. Natürlich, ohne dass er es mitbekam.

Rainer bevorzugte als Streifenkollegen Xaver. Beide verurteilten die Kollegen, die lieber die Verkehrsteilnehmer ermahnten, als sie mit einem Verwarnungsgeld zu belegen. Für sie bedeutete dieses Verhalten Schwäche.

In den letzten Wochen und Monaten wurden sie von den Kollegen der anderen Schichten mehrfach zur Rede gestellt, da sie laut deren Ansicht ihre Kontrolltätigkeiten maßlos übertrieben. Im gesamten Dienstbereich murrten bereits immer mehr Bürger, beschwerten sich sowohl beim Bürgermeister als auch beim Dienststellenleiter. Bei einer Dienstgruppenleiterbesprechung darauf angesprochen, entgegnete ihnen Xaver, dass die Gesetze dazu da waren, eingehalten zu werden, und wer sie nicht beachte musste halt die Konsequenzen tragen.

Fritz Moser warf man vor, dass er vermutlich der einzige Polizeibeamte im ganzen Direktionsbereich sei, der von jedem Autofahrer zehn Euro kassierte, wenn der seinen Führerschein nicht mitführte oder nur eine Ablichtung vorzeige. Fritz konnte man nicht beleidigen, jede Kritik prallte an ihm ab. Um sie zu ärgern, erklärte er ihnen jedes Mal mit stolzgeschwellter Brust, dass es schön sei, ein Alleinstellungsmerkmal zu haben sowie an der Spitze von so vielen Kollegen zu stehen.

Nachtzeit ist Jagdzeit, lautete sein Leitspruch und ließ Taten folgen. Tagsüber hielt er sich gezwungenermaßen zurück. Zu viele Leute und somit auch zu viele Zeugen waren da unterwegs, die sein Auftreten kritisch beobachten und hinterfragen konnten. Aber sobald es dunkel wurde, ging er wie ein Jäger auf die Pirsch. Im Übrigen standen Beurteilungen an. Um bei der nächsten Beförderungswelle im Frühjahr vorne mit dabei zu sein, musste er beim Chef punkten. Am ehesten glaubte er, mit viel Verwarnungsgeld das Wohlwollen des Dienststellenleiters gewinnen zu können.

Diese Gedanken gingen Rainer durch den Kopf, während sie nach Irlbach fuhren. Doch auf den Straßen war nichts los und die Parkplätze waren wie ausgestorben.

Fritz hatte jedoch keinen Bock, zum *Ramsler* zu fahren, sich irgendwo verdeckt hinzustellen und zu warten, dass wer vom Parkplatz der Wirtschaft wegfuhr. Er wollte Action und Verwarnungsgeld.

„Willst du nach wie vor zum *Ramsler* fahren?", fragte er daher.

„Nein", antwortete Rainer eher gelangweilt. „Wir können auch was anderes machen. Was schlägst du vor?"

„Ich hab mir gedacht, dass wir uns eine Stunde bei der Baustellenampel am Ortseingang von Schwarzbach hinstellen und Rotlichtverstöße abkassieren."

Rainer nickte nur. Er war müde. Während Fritz auf Verstöße wartete, konnte er sich ein Nickerchen genehmigen.

Fünfzehn Minuten später erreichten sie die Baustelle. Die Straße war hier auf eine Länge von fünfzig Metern halbseitig gesperrt. Der Verkehr wurde durch Baustellenampeln geregelt. Fritz fuhr den Streifenwagen in der Mitte der Baustelle rückwärts hinter das dortige Bushaltestellenhäuschen. Rainer schloss die Augen und machte es sich im Sitz bequem.

Er war gerade am Einnicken, da startete Fritz den Motor und fuhr mit durchdrehenden Reifen zurück auf die Straße. Rainer erkannte einen Pkw, der von Staufen kommend soeben durch den Baustellenbereich fuhr. Fritz schaltete das Blaulicht ein. Mit der Lichthupe forderte er den Fahrer auf, anzuhalten.

Während Fritz ausstieg, blieb Rainer sitzen, drehte lediglich das Fenster etwas herab. Fritz besaß eine laute Stimme, so dass er alles mithören konnte.

Ein etwa sechzig Jahre alter Mann, weißhaarig und von kleiner Statur, stieg schwerfällig aus. Weit den Oberkörper nach vorne gebeugt, blickte er Fritz, der gut und gerne dreißig Zentimeter größer war, mit zur Seite geneigtem Kopf von unten ins Gesicht.

„Wissen Sie, warum ich Sie angehalten habe?", fragte Fritz.

„Ich kann es mir denken. Wo sind Sie denn so plötzlich hergekommen? Ich hab Sie ja gar nicht gesehen."

Fritz lächelte süffisant, während er den Führerschein und Fahrzeugschein aus der Hand des Mannes entgegennahm.

„Warum glauben Sie, dass hier eine Ampel steht?"

„Ich weiß. Wegen der Baustelle natürlich. Um diese Zeit arbeitet aber niemand. Außerdem habe ich ja weit und breit kein Auto gesehen, sodass ich mich entschlossen habe, langsam durchzufahren. Ist das so schlimm?"

„Nachdem Sie im Besitz einer Fahrerlaubnis sind, müssten Sie wissen, dass man bei Rotlicht stehen zu bleiben hat. Oder sind Sie farbenblind?"

„Natürlich weiß ich das. Ich halte mich ja auch grundsätzlich an die Verkehrsvorschriften. Nur ... mir fehlt hier das Verständnis, warum die Ampel die ganze Nacht in Betrieb ist. Die Baustelle ist ja nur fünfzig Meter lang und es ist fast gar kein Verkehr. Die Straße verläuft hier mindestens fünfhundert Meter schnurgerade. Keine Kurve beeinträchtigt die Sicht, so dass man ein entgegenkommendes Auto ja schon von weitem erkennen kann. Außerdem ist die Baustelle gut beleuchtet. Ich bin ehrlich und gebe zu, dass ich nicht einsehe, dass ich stehen bleiben soll, wenn weit und breit kein Auto oder Fußgänger zu sehen ist."

Fritz holte seinen Verwarnungsblock aus der Tasche und füllte ihn aus.

„Sie geben also zu, dass Sie vorsätzlich das Rotlicht missachtet haben?"

Der Mann wiegte den Kopf hin und her, antwortete schließlich nach ein paar Sekunden.

„Nachdem, was ich ihnen gerade gesagt habe, brauche ich dies wohl nicht mehr abzustreiten. Außerdem stehe ich zu dem, was ich tue."

Fritz beendete das Ausfüllen des Strafzettels und steckte den Block wieder ein.

„Wenn das so ist, dann muss ich leider eine Bußgeldanzeige schreiben."

Der alte Mann sah ihn erschrocken an. Gleichzeitig ahnte er, dass man mit Fritz nicht reden und auf Verständnis hoffen konnte.

„Muss denn das sein, Herr Hauptmeister? Seit wir hier stehen, ist kein einziges Auto vorbeigekommen. Lassen Sie doch in diesem Fall mal Gnade vor Recht ergehen. Zeigen Sie Größe und verzichten einmal auf den Machtanspruch, den ihnen ihre Uniform verleiht. Beweisen Sie, dass Sie auch eine menschliche Seite besitzen. Ich verspreche ihnen dafür, dass ich zukünftig auch um diese Zeit bei Rot anhalten werde."

Unbeirrt von den bittenden Worten des alten Mannes begann Fritz, die Personalien auf ein Formblatt zu übertragen. Nachdem er damit fertig war, reichte er es ihm.

„Lesen Sie das Blatt durch und prüfen, ob ich ihre Personaldaten richtig aufgeschrieben habe. Dann unterschreiben Sie bitte unten rechts."

Der Mann nahm mit einem tiefen Seufzer das Blatt und drehte sich zur Straßenbeleuchtung, um besser lesen zu können. Bereits nach wenigen Sekunden wandte er sich Fritz wieder zu.

„Da steht, dass ich nach Belehrung über mein Aussageverweigerungsrecht folgende Angaben freiwillig gemacht habe. Sie haben mich aber gar nicht belehrt, denn dann hätte ich ihnen gar nichts gesagt. Das kann ich nicht unterschreiben."

Gleichzeitig hielt er Fritz das Blatt wieder hin.

„Sie wollen mir doch nicht weismachen", fuhr Fritz lauter werdend fort, „dass Sie nicht gewusst haben, dass man gegenüber der Polizei keine Angaben machen muss. Außerdem haben Sie mir dies alles freiwillig erzählt, ohne dass ich Fragen stellen musste. Daher erübrigt sich eine Belehrung."

Der alte Mann trat einen Schritt zurück und erklärte verärgert.

„Sehr geehrter Herr Polizeibeamter. Ich weigere mich ausdrücklich, dieses Formblatt zu unterschreiben, auch wenn das ein Gerichtsverfahren nach sich ziehen sollte. Denken Sie daran, dass Sie die Behauptung, dass ich von ihnen belehrt worden bin, möglicherweise vor Gericht beschwören müssen. Wollen Sie es wirklich darauf ankommen lassen? Wollen Sie tatsächlich wegen eines solchen unerheblichen Verkehrsverstoßes einen Meineid schwören? Außerdem steht Aussage gegen Aussage. Ich glaube nicht, dass es Richter gibt, die Verständnis dafür haben, dass man zur Nachtzeit eine solche Baustelle überwacht und dass man Betroffene nicht über ihre Rechte belehrt."

Als Rainer dies hörte, schnallte er sich ab und stieg aus. Bevor Fritz noch etwas erwidern konnte, übernahm er nun die Gesprächsführung.

„Da muss ich Sie leider korrigieren. Der Kollege hat einen Zeugen und Sie nicht. Ich kann nämlich bezeugen, dass er Sie belehrt hat."

Mit offenem Mund starrte der Mann Rainer an, unfähig ein Wort herauszubringen. Eine Träne lief ihm über das Gesicht, die er verstohlen mit dem Handrücken wegwischte. Mit brüchiger Stimme erwiderte er schließlich.

„Dass ich das noch erleben muss. Wenn mir einer eine solche Geschichte erzählt hätte, ich hätte sie nicht geglaubt. Ich hatte immer großen Respekt vor der Polizei und habe nie etwas über sie kommen lassen. Aber in den letzten Sekunden ist mein Glaube an das Gute im Menschen, vor allem über das gesetzestreue Handeln der Polizei, über den Haufen geworfen worden. Geben Sie das Formular her, ich unterschreibe, weil ich mir sicher bin, dass Sie beide einen Meineid schwören würden. Das ist die ganze Sache nicht wert."

Der Mann unterschrieb mit vor Aufregung zittrigen Fingern.

„Ich wünsche ihnen trotzdem noch eine ruhige Nacht. Sie tun mir beide leid."

Fritz und Rainer hatten aber kein Mitleid mit ihm. Im Gegenteil. Ungerührt kehrten sie zum Streifenwagen zurück.

Wenig später näherte sich von rechts erneut ein Auto, das in schneller Fahrt, und ohne erkennbar abzubremsen, in die Baustelle einfuhr. In der schmutzigen Fensterscheibe eines Baustellencontainers spiegelte sich das grüne Licht der Ampel auf ihrer Seite. Demzufolge missachtete der Autofahrer das Rotlicht auf seiner Seite. Fritz startete hektisch den Motor und Rainer schaltete gleichzeitig das Blaulicht ein. Bevor sie sich aber in Bewegung setzen konnten, war der Pkw an ihnen vorbei. Fritz gab Gas, der Motor heulte gequält auf. Der Streifenwagen mit seinen zweihundert PS schoss auf die Straße und nahm die Verfolgung auf. Rainer drückte es dabei tief in den Sitz.

„Hast du das Kennzeichen ablesen können?", fragte Fritz hastig.

„Nein. Es ging alles so schnell", antwortete ihm Rainer wesentlich ruhiger.

Nach wenigen Sekunden zeigte der Tacho bereits einhundertfünfzig Stundenkilometer an. Die Straße verlief zunächst gerade, dann ging es in einem engen Rechtsbogen bergauf. Rechts ragte eine riesige Felsmauer senkrecht in die Höhe, links konnte man in die gähnende Schwarzbachschlucht hinabschauen. Nur eine niedrige Steinmauer sicherte den Fahrbahnrand von der

Schlucht.

Beide Fahrer schnitten die Kurven, um nicht vom Gas gehen zu müssen. Die auf dem Rücksitz stehenden Einsatztaschen flogen bei jeder Kurve hin und her. Rainer blickte angstvoll nach hinten und konnte nur hoffen, dass es zu keiner Vollbremsung kommen würde. Mit der rechten Hand hielt er sich am Gurt fest, mit der linken stützte er sich am Armaturenbrett ab. Es gelang ihm trotzdem nicht, die hektischen Bewegungen des Fahrzeugs auszugleichen. Er hasste Verfolgungsfahrten, vor allem, wenn er nicht selber am Steuer saß.

Nach zwei Kilometern waren sie endlich oben. Rainer atmete erst einmal tief durch, bevor die Jagd auf einer langen Geraden weiterging. Die ersten Häuser von Irlbach tauchten vor ihnen auf. Einhundertsiebzig Stundenkilometer zeigte der Tacho am Ortseingang an. Trotzdem verringerte sich der Abstand nicht.

Völlig unerwartet legte das Fahrzeug vor ihnen eine Vollbremsung hin. Es quietschte und der Wagen fing zu schlingern an. Fritz blieb nichts anderes übrig, als ebenso voll in die Eisen zu steigen. Der Flüchtige riss das Steuer seines Wagens nach rechts. Für einen Moment sah es so aus, als würde er umkippen und sich überschlagen, so jäh wurde er in die Gassner Straße gezwungen. Dabei schrammte er in letzter Sekunde an einem im Einmündungsbereich geparkten Wagen vorbei.

Fritz schaffte es nicht mehr, rechtzeitig zu reagieren, schoss an der Einmündung vorbei. Nachdem sie endlich standen, legte er mit brachialer Gewalt den Rückwärtsgang ein und jagte mit durchdrehenden Reifen zurück. Mit abrupt angezogener Handbremse gelang es ihm, den Streifenwagen in einer filmreifen Drehung in die richtige Richtung zu dirigieren. Obwohl er für das riskante Manöver einige Sekunden benötigte, konnten sie in der Gassner Straße noch die Rücklichter des Fliehenden erkennen. Rainer deutete aufgeregt nach vorne. Fritz drückte sofort das Gaspedal durch und nahm die erneute Verfolgung auf. Mit hundert Stundenkilometern rasten sie durch den Ort. Die Straße wurde von nun an aber immer kurviger, so dass sie mehrmals die Rücklichter aus dem Blickfeld verloren. Trotzdem musste Fritz die Geschwindigkeit drosseln. Zu gefährlich wurde es, auf der immer kurvenreicher werdenden Straße die Kontrolle über den Wagen zu verlieren. Nach einer weiteren Kurve waren die Rücklichter endgültig verschwunden. Fritz hielt am Ortsende an und schlug verärgert mehrmals mit der Faust auf das Lenkrad.

„Wo ist das Arschloch bloß abgeblieben? Hast du noch was sehen können?", fragte er Rainer, während er weiterhin angestrengt nach vorne starrte.

„Nein. Ich hab ihn auch aus den Augen verloren. Wahrscheinlich ist er nach einer der Kurven abgebogen, hat das Licht ausgeschaltet und uns vorbeifahren lassen."

„Oder er ist auf den Parkplatz dort drüben gefahren", ergänzte Fritz und deutete in Richtung des Einkaufsmarktes.

Dort parkten aber nur zwei Fahrzeuge. Der gesuchte Wagen befand sich nicht darunter. Rainer hatte plötzlich einen Einfall.

„Wenn er aber doch weitergefahren ist", erklärte er, „dann müssten wir ihn eigentlich aufspüren können, wenn wir weiterfahren. Das ist nämlich eine Sackgasse. Los, lass uns einfach von Haus zu Haus fahren. Vielleicht haben wir Glück."

Nachdem sie ergebnislos das Ende der Sackgasse erreicht hatten, kam Rainer ein neuer Gedanke.

„Hast du eine Ahnung, um was für einen Autotyp es sich handelt und welche Farbe das Fahrzeug hat?"

„Ich bin mir ziemlich sicher, dass es ein Audi sein muss. Die Rücklichter passen auf jeden Fall zu einem Audi. Und wenn ich nicht völlig daneben liege, hat der Motor beim Gasgeben auch wie ein Audimotor geklungen. Als Farbe kann durchaus ein Rot in Frage kommen."

„Bei Rot bin ich mir auch sicher und mit Audi könntest du recht haben. Mir fällt da ein solcher roter Audi ein. Ich muss nur noch überlegen, wo ich ihn hintun muss. Fahr mal langsam zurück, mir fällt es schon wieder ein."

Dann wusste er es. Er schlug Fritz auf den Oberschenkel, dass der erschrocken zusammenzuckte.

„Natürlich ... jetzt weiß ich wieder, wo der rote Audi immer steht." Er schaute Fritz geheimnisvoll an.

„Na los ... sag schon ... spann mich nicht auf die Folter."

„Der steht doch immer auf dem Parkplatz vom *Ramsler*. Wir haben ihn schon ein paar Mal kontrolliert. Der Fahrer, mir fällt jetzt leider der Name nicht ein, trinkt aber keinen Alkohol."

Fritz wusste nun auch, wen Rainer meinte.

„Natürlich. Du meinst den Angerer Sebastian. Der hat stets eine große Klappe und redet ständig blöd über uns. Los ... den kaufen wir uns. Weißt du, wo der wohnt?"

„Nicht genau. Ich weiß nur, dass er dort oben auf der Anhöhe einen Bauernhof hat." Fritz deutete in die Richtung, aus der sie ursprünglich gekommen waren. Jetzt war ihm auch klar, warum sie ihn plötzlich aus den Augen verloren hatten. Er war einfach abgebogen, ohne dass sie es mitbekommen hatten.

„Wir müssen direkt beim *Ramsler* vorbei", fügte er hinzu. „Da können wir gleich nachschauen, ob der Wagen dort steht. Ich glaube, dass er mit der Bedienung was hat."

Eine Minute später fuhren sie auf den Parkplatz der Gaststätte. Kein Auto stand da und im Haus war alles dunkel. Fritz wollte schon weiterfahren, da hielt ihn Rainer am Arm zurück.

„Wenn er da ist, dann parkt er mit Sicherheit nicht vorm Haus. Ich geh mal nach hinten und schau mich dort um."

Rainer nahm eine Taschenlampe und verschwand um das Hauseck.

Zu seiner Enttäuschung konnte er aber auch dort kein Auto entdecken, dafür aber deutlich verbrannten Gummi von Reifen sowie den typischen Gestank von überhitzten Bremsscheiben wahrnehmen. Das Auto war also hier. Nur wo? Er drehte sich um seine Achse und steuerte schließlich auf eine abseits stehende Einzelgarage zu. Das metallene Tor war nach unten gezogen, aber nicht versperrt. Er bückte sich, nahm den Griff in die Hand. Leise und vorsichtig zog er das Tor zur Hälfte auf, kniete sich hin. Nur eine Armlänge von ihm entfernt stand der gesuchte Wagen. Der Auspuff war heiß. Als er ihn berührte, verbrannte er sich die Fingerspitzen.

Rainer legte die Taschenlampe neben sich auf den Boden, schob das Tor mit beiden Händen ganz nach oben. Zwischen der Mauer und dem Auto zwängte er sich vor bis zur Fahrertür, versicherte sich, dass niemand drinnen saß und öffnete die Tür. Sie war nicht versperrt. Darauf bedacht, ja keinen unnötigen Laut zu verursachen, entging es ihm, dass er nicht allein war.

3.

Sebastian Angerer kam von einem Schafkopfturnier in Staufen. Um diese nächtliche Zeit war die Straße frei, so dass er sich nicht an die Geschwindigkeitsbeschränkungen hielt. Mit achtzig Sachen fuhr er durch Schwarzbach und reduzierte seine Geschwindigkeit auch nicht, als er in den Baustellenbereich einfuhr. Plötzlich nahm er aus den Augenwinkeln das Streifenfahrzeug neben der Straße wahr und zuckte wie vom Blitz getroffen zusammen. Sofort stieg er auf die Bremse. Zu spät, dachte er sich, nachdem er die auf Rot geschaltete Ampel passiert hatte. Unverzüglich trat er das Gaspedal durch. Bis der Streifenwagen die Verfolgung aufnahm, hatte er hoffentlich einen Vorsprung herausgefahren, der es ihnen schwermachen sollte, ihn noch zu kriegen. Leicht würde er es ihnen auf jeden Fall nicht machen.

Im Rückspiegel beobachtete er, dass der Abstand zwischen ihnen gleich blieb und sich bis zum Ortseingang von Irlbach auch nicht änderte.

Ohne die Geschwindigkeit zu reduzieren, raste er durch das Dorf. Inzwischen dämmerte es ihm jedoch, dass er den Streifenwagen nicht nur auf Abstand halten, sondern abschütteln musste. Aber auf Dauer konnte er ein Wettrennen mit seinem zwölf Jahre alten Audi gegen das aufgemotzte Polizeiauto nicht gewinnen. Schließlich hatte er einen Plan. Kurz vor der Einmündung in die Gassner Straße, stieg er abrupt auf die Bremse. Der Wagen fing zu schlingern an, die Reifen quietschten. Als er das Lenkrad nach rechts riss, um in die Gassner Straße einzubiegen, befürchtete er für einen Moment, dass er dem Auto zu viel zugemutet hatte. Die beiden Räder auf der rechten Seite verloren für einen kurzen Augenblick den Bodenkontakt. Im allerletzten Moment, bevor er gegen einen geparkten Wagen schlitterte, bekam er den Wagen wieder unter Kontrolle.

Zu seiner Freude schoss das Streifenfahrzeug mit quietschenden Reifen an der Einmündung vorbei. Zu seinem Leidwesen tauchten aber doch viel zu früh die Scheinwerferlichter der Verfolger erneut auf.

Das bedeutete, dass er nicht auf direktem Weg nach Hause fahren konnte. Noch lebte aber die Hoffnung, dass es ihnen nicht gelungen war, nah genug an ihn heranzukommen, um das Kennzeichen ablesen zu können. Wenn doch, dann war es ohnehin zu spät. Dann würden sie über kurz oder lang bei ihm zu Hause auftauchen. Aber, dass er der Fahrer gewesen war, mussten sie ihm erst einmal beweisen.

Immer mit einem Auge ängstlich in den Rückspiegel schauend, schaltete er in einer unübersichtlichen Rechtskurve das Fahrlicht aus, bog gleich darauf links ab. Vor ihm tauchten die Konturen des *Ramsler* auf und ohne lange zu überlegen fuhr er über den Parkplatz hinter die Gaststätte. Etwas abseits von der Wirtschaft stand eine Garage, die derzeit nicht benutzt wurde.

Zu seiner Erleichterung stand das Tor offen. Er fuhr den Audi in die Garage, sprang aus dem Wagen und zog das Tor herab.

Was sollte er machen? Fieberhaft überlegte er, welche Möglichkeiten ihm zur Verfügung standen, sich zu verstecken. Über die Wiese davonlaufen, dafür war es zu spät. Im hellen Mondlicht konnten sie ihn weithin sehen. Es blieb nur eine Möglichkeit. Er musste sich in der Garage verstecken und hoffen, dass sie die Suche nach ihm aufgaben. Also schob er das Tor wieder einen Spalt nach oben, schlüpfte unten durch und zog es zu. Es gab kein Fenster, daher verzichtete er darauf, das Tor von innen zu verriegeln. Zum einen wusste er nicht, ob dies überhaupt möglich war, zum anderen bestand die Gefahr, dass man das Tor von innen nicht wieder entriegeln konnte. Dann saß er in der Falle.

Vor Aufregung fing er an, an den Fingernägeln zu kauen. Mit geschlossenen Augen konzentrierte er sich darauf, ob er etwas hören konnte. Da es ruhig blieb, keimte in ihm die Hoffnung, dass die Gefahr vorüber sei und die Bullen einfach weitergefahren waren. Gerade, als er die Garage verlassen wollte, vernahm er ein Knirschen, hervorgerufen von Schuhen, die über Kies liefen. Sofort zog er sich zurück, legte sich neben der Beifahrertür auf den Bauch. Dann wurde das Tor hochgezogen. Der Lichtschein einer Taschenlampe huschte hin und her.

Was er in der Folge sah, versetzte ihn in Panik. Geschnürte Einsatzstiefel, wie sie Polizisten trugen, waren zum Greifen nahe. Sebastian hielt die Luft an, als er mitbekam, wie sich dieser bückte und mit der Hand prüfte, ob der Auspuff noch warm war.

Er wagte kaum zu atmen und der Puls schlug so heftig, dass er befürchtete, das Bewusstsein zu verlieren. Erst als er bemerkte, dass sich die Knobelbecher des Polizisten auf der anderen Seite des Wagens befanden, konnte er sich etwas entspannen. Die Gefahr war aber noch lange nicht gebannt.

Das Licht der Taschenlampe, die der Polizist hinter dem Wagen auf dem Boden abgelegt hatte, blendete ihn und zwang ihn, immer wieder die Augen zu schließen. Schließlich hört er, wie die Fahrertür geöffnet wurde und gleich darauf die Stiefel aus seinem Blickfeld verschwanden. In den Wagen kam plötzlich Bewegung, als sich der Polizist auf den Sitz fallen ließ. Das war Sebastians Chance. Jetzt oder nie, überlegte er, sprang auf und krabbelte mehr, als dass er lief, aus der Garage.

Mit einer Bewegung zog er das Garagentor zu und verriegelte es. Zum Schluss hob er die Taschenlampe auf, schaltete sie aus und steckte sie ein. Ohne sich erst zu vergewissern, wo sich der zweite Polizist befand, lief er über das angrenzende Stoppelfeld auf und davon. Alle paar Schritte blickte er sich immer wieder um, ob sie ihn bereits verfolgten. Er sah nichts und hörte auch kein „Halt Polizei. Bleiben Sie stehen". Heute war sein Glückstag. Er lief und lief, vorbei an den Kühen, die auf dem Boden lagen und ihn neugierig beobachteten, bis er an einem überdachten Unterstand für die Kühe anlangte.

Völlig außer Puste ließ er sich darin nieder, blickte zurück. Doch niemand war ihm gefolgt.

Es dauerte aber noch ein paar Minuten, bis er sicher sein konnte, dass die Gefahr vorüber war. Die Lichter des Polizeiautos entfernten sich in Richtung Dorf und waren ein paar Sekunden später nicht mehr zu sehen. Trotzdem traute er sich nicht aus seinem Versteck heraus, entschied sich, die Nacht in dem Unterstand zu verbringen. Während die Spannung langsam von ihm wich, kratzte er das auf dem Boden verstreute Heu zusammen, legte sich darauf und versuchte trotz der Aufregung Schlaf zu finden.

4.

Erster Hauptkommissar Gerhard Egginger führte seit fünfzehn Jahren die PI Reichenfels. Bis zur Pensionierung hatte er nur noch drei Jahre und diese Zeit wollte er so ruhig und annehmlich wie möglich verbringen. Die Endstufe seiner Laufbahn hatte er schon vor zehn Jahren erreicht. Gesund den Ruhestand zu erreichen, das war das oberste Ziel der letzten Dienstjahre.

Mit dem vierunddreißigjährigen Hauptkommissar Markus Reisinger hatte er einen ehrgeizigen und jungen Stellvertreter, der guter Hoffnung sein konnte, nach der Pensionierung des Chefs dessen Posten übertragen zu bekommen. Dies machte sich Gerhard Egginger zunutze und übertrug Markus so viele Aufgaben wie möglich. Der nahm das, ohne zu murren, hin, denn er war froh darüber, dass sein Tag mit Arbeit ausgelastet war. Leerlauf hasste er. Markus gehörte nicht zu denen, die sich bis zum Feierabend mit nutzlosen Tätigkeiten wie Zeitung lesen oder surfen im Internet, die Zeit totschlugen. Schon oft hatte er sich gefragt, mit was für Arbeiten sich der Chef hinter verschlossenen Türen beschäftigte. Jedes mal, wenn er sein Büro betrat, und das geschah im Laufe des Tages häufig, dann saß er entweder vor der aufgeschlagenen Zeitung oder hinter dem Computer. Sofort klickte er dann die aufgerufenen Fenster weg, tat so, als würde er was schreiben. Manches mal sprang er auch gleich auf, kam ihm entgegen und lotste ihn an den Besprechungstisch.

Die PI Reichenfels gehört zu den kleineren Inspektionen in Bayern, mit lediglich zwanzig Schichtbeamten. Der Dienstbereich umfasst die beiden ländlichen Gemeinden Irlbach und Reichenfels mit ihren etwa zehntausend Einwohnern. Sowohl im Sommer als auch im Winter bevölkern jedoch tausende von Urlauber zusätzlich die beiden Gemeinden und sorgen dafür, dass es in den schmalen Gassen eng wird, die Wirtschaften gut besucht sind. Auf den Bergen tummeln sich im Sommer die Touristen und im Winter sorgen sie dafür, dass die Ski- und Langlaufpisten hoffnungslos überfüllt sind.

Überregionale Bekanntheit erlangte man dank der regelmäßig stattfindenden nationalen und internationalen Winter-Sportveranstaltungen in Reichenfels und Irlbach.

Anlässlich dieser alljährlich stattfindenden Großveranstaltungen, für deren reibungslosen Verlauf er die Verantwortung trug, lief Gerhard Egginger zur Hochform auf. Allein für diese Ereignisse hing seine Galauniform im Schrank. Schwarze Uniformhose mit einem seitlichen silbernen Längsstreifen, blitzblank geputzte Halbschuhe, ein blütenweißes Hemd, dunkelgrüne Krawatte mit goldener Krawattennadel sowie dem gleichfarbigen Uniformrock, an dem kein Staubfusel zu entdecken war, gehörten zu seinem Erscheinungsbild. Auch wenn die Galauniform nur für warme Temperaturen geeignet war, vor allem die Schuhe, das war ihm jedoch egal. Zur Not streifte er einen Anorak über, trug ihn aber offen. Zwischen den Größen aus Sport, Politik und den zahlreichen VIPs, schwebte er wie auf Wolke sieben stolz von einem zum anderen. Jeden, den er in die Finger bekam, schüttelte er die Hände, auch wenn diese ihn gar nicht kannten und auch keinen Wert auf eine Begegnung mit ihm legten.

Ohne Rückfrage durfte keiner seiner Beamten eine Entscheidung treffen. Selbst so banale Dinge wie Parkplatzzuweisungen für die Dienstfahrzeuge, ja sogar die Essenszeiten bei mehrstündigen Einsätzen, entschied er ganz allein. Während und nach den Wettkämpfen hielt er sich dann beständig mitten unter den Ehrengästen sowie Größen aus Sport und Politik im klimatisierten VIP-Zelt auf.

In der übrigen Zeit des Jahres schaute es dann ganz anders aus. Die Amtsgeschäfte und Entscheidungen überließ er Markus. Ihm reichte es, wenn er davon mündlich oder per E-Mail informiert wurde.

An diesem düsteren Septembertag beabsichtigte Markus, den Chef auf etwas Wichtiges hinzuweisen, das seiner Meinung nach keinen Aufschub mehr duldete. Es betraf ein Problem, dessen Lösung und Entscheidung zu den ureigensten Aufgaben eines Dienststellenleiters gehörten. Es handelte sich um die zahlreichen Beschwerden von Bürgern, die sich in letzter Zeit angehäuft hatten. Bis zum heutigen Tag hatte er diese entgegengenommen und sowohl einer sachlichen als auch rechtlichen Prüfung unterzogen. Nun war jedoch ein Punkt erreicht, der es zwingend erforderlich machte, den Chef einzubinden. Es mussten gegen den einen oder anderen Kollegen persönliche Konsequenzen angedroht, im Einzelfall sogar ausgesprochen werden, und das durfte nur der Chef selber.

Mit dem gut gefüllten Ordner mit den Beschwerden begab er sich im Laufe des Vormittags in das Büro des Chefs. Wie Markus nicht anders erwartet hatte, stand der neben dem Schreibtisch am Stehpult und las Zeitung.

Mit seiner so typischen Handbewegung - huldvoll von oben nach unten - forderte er Markus auf, am Besprechungstisch Platz zu nehmen. In diesen Augenblicken meinte Markus stets, ehrerbietig vor ihm auf die Knie gehen zu müssen, um dem selbstverliebten Monarchen von Reichenfels die ihm gebührende Ehre zu erweisen. Er setzte sich an seinen angestammten Platz, legte den Ordner jedoch so ab, dass der beschriftete Rücken ihm zugewandt war. Vorerst wollte er den Chef noch im Ungewissen lassen, worum es in dem Gespräch gehen sollte. Wenn es um unangenehme Sachen ging, die Gerhard Egginger nicht behagten und ihn in seiner tiefenentspannten Zeitungslektüre störten, konnte er schon mal laut werden aber auch bösartig reagieren. Also begann er die Besprechung zunächst mit einem belanglosen Gespräch, um herauszufinden, wie die Laune des Chefs war.

„Markus ... was hast du auf dem Herzen? Wie kann ich dir helfen?"

Gerhard Egginger zog dabei seinen Stuhl etwas vom Tisch zurück, damit er den rechten Fuß über den linken Oberschenkel legen konnte. Das war seine Lieblingsposition, wenn er mit Mitarbeitern und Untergebenen redete. Mit dem Zeigefinger und Daumen der linken Hand fuhr er die Bügelfalte seiner Hose nach, hob dann plötzlich den Kopf und lächelte Markus entspannt ins Gesicht.

Daraus schloss Markus, dass der Chef bester Laune war, entschloss sich daher, ohne langes drum herumreden gleich zur Sache zu kommen.

„Heute Morgen hat mich eine Frau Sonja Höhensteiger aus Irlbach angerufen. Sie war sehr aufgebracht, weil ihr Mann gestern Abend von den Kollegen der B-Schicht unmittelbar vor dem eigenen Haus angehalten und zum x-ten Mal in den letzten Wochen kontrolliert worden ist. Es handelt sich dabei immer wieder um dieselben Beamten, die ständig seinen Führer- und Fahrzeugschein sehen wollen. Gestern sollen sie zusätzlich den Kofferraum zerlegt und zu guter Letzt den Reservereifen ausgebaut haben."

Gerhard Egginger hatte seinen Oberkörper bereits nach den ersten Worten kerzengerade aufgerichtet. Das Lächeln verschwand aus dem Gesicht und machte einer düsteren Miene Platz. Plötzlich hob er die Hand und unterbrach Markus.

„In keinem Gesetz steht, wie oft ein Fahrzeugführer kontrolliert werden darf bzw. in welchen Zeitabständen. Auch wenn er schon fast zu Hause war ... die Kontrolle darf ich überall durchführen, zur Not auch noch in der Garage."

Jetzt bedauerte Markus doch, dass er gleich auf den Punkt gekommen war. Trotzdem fuhr er fort.

„Ich kenne deinen Standpunkt Gerhard. Lass mich aber bitte erst zu Ende berichten."

Gerhard Egginger hob entschuldigend die Hände in die Höhe.

„Wie mir Frau Höhensteiger weiter berichtete, haben die beiden Kollegen mehrmals ihren Mann durch beleidigende Äußerungen provoziert, geschubst und sogar auf den Hinterkopf geschlagen. Auf die Frage, warum sie die gesamte Innenverkleidung des Kofferraums auseinandergenommen haben, meinten sie, dass sie nach Drogen und Waffen suchen. Er schaue nämlich aus, wie einer, der Rauschgift konsumiere.

Schließlich haben sie das Mäppchen, in dem sich Führer- und Fahrzeugschein befinden, absichtlich zu Boden fallen lassen und sind darauf herumgetrampelt. Abschließend haben sie einen Strafzettel über zehn Euro ausgestellt, weil die zulässige Verwendungszeit des Verbandskastens abgelaufen war. Frau Höhensteiger wollte von mir wissen, ob ich das für in Ordnung halte, wie man ihren Mann behandelt."

„Natürlich gibt es diesen Verwarnungstatbestand", wurde Gerhard Egginger laut. „Weißt du das denn nicht? Außerdem ... wer sagt denn, dass es genauso gewesen ist, wie es diese Frau erzählt hat. Du weißt genau, dass die Leute gerne übertreiben, um selbst in einem besseren Licht dazustehen. Die meisten lügen ja sowieso, wenn es gegen die Polizei geht."

„Lass mich halt ausreden", unterbrach ihn nun seinerseits Markus. „Ich bin ja noch nicht fertig. Natürlich kenne ich diesen Verwarnungstatbestand. Das habe ich ihr auch erklärt. Was mich aber stört, ist, dass sie den Mann mit zehn Euro verwarnt haben, obwohl er ja einen Verbandskasten mitgeführt hat. Es hätte meiner Meinung nach auch ausgereicht, dem Mann eine Woche Zeit zu geben, sich einen neuen Verbandskasten zu besorgen."

Ruckartig sprang Gerhard Egginger auf. Mit strengem Gesichtsausdruck blickte er Markus von oben herab an.

„Du enttäuschst mich maßlos. Das hätte ich von dir ehrlich gesagt nicht erwartet. Im Bußgeldkatalog steht, dass man einen Verbandskasten der neuesten Serie mitführen muss. Welche Seriennummer das jetzt ist, weiß ich nicht auswendig. Es ist aber erfreulich, zu hören, dass es Beamte auf dieser Dienststelle gibt, die darüber Bescheid wissen. Willst du dich etwa über diese Kollegen beschweren?"

Markus ließ sich nicht beirren. Dann musste es halt wieder einmal zu einem Streitgespräch kommen.

„Wir haben im Keller einen uralten Verbandskasten, der mindestens fünfzehn Jahre alt ist und mit Sicherheit nicht mehr den Vorschriften entspricht. Ich war vorhin unten, habe ihn geöffnet und den Inhalt geprüft. Dabei habe ich festgestellt, dass in der neuesten Serie nichts anderes drinnen ist, als auch schon in den alten vorgeschrieben war. Was für ein Inhalt ist denn wichtig für einen Verbandskasten?", fuhr Markus nach einer kurzen Pause fort. Der Chef zuckte lediglich mit den Schultern, blieb ihm eine Antwort schuldig.

„Wichtig ist, dass eine Schere enthalten ist, mehrere steril verpackte Mullbinden, eine Brandschutzfolie, Einmalhandschuhe sowie eine kleine Fibel, in der die wichtigsten Ersthelfermaßnahmen beschrieben werden. Welcher Verkehrsteilnehmer weiß denn schon, was er zu tun hat, wenn er an einen Unfallort kommt? Jeder ist zunächst geschockt und handlungsunfähig. Die meisten stellen ihren Verbandskasten hin und lassen andere helfen. Wichtig ist doch nur, dass man eine Blutung stillen kann. Das Material dazu, findet man steril verpackt, in allen Verbandskästen, egal ob neu oder alt."

Markus bemerkte, wie ihn der Chef mittlerweile mit offenem Mund entgeistert anstarrte. Er stand kurz vor einer Explosion. Ungeachtet der Gefahr fuhr er schnell fort.

„Ich bin nach wie vor der Meinung, es hätte eine Mängelanzeige ausgereicht. Wenn jemand gar keinen Verbandskasten mitführt, dann habe ich dafür auch kein Verständnis und wäre der Erste, der das Verwarnungsgeld kassiert. Ich bin mir aber auch sicher, dass die Mehrzahl der Verkehrsteilnehmer gar nicht weiß, dass die Verwendbarkeit eines Verbandskasten zeitlich begrenzt ist. Man muss doch nicht päpstlicher als der Papst sein und sollte die Kirche im Dorf lassen. Außerdem kostet der Verstoß nur fünf Euro, nur bei Vorsatz erhöht sich das Verwarnungsgeld auf zehn Euro. Das muss doch wirklich nicht sein."

„Weißt du überhaupt, was du hier machst?", fragte Gerhard Egginger mit funkelnden Augen, dafür gefährlich leise.

Markus schüttelte den Kopf, schaute dem Chef furchtlos in die Augen.

„Das ist Mobbing ... Mobbing in Reinkultur. Du schwärzt Kollegen, die vorschriftsmäßig ihre Arbeit verrichten, bei mir an. Das darf doch nicht wahr sein. Lieber sähe ich es, mein Vertreter würde die Kollegen, die nur sinnlos Benzin verfahren, Feuer unterm Arsch machen. Stattdessen versuchst du, die pflichteifrigen Kollegen einzubremsen."

Gerhard Egginger stand auf, verschränkte die Arme hinter dem Rücken und ging im Zimmer auf und ab.

Markus verdrehte hinter seinem Rücken die Augen, weil er genau wusste, was jetzt folgte. Einmal mehr würde er sich die alte Leier anhören müssen, in welch fataler Lage sich die PI befand. Also richtete er sich auf einen längeren Monolog ein.

„Markus ... du weißt genau, dass wir im Vergleich zu den anderen Dienststellen im Präsidiumsbereich zu den kleinen gehören. Es laufen derzeit Bestrebungen, die von der Regierung vorgegebenen Reformen zeitnah umzusetzen. Das bedeutet - nicht mehr und nicht weniger - dass man kleine Polizeidienststellen aufzulösen gedenkt. Unter allen Umständen müssen wir daher versuchen, besser abzuschneiden, als die Dienststellen, die sich in einer vergleichbaren Situation befinden. Hast du das verstanden?

„Ja Herr Pfarrer", wollte er schon antworten, beließ es aber bei einem einfache „ja".

„Noch ... ich betone noch ... stehen wir besser da, als die eine oder andere Dienststelle, mit denen wir uns sozusagen im direkten Wettkampf befinden. Ich verlange deshalb von allen Kollegen, dass sie mit vollem Engagement und voller Hingabe daran arbeiten, dass es auch in Zukunft so bleibt. Ich verlange von meinen Dienstgruppenleitern, und vor allem von dir, dass die Kollegen täglich neu motiviert werden, damit sie nicht vergessen, um was es geht."

Erneut unterbrach er seinen Redefluss, schaute Markus prüfend an, ob er auch wirklich verstand, um was es gehe. Um ihn nicht weiter zu verärgern, nickte Markus. Zufrieden fuhr Gerhard Egginger fort.

„Gerade den Kollegen der B-Schicht ist es zu verdanken, dass wir überhaupt noch konkurrenzfähig sind. Wenn wir die nicht hätten, dann sähe es schwarz um uns aus. Ich verlange daher, dass alle an einem Strang ziehen, um das Ziel zu erreichen. Wenn die Dienststelle komplett aufgelöst und die Kollegen den Nachbardienststellen zugeordnet werden, was Gott verhüte, dann müssen die zukünftig einige Kilometer mehr zu ihrer neuen Dienststelle fahren. Vor allem werden sie dort keine solch ruhige Kugel mehr schieben können, wie bisher. Also kann man von allen Kollegen verlangen ... ich betone allen ..., dass sie sich ins Zeug legen und für ihre Zukunft einen Beitrag leisten. Zumindest so lange, bis die Reformpläne abgeschlossen sind. War das klar und deutlich? Hast du das verstanden?"

Er setzte sich und wie gewohnt, schlug er die Beine übereinander. Auch das huldvolle Lächeln kehrte zurück. Das bedeutete, dass er mit seiner Standpauke zufrieden war.

Diesen Monolog hatte sich Markus schon des Öfteren anhören müssen, konnte ihn inzwischen fast wortwörtlich nachbeten. Sogar die theatralischen Gesten kamen stets an derselben Stelle der Rede vor.

„Darf ich dazu etwas erwidern?", fragte Markus höflich, um die momentan entspannte Stimmung nicht wieder sofort zu gefährden. Mit Respekt konnte man bei Gerhard Egginger alles erreichen.

„Natürlich ... ich weiche aber von meiner Meinung keinen Millimeter ab. Das sage ich dir gleich."

„Das weiß ich. Ich will dich auch nur auf ein paar kleine Missverständnisse in deinem pathetischem Vortrag aufmerksam machen."

Plötzlich verdunkelte sich das Gesicht von Gerhard Egginger erneut. Trotzdem musste Markus das Folgende loswerden.

„Gerhard. Erstens haben der Ministerpräsident und auch der Innenminister wiederholt bestätigt, dass es auch in Zukunft keine Dienststellenschließungen geben wird ..."

„Lächerlich", brüllte Gerhard Egginger förmlich los. „Lächerlich ... glaubst du das, was diese Verbrecher erzählen? Heute so und morgen so. Glaubst du, die interessiert morgen noch, was sie uns heute erzählt und versprochen haben? Lächerlich, sage ich nur. Glaub du nur weiter an solche Märchen."

Markus wartete ab, bis er sich wieder beruhigt hatte, dann fuhr er unbeirrt fort.

„Auch die Gewerkschaften haben dasselbe gesagt. Erst im letzten

Infobrief vorletzte Woche haben sie mitgeteilt, dass die Dienststellenschließungen vom Tisch sind."

Wieder schrie Gerhard Egginger los. Markus hatte es geahnt. Der Trigger war Gewerkschaft. Ein toxisches Wort, das in ihm jedes Mal einen cholerischen Anfall auslöste.

„Lächerlich ... genauso lächerlich wie die Politiker sind die Gewerkschaftler. Die stecken doch alle unter einer Decke, die arbeiten doch zusammen. Wenn ein Gewerkschaftler den Mund aufmacht, dann lügt er. Schon beim grüß Gott sagen lügen sie. Einfach lächerlich, was du da für Argumente vorbringst. Wenn du so weiter machst und so naiv bleibst, dann wirst du nie Dienststellenleiter werden. Du musst mehr Menschenkenntnis bekommen, sonst bleibst du auf der Strecke. Merk dir meine Worte. Ich meine es nur gut mit dir."

Markus nickte dankbar für diesen nutzlosen Hinweis, fuhr stattdessen fort.

„Zweitens. Die Rangfolge der Dienststellen berechnet sich nach der Arbeitsbelastungszahl. Das bedeutet, es zählen hauptsächlich die Anzahl der Unfälle in unserem Dienstbereich sowie die Zahl der Straftaten, die der Polizeikriminalstatistik gemeldet werden. Und diese Zahlen werden mit den geleisteten Dienststunden der Beamten der Dienststelle ins Verhältnis gesetzt."

„Warum erzählst du mir das?", fiel ihm Gerhard Egginger brüsk ins Wort. „Das weiß ich doch, schließlich bin ich schon seit zwanzig Jahren Dienststellenleiter."

Markus unterdrückte seine aufkommende Wut, fuhr sachlich fort.

„Eben. Daher müsstest du wissen, dass die Beamten der B-Schicht faktisch nichts für eine höhere Arbeitsbelastungszahl tun. Ihre ganzen Verwarnungsgelder und Bußgeldanzeigen finden keinen Einfluss auf diese Berechnung. Die anderen Kollegen arbeiten da effektiver im Sinne der Dienststelle."

Der Chef sprang wutentbrannt auf, rannte zum Fenster und öffnete es. Laut vernehmlich, so dass es Markus hören musste, sog er die Luft ein, sagte aber nichts. Mehrmals setzte er an, hielt aber nach den ersten Worten immer gleich inne. Schließlich schien er die richtigen Worte gefunden zu haben.

„Jetzt erzähl ich dir was." Diese Einleitung überraschte Markus. Eine solche Wendung war ihm neu. Der Chef setzte sich auf die Schreibtischkante, verschränkte die Arme vor der Brust, und gefährlich leise fuhr er fort.

„Du weißt genau, dass unsere so hochverehrten Politiker uns den

Geldhahn zurückgedreht haben, so dass das Geld nur noch tröpfchenweise fließt. Mit dem der Polizei zur Verfügung stehenden Finanzetat sind wir weder in der Lage, die Sachkosten noch die Personalkosten zu bestreiten. Das heißt, wir können die Dienststellen nicht renovieren und müssen die Dienstwägen fahren, bis sie auseinanderbrechen. Stell dir nur mal vor, mit einem solchen klapprigen Streifenwagen hältst du einen Verkehrsteilnehmer auf, weil du ihn wegen seines verkehrsunsicheren Fahrzeugs beanstanden willst. Der lacht sich tot ... oder du hast eine Verfolgungsfahrt und sitzt plötzlich im Freien, weil alles um dich herum wegfliegt, weil die ganze Karre durchgerostet ist ... da sind ja die Radfahrer noch schneller unterwegs als wir mit unseren klapprigen Kisten."

Ein lautes, an ein Hundegebell erinnerndes Lachen, ließ er seinem Witz folgen. Markus ergriff die Gelegenheit zur Gegenrede.

„Ich glaube, du siehst dir zu viele amerikanische Filme an. Wenn ich dich erinnern darf, dann sind unsere Autos geleast und nach spätestens vier Jahren geben wir sie wieder zurück und bekommen neue Autos."

„Das stimmt in der Tat. Trotzdem Markus. Wir müssen um jeden Euro kämpfen, den wir benötigen. Wir müssen uns sozusagen selbst finanzieren. Das heißt, jedes Verwarnungsgeld und jedes Bußgeld, das wir einnehmen, geht in die Polizeikasse und kann für den Personal- und Sachhaushalt verwendet werden. Was nützt es uns, wenn wir Straftaten aufklären? Die Geldstrafen, zu denen die Beschuldigten verurteilt werden, gehen ja in die Justizkasse ... davon haben wir nichts, nur die Arbeit."

„Das kann aber auch nicht heißen", fiel ihm Markus ins Wort, „dass wir für die Fehler der Politik den Bürger büßen lassen, indem wir ihm bei jeder Gelegenheit ein Verwarnungsgeld abknöpfen. Früher durfte man den Verkehrsteilnehmer noch ermahnen und ohne ein Verwarnungsgeld weiterfahren lassen, jetzt soll nach deinen Worten immer ein Verwarnungsgeld kassiert werden. Wenn wir so fortfahren, wie es die Kollegen der B-Schicht machen, dann haben wir bald einen Krieg mit den Leuten da draußen. Schließlich sollen wir für den Bürger da sein und nicht umgekehrt."

Markus fiel nun ein, weswegen er eigentlich hier war.

„Genau genommen wollte ich dich bitten, dass du zukünftig die Beschwerden gegen die Kollegen selbst bearbeitest. Schließlich stehen bald Beurteilungen an und du solltest dir ein eigenes Bild über die Arbeitsweise bestimmter Kollegen machen."

Markus öffnete den Ordner und schob ihn zu ihm hin.

„Dieses Jahr sind bereits sechzehn Beschwerden eingegangen, die heutige noch gar nicht mitgezählt. Vierzehn davon betreffen die Kollegen der B-Schicht. Die Verteilung erscheint mir ein wenig zu einseitig."

Da Gerhard Egginger nichts erwiderte, fuhr Markus fort.

„Es geht fast immer nur um das Benehmen und Auftreten bestimmter Kollegen. Bei keiner einzigen Beschwerde wird die Gesetzmäßigkeit der polizeilichen Maßnahme in Frage gestellt. Bemerkenswert dürfte sein, dass der Dienstgruppenleiter, der ja mit gutem Beispiel vorangehen sollte, die meisten bekommen hat."

„Um was geht es bei den Beschwerden denn?", fragte Gerhard Egginger ruhig.

Markus holte sich den Ordner wieder zurück und blätterte darin, bis er fündig wurde.

„Hier, zum Beispiel schreibt ein fünfzigjähriger Architekt, der in eine Geschwindigkeitskontrolle gekommen war: ... *verwehre ich mich dagegen, dass ich mich von dem aufnehmenden Beamten als Verkehrsrowdy und Gefahr für andere Verkehrsteilnehmer bezeichnen lassen muss, nur weil ich auf einer gut ausgebauten Bundesstraße, auf der leicht drei Fahrzeuge nebeneinander Platz haben, in einer siebzig-kmh-Beschränkung mit achtzig km/h gemessen wurde.*

Markus blätterte im Ordner weiter, bis er die nächste Passage fand.

... empfinde ich es als Frechheit, dass ich mich von dem jungen Beamten als Oma bezeichnen lassen muss und gleichzeitig gefragt werde, ob ich zum „aufreißen" unterwegs sei. Ich bin vierundsiebzig Jahre alt und seit zwölf Jahren verwitwet.

Markus beobachtete den Chef aus den Augenwinkeln, der aber zeigte keine Reaktion. Er wollte ihm noch eine Beschwerde vorlesen und suchte weiter, bis er das Blatt gefunden hatte.

... nachdem ich innerhalb von drei Wochen von denselben Beamten sechs Mal aufgehalten und nach dem Führerschein und Fahrzeugschein gefragt wurde, fragte ich, warum sie diese ständig überprüfen wollen? Als Antwort bekam ich die Auskunft, dass man mich so lange kontrollieren werde, bis man was finde. Auch wenn es sich vermutlich um einen Scherz gehandelt hat, finde ich eine solche Auskunft nicht lustig, noch dazu ja bekannt ist, dass es in Irlbach mehrere Bürger gibt, die penetrant von diesen beiden Beamten verfolgt werden. So ein Vorgehen bezeichne ich als Schikane.

Gerhard Egginger wirkte jetzt doch etwas niedergeschlagen. Ohne Markus anzusehen, fragte er.

„Um wen handelt es sich?"

„Kannst du es dir nicht denken? Wer redet auch die Kollegen so flapsig an?" Markus erwartete keine Antwort, war aber doch überrascht, als Gerhard Egginger die Namen aussprach.

„Das hört sich nach Xaver Diehl und Rainer Gruber an."

„Stimmt", pflichtete ihm Markus bei.

„Hast du mit ihnen schon darüber gesprochen?"

„Ja", antwortete ihm Markus. „Es hat aber nichts geholfen, da mich Xaver als Dienstvorgesetzten nicht akzeptiert. Außerdem behauptet er, dass diese Aussagen alle übertrieben und gelogen sind. Sie verhalten sich angeblich bei der Kontrolle höflich und lassen sich nicht provozieren. Rainer hat gemeint, er sehe keine Veranlassung, sein Verhalten zu ändern. Es handle sich bei den Beschwerdeführern um Bürger, die wegen eines Verkehrsverstoßes von ihnen belangt wurden und auf diese Art und Weise Rache üben wollen."

„Was hast du den Beschwerdeführern geantwortet?"

„Ich habe ihnen das Übliche geschrieben ... dass die Beschwerde eingegangen ist und geprüft wird. Sollte ein Fehlverhalten vorliegen, dann werden beamtenrechtliche Maßnahmen eingeleitet."

Gerhard Egginger nickte stumm, nahm den Ordner und legte ihn auf den Schreibtisch.

„Ich werde mich darum kümmern und mit den Kollegen ein Gespräch führen. Ich geb dir dann bescheid, was dabei herausgekommen ist. Jetzt muss ich aber weiterarbeiten. Wenn du nichts mehr auf dem Herzen hast, dann würde ich unser Gespräch gerne beenden."

Markus wollte ebenfalls so schnell wie möglich das Büro des Chefs verlassen. Er hatte es hinter sich gebracht und es war gar nicht so schlimm geworden, wie er befürchtet hatte. Während er die Tür hinter sich schloss, fiel ihm der Spruch eines Kollegen ein, der über Gerhard Egginger gesagt hatte, dass der so unbestechlich sei, dass er sich sogar weigere, Vernunft anzunehmen. Ein Aphorismus, der ihn richtig charakterisierte.

Die Nachmittagsschicht saß im Sozialraum, trank Kaffee und besprach den

Fahrplan für den Nachmittag. Markus setzte sich hinzu, er brauchte auch eine Pause, nach Arbeiten war ihm im Moment nicht zumute.

„Das muss ja eine heiße Besprechung gewesen sein", begrüßte ihn Daniel Messner, der Dienstgruppenleiter. „Den Chef hat man durch die geschlossene Tür bis in das Geschäftszimmer schreien hören."

Markus wollte jetzt nicht darüber reden, es ging die Kollegen nichts an, was Gegenstand der Besprechung gewesen war.

„Okay. Wenn du nicht mit uns sprechen willst, auch recht. Wir wissen ohnehin, um was es gegangen ist. Das war ja nicht zu überhören."

Hatte sich Markus auf eine gemütliche Tasse Kaffee eingestellt, wurde er in den nächsten Minuten eines Besseren belehrt. Das, was er zu hören bekam, trieb ihm die Zornesröte ins Gesicht. Dass das gestörte Verhältnis der Bürger mit der Polizei inzwischen auch die Kinder und Ehefrauen der Kollegen erreicht hatte, war für ihn neu und kaum noch zu ertragen. In einigen Geschäften wurde man nur noch abweisend und unhöflich bedient, ging in Einzelfällen sogar so weit, dass man ignoriert wurde oder Kunden, die erst später gekommen waren, vor ihnen bedient wurden. Kinder berichteten, dass sie im Fußballverein oder der Schule gemobbt wurden, weil der Vater Polizist ist.

„Ich wette mit dir, dass es nicht mehr lange dauert, bis man uns die Autos zerkratzt oder die Scheibenwischer und Außenspiegel abbricht. So lange sie es mit den Dienstautos anstellen, ist es mir egal, aber wehe, wenn sie mein Auto anlangen, dann pack ich mir die ehrbaren Kollegen der B-Schicht, das garantier ich dir."

So weit durfte es auf keinen Fall kommen, fand Markus. Wenn der Chef weiterhin über die Verfehlungen der Kollegen hinwegsah, dann blieb ihm nichts anderes übrig, als den Personalrat einzuschalten. Dann war zwar das Tischtuch zwischen ihm und Gerhard Egginger endgültig zerschnitten, aber geschehen musste auf jeden Fall etwas, bevor es zu spät war. Die Angst der Kollegen vor einem Racheakt der Bürger musste ernst genommen werden.

5.

Nach zwei freien Tagen begann für die Beamten der B-Schicht am Samstagmittag der Dienst. Das herrliche Wetter ließ viel Ausflugsverkehr erwarten, vor allem Motorradfahrer.

„Ich will heute mit Fritz Moser lasern", informierte Rainer Gruber seinen DGL.

„Okay. Und wo stellt ihr euch hin?", fragte Xaver.

„Dort, wo man uns am wenigsten erwartet", erwiderte Rainer Gruber und lachte dreckig, dass man sekundenlang seine vom Zigarettenrauchen braun gefärbten Zähne bewundern konnte.

„Warte mal", unterbrach ihn Fritz Moser. „Mir fällt da gerade ein, dass heute beim *Ramsler* eine Hochzeitsfeier stattfindet. Wie wäre es, wenn wir uns in der Nähe aufstellen und auf die Hochzeitsgäste warten?"

„Gute Idee", meinte Xaver. „So machen wir es. Wir fahren aber gleich zu viert raus.

„Fritz, du laserst, Josef du bist der Anhalter. Rainer und ich kassieren ab."

Diese Einteilung überraschte niemanden. Erst wenn der Chef genügend kassiert hatte, durften auch die anderen ran. Aber heute würde jeder auf seine Kosten kommen.

Zwanzig Minuten später baute Fritz im Schutz einer Strauchreihe neben der Gassner Straße das Stativ mit dem Lasermessgerät auf. Xaver wollte zuvor noch an der Kirche vorbeifahren und dort warten bis die Messe vorbei war und sich die Feiernden auf den Weg machten.

Rund um die Kirche parkten jede Menge Autos. Darunter auch das mit einem riesigen Blumenbukett geschmückte Hochzeitsauto. Einige von den zu spät gekommenen Kirchenbesuchern standen außerhalb der gekennzeichneten Parkflächen. Rainer wollte schon aussteigen und hatte den Verwarnungsblock in der Hand, da hielt ihn Xaver zurück.

„Nein ... heute nicht Rainer. Ich hab was Besseres vor."

Hundert Meter weiter parkte er den Dienstwagen, gut versteckt neben der Straße, hinter einer Plakatwand. Keiner von den Autofahrern, die sich in wenigen Minuten auf den Weg zur Gaststätte machten, konnte sie dort sehen. In aller Ruhe bereitete sich Xaver vor, holte aus dem Einsatzkoffer ein Formblatt heraus.

„Was hast du vor?", fragte Rainer voller Neugier.

„So wie es auf dem Land üblich ist, werden die Autofahrer nach der Kirche hupend durchs Dorf fahren und ... das ist verboten. Wer ohne erkennbaren Grund hupt, begeht einen Verkehrsverstoß und der ist mit einem Verwarnungsgeld belegt."

Rainer schürzte anerkennend die Lippen. Xaver kannte den Bußgeldkatalog in- und auswendig.

Xaver befestigte das Formblatt - eine Sammelliste für gleichgelagerte Verkehrsverstöße - auf der Schreibkladde und reichte sie Rainer.

„Ich nenne dir die Kennzeichen und du schreibst sie auf. Den Fahrern schicke ich dann nächste Schicht den Anhörbogen nach. Wir wollen sie doch nicht hier an der Kirche, am Tag der Hochzeit, belästigen und den Tag versauen."

Rainer lachte laut auf. „Genau. Es reicht ja, dass wir sie dann auf der Gassner Straße herausholen und abkassieren."

Lautes Kirchengeläut kündigte das Ende der Trauungszeremonie an. Es dauerte aber noch fast fünfzehn Minuten, bis das Brautauto als Erstes einer langen Wagenkolonne an ihnen vorbeifuhr.

Dankbar, für den herzlichen Applaus der am Straßenrand stehenden Irlbacher, winkte das frischvermählte Paar den Leuten zu. Dann begann das Hupkonzert. Alle Fahrer beteiligten sich daran. Xaver sagte laut die Kennzeichen, Rainer trug sie in das Formblatt ein. Als alle Fahrzeuge an ihnen vorbei waren, zählte sie Rainer.

„Dreiundvierzig", verkündete er stolz, „ ... da haben wir ganz schön was vorzuweisen. Was kostet der Verstoß überhaupt?"

„Das weiß ich auch nicht auswendig. Ich glaube zehn oder fünfzehn Euro. Ich muss selber erst nachschauen."

Gleich, nachdem das letzte Auto des Hochzeitszuges an ihnen vorbeigefahren war, folgten sie der Kolonne.

„So gemächlich wie die fahren, werden wir sie höchstens wegen zu langsamen Fahrens belangen können", meinte Xaver enttäuscht. Und so war es tatsächlich.

„Nicht einer von denen ist zu schnell gefahren", jammerte Fritz frustriert, nachdem Rainer und Xaver neben ihnen standen. „Ich hoffe, ihr wart erfolgreicher. Leider haben uns schon die ersten von ihnen, die vorbeigekommen sind, hinter den Büschen entdeckt, haben abgebremst und die nachfolgenden Autos auf uns aufmerksam gemacht. Mancher von den Fahrzeuginsassen hat uns beim Vorbeifahren den Mittelfinger rausgestreckt. Leider nicht die Fahrer, denn die hätten wir über das Kennzeichen ermitteln und anzeigen können."

„Okay", entschied Xaver. „Wir bauen hier ab und verlegen zur Bundesstraße. Holen wir uns ein paar Motorradfahrer raus. Treffpunkt ist in zehn Minuten bei der Einfahrt zum Fußballplatz."

Obwohl wider erwarten nicht viel Verkehr herrschte, die breite Straße schon weit vor dem Ortsendeschild zum Beschleunigen verleitete, hielten sich die Verkehrsteilnehmer an die vorgeschriebene Geschwindigkeitsbeschränkung. Xaver entschloss sich daher, die wenigen Motorradfahrer der Reihe nach herauszuwinken und einer Verkehrskontrolle zu unterziehen. Doch heute war anscheinend nicht ihr Tag. Keine abgefahrene Reifen, keine aufgebogenen Kennzeichen oder manipulierte Auspuffanlagen.

Xaver wollte schon abbrechen, da erklang der für eine Ducati typische röhrende Sound. Fritz sprang sofort hinter den Laser und versuchte den Scheinwerfer der schweren Maschine in das Visier des Messgeräts zu bekommen. Der Kradfahrer fuhr aber in Schlangenlinien, so dass es Fritz nicht gelang, eine gültige und verwertbare Geschwindigkeitsmessung durchzuführen. Mehrmals drückte er auf den Auslöser, bekam aber immer nur eine Entfernungsmessung zustande. Mit bloßem Auge war aber zu erkennen, dass der Fahrer schneller als die erlaubten siebzig Stundenkilometer unterwegs war. Xaver lief auf die Straße und hielt die Anhaltekelle in die Höhe.

Weisungsgemäß fuhr der Biker zum Streifenfahrzeug, stellte den Motor ab und öffnete das dunkle Visier des Helms.

„Würden Sie bitte ihren Helm abnehmen", forderte ihn Rainer auf.

Nachdem der den Helm abgenommen hatte, verlangte Xaver, der die Kontrolle übernahm, die Papiere von ihm. Wortlos und ohne eine Miene zu verziehen, öffnete der Mann den Reißverschluss des Tankrucksacks, kramte einige Sekunden darin herum und reichte ihm schließlich den Führer- und Fahrzeugschein.

„Sind Sie betrunken?", fragte Xaver.

„Nein ... warum?"

„Weil Sie in Schlangenlinien fahren."

Der etwa dreißigjährige blondhaarige Biker bog sich gelassen zum Außenspiegel hinab und fuhr sich provozierend mit seinen Fingern durch die zerzausten Haare.

„Darf man das denn nicht?", fragte er schließlich. „Ich habe doch keinen behindert oder gefährdet und bin auch nicht über die Mittellinie gekommen."

Offenbar hatte der Biker mit solchen Kontrollen bereits Routine und wusste daher, welche Antworten er zu geben hatte.

„Reden Sie doch keinen Unsinn", rief ihm Josef zu. „Sie sind deswegen in Schlangenlinien gefahren, weil Sie genau wussten, dass man Sie bei dieser Fahrweise mit einem Laser nicht richtig erfassen und messen kann. Stimmt doch, oder?"

Der Motorradfahrer zuckte lediglich mit den Schultern und zeigte ein verschmitztes Lächeln.

„Vielleicht ... vielleicht aber auch nicht", antwortete er nach ein paar Augenblicken. „Ich weiß es ehrlich gesagt selber nicht, warum ich hier in Schlangenlinien gefahren bin. Wahrscheinlich war mir gerade danach zumute."

Rainer hatte mittlerweile einen langen und stabilen Metalldraht aus dem Streifenfahrzeug geholt und steckte ihn in den Auspuff der Maschine.

„Was machen Sie da?", rief der Biker aufgebracht. „Nehmen Sie sofort das Ding da aus meinem Auspuff."

„Was ich mache, sehen Sie ja. Das ist Teil der Überprüfung ihrer Maschine auf Verkehrstauglichkeit. Was, und vor allem wie ich die Kontrolle durchführe, das bestimme ich und nicht Sie."

Diese arrogante Antwort ließ sich der Biker nicht gefallen. Erbost stieg er ab, griff nach dem Draht. Rainer, der von der Aktion überrascht wurde, konnte nicht verhindern, dass er den Draht rasch aus dem Auspuff zog.

„Entweder Sie sagen mir, warum Sie mit diesem Teil in meinem Auspuffrohr herumstochern, oder ich werfe den Draht in die Wiese."

Xaver kam Rainer zu Hilfe. Er baute sich vor dem einen Kopf größeren Mann auf, streckte seine Hand nach oben und wollte den Draht greifen. Er bekam ihn jedoch nicht zu fassen, da ihn sowohl seine untersetzte Körpergröße als auch sein Bauch daran hinderten, an das Werkzeug heranzukommen. Das bemerkte der junge Mann und nutzte die Situation gnadenlos aus, um mit dem Polizisten seinen Schabernack zu treiben.

„Ja, wo ist denn das Stöckchen? Musst du springen, sonst bekommst du es nicht."

Jetzt war es mit der Geduld von Xaver vorbei. Mit dem Bauch schubste er den Mann vor sich her, der nach wie vor die Hand mit dem Draht nach oben reckte. An der Leitplanke brachte er ihn schließlich zum Stehen. Laut lachend ließ sich der Biker auf diese nieder, senkte den Arm. Dies nutzte Xaver sofort und entriss ihm den Draht, den er sogleich an Rainer weiterreichte. Plötzlich hob der Biker beide Hände nach oben.

„Leute ... ich geb auf, gebe mich geschlagen. Wir wollen uns doch nicht den schönen Tag verderben und streiten. Lasst uns wieder Freunde sein. Also sagt mir, was ihr von mir wollt oder an meiner Maschine überprüfen wollt und ich unterstütze euch dabei sogar. Abgemacht?"

Zugleich stand er auf und hielt Xaver die Hand hin. Der sah ihn aber nur mit ernstem Blick an, schob seine Hand abrupt zur Seite.

„Ihre Einsicht kommt ein bisschen zu spät. Eine Entschuldigung für ihr Verhalten wäre eher angebracht."

Xaver nahm die Schreibkladde und begann, die Personalien des Mannes zu notieren.

„Warum schreiben Sie meine Daten auf? Etwa weil ich in Schlangenlinien gefahren bin?"

„Sie bekommen eine Strafanzeige wegen Widerstand", antwortete Xaver sachlich.

„Was?", rief der Mann ungläubig und zog die Stirn kraus.

„Ja glauben Sie denn, dass wir uns von ihnen so respektlos behandeln lassen? Sie haben meinem Kollegen sein Arbeitsgerät entrissen und wollten es offensichtlich zerstören. Außerdem haben Sie ihn von der Kontrolle ihres Motorrads abgehalten."

„Jetzt hören Sie mal, jetzt machen Sie aber mal einen Punkt. Ich wollte gar nichts zerstören und dass es sich bei diesem krummen Ding da um ein Arbeitsgerät handelt, das muss einem erst mal erklärt werden. Ihr Kollege hätte mir ja nur sagen brauchen, warum er mit dem Teil da in meinem Auspuff herumstochert ... oder ist das zu viel verlangt?"

„Wir können nicht jeden Handgriff erklären und außerdem hätten wir ihnen das spätestens nach Beendigung der Kontrolle gesagt."

„Ich hätte es aber gerne vorher gewusst, und zwar, bevor dieser Typ meinen Auspuff verkratzt", antwortete der Mann ziemlich verärgert.

Josef erkannte, dass die Situation langsam anfing zu eskalieren und mischte sich ein.

„Also gut, ich erkläre ihnen, was der Kollege vorhatte. Ihr Auspuff ist ziemlich laut, deswegen haben wir den Verdacht, dass daran manipuliert worden ist. Wir vermuten, dass Sie die Prallbleche aus dem Auspuff entfernt haben und das können wir mit diesem Draht feststellen. Wenn der Draht, ohne gegen ein Hindernis zu stoßen, bis zur Krümmung durchgeht, dann fehlen die Prallbleche."

Der Mann richtete sich wieder auf und sah Xaver an.

„Es gibt unter ihnen also doch noch vernünftige Leute, die sich nicht zu schade sind, einem zu erklären, was Sie mit diesem Draht vorhaben. Also bitte ... walten Sie ihres Amtes und überprüfen Sie meinen Auspuff."

Josef fuhr mit dem Draht erneut von hinten in das Auspuffrohr. Nach wenigen Zentimetern stieß er bereits gegen die Prallbleche und zog den Draht wieder heraus.

„Dann haben Sie etwas anderes an ihrem Auspuff manipuliert. Die Lautstärke ist eindeutig zu laut", fuhr Xaver noch immer verärgert fort.

„Was soll ich denn manipuliert haben? Die Maschine ist erst drei Monate alt und wenn sie in den Fahrzeugschein schauen, dann können Sie feststellen, dass sie mit 98 Dezibel zugelassen ist. Messen Sie halt die Lautstärke. Sie haben doch sicher ein Phonmessgerät?"

Ohne zu antworten, widmeten sich Xaver und Rainer erneut dem Motorrad. Sie knieten sich, jeder auf einer Seite, nieder, warfen prüfende Blicke auf die einzelnen Teile. Rainer stieß mit einem Kugelschreiber an verschiedene Punkte am heißen Motorblock oder klopfte daran. Doch beide wussten von Anfang an, dass sie an dieser Maschine nichts finden würden, was eine Beanstandung rechtfertigte. Sie täuschten nur eine intensive Kontrolle vor, um Zeit zu gewinnen. Ein Phonmessgerät besaßen sie zwar, aber momentan befand es sich in der Werkstatt.

Xaver richtete sich nach einiger Zeit wieder auf, forderte den Mann mit den Fingern auf, ihm zum Streifenfahrzeug zu folgen. Er setzte sich hinein und ließ den Biker neben dem Auto stehen.

„Wie ich ihnen bereits erklärt habe, bekommen Sie von mir eine Strafanzeige wegen Widerstand. Machen Sie gleich Angaben zur Sache oder wollen Sie erst einen Rechtsanwalt konsultieren?"

„Sie können mich doch nicht wegen Widerstand anzeigen. Ich hab doch nichts gemacht. Ich hab nur versucht, mein Eigentum vor einer Beschädigung zu schützen. Sie haben mich ja mit ... mit ihrem Bauch angegriffen und weggeschubst."

„Sie wollen also keine Angaben vor der Polizei machen?", fragte Xaver ungerührt.

„Nein!", schrie ihn der Mann an. Seine Ausweise hatte man nach der Überprüfung auf dem Sitz des Motorrads abgelegt. Er verstaute sie im Tankrucksack, zog die Sturmhaube und den Helm wieder auf. Zum Schluss wendete er sich nochmals an die Polizisten.

„Ich warne euch ... wenn ihr mich tatsächlich wegen Widerstand anzeigt, dann ..."

„Was dann?", fragte ihn Rainer gereizt, stellte sich mit verschränkten Armen vor das Motorrad.

„Das werdet ihr schon sehen. Ich lasse mir auf jeden Fall euer Verhalten nicht so ohne Weiteres gefallen ... und ... ich brauche keine Polizei oder Gericht, um zu meinem Recht zu kommen. Und jetzt verschwinde vor meinem Motorrad oder ich fahr dich über den Haufen, du ..."

„Das wird ja immer schöner", stellte Rainer fest. Trotzdem trat er sofort zur Seite. „Jetzt kommen auch noch eine Nötigung und Bedrohung hinzu. Das wird teuer zu für Sie, guter Mann. Wir sehen uns vor Gericht wieder."

Die letzten Worte gingen im aufheulenden Lärm des Motors der Ducati unter. Mit durchdrehenden Reifen bog der Motorradfahrer in die Bundesstraße ein, ohne auf den Verkehr zu achten. Er hatte Glück, es kam gerade kein Fahrzeug. Rainer stand am Straßenrand und zeigte dem Motorradfahrer den Mittelfinger.

„Wir sehen uns noch. Darauf kannst du dich verlassen!", schrie er ihm nach.

Fritz Moser und Josef Ranker standen etwas abseits und man sah ihren Blicken an, dass sie mit dem Vorgehen der Kollegen nicht einverstanden waren. Sie schauten sich vielsagend an, schwiegen aber.

„Lass ihn", meinte Xaver zu Rainer gewandt. „Der ist es nicht wert, dass wir uns deswegen aufregen."

Rainer kehrte zum Streifenfahrzeug zurück, ließ sich auf den Beifahrersitz fallen und nahm das Funkgerät zur Hand.

Die Kollegen hörten, wie er die Nachbardienststelle anfunkte und fragte, ob ein Streifenfahrzeug im Bereich der Bundesstraße auf Empfang sei. Die Antwort schien ihn jedoch nicht zufrieden zu stellen, denn mit einem Fluch auf den Lippen stieg er wieder aus.

„Schade", sagte er. „Ihr Streifenfahrzeug ist ganz woanders unterwegs. So angefressen wie der ist, fährt er mit Sicherheit schneller als erlaubt."

„Jetzt übertreibst du aber", kritisierte ihn Josef Ranker doch noch. „Hoffe lieber, dass er in seinem aufgebrachten Zustand nicht noch einen Unfall baut. Dabei blickte er ihn vorwurfsvoll an und klopfte sich mit der flachen Hand gegen die Stirn. Rainer wollte sich die Kritik aber nicht widerstandslos gefallen lassen.

„Du bist zu weich für diesen Beruf. Der Arsch hat es verdient. Nicht umsonst ist er in Schlangenlinien gefahren. Er wusste genau, dass er zu schnell dran war. Wenn er verunglückt, dann ist das sein Problem. Dann haben wir halt einen potentiellen Organspender weniger."

Xaver nahm die Spannungen zwischen den Kollegen emotionslos zur Kenntnis. Josef Ranker und Fritz Moser waren noch nicht so lange in der Schicht. Schön langsam wurde es aber Zeit, dass sie sich anpassten. Demnächst würde er mal ein ernstes Wort mit ihnen wechseln müssen. Schließlich hatte er ein gewichtiges Wort bei der Erstellung der Beurteilungen mitzureden. Dieser Hinweis würde sie hoffentlich überzeugen und zum Nachdenken bringen. Wenn sie befördert werden wollten, dann brauchten sie eine entsprechende Beurteilung. Gleichwohl entschloss er sich, die Kontrolle abzubrechen, die beiden missgelaunten Kollegen zur Dienststelle zurückzuschicken. Er hatte noch was vor, bei dem er die zwei nicht gebrauchen konnte.

Josef und Fritz waren darob nicht traurig, bauten den Laser ab, verstauten ihn im Streifenwagen und fuhren los.

Kaum dass sie weg waren, fragte Rainer.

„Was hast du denn noch vor Xaver? Willst du etwa die Hochzeitsfeier beim Ramsler beglücken?"

„Erstmals nur vorbeifahren. Vielleicht steht der rote Audi von unserem Freund Angerer da. Wenn nicht, werden wir ihn zu Hause besuchen."

„Wenn er weder beim Ramsler noch daheim ist, was willst du dann machen? Ihn etwa suchen?"

„Brauchen wir nicht. Wir stellen uns an einer günstigen Stelle in der Nähe seines Bauernhofs hin und warten einfach, bis er kommt. Außerdem bin ich mir sicher, dass er zu Hause ist. Tagsüber sind die Bauern bei ihren Viechern oder auf dem Feld. Erst abends fliegen sie aus. Inzwischen weiß ich, wie das Bauernvolk tickt."

„Und wenn ich mich wider erwarten doch täusche und er nicht daheim sein sollte", fuhr er nach ein paar Sekunden fort, „dann schauen wir uns mal auf seinem Hof um. Vielleicht entdecken wir was, etwa einen Verstoß nach dem Abfallbeseitigungsgesetz oder Ähnliches. Irgendwas findest du bei den Bauern immer."

Als sie vor dem *Ramsler* anhielten, um nach dem roten Audi Ausschau zu halten, wurden sie von ein paar Gästen der Hochzeitsgesellschaft, die vor der Gaststätte beim Rauchen standen, mit einem gellenden Pfeifkonzert empfangen. „Haut ab. Ihr habt hier nichts zu suchen!", wurde ihnen aus mehreren Kehlen zugerufen. Obwohl der Audi nicht zu sehen war, blieben sie extra eine Zeitlang stehen, um die Leute einfach nur zu provozieren. Schließlich fuhren sie dann doch weiter, versäumten es aber nicht, den Schreiern freundlich zuzuwinken. Mehrere Mittelfinger wurden in die Höhe gereckt.

„Wartet nur, ihr Bauerntölpel. Ihr kommt auch noch dran."

Rainer wusste nur zu gut, so gut kannte er seinen Chef inzwischen, dass es bei keiner leeren Drohung bleiben würde. Zwei Minuten später tauchte vor ihnen der abgelegene Bauernhof von Sebastian Angerer auf. Xaver blieb stehen und suchte nach einer geeigneten Örtlichkeit, von wo aus sie den Hof überblicken konnten, ohne selber gesehen zu werden. Unmittelbar rechts von ihnen, etwa fünfzig Meter von der Straße zurückversetzt, entdeckte er ein kleines Wäldchen, bestehend aus Fichten und Tannen. Über einen holprigen Feldweg fuhr er bis zu den ersten Bäumen, rangierte mehrmals umständlich hin und her, bis der Streifenwagen seiner Meinung nach richtig stand. Dann stellten sie sich auf eine längere Wartezeit ein, drehten die Lehnen zurück und schalteten das Radio ein.

In wenigen Minuten begann die Übertragung der Spiele der Fußballbundesliga. Rainer verdrehte die Augen. Ihn interessierte Fußball überhaupt nicht, für ihn waren alle Fußballanhänger verrückt. Aber Xaver war der Chef.

Rainer holte aus dem Handschuhfach ein Fernglas, hob es vor die Augen, stellte die Schärfe ein und betrachtete das Bauernhaus sowie das angrenzende Gelände. Herabgekommen schaute es aus. Da konnten auch die Blumenkästen vor den Fenstern nicht hinwegtäuschen. Der Verputz blätterte an mehreren Stellen bereits großflächig ab, ein paar Dachziegel hatten sich gelöst und gaben den Blick auf die Unterkonstruktion frei.

Im vorderen Teil des Anwesens befand sich die Wohnung, der hintere Teil, der über eine schräge Auffahrt zu erreichen war, diente vermutlich als Heulager und Unterstellgelegenheit für die landwirtschaftlichen Maschinen. Darunter musste sich der Stall befinden, denn durch die offene Tür trotteten soeben ein paar Kühe heraus.

„Scheinbar ist niemand zu Hause", murmelte er, ohne das Glas abzusetzen. „Kein Auto ist zu sehen und auch kein Hinweis auf die Anwesenheit unseres Freundes."

„Dann ist er doch auf der Hochzeitsfeier", meinte Xaver. „Inspizieren wir halt mal seinen Hof."

Als sie die abgewandte Seite des Hauses erreichten, schreckten sie ein paar der freilaufenden Hühner auf, die laut gackernd das Weite suchten.

„Dann schauen wir uns mal um", rief Xaver und stieg schwerfällig aus. Als Erstes schlug ihnen der strenge Geruch des Misthaufens entgegen. Eine dunkelbraune Brühe rann quer über den gepflasterten Hof. Sie mussten mehrmals über die Jauchelachen springen, um nicht die Schuhe zu besudeln. Dann entdeckten sie den roten Audi, der in einem offenen Stadel zwischen einem Traktor und einem Anhänger stand. Rainer öffnete die Fahrertür, so wie drei Tage zuvor. Der Wagen war nicht versperrt. Er warf einen Blick hinein, konnte aber nichts Verdächtiges entdecken. Gerade als er die Tür wieder schließen wollte, erkannte er im letzten Augenblick etwas im Fußraum des Beifahrersitzes, das ihm bekannt vorkam. Er beugte sich über den Fahrersitz und griff nach dem Gegenstand. Er hatte sich nicht getäuscht. Triumphierend hob er die Maglite in die Höhe und rief Xaver.

„Schau mal, was ich in seinem Auto gefunden habe."

Xaver nahm ihm die Lampe aus der Hand und schaute auf den

Batterieverschluss. Dort entdeckte er das eingekratzte Monogramm von Rainer.

„Sehr schön. Jetzt haben wir was gegen ihn in der Hand. Du kannst ihn wegen Diebstahl oder Fundunterschlagung anzeigen." Xaver grinste zufrieden. Rainer schüttelte jedoch den Kopf.

„Nein, nein. So leicht kommt mir der nicht davon. Für den lass ich mir was Besonderes einfallen. Nicht umsonst hat er mich zum Narren gehalten."

In diesem Moment vernahmen sie das Geräusch von zwei hochtourig gefahrenen Kleinkrafträdern, die sich rasch näherten. Zu sehen waren sie noch nicht, denn der Stadel verdeckte ihnen die Sicht. Xaver und Rainer eilten nach vorne, schauten über eine mehrere Hektar große Weide bis zu dem dichtbewaldeten Hügel dahinter. Von diesem führte ein schmaler Feldweg quer über die Weide bis kurz vor den Hof von Sebastian Angerer.

Auf diesem Weg entdeckten sie die Kräder. Zum Schutz vor der tiefstehenden Sonne mussten sie die Hände vor die Augen halten. Gespannt verfolgten sie den wilden Ritt über den holprigen Weg. Die beiden Fahrer beherrschten ihre Maschinen. Nicht nur einmal schien es, als würde der eine oder andere zu Sturz kommen. Mit den Beinen balancierten sie jedoch artistisch die oftmals gefährliche Seitenlage aus. Spitze Schreie folgten und verdeutlichten, dass die beiden Spaß hatten. Etwa fünfzig Meter vor dem Stadel mündete der Feldweg auf die asphaltierte Zufahrt zum Hof.

Ab dort gaben die beiden Lenker gehörig Gas. Nebeneinander fuhren sie auf den Hinterhof.

„Halt, Polizei!", rief Xaver den beiden zu und stellte sich ihnen in den Weg. Sofort bremsten sie ab und kamen vor den Polizisten zum Stehen. Da die Fahrer keinen Helm trugen, konnte man auf den ersten Blick erkennen, dass es sich um einen Jungen und ein Mädchen handelte. Dem äußeren Anschein nach noch Jugendliche.

„So ihr beiden ... wo kommt ihr denn her?", fragte Xaver.

Wortlos deuteten sie zum Waldrand.

„Könnt ihr auch reden oder seid ihr stumm?", fragte er nach.

„Wir kommen von unserer Hütte im Wald", stammelte der Junge und deutete erneut in die Richtung.

„Dann zeigt uns einmal euren Führerschein und die Betriebserlaubnis bzw. den Fahrzeugschein für eure Höllenmaschinen", forderte Rainer die beiden auf.

„Wir ... wir ... wir haben keinen Führerschein, weil wir erst fünfzehn und sechzehn Jahre alt sind. Außerdem sind die beiden Mopeds nicht angemeldet, weil wir ja nur über die Wiese zu unserer Hütte im Wald fahren. Mein Onkel, dem gehören die Kräder, hat extra bei der Versicherung nachgefragt, ob das zulässig ist."

„So? Wer ist denn euer Onkel?" Xaver redete mit den beiden Jugendlichen, als hätte er kleine Kinder vor sich.

„Sebastian Angerer. Dem gehört der Hof."

„Das wissen wir", antwortete Xaver. „Wo habt ihr denn den Helm? Ich sehe keinen."

Die beiden Geschwister schauten sich an.

„Wenn wir über die Wiese fahren, brauchen wir doch keinen ... oder?", fragte der Junge nun doch unsicher geworden.

„Das hat euch sicher euer lieber Onkel Sebastian erzählt", stellte Xaver provozierend fest.

„Nein. Das wissen wir von unseren Freunden."

Xaver trat einige Schritte zurück, drehte sich mit seitlich ausgestreckten Armen um die Achse.

„Ich kann hier aber keine Wiese entdecken. Ich sehe hier nur Teer und Beton."

Der Junge wurde sichtlich nervös. Die Hände zitterten und die Augenlider zuckten unkontrolliert. Seine Schwester blickte ihn hilfesuchend an.

„Das ist ja der Hof von unserem Onkel und keine Straße", versuchte der Junge zu erklären.

„So? Ihr seid ja zwei ganz kluge Früchtchen. Wenn ich mich recht erinnere, dann hat die Zufahrtsstraße zum Bauernhof eures Onkels einen Namen und das heißt, dass es sich um einen rechtlich öffentlichen Verkehrsgrund handelt, auf dem ihr soeben gefahren seid. Und wisst ihr, was das für euch bedeutet?"

Die beiden Geschwister senkten den Kopf und warteten bange, was nun auf sie zukam. Mit strenger Mine und erhobenem Zeigefinger fuhr Xaver schließlich fort.

„Das bedeutet, dass ihr ohne erforderliche Fahrerlaubnis mit einem nicht zugelassenen Kraftfahrzeug und ohne Helm auf öffentlichem Verkehrsgrund unterwegs gewesen seid. Deswegen müssen wir euch anzeigen ... so leid es uns tut." Zugleich zog Xaver bedauernd die Schultern und Arme nach oben.

„Aber wir sind doch nur über die Wiese und den Feldweg gefahren", erklärte der Junge verzweifelt.

„Und am Ende des Feldwegs seid ihr auf die Straße gefahren. Oder täusche ich mich da? Habt ihr eure Mopeds die letzten Meter etwa geschoben? Hab ich da was nicht mitbekommen?"

„Das sind doch höchstens zwanzig Meter. Das haben wir ja nicht gewusst, dass wir auf dem geteerten Teil nicht mehr fahren dürfen. Das nächste Mal steigen wir ab und schieben."

„Dazu ist es zu spät. Wir sind von Gesetzes wegen verpflichtet, jede Straftat aufzunehmen. Nur die Staatsanwaltschaft kann entscheiden, ob euer Verstoß strafbar ist oder nicht. Leider ist das so."

Xavers Worte klangen bedauernd, innerlich frohlockte er jedoch. Mit dieser Anzeige konnte er zwar Sebastian Angerer nicht persönlich schaden, aber immerhin zur Weißglut bringen, so hoffte er zumindest.

„Kommt mit", forderte Rainer die Geschwister auf. „Ich muss eure Personalien aufnehmen."

Die beiden Jugendlichen stiegen von ihren Mopeds ab, stellten sie auf den Hauptständer. Mit gesenkten Köpfen folgten sie ihm.

Während Rainer die Personalien notierte, holte Xaver den Fotoapparat aus dem Kofferraum des Streifenwagens. Er fotografierte den Streckenverlauf, den die Geschwister zurückgelegt hatten, das Stück Zufahrtsstraße sowie die Kräder ohne Kennzeichen. Unbemerkt von den beiden Polizisten holte das Mädchen ihr Handy heraus, schrieb mit flinken Fingern eine SMS und versandte sie.

Rainer hatte sich mit der Personalienaufnahme Zeit gelassen, fragte auch nach Daten, die er für die Anzeige eigentlich gar nicht benötigte. Egal. Auf einmal kam mit hohem Tempo ein Auto um die Kurve gefahren. Unmittelbar neben dem Streifenwagen blieb das Fahrzeug mit quietschenden Reifen stehen. Vom Beifahrersitz sprang mit hochrotem Kopf Sebastian Angerer heraus. Ihm hatte das Mädchen nämlich die SMS geschickt.

„Was ist hier los?", schrie er sofort los und lief angriffslustig auf Xaver zu, der soeben die Kameraausrüstung wieder im Kofferraum verstauen wollte. „Was macht ihr auf meinem Grundstück? Verschwindet auf der Stelle oder ich schmeiß euch eigenhändig vom Hof."

„Nehmen Sie sich da nicht etwas zu viel vor, Herr Angerer?", fragte ihn Xaver provozierend ruhig und schloss die Heckklappe.

„Ihr habt auf meinem Hof nichts zu suchen. Wenn ihr nicht augenblicklich verschwindet, zeige ich euch wegen Hausfriedensbruch an. Auch Bull ... Polizisten müssen sich an das Gesetz halten." Sebastian blieb unmittelbar vor Xaver stehen, so dass der deutlich die Fahne seines Gegenübers riechen konnte.

„Übrigens. Gut dass Sie gekommen sind", erwiderte Xaver unbeeindruckt, hielt dem hasserfüllten Blick stand. „Wir hätten mit ihnen sowieso Kontakt aufgenommen. Sie bekommen nämlich eine Anzeige von uns."

„Was?", brüllte ihm Sebastian ins Gesicht. Xaver wandte seinen Kopf zur Seite, da ihm der Alkoholgeruch unangenehm war.

„Ihr wollt mich anzeigen? Wegen was denn? Weil ich betrunken auf dem Beifahrersitz eines Autos mitgefahren bin? Euch beiden traue ich das tatsächlich zu."

„Nein Herr Angerer. Natürlich nicht. Das ist ja nicht verboten. Aber Sie haben den beiden Jugendlichen zwei nicht angemeldete und versicherte Mopeds zur Verfügung gestellt und erlaubt, dass sie mit diesen auf öffentlichem Verkehrsgrund fahren. Das bedeutet, dass auch der Besitzer und Halter angezeigt werden muss."

Sebastian starrte Xaver mit offenem Mund entgeistert an. Dann wendete er sich abrupt den beiden Geschwistern zu.

„Wo seid ihr gefahren?," schrie er nun diese an. „Auf der Straße? Seid ihr noch ganz bei Trost? Ich hab euch ausdrücklich gesagt, dass ihr nur auf dem Feldweg und auf der Wiese fahren dürft. Warum haltet ihr euch nicht daran?"

Das Mädchen fing lautlos zu weinen an und lehnte den Kopf an die Brust ihres Bruders, der sie in die Arme nahm und tröstete.

„Wir sind nicht auf der Straße gefahren, Onkel Sebi", erwiderte der

Junge ganz ruhig.

„Wie immer sind wir über die Wiese zur Hütte in den Wald gefahren. Zurück haben wir denselben Weg genommen."

Der Junge deutet nun dort hin, wo sie von der Wiese auf den geteerten Zufahrtsweg abgebogen sind. Die Fahrspuren im Gras konnte man ebenso deutlich erkennen, wie die Spur aus schwarzer Erde, die auf der Straße aus den grobporigen Reifen geschleudert worden war. Dort sind wir von der Wiese auf die Straße und dann direkt auf den Hof gefahren. Die Polizisten behaupten nun, dass es sich bei der geteerten Fläche um einen öffentlichen Verkehrsgrund handelt und da wir noch keinen Führerschein haben, dort nicht hätten fahren dürfen."

Sebastian Angerer wandte sich erneut Xaver zu, der nur bedauernd mit den Schultern zuckte.

„Ihr beide habt eure Spitznamen zu recht bekommen. Vor allem du." Dabei zeigte er auf Rainer. „Ihr habt beide einen Vollschlag. Eigentlich gehört ihr in die Klapsmühle oder so lange verprügelt, bis ihr in die Hose bieselt. Ihr habt nur Glück, dass die Kinder hier sind, sonst würde ich euch nämlich eigenhändig vom Hof prügeln."

„Jetzt reicht es aber", schrie Rainer zurück. „Sie bekommen von mir jetzt auch noch eine Anzeige wegen Beleidigung und Diebstahl."

Sebastian wurde auf einmal ganz ruhig, zwickte die Augen zusammen und mit vorgestrecktem Kopf näherte er sich Rainer.

„Willst du damit vielleicht behaupten, dass ich dir dein kümmerliches Gehirn gestohlen habe? Sorry, aber Abfall interessiert mich nicht."

Die dunklen Augen, die ihn aus den schmalen Augenschlitzen anstarrten, beeindruckten Rainer doch mehr, als er zugeben mochte. Auf einmal fühlte er sich nicht mehr so selbstsicher wie noch wenige Sekunden zuvor. Eingeschüchtert wich er sicherheitshalber zwei Schritte zurück. Bei einer körperlichen Auseinandersetzung würde er mit Sicherheit den Kürzeren ziehen. Gegen die von harter landwirtschaftlicher Arbeit gestählten Hände hatte er keine Chance. Stattdessen holte er die Taschenlampe aus dem Streifenwagen und hielt sie Sebastian Angerer vors Gesicht.

„Deswegen!", sagte er und fühlte sich mit der schweren Lampe in der Hand gleich wieder sicherer.

Sebastian lachte laut los. Auch die Frau, die ihn hergefahren hatte, stimmte in das Gelächter mit ein.

„Ach deine Lampe ist das?", fragte Sebastian scheinheilig. „Das konnte ich doch nicht wissen. Ich hab sie vorgestern auf dem Parkplatz vom *Ramsler* gefunden. Am Montag hätte ich sie zum Fundamt gebracht. Hast du die Lampe etwa verloren?"

Er wartete gar nicht erst eine Antwort ab, sondern winkte nur ab und schüttelte den Kopf.

„Sie sind ja betrunken", entgegnete ihm Rainer empört. „Mit ihnen rede ich gar nicht mehr. Ich melde mich bei ihnen, wenn Sie wieder einmal nüchtern sein sollten."

Sebastian packte Rainer mit festem Griff an der Schulter.

„Jetzt pass mal auf mein Freundchen, was ich dir zu sagen habe." Rainer hörte den drohenden Unterton heraus, blieb stehen und hörte zu.

„Erstens bin ich immer nüchtern. Nur heute, anlässlich der Hochzeit meines Freundes, habe ich ausnahmsweise mal Alkohol getrunken. Zweitens. Wenn du dich wegen der Geschichte in der Garage an mir rächen willst, dann nur zu. Aber lass die Kinder aus dem Spiel. Die können nichts dafür, Ich warne dich nur einmal. Hör also genau zu und merk dir meine Worte. Wenn du die Kinder anzeigst, dann ... Ich glaube, du hast mich genau verstanden, was ich meine und jetzt verschwinde, bevor ich doch noch handgreiflich werde."

„Rainer, willst du die beiden Kinder wirklich anzeigen?", fragte Xaver auf der Rückfahrt zur Dienststelle. Der Staatsanwalt wird das Verfahren mit Sicherheit einstellen. Ich würde es an deiner Stelle bleiben lassen. Die haben die nächsten paar Wochen ohnehin ein paar schlaflose Nächte, weil sie nicht wissen, was auf sie zukommt. Damit sind sie genug gestraft. Ich traue dem Angerer nämlich alles zu. Wir sollten seine Warnung ernst nehmen."

„Und genau deswegen ziehe ich die Anzeige durch", antwortete ihm Rainer aufgebracht. „Ich lass mich doch nicht von einem betrunkenen Bauernlümmel bedrohen und einschüchtern. Ich werd ihm seine Grenzen schon aufzeigen. Das war mit Sicherheit nicht unsere letzte Begegnung. Ich werde ihm zeigen, wer der Stärkere ist. Schon bald wird er einsehen müssen, dass ich am längeren Hebel sitze und vor allem den längeren Atem habe."

6.

Nachdenklich blickte Sebastian Angerer dem sich schnell entfernenden Polizeiauto nach. Er fühlte eine Leere in sich, wie so oft, wenn er mit diesen beiden Idioten aneinandergeriet. Er ahnte, dass das nicht die letzte Begegnung mit ihnen gewesen war und musste höllisch aufpassen, dass er nicht noch andere mit in den Streit hineinzog. Die ersten beiden Opfer waren leider sein Neffe und seine Nichte. Nur zu genau wusste er, dass die Bullen eigentlich wegen ihm hier aufgetaucht waren. So, wie er *Dick und Doof* einschätzte, würden sie die Anzeige nie und nimmer fallen lassen.

Mit schlechtem Gewissen streichelte er daher über die Köpfe der Kinder und schickte sie nach Hause. Er versprach ihnen, dass er die Sache regeln werde. Sie bräuchten sich keine Sorgen machen, denn sie haben nichts Falsches gemacht.

Mit einem leisen *Danke* verabschiedeten sie sich von ihrem Onkel, holten ihre Fahrräder aus dem Stadel und fuhren heim.

„Willst du hierbleiben oder fährst du mit zurück?", fragte ihn seine Bekannte, die ihn nach Hause gefahren hatte, nachdem er die SMS seiner Nichte erhalten hatte.

„Ich komme mit. Ich lass mir doch von den beiden Deppen nicht den Tag verderben."

Als sie in den Saal zurückkehrten, wurde Sebastian sogleich von allen Seiten bedrängt und mit Fragen bombardiert. Es hatte sich schnell herumgesprochen, dass sich die Polizei auf seinem Hof aufhielt.

„Was war denn los?", fragten mehrere gleichzeitig.

Er erzählte, was vorgefallen war. Als er fertig war, herrschte zunächst betretenes Schweigen. Sie alle kannten inzwischen die Geschichte mit der Taschenlampe und dass er den Polizisten in die Garage eingesperrt hatte. Eigentlich war allen klar, dass sich die beiden Bullen das nicht ungestraft gefallen lassen würden, dass sie Sebastian von nun an auf dem Kieker hatten.

„Was willst du unternehmen? Dich etwa beim Dienststellenleiter beschweren?", fragte Andreas Höhensteiger.

„Ich glaube nicht, dass das was bringt", meinte Sebastian mit einem Achselzucken. Das Kopfnicken rings um ihn herum verdeutlichte ihm, dass die anderen genauso dachten. Die Musik legte eine Pause ein und die Tanzpaare kamen nun auch zu Sebastian an den Tisch, auch das Brautpaar.

„Normalerweise sollte man sie im Dunkeln abpassen", meinte die Braut, „ihnen einen Sack über den Kopf stülpen und dann so lange auf sie einprügeln, bis sie sich vollpissen."

Ihr Vorschlag fand laute Zustimmung.

Ruth, die Bedienung, kam mit einem Tablett Getränke hinzu und verteilte sie am Tisch. Auch sie hatte einen Vorschlag.

„Man müsste sie einfach ständig auf Trab halten. Alle zehn Minuten auf der Dienststelle anrufen und einen Unfall oder was ähnliches melden. Dann sind sie beschäftigt und haben keine Zeit mehr, uns zu schikanieren."

Ihr Vorschlag bekam lauten Applaus.

„Nein, das dürfen wir nicht", mischte sich Karl Probst ein. „Mein Schwager ist Polizist in Tiefenbach. Wir haben das schon einmal besprochen. Er meinte, dass solche Mitteilungen, wenn sie nicht stimmen, strafbar sind. Vortäuschen einer Straftat und Notrufmissbrauch, nennt sich das glaube ich."

„Woher wollen die denn wissen, wer angerufen hat? Wenn du dich natürlich mit deinem richtigen Namen meldest, dann bist du selber schuld."

„Das meine ich auch nicht ... aber, die können jede Telefonnummer eines Anrufers von ihrem Display am Telefon ablesen und daher ohne große Schwierigkeiten feststellen, wer angerufen hat. Außerdem nehmen sie alle Telefongespräche auf."

Daran hatte keiner gedacht, machte sie nachdenklich.

„Dann ruf ich halt mit verstellter Stimme aus einer Telefonzelle an", kam der nächste Vorschlag.

Die Diskussion wurde in diesem Moment unterbrochen, da die Musiker die Paare wieder auf den Tanzboden zurückriefen. Nur Sebastians Freunde Michael Gallinger, Karl Probst und Andreas Höhensteiger blieben sitzen. Sie waren ohne Frauen zur Feier erschienen und mussten somit nicht tanzen, was ihnen seit jeher ein Graus war. Lediglich Ruth setzte sich noch für einen kurzen Augenblick zu ihnen.

„Das bringt alles nichts", fuhr Andreas Höhensteiger nach einer Weile fort. „Das geht ein paar Mal gut, dann haben sie es kapiert und fahren gar nicht mehr hin. Blöd ist dann nur, wenn es sich tatsächlich um einen Notfall handeln sollte und sie nicht hinfahren, weil sie glauben, dass es sich wieder um einen fingierten Anruf handelt."

„Fahrt halt mal alle zusammen zur Dienststelle und beschwert euch beim Dienststellenleiter", schlug Ruth als Nächstes vor.

„Der lässt uns doch gar nicht erst rein. Der arrogante Hund spricht nicht mit dem einfachen Landvolk, winkte Karl Probst ab.

„Dann schicken wir halt den Bürgermeister. Für was haben wir denn den gewählt?" Andreas Höhensteiger sprang auf und kam gleich darauf mit Walter Kamml, dem Bürgermeister, im Schlepptau zurück. Sie informierten ihn über die seit Monaten andauernden Schikanen der Polizisten. Jeder von ihnen hatte von einer oder mehreren Begegnungen mit *Dick und Doof* zu berichten, die sich das Gemeindeoberhaupt geduldig anhörte. Als sie nach einigen Minuten mit ihren Schilderungen fertig waren, kratzte er sich nachdenklich hinter dem Ohr, trank einen Schluck und verdeutlichte ihnen schließlich die Situation.

„Ich war schon vor ein paar Wochen beim Dienststellenleiter in Reichenfels und habe ihm berichtet, dass es drei oder vier Polizisten gibt, die die Bürger mit kleinlichen und überzogenen Maßnahmen schikanieren. Er forderte mich daraufhin auf, ihm konkrete Vorfälle zu nennen, dann würde er sie prüfen. Allgemeinen Anschuldigungen gehe er grundsätzlich nicht nach, weil er hundertprozentig davon überzeugt sei, dass sich seine Beamten ausnahmslos an Gesetz und Recht halten. Er ist sich auch im Klaren darüber, dass die Pflichteifrigen unter ihnen, die ihre Arbeit vorbildlich erledigen, gerne zu Unrecht angeschuldigt werden. Bisher habe es sich noch immer herausgestellt, dass die Beschwerden haltlos waren und es sich um Racheakte von beanstandeten Bürger gehandelt habe."

Kaum hatte der Bürgermeister, die angeblich vorbildliche Arbeit der Beamten angesprochen, brandete höhnisches Lachen auf.

„Dann möchte ich gar nicht erst erfahren, wie die Arbeit der Polizisten aussieht, die sie nicht vorbildlich erledigen. Denen will ich schon gleich gar nicht in die Hände geraten", meinte Sebastian Gallinger.

Der Bürgermeister bot ihnen letztendlich an, die Zwischenfälle aufzuschreiben und ihm ins Amt zu schicken. Mit den konkreten Vorfällen werde er nochmals das Gespräch mit dem Dienststellenleiter suchen.

„Das machen wir auch", rief Sebastian. „Das ist wahrscheinlich unsere einzige Chance, dass die Bluthunde endlich eingebremst werden. Jeder schreibt seine Erlebnisse auf. Gebt auch allen anderen Bescheid, dass wir so viel wie möglich zusammen bekommen. Am Freitagabend treffen wir uns hier wieder und übergeben dir die Beschwerden, Walter."

Damit waren alle einverstanden, hoben ihre Gläser und stießen an.

7.

Am darauffolgenden Morgen erschien Xaver Diehl gut gelaunt zur Frühschicht. Er hatte eine Idee, wie er Sebastian Angerer weiterhin das Leben schwer machen konnte. Am Ende der Frühbesprechung weihte er die Kollegen in seine Pläne ein.

Fritz Moser und Josef Ranker schickte er auf die erste Streife. Er und Rainer Gruber wollten die ruhigen Morgenstunden für Schreibarbeiten ausnutzen. Xaver verschickte die Anhörungen an die Hochzeitsgäste, die hupend durchs Dorf gefahren waren. Rainer widmete sich der Anzeige gegen den Neffen und die Nichte von Sebastian Angerer. Mehrere Gesetzesbücher lagen griffbereit neben ihm, die er zuvor genau studiert hatte, um keinen der begangenen Verstöße zu übersehen.

Die gewichtigste Straftat blieb für die beiden Jugendlichen das Fahren ohne Fahrerlaubnis. Wenn der Richter seiner Argumentationen folgte, dann mussten sie mit einer Verurteilung rechnen. Das bedeutete, dass ihnen die Führerscheinstelle aufgrund der Sperrfrist frühestens ein Jahr nach ihrem achtzehnten Geburtstag die Fahrerlaubnis erteilen durfte. Rainer kannte kein Erbarmen, auch wenn für den Bruchteil einer Sekunde Zweifel über die Korrektheit seines Tuns aufkam.

Anschließend ging er nahtlos zu Sebastian Angerer über. Als Erstes brachte er die Fundunterschlagung der Taschenlampe zur Anzeige. Den Diebstahl ließ er fallen, damit kam er nicht durch. Es folgten schließlich die Strafanzeigen wegen Beleidigung und zum Abschluss die Gestattung der Nutzung der nicht zugelassenen Kräder. In seinen Gedanken sah er Sebastian Angerer vor sich, wie er außer sich vor Wut die Vorladung zur Beschuldigtenvernehmung in der Hand hielt.

„Wir werden diesen Bauernlümmeln noch Respekt beibringen", meinte Rainer, als er den Brief in den Postauslauf legte. Xaver legte den Packen Anhörungen ebenso ins Postfach, klopfte Rainer gut gelaunt auf die Schulter und meinte: „Wie werden die blöd aus der Wäsche gucken, wenn sie meine Liebesbriefe öffnen. Wie du richtig bemerkt hast, werden wir diesen Bauern die

Bestimmungen der Straßenverkehrsordnung und der Zulassungsordnung Paragraf für Paragraf beibringen."

Kurz vor neun Uhr kehrten Fritz und Josef zurück. Strahlend präsentierten sie eine Handvoll Strafzetteln.

„Ich sehe, ihr wart erfolgreich", begrüßte sie Xaver.

„Na klar", antwortete Fritz. „Was ihr könnt, können wir schon lange. Wir waren in Reichenfels und haben ein paar Gurtmuffel abkassiert. Ihr dürft euch ganz schön anstrengen, wenn ihr uns heute noch übertreffen wollt."

„Also gut", erwiderte Rainer, „dann sollten wir keine Zeit verlieren und starten. Wir haben schließlich ja noch Einiges vor."

Sie fuhren nach Irlbach in die Gassner Straße. Das Ziel war die Hofzufahrt zu einem weit abseits gelegenen Bauernhof, auf dem Karl Probst wohnte. Er gehörte zu denen, die ihnen immer wieder respektlos den Mittelfinger entgegenhielten, wenn sie an ihnen vorbeifuhren.

Kein Schild wies auf den Hof hin, selbst viele Einheimische wussten nicht, wo dieser zu finden war.

Die Eltern von Karl Probst waren schon über siebzig Jahre alt. Früher standen mal mehr als dreißig Milchkühe im Stall. Mittlerweile waren es nur noch sechs sowie ein Pferd und ein paar Hühner. Die Felder lagen seit einiger Zeit brach. Die schwere Arbeit hatte ihre Körper geschwächt, ohne Hilfe konnten sie sie nicht mehr bewirtschaften. Ihr Sohn Karl wollte den Bauernhof nicht übernehmen, da die Landwirtschaft zu wenig abwarf, um ohne finanzielle Sorgen leben zu können. Daher nahm er einen Job in einem Baugeschäft in Irlbach an. Lediglich nach Feierabend sowie am Wochenende unterstützte er seine Eltern.

Es gab noch eine jüngere Schwester, die seit zehn Jahren mit Helmut, einem Polizisten, verheiratet war und in Tiefenbach wohnte. Wenn der nach Reichenfels oder Irlbach kam, gab es meistens nur ein Gesprächsthema. Ein ums andere mal musste er sich anhören, wie Xaver Diehl und seine Mannen die Bürger schikanierten. Man bat ihn, dagegen was zu unternehmen, mit Xaver Diehl das Gespräch zu suchen und ihm sozusagen von Polizist zu Polizist ins Gewissen zu reden. Denn lange lasse man sich die Schikanen nicht mehr gefallen. Er wiegelte aber jedes Mal ab. Erstens, wollte er sich nicht einmischen, zweitens, war er selber nur ein einfacher Streifenpolizist.

Vor zwei Wochen lernte er anlässlich einer Schießausbildung in der

Polizeidirektion Tiefenbach Xaver Diehl persönlich kennen. Noch bevor der Name genannt wurde, wusste er bereits, wen er vor sich hatte. Es gab nämlich nur wenige Kollegen im Direktionsbereich, die so dick waren wie er. In der Mittagspause nahm er ihn zur Seite. Ohne lange Vorrede fragte er, ob ihm bekannt sei, dass die Irlbacher Bürger lauthals über ihn und seine Schichtkollegen schimpften. Mit einem süffisanten Lächeln antwortete Xaver, dass es ihm gefalle, so bekannt und gefürchtet zu sein. Das zeige nämlich nur, dass man den Job gut erledige.

Eine derart arrogante Antwort hatte Helmut nicht erwartet. Das konnte er nicht unkommentiert stehen lassen. Es kam zu einem lautstarken Streit, in dessen Verlauf Xaver geschickt den Kollegen in die Enge trieb. Letztendlich drohte er ihm, sich wegen des ungerechtfertigten Vorwurfs, den er als Mobbing bezeichne, beim Polizeidirektor zu beschweren. Außer, er nenne ihm die Namen derjenigen, die solche Lügen verbreiten. Helmut hegte keine Zweifel, dass Xaver Diehl seine Drohung wahr machen werde. Inzwischen bedauerte er es, das Thema angesprochen zu haben. Was ging es ihn an? Wie konnte er sich erdreisten, als Hauptmeister einen Hauptkommissar zu kritisieren? Dafür gab es Dienstvorgesetzte. Um heil aus der Sache herauszukommen und dienstliche Nachteile zu vermeiden, nannte er ihm schließlich den Namen seines Schwagers.

Heute war nun der Tag, an dem Xaver Diehl den unverschämten Kerl bestrafen wollte.

Aufgrund mehrerer zurückliegender Kontrollen wusste er, dass Alkoholkontrollen bei Karl Probst sinnlos waren. Der trank keinen Alkohol, zumindest wenn er mit dem Auto unterwegs war. Abends, wenn er den Stammtisch besuchte, genehmigte er sich das eine oder andere Bier. Dorthin fuhr er aber mit dem Mofa, mied die öffentlichen Straßen, benutzte nur Feld- und Forstwege.

Durch Zufall hatte Xaver in Erfahrung gebracht, dass Karl Probst auf einer Koppel, nicht weit vom Bauernhof entfernt, zwei Pferde stehen hat. Jeden Sonntagvormittag fuhr er mit dem Traktor dort hin, mistete den Unterstand aus, versorgte die Tiere mit frischem Futter und Heu.

Wegen ihm standen sie also hier. Sie warteten auf Karl Probst. Tatsächlich dauerte es nicht lange und der unverkennbare Klang eines Traktors näherte sich. Wenige Sekunden später bog Karl Probst von der Hofzufahrt kommend in die Gassner Straße ein. Ohne den Streifenwagen hinter den Büschen zu entdecken, fuhr er an ihnen vorbei. In der Schaufel des Traktors transportierte er zwei

Ballen Heu. Xaver grinste über das ganze Gesicht.

Dicht hinter dem Traktor herfahrend erkannte er, dass sie Karl Probst aufmerksam im Seitenspiegel beobachtete. Also aktivierte er den Informationsbalken auf dem Dach des Streifenwagens mit der Anhalteaufforderung „Stopp Polizei". Ohne sie aus den Augen zu lassen, setzte Karl Probst seine Fahrt jedoch unbeirrt fort. Selbst dann noch, als zusätzlich das Blaulicht eingeschaltet wurde.

„Das wird dir teuer zu stehen kommen, Freundchen", raunte Xaver bedrohlich leise. Gleichzeitig schaltete er nun auch die Sirene an. Erst jetzt verringerte Karl Probst die Geschwindigkeit, fuhr von der Straße auf die angrenzende Wiese. Unmittelbar hinter dem Traktor stellte Xaver den Streifenwagen ab.

Xaver und Rainer marschierten vor bis zum Führerhaus. Karl Probst ignorierte sie jedoch, starrte stoisch nach vorne. Der Motor des Traktors lief noch. Xaver musste daher schreien, um das Brummen des lauten Motors zu übertönen. Karl Probst tat so, als würde er nichts hören. Das konnte er tatsächlich nicht, denn er trug wegen des Lärms Kopfhörer. Es blieb Rainer also nichts anderes übrig, als auf den Tritt des Führerhauses zu steigen und lautstark an das Fenster zu klopfen. Endlich schenkte ihnen Karl seine Aufmerksamkeit.

Mit einem Handzeichen forderte ihn Rainer auf, den Motor endlich abzustellen. Karl Probst hielt lediglich seine rechte Hand ans Ohr, um ihm zu signalisieren, dass er nichts verstehen könne. Rainer stieg nochmals auf den Tritt, wollte die Tür von außen öffnen. Sie war jedoch von innen verriegelt.

Erneut deutete er mit seinem Zeigefinger auf den Motor und gab Karl mit einer eindeutigen Handbewegung zu verstehen, den Motor auszumachen. Endlich schien Karl zu kapieren, so zumindest deutete Rainer dessen Reaktion. Der dachte aber gar nicht daran, der Aufforderung nachzukommen. Ganz im Gegenteil. Er gab mehrmals hintereinander Gas und grinste dabei über das ganze Gesicht.

Xaver hatte sich mittlerweile unmittelbar vor dem Traktor platziert, musterte die Heuballen in der Schaufel. Mit Handbewegungen forderte er Karl auf, auszusteigen und zu ihm zu kommen. Der fasste die Handzeichen aber anders auf, meinte, dass er etwas vorfahren solle. Mit einem Ruck setzte sich der Traktor in Bewegung. Mit einem lauten Aufschrei brachte sich Xaver in Sicherheit.

Nun hatte er genug. Vorführen lassen wollte er sich von dem Bauern auf keinen Fall. Ungeniert zeigte er ihm den Mittelfinger. Nun war auch für Karl das Maß voll. Wütend riss er die Tür auf und sprang zu Boden.

„Was soll das?", schrie er Xaver aufgebracht an. „Sind wir jetzt schon so weit, dass uns die Polizisten ungestraft den Mittelfinger zeigen dürfen?"

„Halts Maul", brüllte ihn Xaver noch lauter an. „Warum hältst du nicht an, wenn wir dich auffordern? Du hast unseren Weisungen Folge zu leisten, und zwar unverzüglich. Das eine kann ich dir jetzt schon sagen. Das wird teuer für dich. Verarschen lassen wir uns nicht. Schon gleich gar nicht von dir!"

„Ich hab euch nicht gesehen und gehört. Immerhin sitze ich dort oben zwei Meter über dem Boden und kann euer kleines Auto im Rückspiegel nicht sehen, vor allem, wenn ihr mir so knapp auffahrt. Was wollt ihr überhaupt von mir?"

Xaver deutete mit dem Finger auf die beiden Heuballen in der Schaufel des Traktors.

„Was ist das?", fragte er. Karl schaute ihn verblüfft an, gab ihm aber trotzdem eine Antwort.

„Das ... ist ... Heu ... für ... meine ... Pferde." Zwischen jedem Wort machte er eine kleine Pause."

„Du wirst lachen. Das hab sogar ich erkannt, dass es sich um Heu handelt. Auf was ich dich aber hinweisen will, ist, dass es sich bei den beiden Ballen um eine Ladung handelt. Dämmert es jetzt bei dir?" Karl Probst zuckte aber nur mit den Schultern.

„Ich hoffe doch, dass du es mir erklärst. Ich hab auf jeden Fall keine Ahnung, was du von mir willst."

Rainer gesellte sich zu ihnen, klärte Karl auf.

„Das haben wir uns schon gedacht, dass du das nicht weißt. Deswegen sind wir ja hier, um dich auf einen Verkehrsverstoß hinzuweisen. Es ist nämlich verboten, auf öffentlichem Verkehrsgrund eine Ladung in der offenen Schaufel mitzuführen. Außerdem muss diese während der Fahrt nach oben gehoben werden, damit das Sichtfeld vor dem Traktor nicht beeinträchtigt wird. Das sollte man als Landwirt aber wissen."

„Ist das hier etwa versteckte Kamera?" Karl Probst drehte sich um seine Achse, tat so, als würde er nach einer Kamera Ausschau halten. Schließlich schüttelte er fassungslos den Kopf, klopfte sich mit der flachen Hand mehrmals gegen die Stirn. „Ihr beide solltet beim Bauerntheater anheuern.

Ihr seid nämlich umwerfend komisch."

„Dir wird das Lachen noch vergehen mein Freund, wenn du von uns die Rechnung präsentiert bekommst", antwortete ihm Xaver ruhig bleibend.

„Was wollt ihr denn?", fuhr Karl wieder ernst werdend fort. „Die beiden Heuballen sind mit einem Spanngurt festgezurrt. Die können gar nicht herausfallen. Außerdem fahre ich nur von unserem Hof bis zur Koppel da vorne. Das sind höchstens achthundert Meter und lediglich hundert Meter davon sind Straße. Und die Sicht ist auch nicht eingeschränkt, da die Schaufel fast ganz am Boden unten ist und ich daher nach vorne freie Sicht habe. Auf jeden Fall sehe ich so mehr, als wenn ich die Schaufel hochfahre. Dann habe ich nämlich die Hydraulikschläuche genau vor den Augen und die schränken mein Sichtfeld ein. Das solltet sogar ihr kapieren."

Da er keine Antwort bekam, war er der Meinung, dass sie ihm recht geben mussten.

„Dann fahr ich also weiter. Im Gegensatz zu euch hab ich nämlich noch viel zu tun. Ich wünsch euch noch einen schönen Tag."

Gerade als er wieder in das Führerhaus steigen wollte, rief ihn Xaver zurück.

„Moment mein Freund. Wir sind noch nicht fertig. Jetzt zeigst du uns erst mal deinen Führerschein und Fahrzeugschein."

„Die hab ich nicht dabei. Die liegen im Büro bei den anderen Unterlagen meiner Fahrzeuge."

„So, so. Das macht also jeweils zehn Euro Verwarnungsgeld für die nicht mitgeführten Fahrzeugpapiere." Karl kehrte sofort um, stellte sich mit vor der Brust verschränkten Armen breitbeinig vor Xaver.

„Hast du Pausenkasperl schon mal einen Landwirt gesehen, der den Führerschein und den Fahrzeugschein seiner Fahrzeuge mit auf das Feld nimmt? Wahrscheinlich noch nie. Wollt ihr hier neue Regeln einführen?"

„Mir wäre nicht bekannt, dass Landwirte von dieser Bestimmung ausgenommen sind. Oder hast du so etwas schon mal gehört Rainer?"

„Nein Xaver, natürlich nicht!"

„Dann gibt es eine solche Ausnahmegenehmigung auch nicht, Herr Probst. Wir werden Sie und ihre Kollegen in Zukunft regelmäßig darauf kontrollieren." Xaver hob die Schreibkladde hoch und begann zu notieren. Ohne aufzublicken, fuhr er fort.

„Außerdem kommt hinzu, dass Sie den Weisungen und Anordnungen der Polizei nicht nachgekommen sind. Das macht zusätzlich zwanzig Euro Verwarnungsgeld, somit sind wir nun schon bei vierzig Euro."

Aus den Augenwinkeln beobachtete er Karl Probst, dem inzwischen das Grinsen gründlich vergangen war.

„Und jetzt kommen wir zum Eigentlichen, sehr geehrter Herr Probst. Sie haben während der Fahrt auf öffentlichem Verkehrsgrund die Schaufel auf Bodenhöhe gesenkt, in der sie zudem unerlaubt eine Ladung transportieren. Wenn man alles zusammenzählt, dann können wir ihnen leider keine gebührenpflichtige Verwarnung mehr anbieten, sondern müssen Sie anzeigen. So leid es uns tut."

Xaver und Rainer schauten sich bedauernd an, so, als würde es ihnen tatsächlich leidtun. Dabei hatten sie Mühe, sich ein Grinsen zu verkneifen.

„Ich nehme an", fuhr Xaver mit ernstem Gesichtsausdruck fort, „dass Sie vor der Polizei keine Angaben machen wollen. Möglicherweise werden Sie sich erst von ihrem Schwager rechtlichen Rat einholen. Wie wir mittlerweile erfahren haben, stehen Sie mit dem ja in regelmäßigen Kontakt."

„Aha, daher weht also der Wind. Eine Racheaktion von euch, weil mein Schwager Polizist ist und sich unsere Probleme, die wir mit euch haben, angehört hat. Eine Machtdemonstration also. Dabei weiß ich so gut wie ihr, dass er uns nicht helfen kann. Ja, nicht nur ich hab über euch geschimpft. Es tut mir leid, aber über euch kann man leider nichts Gutes sagen."

Bevor Karl auf den Traktor stieg, wandte er sich nochmals den beiden zu.

„Schickt mir die Anzeige zu. Ich geb sie meinem Rechtsanwalt. Ich versichere euch, dass ich vor Gericht ziehe, auch wenn es für mich teuer werden sollte. Eure niederträchtigen Praktiken gehören vor den Kadi. Schönen Tag noch."

Rainer hatte mittlerweile die mit den Heuballen beladene Traktorschaufel fotografiert. Karl Probst setzte sich in seinen Sitz, fuhr aber noch nicht los. Er wartete, bis die beiden Polizisten auf dem Weg zum Streifenfahrzeug am Traktor vorbei mussten. In diesem Moment zog er die Handbremse an, gab Vollgas. Zwei Sekunden später löste er die Handbremse wieder und mit einem gewaltigen Satz setzte sich der Traktor in Bewegung. In der Nacht hatte es geregnet und der Untergrund war aufgeweicht. Im Rückspiegel beobachtete er, wie die grobstolligen Reifen große Erdbrocken aus der Wiese in die Luft beförderten und genau auf dem Rücken von Xaver und Rainer sowie auf dem Streifenfahrzeug landeten.

8.

Gerhard Egginger musste sich nach dem Gespräch mit Markus eingestehen, dass Gesprächsbedarf bestand. Und zwar dringend. Also setzte er eine Dienstgruppenleiterbesprechung an. Jedem seiner fünf Dienstgruppenleiter teilte er in einer E-Mail mit, dass sie sich am Mittwoch, zwölf Uhr, im Besprechungszimmer einzufinden haben. Den Grund hierfür verschwieg er jedoch. Sie in Unkenntnis zu lassen bedeutete, dass sie sich nicht vorbereiten konnten. Im Gegensatz zu ihm.

Kurz vor zwölf Uhr saß Xaver Diehl als Erster in dem kleinen quadratischen Besprechungsraum, der direkt an das Büro des Chefs anschloss. Die Kollegen standen derweilen noch auf dem Gang und unterhielten sich leise, so dass er nicht mithören konnte. Er wusste aber ohnehin, dass es um ihn ging.

Pünktlich um zwölf Uhr öffnete sich die Tür und Gerhard Egginger kam mit mehreren Schnellheftern unterm Arm aus dem Büro. Mit einem breiten Lächeln begrüßte er seine Beamten. Die Dienstgruppenleiter der anderen Schichten nahmen alle gegenüber von Xaver Diehl Platz, keiner wollte neben ihm sitzen. Xaver quittierte den offensichtlichen Affront mit einem bitteren Lächeln.

Gerhard Egginger hatte bewusst diesen Termin gewählt, da Markus Reisinger zur gleichen Zeit an einer Besprechung im Präsidium in Rosenheim teilnahm. Vor vierzehn Uhr rechnete er nicht mit dessen Rückkehr. Bis dahin, so hoffte er, würde seine Besprechung bereits wieder beendet sein.

Er wollte Markus nicht dabei haben. Leider war es in letzter Zeit zu immer mehr Unstimmigkeiten zwischen ihnen gekommen, und das war auch heute zu befürchten. Zu gegensätzlich waren sie in ihren Ansichten. Er hatte kein Problem damit, diese unter vier Augen zu besprechen, wenn aber Untergebene dabei saßen, dann war das ein Angriff auf seine Führungskompetenz. Schließlich war noch immer er der Chef. Ihm oblag es, den Beamten Weisungen zu erteilen sowie die Dienstaufsicht auszuüben. Wie Markus später einmal die Dienststelle führen werde, das war ihm egal. Aber noch war er der Chef und das würde er heute beweisen. Es wurde Zeit, mit gutem Beispiel voranzugehen und seinen Dienstgruppenleitern zu zeigen, was er unter Durchsetzungsstärke und

Verantwortungsbewusstsein verstand.

Während er am Tisch Platz nahm, fiel ihm sogleich auf, dass sich keiner neben Xaver Diehl setzen wollte. Das irritierte, ja ärgerte ihn sogar, trotzdem ließ er sich seine gute Laune nicht verderben. Er legte die Schnellhefter auf den Tisch, ordnete sie nach Wichtigkeit. Dann schaute er jedem der Dienstgruppenleiter in die Augen. Es war ein strenger Blick, dem er jedem Einzelnen ein paar Sekunden schenkte. Doch sie hielten dem stand. Mittlerweile kannten sie ihren Chef gut genug. Nur Xaver Diehls Augenwinkel zuckten nervös. Unbewusst öffnete er den Krawattenknoten und lockerte ihn. Ein eindeutiges Zeichen der Verunsicherung. Als er die auf ihn gerichteten Blicke bemerkte, setzte er ein maskenhaftes Lächeln auf, das sein speckiges Gesicht nur noch unsympathischer erscheinen ließ.

Bevor Gerhard Egginger die Besprechung eröffnete, lehnte er sich in seinem Bürostuhl zurück, schlug die Beine übereinander und strich mit Daumen und Zeigefinger der rechten Hand an der Bügelfalte der Hose entlang. Die Dienstgruppenleiter beobachteten das ihnen bestens bekannte Zeremoniell. Schließlich hob er abrupt den Kopf.

„Ich begrüße Sie zu unserer heutigen Besprechung und bedanke mich, dass Sie es sich trotz der kurzfristigen Ansetzung einrichten konnten, zu erscheinen."

Es folgte eine Pause, in der er den ersten Schnellhefter aus dem Stapel hervorholte und aufschlug. Mit einem kurzen Blick überflog er nochmals die Zahlen, die er aber auch so kannte.

„Als Erstes möchte ich mich mit ihnen über den derzeitigen Stand der Anzeigen auf dem Verkehrssektor unterhalten. Wie Sie hoffentlich noch wissen, hat uns das Präsidium für dieses Jahr als Jahresziel die Reduzierung der Verkehrsunfälle und Trunkenheitsfahrten vorgegeben, damit die Verkehrstoten und Verletzten zurückgehen. Und das haben wir im Vergleich zum Vorjahr erreicht. Zurückzuführen ist dieses erfreuliche Ergebnis auf die vermehrte Kontrolltätigkeit des fließenden Verkehrs sowie die Überwachung der Geschwindigkeit mittels Laser."

Aufs Neue blickte er einen nach dem anderen an. Er wollte Zeit gewinnen, um sich die folgenden Worte überlegen zu können. Entspannt warteten die Beamten und hofften, dass er endlich fortfuhr. Ihnen war ohnehin klar, dass sie nun wieder mit Zahlen konfrontiert werden würden.

„Leider gibt es aber nicht nur positive Dinge zu berichten, sondern auch negative. Vor allem sind diese erfreulichen Zahlen in erster Linie auf die hervorragende Arbeit der Dienstgruppe B zurückzuführen."

Als Xaver Diehl diese Worte hörte, verflog seine Unruhe augenblicklich. Er richtete sich kerzengerade auf, es gelang ihm sogar, ein ungekünsteltes Lächeln hinzubekommen. Die Mienen der Kollegen verfinsterten sich dagegen. Kaum merkbar schüttelten sie die Köpfe, schnauften laut vernehmlich aus.

„Sie scheinen offenbar nicht mit mir übereinzustimmen, meine Herren, wenn ich ihre Reaktion richtig deute. Die Zahlen lügen aber nicht."

Dabei klopfte er mit dem Zeigefinger auf die Schnellhefter. Es folgte ein Herunterbeten von Zahlen. Eine Statistik nach der anderen zog er unter seinen Unterlagen hervor, ordnete die Werte den einzelnen Dienstgruppen zu.

„Ich denke, die Zahlen sprechen für sich", beendete er seinen minutenlangen Monolog. „Im Endeffekt heißt das nichts anderes, als dass der Arbeitsanfall der Kollegen der B-Schicht doppelt so hoch ist, wie bei den übrigen Schichten. Und das kann ich nicht dulden."

Augenblicklich begann eine lautstarke Diskussion zwischen Xaver Diehl auf der einen Seite und den Kollegen auf der anderen Seite. Pausenlos warf man sich gegenseitig Vorwürfe an den Kopf, schrie durcheinander. Gerhard Egginger lehnte sich derweilen entspannt zurück, hörte interessiert zu. Im Stillen hatte er auf einen solchen Verlauf gehofft, denn was er in der Hitze der Auseinandersetzung zu hören bekam, würde er unter normalen Umständen nie zu hören bekommen.

Nach ein paar Minuten hatte er genug gehört und beendete den Streit.

„Ruhe", schrie er und haute mit der flachen Hand auf den Tisch. „Benehmen Sie sich bitte wie zivilisierte Menschen und schreien nicht durcheinander. Nicht der Lauteste hat recht, sondern der mit den besten Argumenten."

„Nach Rücksprache mit meinen Kollegen", setzte Manfred Becker, der Dienstgruppenleiter der A-Schicht, kaum dass es ruhig geworden war, die Diskussion unbeirrt fort, „sind wir einhellig der Meinung, dass die Zahlen ihrer Statistik einen fairen Vergleich nicht zulassen. Im Hinblick auf die kommenden Beurteilungen bitten wir Sie daher, andere Schwerpunkte der polizeilichen Arbeit als Kriterium heranzuziehen." Eine solch unverschämte Kritik durfte Gerhard Egginger nicht zulassen. Da konnte es keine zwei Meinungen geben. Ein unerhörter Angriff auf seine Autorität. Was erlaubte sich dieser Becker überhaupt? Mit der flachen Hand schlug er abermals auf den Tisch.

„Das darf doch nicht wahr sein", schrie er, dass es ihm die Stimme verschlug. „Das hab ich in meinen fast vierzig Jahren bei der Polizei noch nicht erlebt, dass man mir vorwirft, keine fairen Beurteilungen zu erstellen. Und der Gipfel der Frechheit ist, dass man Kollegen denunziert und ihnen unlautere Methoden unterstellt."

Gerhard Egginger fixierte Becker sekundenlang mit einem empörten Gesichtsausdruck. Der blieb unbeeindruckt, denn er wusste von der Rückendeckung der Kollegen.

„Ich kann nur hoffen, Herr Becker", fuhr der Chef drohend fort, „dass Sie für diese haltlosen Anschuldigungen Beweise haben. Ansonsten leite ich ohne Rücksicht auf ihre bisherige Arbeit ein Disziplinar- und Strafverfahren gegen Sie ein. Wenn es also Beweise für ihre Unterstellungen gibt, dann verlange ich, dass Sie diese zu Papier bringen und unverzüglich der Direktion zur Prüfung zukommen lassen."

Die Drohung beeindruckte Manfred Becker kein bisschen. Völlig entspannt lehnte er sich zurück, sah dem Chef fest in die Augen.

„Die Beweise habe ich und ...", dabei deutete er in die Runde, nahm nur Xaver Diehl davon aus, „ ... meine Kollegen hier vertreten dieselbe Meinung wie ich. Wir haben uns zuvor darüber unterhalten, hätten das Problem von uns aus angesprochen, wenn Sie nicht selbst damit angefangen hätten. Wenn Sie es also verlangen, dann spannen wir ein und bringen unsere Beschuldigungen zu Papier." Das „wir" betonte er sorgfältig, um dem Chef zu verdeutlichen, dass er nicht alleine war.

Gerhard Egginger musste mit Entsetzen zur Kenntnis nehmen, wie die Kollegen zustimmend nickten. Es gab sie also, diese Beweise.

„Sie sollten aber bedenken", fuhr Manfred Becker fort, „dass Sie gegenüber dem Präsidium in einen erheblichen Erklärungsnotstand geraten dürften, weil Sie auf die Übertretungen der Kollegen der B-Schicht nicht selbst daraufgekommen sind, sondern von uns Dienstgruppenleitern darauf hingewiesen werden mussten."

Gerhard Egginger verfiel für einige Sekunden in Sprachlosigkeit. In seinem Gehirn ratterte es. Er hatte sich selbst in diese verzwickte Situation gebracht, durfte jetzt keinen weiteren Fehler begehen, der es ihm unmöglich machen würde, das Gesicht zu wahren. Er musste erst mal Zeit gewinnen.

„Also gut", entschied er kurzerhand, „schließen wir dieses Thema zunächst ab, sprechen später nochmals unter vier Augen darüber." Damit meinte er Manfred Becker. Erfahrungsgemäß bedeutete beim Chef der Begriff *später*, dass es dieses Gespräch nie geben würde.

Die Aufregung hatte mittlerweile bei Gerhard Egginger zu zitternden Fingern geführt. Die Kollegen bemerkten es, als er den roten Schnellhefter zur Seite schob und den gelben vor sich legte. Das war typisch Chef, dachte jeder für sich. Sobald es ein Problem gab, wurde es einfach nach hinten geschoben.

Xaver Diehl saß noch immer mit bitterernstem Gesicht am Tisch. So gut hatte es für ihn begonnen, umso schlimmer jetzt diese unerwartete Wende. Mit hasserfüllten Augen starrte er Manfred Becker an, der ihn seinerseits mit einem hämischen Lächeln provozierte.

Welche Beweise konnte er meinen?, fragte sich Xaver ein ums andere Mal. In Gedanken ging er seine Fälle durch. Vielleicht die Sache mit den Motorradauspuffanlagen, die er irrtümlich abmontieren ließ, weil er der Meinung war, dass man die Prallbleche ausgebaut hatte? Die Beanstandungen der Hochzeitsgäste, die gehupt hatten? Oder hatte er Wind davon bekommen, dass sie bei Lasermessungen manchem Betroffenen, der vorschriftsmäßig unterwegs war, statt der gemessenen Geschwindigkeit den Wert der Entfernung zum Zeitpunkt der Messung untergejubelt hatten, der höher lag als die zugelassene Geschwindigkeit? Handelte es sich bei den angedeuteten Vorwürfen um Wissen oder nur um einen Schuss ins Blaue, um ihn zu verleiten, einen Fehler zu begehen? Mittlerweile hatte ihn Panik ergriffen, es wollte ihm kein klarer Gedanke mehr gelingen.

„Befassen wir uns also mit dem nächsten Punkt", fuhr der Chef fort. „Aber auch da werden wir nicht einer Meinung sein. Es geht um die Verwarnungsgelder."

Sofort erhob sich ein Murren. Die Kollegen verdrehten die Augen, schüttelten den Kopf. Wieder ratterte der Chef eine Zahl nach der anderen herunter.

„Kann mir einer der Herren erklären", endete der Vortrag, „wieso die Kollegen der B-Schicht genauso viel Verwarnungsgeld eingenommen haben, wie alle anderen Schichten zusammen?"

Augenblicklich änderte sich die Stimmungslage bei Xaver wieder. Hier konnte er punkten.

„Das kommt davon, dass wir die Verkehrsteilnehmer anhalten und kontrollieren. Dann findet man auch was, das verwarnungswürdig ist. Wenn man dagegen nur spazieren fährt, die Aussicht genießt und die Minuten bis zum Schichtwechsel zählt, dann kann man auch keine Verstöße feststellen. Ihr wartet darauf, dass sich der Fahrzeughalter bei euch meldet und sich selbst anzeigt, weil der TÜV abgelaufen ist oder weil er zu schnell gefahren ist. Im Gegensatz zu euch nehmen wir die Kontrolltätigkeit ernst und kassieren bei Verstößen das vom Gesetzgeber vorgesehene Verwarnungsgeld. Man darf uns daher nicht kritisieren, wenn wir die Verkehrssünder nicht nur auf ihre Verstöße hinweisen und sie bitten, zukünftig besser auf die Verkehrsvorschriften zu achten, sondern sie gebührenpflichtig verwarnen. Es ist ja hinreichend bekannt, dass der Griff in den Geldbeutel schmerzt. Und das soll es auch. Der eine oder andere von euch wäre besser Pfarrer geworden. Die reden auch gerne und appellieren an das Gewissen."

Gelassen verschränkte er die Arme vor der Brust, was dazu führte, dass die Knopfreihe seines ohnehin zu engem Hemd gefährlich auseinanderklaffte und den Blick auf ein weißes T-Shirt freigab, das er darunter trug. Mit sich zufrieden lehnte er sich entspannt zurück und wartete auf die Reaktion des Chefs, die auch nicht lange auf sich warten ließ.

„Richtig. Wir haben immerhin das Opportunitätsprinzip zu beachten und das bedeutet, dass wir alle Verkehrsverstöße, die wir feststellen, zu verfolgen haben, außer wir haben etwas Wichtigeres zu tun, z. B. weil wir auf dem Weg zu einem Unfall oder Bankalarm sind."

„Mein Gott", fiel ihm Manfred Becker unhöflich ins Wort, „das haben wir doch schon tausend Mal diskutiert, dass das so nicht stimmt."

Verärgert schloss Gerhard Egginger den Schnellhefter, legte ihn zu den anderen zurück. Ein Zeichen, dass dieser Punkt ebenfalls abgeschlossen war. In Daniel Messner, dem Dienstgruppenleiter der C-Schicht, kochte es, das konnte man deutlich sehen. Mehrmals hatte er zum Sprechen angesetzt, es sich in letzter Sekunde doch noch anders überlegt. Zorn war kein guter Ratgeber, führte nur zu noch mehr bösem Blut. Er musste den Ärger erst mal verrauchen lassen, die Worte wohl überlegen. Den Chef so kurz vor den Beurteilungen zu verärgern, war nicht ratsam. In der Ruhe liegt die Kraft, war einer seiner Leitsprüche. Bevor Gerhard Egginger jedoch zum nächsten Punkt überleitete, waren die Vorsätze vergessen. Das, was sich in den letzten Minuten aufgestaut hatte, musste raus.

„Das kann ich ihnen schon sagen, wie die zu ihrem Verwarnungsgeld kommen", blaffte er den Chef an. Manfred Becker, der die Aufgeregtheit seines Kollegen mitbekommen hatte, legte ihm die Hand beruhigend auf den Unterarm. Der schüttelte die Hand gereizt ab, fuhr aufgebracht fort.

„Ich erzähle ihnen ein Beispiel, wie die von ihnen so geschätzten

Kollegen die Bürger abkassieren. Kannst du dich noch an Frau Angela Blank erinnern, Xaver?"

Kaum war der Name gefallen, schluckte er schwer.

„Nein. Der Name sagt mir nichts", antwortete er nach ein paar Sekunden des vorgespielten Überlegens.

„Dann werde ich deinem Erinnerungsvermögen etwas auf die Sprünge helfen. Angela Blank ist die Pächterin von der Pizzeria „Roma" im Wellenhallenbad. Wie wir alle wissen, ist es wegen Renovierungsarbeiten momentan geschlossen, nur die Pizzeria hat auf. Vorletzten Sonntag hatte sie mit ihrem Auto zwei Körbe voll Tischdecken transportiert. Um acht Uhr früh hat sie genau vor dem Treppenaufgang zur Pizzeria geparkt und die schweren Körbe ins Lokal getragen. Als sie zurückkam, standest du vor ihrem Auto. Ohne zu grüßen hast du sie sogleich angeschnauzt und gefragt, ob sie die Bedeutung von Verkehrszeichen nicht kenne?"

Gerhard Egginger ahnte, was kommen würde und versuchte das Gespräch abzubrechen.

„Das weiß ich bereits Herr Messner. Kommen Sie auf den Punkt. Ich hab nicht ewig Zeit."

„Also gut, dann mache ich es kurz. Auf dem Parkplatz können vierhundert Autos parken und vorne beim Treppenaufgang befinden sich vier Behindertenparkplätze. Auf dem Äußersten ist Frau Blank gestanden. Außer ihrem Auto und dem Streifenwagen war kein weiteres Auto zu sehen. Das Wellenhallenbad hatte zu und die Pizzeria öffnet erst um elf Uhr. Trotzdem hat der Fritz sie mit fünfunddreißig Euro verwarnt, weil sie unerlaubt auf dem Behindertenparkplatz gestanden ist. Man hat ihr zudem gesagt, dass sie froh sein soll, dass man ihr Auto nicht hat abschleppen lassen. Xaver, du persönlich, hast ihr dann sogar mit einer Anzeige wegen versuchten Widerstands gedroht, weil sie auf dich zugegangen ist und dir den Strafzettel ins Gesicht geworfen hat. Sollte sie tatsächlich vorhaben, sich zu beschweren, dann solle sie sich das gut überlegen, denn in diesem Fall müsse sie mit einer Anzeige wegen Widerstands rechnen. Und so ganz nebenbei hast du noch erwähnt, dass sich die Stelle vor dem Eingang der Pizzeria besonders gut für Kontrollen eigne. Aus Angst davor, dass du deine Drohung wahrmachen könntest, hat sie dann auch bezahlt."

„Woher wissen Sie denn das alles so genau, Herr Messner?" Gerhard Egginger blickte seinen Dienstgruppenleiter drohend an.

„Am Montag ist die Angela mit ihrem Mann auf die Dienststelle gekommen und hat es mir erzählt. Ich fragte sie, ob sie eine Dienstaufsichtsbeschwerde machen wolle, sie hat aber sofort nein gesagt, weil sie Bedenken hat, dass dann ihre Gäste ständig kontrolliert werden. Sie wollte sich einfach nur den Frust von der Seele reden und bat mich zudem, mit ihnen, Herr Egginger, zu sprechen und zu bitten, dass Sie dies nicht durchgehen lassen. Die Geschäfte gehen ohnehin wegen der Baustelle nicht so gut und ständige polizeiliche Kontrollen könnten ihr auch noch die letzten Gäste vergraulen. So ... jetzt wissen Sie, wie ihre Vorzeigebeamten zu ihrem Verwarnungsgeld kommen. Ich auf jeden Fall weigere mich, so zu arbeiten." Xaver Diehl sprang mit hochrotem Kopf erregt auf, verteidigte sich augenblicklich.

„So, wie du es erzählt hast, stimmt es nicht. Es hat sich ganz anders abgespielt."

„Ruhe!" Der Schrei von Gerhard Egginger ließ alle zusammenzucken.

„Ich denke, es ist besser, wir beenden das Gespräch an dieser Stelle. Ich glaube nicht, dass wir heute noch auf einen gemeinsamen Nenner kommen. Abschließend will ich nochmals eingehend darauf hinweisen, dass wir alles Mögliche tun müssen, zu verhindern, dass unsere Dienststelle geschlossen wird. Ich bitte Sie, sich dies einzuprägen und zu beherzigen sowie an ihre Mitarbeiter weiterzugeben. Weiters fordere ich Sie auf, in Zukunft keine Kritik mehr an den Kollegen der B-Schicht zu üben. Wenn es Probleme gibt, dann kommen Sie damit zu mir. Ich, und nicht Markus Reisinger, prüfe dann, ob es was zu beanstanden gibt oder nicht. Ist das klar?"

Gerhard Egginger schaute erneut einen nach dem anderen an und nahm erleichtert zur Kenntnis, dass alle nickten und sich kein weiterer Widerspruch abzeichnete.

„Zum Schluss möchte ich Sie daran erinnern, dass nächstes Jahr Beurteilungen anstehen. Meine Kriterien sind ihnen ja bestens bekannt und daran wird sich auch nichts ändern. Danke meine Herren."

Alle standen auf, froh, dass es vorbei war. Einer nach dem anderen verließ den Raum. Als Xaver Diehl als Letzter das Zimmer verlassen wollte, rief ihn der Chef zurück, forderte ihn auf, neben ihm Platz zu nehmen. Das kam für ihn überraschend. Mit einem unguten Gefühl nahm er erneut Platz.

Er schwitzte am ganzen Körper. Unangenehmer Geruch stieg von den Achseln auf. Er betete, dass Gerhard Egginger dies nicht roch.

„Herr Diehl", begann der Chef, „nachdem wir jetzt allein sind, kann ich ihnen sagen ... nein muss ich ihnen sagen, dass auch ich nicht immer einverstanden bin, mit dem, was Sie im Einzelnen abgegeben haben. Ich wollte dies nur nicht vor den Kollegen sagen, denn dann wären Sie und ihre Leute zum Abschuss freigegeben. Ich habe mir schon des Öfteren vom Markus anhören müssen, dass sich Bürger über Sie und ihre Schichtkollegen beschwert haben, weil sie der Meinung sind, dass sie schikaniert werden. Markus hat mir den Akt mit den einzelnen Beschwerden gegeben und ich habe ihn mir gründlich vorgenommen. Ich bitte Sie daher, dass Sie in Zukunft etwas mit ihrer Kontrolltätigkeit in Irlbach zurückfahren und vermehrt in Reichenfels bleiben. Außerdem machen Sie sich bitte Gedanken, wie Sie mit dem Bürger umgehen. Sie sollten sich dringend einen anderen Ton angewöhnen und ihre flapsigen Bemerkungen unterlassen. Nicht jeder versteht ihren Humor. Daran sollten Sie denken, bevor Sie reden. Kann ich mich auf Sie verlassen, dass eine Änderung eintritt?"

„Herr Egginger. Ich behandle den Bürger so, wie er mich behandelt. Ist er freundlich, bin auch ich freundlich. Redet er mich blöd an, dann bekommt er auch von mir die entsprechenden Worte zu hören. Die Beschwerdeführer sind doch nur verärgert, weil sie von uns wegen eines Verkehrsverstoßes zur ...".

Gerhard Egginger unterbrach ihn, da er sich seine Erklärungen schon mehrmals hatte anhören müssen.

„Ich glaube ihnen ja Herr Diehl. Aber wenn sich der Bürger beschwert, müssen wir dem nachgehen. Und unter uns gesagt, denke ich, dass manche Beschwerde zu Recht erfolgte. Ich muss diese bei der Beurteilung mit in die Bewertung einbeziehen. Sie wissen, was das für Sie bedeuten kann?"

Xaver nickte betroffen mit dem Kopf. So schnell wollte er aber nicht aufgeben.

„Herr Egginger. Nur wer viel arbeitet, kann sich Beschwerden einhandeln. Ich könnte es auch wie die Kollegen machen und nur spazieren fahren. Dann würde es mit Sicherheit keine Beschwerden von Bürgern geben, dafür aber von ihnen."

„Ja, ja. Da mögen Sie schon recht haben. Eine letzte Frage habe ich noch an Sie. Manfred Reisinger hat mir gesagt, dass Sie ihn nicht als meinen Vertreter und Dienstvorgesetzten respektieren. Warum eigentlich?"

Dieses Mal ließ sich Xaver Diehl viel Zeit mit seiner Antwort. Er konnte aber nicht aus, er musste es erklären.

„Der Markus Reisinger ist so alt wie ich, genauso lange bei der Polizei und hat den gleichen Dienstgrad. Wir haben total verschiedene Ansichten vom Polizeidienst. Er versucht immer wieder, mich und meine Leute einzubremsen.

Wir versuchen, ihre Vorgaben zu erfüllen, er kritisiert uns deswegen. Er hat mir auch mehrfach Anzeigen zurückgegeben und aufgefordert, die Vorwürfe genauer darzulegen. Die Behauptung, dass wir die Leute auffordern, gegenüber der Polizei keine Angaben zu machen und dass es für sie besser sei, sich einen Rechtsanwalt zu nehmen, kommt doch von ihm. Ich wünsche mir von ihnen, dass Sie hinter uns stehen und dies den Kollegen klarmachen. Ansonsten hört das Mobbing nie auf. Wir setzen schließlich nur das um, was Sie von uns erwarten."

Insgeheim musste er Xaver Diehl recht geben. Sie machten nur das, was er auch von allen anderen erwartete. Trotzdem behielt er diese Einsicht für sich.

„Warum unterstellen Sie den Fahrern der Hochzeitsgesellschaft eine Belästigung?", fragte er stattdessen. „Hat dies wer beanstandet?"

„Nein ... direkt beschwert hat sich niemand. Ich habe aber kleine Kinder am Straßenrand gesehen, die sich wegen der Lautstärke die Ohren zugehalten haben. Wenn man das nicht als Belästigung ansehen kann, was dann?"

„Ja, ja. Sie haben schon recht. Aber wenn Sie die Belästigung anführen, dann brauchen Sie mindestens einen namentlich aufgeführten Geschädigten, die Polizei selber kann nicht belästigt werden. Entweder Sie finden noch jemanden, der sich als Zeuge zur Verfügung stellt, oder Sie nehmen die Belästigung heraus. Zehn Euro Verwarnungsgeld reichen ja auch. Es hat sich ja schließlich um eine Hochzeit gehandelt, da wollen wir doch nicht so kleinlich sein."

Gerhard Egginger stand auf, beendete das Gespräch. Bevor Xaver das Büro verließ, rief ihm der Chef noch nach.

„Herr Diehl. So was, wie mit der Frau Blank, das muss wirklich nicht sein. Bitte etwas mehr Fingerspitzengefühl. Nicht alles, was wir feststellen, muss in eine Anzeige oder Verwarnung münden. Denke Sie bitte in Zukunft daran."

Xaver Diehl nickte nur und verließ den Raum. Sein Bauchgefühl sagte ihm, dass er noch einmal Glück gehabt hat.

9.

Als Markus von der Besprechung im Präsidium zurückkehrte, wurde er vom Dienstgruppenleiter informiert, dass er sofort zum Chef kommen solle. Gerhard Egginger berichtete ihm dann bei einer Tasse Kaffee von der Besprechung, aber ohne auf die kritischen Worte der Dienstgruppenleiter einzugehen. Zum Schluss entschuldigte er sich bei ihm, dass er nicht teilnehmen konnte, weil eine andere Terminierung nicht möglich gewesen sei. Markus wusste jedoch genau, dass er ihn nur nicht dabei haben wollte.

Sein Ärger verflog aber schnell, da ihn ein weitaus größeres Problem beschäftigte. Seit Tagen saß er über dem Dienstplan für die kommenden zwei Wochen, der noch immer nicht fertig war. Mittlerweile fragten die Kollegen fast täglich nach, wann er endlich ausgehängt würde. Es war nur zu verständlich, da es die Kollegen interessierte, wann sie frei und wann sie Dienst hatten.

An sich gab es nur eine Baustelle, aber die hatte es in sich. Er brauchte einen Freiwilligen, der für eine Woche in der B-Schicht aushalf. Bisher hatte er sich aber nur Absagen eingeholt. Manche sprachen den Grund ihrer Weigerung direkt an, suchten erst gar nicht nach Ausreden. Eigentlich war ihm von vorneherein klar gewesen, dass in der B-Schicht keiner freiwillig Dienst leisten wollte.

Fritz Moser verletzte sich vor zwei Tagen beim Dienstsport, fiel voraussichtlich mehrere Wochen aus. Zudem war Rainer Gruber für einen einwöchigen Lehrgang für Sozialvorschriften im Fernverkehr vorgesehen, der zu allem Unglück kommende Woche begann. Damit standen der B-Schicht vorübergehend nur Xaver Diehl und Josef Ranker zur Verfügung. Das Präsidium schrieb aber eine Mindestdienststärke von drei Beamten vor.

Es half nichts. Er hatte alles versucht, jetzt sollte der Chef entscheiden. Mit dem Plan marschierte er erneut ins Büro des Chefs. Der stand am Stehpult und las in der Zeitung. Ohne aufzublicken, fragte er gereizt, was es gebe. Noch immer war er sauer wegen der Kritik der Kollegen. Deswegen hatte er unmittelbar nach Ende der Besprechung ein Gedächtnisprotokoll angefertigt, das er zur Erstellung der Beurteilungen heranziehen wollte. Diese Anmaßungen durfte er sich nicht gefallen lassen, das musste Konsequenzen nach sich ziehen.

„Ich brauche unbedingt für die kommende Woche einen Mann für die B-Schicht, da Rainer an einem einwöchigen Lehrgang teilnimmt und sich zudem Fritz verletzt hat", kam Markus gleich auf den Punkt.

„Und wo liegt das Problem?", fragte der Chef unwirsch. „Wir haben doch zur Zeit genügend Leute!"

Deutlicher konnte er nicht zeigen, dass er kein Interesse daran hatte, sich ein neues Problem aufzuhalsen. Aber auch Markus war noch immer verärgert, weil er so von ihm übergangen worden war. Er war entschlossen, sich mit ihm anzulegen.

„Das Problem ist, dass mir keiner aus den anderen Schichten einspringen will."

Gerhard Egginger haute mit der flachen Hand auf das Stehpult.

„Was soll das heißen? Glauben die verehrten Kollegen etwa, dass wir hier ein Wunschkonzert sind? Wenn sich keiner freiwillig meldet, dann bestimmst du einen. Aus, basta."

„So einfach ist es leider nicht, wie du dir das vorstellst. Wenn ich jemanden ohne sein Einverständnis einteile, dann garantiere ich dir, dass wir die nächste Krankmeldung bekommen. Dann fällt mir dieser Kollege mindestens drei Tage aus, da deine Anordnung nach wie vor gilt, bei jedem Krankheitsfall ein ärztliches Attest vorzulegen."

„Und ...? Ich denke, dass diese Anordnung von mir zu Recht getroffen wurde. Oder hast du auch hier wieder was auszusetzen?"

Markus verzichtete auf eine Antwort. Der Streit würde nur eskalieren, eine weitere Baustelle aufmachen und das Anliegen, das ihn hierher geführt hatte, nicht lösen.

„Ich hätte eine Lösung des Problems, glaube aber nicht, dass du damit einverstanden sein wirst."

„Und die wäre?", fragte der Chef angriffslustig.

„Wenn wir den Rainer nicht auf den Lehrgang schicken, sondern einen aus einer anderen Dienstgruppe, dann hätte ich in der B-Schicht wieder drei Mann."

Abermals schlug Gerhard Egginger mit der flachen Hand auf das Stehpult, bekam einen hochroten Kopf.

„Das ist wieder eine deiner verrückten Schnapsideen. Der Rainer Gruber soll für die Unkameradschaftlichkeit der Kollegen bestraft werden? Ich habe ihm persönlich garantiert, dass er den Lehrgang bekommt und er wird wie vorgesehen nächste Woche dorthin fahren. Aus, basta."

„Dann brauche ich deine Zustimmung, dass nur zwei Mann Dienst verrichten dürfen. Tagsüber könnte ein Ermittler die Schicht unterstützen, nachts wären sie dann halt nur zu zweit und müssen die Dienststelle zusperren, wenn ein Einsatz ansteht."

„Das wird ja immer schöner. Du wirst doch in der Lage sein, einen zu überreden oder zu bestimmen. Das erwarte ich von meinem Vertreter. Wenn einer eine gehobene Position einnimmt, wie du, dann verlange ich von ihm, dass er Führungsstärke zeigt."

Markus musste sich eingestehen, dass er nichts anderes von Gerhard Egginger erwartet hatte. Wenn der ihm Führungsschwäche vorwarf, könnte er ihm genauso gut Inkompetenz vorwerfen. Er sah seine originäre Aufgabe hauptsächlich darin, zu repräsentieren. Die Arbeit konnte der Vertreter erledigen.

Gerhard Egginger wanderte mittlerweile nachdenklich im Zimmer auf und ab. Aus den Augenwinkeln beobachtete ihn Markus, gespannt darauf zu hören, was nun kommen würde. Es dauerte auch nicht lange, da setzte sich der Chef zu ihm.

„Markus, mir ist da eine Idee gekommen, und je länger ich darüber nachdenke, desto besser gefällt sie mir. Du hast doch einmal angedeutet, dass du gerne hin und wieder in der Schicht aushelfen möchtest, um nicht völlig den Bezug zum Alltagsgeschäft zu verlieren."

Das stimmte. Erst vor ein paar Wochen hatte er angeboten, in der Ferienzeit auszuhelfen, damit von den Kollegen mit schulpflichtigen Kindern möglichst viele Urlaub nehmen konnten.

„Wenn du in der B-Schicht aushilfst, dann kannst du die Gelegenheit nutzen, mit Xaver Diehl einmal in Ruhe unter vier Augen zu reden. Möglicherweise gelingt es dir, ihm ins Gewissen zu reden und ein bisschen einzubremsen ... du weißt schon, was ich meine."

Markus wusste es nur zu genau. Wenn wer Führungsschwäche zeigte, dann der Chef. Wieder einmal übertrug er eine seiner originären Aufgaben auf ihn. Gleichzeitig erkannte Markus aber auch die Chance, aus der Schwäche des Chefs einen Vorteil für sich zu ziehen. Zur rechten Zeit fiel ihm ein, dass er im Sommer nächsten Jahres vier Wochen Urlaub am Stück eingeplant hatte. Zusammen mit Freunden wollte er durch Australien reisen. Ein Jugendtraum von ihm, den er endlich glaubte, sich erfüllen zu können. Nur Gerhard Egginger hatte etwas dagegen. Mehr als vierzehn Tage gestand er ihm nicht zu. Alles Bitten half nichts. Er blieb hart. „Zwei Wochen und keinen Tag länger", beschied er ihm. Letztendlich musste er schweren Herzens die Teilnahme absagen. Nun sah er plötzlich die Chance, diese Entscheidung doch noch zu seinen Gunsten korrigieren zu können.

„Gut. Ich bin einverstanden ... aber nur unter einer Bedingung."

„Und die wäre?"

„Ich bekomme nächstes Jahr die vier Wochen Urlaub, damit ich mit meinen Freunden nach Australien reisen kann."

„Nein, nein. Das geht auf gar keinen Fall."

Bevor der Chef weiterreden konnte, stand Markus abrupt auf.

„Gut, dann halt nicht. Dann musst du dich selber darum kümmern, wer den Dienst in der B-Schicht übernimmt. Ab sofort werde ich mich nur noch mit den Aufgaben befassen, die ich als dein Vertreter übernehmen muss. Chefsachen musst du in Zukunft entsprechend der Dienstpostenbeschreibung selber erledigen." Markus war sich bewusst, dass er ein hohes Risiko einging, sich seine weitere Karriere in dieser Sekunde entschied. Ewig der Vertreter bleiben oder doch eines Tages Dienststellenleiter werden. Seine berufliche Zukunft lag ab sofort in den Händen des Chefs. Keiner war so nachtragend wie er. Ein gefährliches Spiel, auf das er sich da einließ.

„Setz dich wieder. Ich will keinen Krieg mit dir haben. Ich weiß, was ich an dir habe. Du hilfst in der B-Schicht aus, dafür genehmige ich dir im Sommer nächsten Jahres deine vier Wochen Urlaub. Ich denke, dass du soeben ein verdammt gutes Geschäft gemacht hast. Also ... schlag ein."

Gerhard Egginger hielt ihm seine Hand hin, Markus winkte aber ab.

„Nein, nein. Nicht so schnell. Ich will die Zusage schriftlich haben. Wer weiß, was bis dahin noch alles dazwischenkommen kann. Erst, wenn du meinen Urlaubsantrag unterschrieben und in den Urlaubsplan eingetragen hast, gilt unser Deal." Markus Herz klopfte vor Freude über den gelungenen Coup, er konnte es sich daher nicht verkneifen, ein spitzbübisches Lächeln aufzusetzen.

„Okay. Leg mir den Urlaubsantrag vor und ich genehmige ihn."

Zehn Minuten später stand der Dienstplan.

10.

„Jetzt hab ich die Schnauze endgültig voll", schrie Michael Gallinger aufgebracht, kaum dass er den *Ramsler* betreten hatte und zielstrebig auf den Stammtisch zusteuerte. Noch bevor er sich setzte, warf er einen zusammengeknüllten Strafzettel auf den Tisch. Andreas Höhensteiger nahm ihn, strich ihn glatt, überflog mit einem bitteren Lächeln den Inhalt und legte ihn dann mitten auf den Tisch. Diese Verdrusszettel, so wie man die Strafzettel mittlerweile bezeichnete, hatte auch er bereits einige bekommen. Karl Probst fragte, was das für ein Wisch sei.

„Ein Strafzettel natürlich ... was soll es denn sonst sein?", schrie Michael Gallinger noch immer wutentbrannt. Ruth Linner, die Bedienung, kam mit einem frischen Weißbier hinter der Theke hervor und stellte es vor Michael auf den Tisch.

„Trink erst mal einen Schluck", sagte sie beruhigend, „dann schaut die Welt gleich wieder besser aus." Sie drückte ihn sanft auf den Stuhl, fuhr mit ihren Fingern durch sein dichtes Haar.

„So viel kann ich gar nicht saufen, dass die Welt heute noch einmal besser werden könnte." Trotzdem nahm er das Glas und setzte es erst wieder ab, als es fast leer war. Mit dem Handrücken wischte er sich den Schaum vom Mund und mit einer kurzen Verzögerung rülpste er lautstark.

„So ... jetzt geht es mir tatsächlich etwas besser", sprach er nun mit ruhiger Stimme. Ruth setzte sich neben ihn, legte ihre Hand um seine Schulter und fragte mitfühlend, was denn passiert sei.

„Vor zwei Stunden bin ich mit dem Traktor vom Hof zu meiner Wiese gefahren und habe Siloballen aufgeladen."

„Deine Wiese vorne neben der Gassner Straße?", fragte Karl Probst und deutete mit dem Finger durch die Gaststätte in Richtung Dorf.

„Genau. Ich bin die gesamte Strecke vom Hof über Feld- und Forstwege zur Wiese gefahren. Während ich die Siloballen auf den Hänger lud, hab ich aus dem Dorf kommend den Streifenwagen gesehen. Ganz langsam sind sie an mir vorbeigefahren und haben mich blöd angeglotzt. Nach dem Aufladen bin ich heimgefahren. Wegen des vollgeladenen Anhängers und dem sumpfigen Untergrund musste ich einen Teil auf der Straße zurücklegen. Genau in dem Moment, als ich auf die Straße gefahren bin, sind sie mit Karacho vom Dorf gekommen, haben mich überholt und dann unmittelbar vor mir eine Vollbremsung hingelegt."

Ruth schüttelte ungläubig den Kopf und fragte, ob er nicht ein bisschen übertreibe.

„Bei denen brauchst du nicht übertreiben", wurde er laut. „Wenn du mir nicht glaubst, dann fahr rauf und schau nach. Wo sie mich angehalten haben, das siehst du gleich, weil auf der Fahrbahn die Bremsspuren zu sehen sind."

Ruth nahm ihn in den Arm, gab ihm einen Kuss auf die Stirn und meinte, dass er sich nicht so aufregen solle.

„Das sagst du so leicht. Dich haben sie ja nicht auf dem Kieker. Grinsend kamen sie auf mich zu, da wusste ich, dass sie wieder etwas gegen mich im Schilde führten."

Michael legte eine Pause ein, trank aus. Ruth nahm ihm das Glas ab, stand auf und verschwand hinter der Theke.

„Und?", fragte sie, während sie eine Flasche aufmachte und einschenkte. „Was wollten sie denn von dir?"

„Sie verlangten meinen Führerschein, den Anhänger- und Fahrzeugschein. Die hatte ich natürlich nicht dabei. Das hab ich denen ins Gesicht gesagt und gefragt, ob sie jetzt spinnen. Da meinten sie achselzuckend, dass sie mich gewarnt hätten und nun dreißig Euro fällig werden, da ich nämlich vorsätzlich gehandelt habe."

Wütend haute er mit der Faust auf den Tisch, dass die Gläser klirrten. Karl Probst tippte sich mit dem Zeigefinger an die Stirn.

„Die haben doch einen Vogel. Wer von uns führt schon seine Fahrzeugpapiere mit, wenn er aufs Feld fährt. Kennt ihr irgendeinen Landwirt, der sie mitnimmt, während er auf dem Feld arbeitet? Ich auf jeden Fall nicht."

„Wer waren denn die beiden Bullen?", fragte Ruth.

„Dass du dich das überhaupt fragen traust", antwortete ihr Andreas Höhensteiger, schaute sie fassungslos und kopfschüttelnd an. „Bei den Bullen gibt es nur zwei, die daran etwas auszusetzen haben."

Ruth nahm trotzdem den Strafzettel zur Hand und versuchte die Unterschrift zu entziffern, was ihr aber nicht gelang.

„*Dick und Doof* waren es halt wieder einmal", klärte sie Michael Gallinger auf."

Michael nahm die frische Halbe zur Hand, setzte zum Trinken an. Mit einem Mal überlegte er es sich anders, stellte das Glas wieder auf den Tisch, schob es mit der Hand zur Seite.

„Nein! Ich trinke jetzt ein Wasser. Ich traue ihnen zu, dass sie da draußen irgendwo warten, bis ich nach Hause fahre und mich abpassen. Die warten doch nur darauf, mir den Lappen abnehmen zu können. Da brauchen sie aber sehr viel Geduld, die geistigen Tiefflieger. Den Gefallen erweise ich ihnen mit Sicherheit nicht."

Wie auf Kommando nahmen die anderen ihre Gläser zur Hand, leerten den Rest auf einen Zug.

„Ausgemacht! Ab jetzt nur noch Wasser", rief Karl Probst Ruth zu. „Was für die Viecher gesund ist, kann für uns nicht schädlich sein. Unsern Führerschein bekommen die nie. Versprochen!"

„Da bin ich aber gespannt, wie lange ihr das durchhaltet", erwiderte Ruth. „Länger als eine Stunde geb ich euch nicht, dann schreit ihr wieder nach einem Bier. Da wette ich mit euch sogar."

„Und was ist dein Wetteinsatz?", wollte Andreas Höhensteiger wissen.

„Meine Unschuld!"

„Die hast du doch schon vor zwanzig Jahren verloren", meinte Michael Gallinger. „Weißt du das nicht mehr?"

„Woher willst du denn das wissen?"

„Ich war doch dabei. Hast du das schon wieder vergessen?"

„Ja. So doll kann es also nicht gewesen sein."

„Wisst ihr, wie wir Dick und Doof ärgern können?", wechselte Michael das Thema. „Wir fahren die nächste Zeit mit dem Trecker oder dem Quad zum Wirt. Wenn sie uns dann beim Heimfahren anhalten wollen, hauen wir einfach über die Wiesen ab. Mit ihrem tiefer gelegten Streifenwagen können sie uns nicht verfolgen. Was haltet ihr davon?"

Momentan blieb es still. Dann schlug sich Andreas Höhensteiger vor Begeisterung auf den Oberschenkel.

„Das ist die beste Idee, die ich seit langem gehört habe", erklärte Karl Probst. „Ich bin auf jeden Fall dabei. Wir sorgen dafür, dass die beiden zum Gespött des ganzen Dorfes werden. Mann, wird das ein Spaß!"

Als Einzige schien jedoch Ruth Bedenken zu haben. Ihr gefiel es nicht, dass man die Polizisten so vorführen wollte. Die beiden würden sich mit Sicherheit solch einen Spaß auf ihre Kosten nicht gefallen lassen. Sie befürchtete zu Recht, dass sich eine Spirale der gegenseitigen Gehässigkeiten in Gang setzen könnte. Trotz ihrer Skepsis unterließ sie es, ihre Bedenken mitzuteilen. Man würde sie sowieso nicht ernst nehmen, es als Frauengewäsch abtun. Dafür fragte sie ganz was anderes.

„Habt ihr schon was für den Bürgermeister zusammengeschrieben?"

„Ich schon", antwortete Andreas Höhensteiger. „Heute Vormittag hab ich es ihm übergeben."

Zwei neue Gäste betraten in dieser Sekunde den Gastraum, setzten sich an den Stammtisch. Sebastian Angerer, der Freund von Ruth und Bastian Bruckner, der Fußballtrainer der Irlbacher Jugendmannschaft. Sie hatten gerade noch mitbekommen, dass es um Dick und Doof ging. Man klärte sie auf, was vorgefallen war. Sofort entwickelte sich eine heiße Diskussion, die damit endete, dass man Drohungen ausstieß. Ruth gebot schließlich Einhalt.

„Könnt ihr vielleicht mal wieder aufhören mit dem Geschimpfe? Den ganzen Abend geht es bereits um die beiden Polizisten. Habt ihr keine anderen Gesprächsthemen mehr?"

„Nein", antwortete ihr Karl Probst. „Das ist ja das traurige, dass wir uns nur noch über Strafzettel und Bußgelder unterhalten können. Da kann wenigstens jeder von uns mitreden."

Ein bitteres Lachen quittierte diese Feststellung.

„Habt ihr das auch schon gehört?", fragte Bastian Bruckner in die Runde. „Dick und Doof haben letzten Samstag die Autos aufgeschrieben, die nach der Hochzeit auf dem Weg von der Kirche zur Wirtschaft gehupt haben. Jetzt muss jeder Fahrer zehn Euro Verwarnungsgeld zahlen."

„Das glaub ich nicht. Die spinnen doch!"

„Ich war auch in der Kirche", erklärte Sebastian Angerer nachdenklich. „Ich hab aber noch nichts bekommen. Wenn ich ein solches Schreiben im Briefkasten finde, dann fahr ich zu ihnen rüber und schieße durchs Fenster. Wenn dabei einer draufgeht, ist mir das auch egal."

„Genau", fiel ihm Karl Probst lachend ins Wort. „Du opferst dich für uns. Du erschießt die beiden, gehst für ein paar Jahre in den Knast. Wir kümmern uns in der Zwischenzeit um deinen Hof und deine Viecher."

„Und wer kümmert sich um mich?", fragte Ruth, die das gar nicht lustig fand. Trotzdem setzte sie sich auf Sebastians Schoss, umarmte ihn leidenschaftlich und küsste ihn auf den Mund.

„Ich", erscholl es aus allen Kehlen gleichzeitig.

„Das könnte euch so passen", entgegnete Sebastian Angerer. „Die Ruth nehm ich mit in den Knast ... als Anstifterin. Die lasse ich euch nicht alleine zurück. Sonst kann es passieren, dass ich aus dem Knast komme und meine Freundin mich zum mehrfachen Vater gemacht hat. Nein, nein, meine Freunde ... so haben wir nicht gewettet. Wenn ich mir sicher sein könnte, dass man für jeden dieser beiden Knallköpfe nur ein Jahr bekommt, dann ..."

Ruth drückte ihre Hand auf den Mund von Sebastian, so dass er nicht mehr weiterreden konnte.

„Sei still. So was will ich nicht hören."

„Wieso? Zwei Jahre Urlaub auf Staatskosten ... warum nicht. Dafür wären wir die zwei Dorfdeppen endlich los. Die anderen werden sich dann hoffentlich in Zukunft hüten, sich nochmals mit uns anzulegen."

Auf einmal schwiegen alle. Ein jeder ließ sich den verführerischen Gedanken durch den Kopf gehen, bis Ruth die angsteinflößende Stille unterbrach.

„Was ist denn auf einmal los mit euch? Warum schweigt ihr denn alle? Ich habe nichts von einer Schweigeminute gesagt. Lieber ist mir noch, ihr schimpft wieder über die beiden Knallköpfe."

„So bitter es auch sein mag", meinte Sebastian Angerer, „es muss aber tatsächlich was geschehen. So kann es auf jeden Fall nicht weitergehen. Ich gebe dem Bürgermeister noch eine Chance, dass er den Egginger und seine Bluthunde zurückpfeift ... ansonsten ..."

Sebastian Angerer ließ den Satz unvollendet.

„Was sonst?", fragte Michael Gallinger so leise, dass es kaum einer verstand.

„Hört auf", schrie Ruth. „Vielleicht ist es doch besser, ihr schweigt wieder. Inzwischen hab ich tierische Angst, dass ihr euch tatsächlich zu einer Dummheit hinreißen lasst. In eurem momentan aufgebrachten Zustand traue ich euch alles zu. Vergesst die beiden Polizisten und denkt endlich an was anderes. Sonst streitet ihr euch über Fußball oder Politik ... was ist heute damit?"

Sie bekam keine Antwort. Bastian Bruckner und Karl Probst tranken aus, zahlten.

„Was ist denn mit euch los? Es ist erst sieben Uhr und ihr wollt schon gehen? Kommt was im Fernsehen?"

Karl schüttelte nur den Kopf.

„Ich glaube, heute kommt keine große Stimmung mehr auf", meinte Bastian Bruckner. „Wir können momentan eh nur an die beiden Bullen denken. Hoffentlich wird es ab nächster Woche wieder besser."

Ruth wollte gerade hinter die Theke, als sich auch Michael Gallinger und Andreas Höhensteiger kurzfristig entschlossen, zu zahlen.

„Und du bleibst hoffentlich noch da?", flüsterte sie Sebastian Angerer ins Ohr, der auch gerade aufstehen wollte. „Zumindest so lange, bis ich mit dem Abspülen und Aufräumen fertig bin. Eher lass ich dich nicht gehen."

Sebastian Angerer kam es gelegen, dass die anderen so früh nach Hause wollten. Dann hatte Ruth wenigstens mehr Zeit für ihn. Alles hatte Vor- und Nachteile. In diesem Augenblick sah er nur die Vorteile. Mit einem lüsternen Gesichtsausdruck blinzelte er Ruth zu, die sofort verstand. Sie brachte Michael Gallinger und Andreas Höhensteiger zur Tür, sperrte gleich hinter ihnen ab.

11.

Währenddessen standen Michael Gallinger und Andreas Höhensteiger auf dem Parkplatz vor der Wirtschaft. Es war ein milder Oktoberabend. Sie zündeten sich vor der Heimfahrt noch eine Zigarette an, bliesen den Rauch gen Himmel. Die Sekunden vergingen, es wollte aber kein Gespräch aufkommen. Schließlich beendete Michael Gallinger das Schweigen.

„Wenn der Bürgermeister keinen Erfolg hat, dann unternehm ich was. Das versprech ich dir."

„Wann hat er denn die Besprechung mit dem Egginger?", fragte Andreas Höhensteiger beiläufig.

„Wenn ich recht informiert bin, dann findet sie am Donnerstag statt."

„Also morgen schon."

Wieder folgte ein Schweigen, in dem jeder seinen Gedanken nachhing. Als sie die Zigarette zu Ende geraucht hatten, machten sie sich auf den Weg zu ihren Autos. Andreas Höhensteiger schwirrten noch die Worte von Sebastian Angerer im Kopf herum. Ob er es wirklich nur zum Spaß gesagt hatte, dass er auf sie schießen wolle? Sebastian traute er in seiner Wut alles zu. Dann schaltete er das Hirn aus.

„Und? Was willst du dann machen, wenn die Unterredung zu keinem Erfolg führt? Doch nicht etwa auf sie schießen, wie es Sebastian angedeutet hat?"

Als Michael Gallinger nun mit den Schultern zuckte, lief es Andreas eiskalt über den Rücken.

„Das war doch bloß dummes Gerede von ihm. Du kennst ihn ja." Trotzdem war Andreas unsicher geworden. Für einen Moment spürte er Angst aufkommen, weil er die Gefahr erkannte, dass aus Worten Taten folgen könnten. So weit war es also schon gekommen. Er nahm sich vor, morgen den Bürgermeister darauf hinzuweisen, ohne Namen zu nennen,

„Du wirst doch bei so einem Blödsinn nicht mitmachen Michael?"

Doch der gab erneut keine Antwort, schaute Andreas dafür an, nein nicht an, sondern durch ihn hindurch. Andreas Nervosität steigerte sich. Eine innere Stimme warnte ihn, er solle das Gespräch sofort abbrechen, in den Wagen steigen und heimfahren. Mitwisser einer Verschwörung zu werden, war das Letzte, was er wollte. Irgendetwas hielt ihn jedoch zurück.

„Was für einen Vorschlag hättest denn du?", fragte Michael. „Du bist doch mit uns einer Meinung, dass etwas geschehen muss. Oder?"

„Ich weiß nicht", stammelte Andreas unbeholfen. So direkt und unverblümt gefragt zu werden, jagte ihm einen Schrecken ein.

„Ich hab mir ehrlicherweise darüber noch keine Gedanken gemacht. Eines weiß ich aber sicher, und das ist, dass ich nie auf einen Menschen schießen könnte, auch wenn ich ihn noch so hasse."

Michael Gallinger ließ Andreas nicht eine Sekunde aus den Augen. Was keiner wusste, er hatte sich mittlerweile entschlossen, den beiden Bullen einen Streich zu spielen. Er hatte auch schon eine konkrete Vorstellung, wie es ablaufen sollte, dafür benötigte er aber Unterstützung. Erschießen kam natürlich nicht in Frage, aber einen gehörigen Schrecken wollte er ihnen schon einjagen. Seine Absicht war, die beiden zum Nachdenken zu bringen. Vor allem zu verdeutlichen, dass sie sich gegen die Schikanen in Zukunft wehren würden.

Bevor er aber jemanden in den Plan einweihte, musste er sich absolut sicher sein, dass dieser nicht gleich zu den Bullen lief und ihn verpfiff.

In seinen Gedanken hatte er den Ablauf bereits auf das Genaueste durchgespielt. Eine Gefahr, bei der Ausführung erkannt oder im Nachhinein ermittelt zu werden, sah er nicht. Sie mussten sich nur darauf konzentrieren, keine Spuren zu hinterlassen.

Es fehlte nur noch ein geeigneter Unterstützer. Den hoffte er in Andreas Höhensteiger gefunden zu haben. Auch der war ein ständiges Ziel der willkürlichen Kontrollen. Zum ersten Mal hatte sich sein Augenmerk auf ihn gerichtet, als er ankündigte, die beiden Bullen mal richtig auflaufen zu lassen. Man müsste ihnen einen Sack überstülpen und dann gnadenlos auf sie einprügeln. Sein Vorschlag fand sofort die Zustimmung am Stammtisch. Auf seine Frage, wer denn mitmachen wolle, meldete sich trotzdem keiner. Lauter Großmäuler, dachte sich Michael insgeheim, hatte sich aber auch nicht gemeldet. Aus gutem Grund. Alle sollten denken, dass er an solch einer Aktion kein Interesse habe. Man musste es ihnen ja nicht auf die Nase binden, dass er bereits einen ausgearbeiteten Plan hatte.

In einem war sich Michael jedoch sicher. Sein Helfer musste auf jeden Fall etwas zu verlieren haben, falls man doch aufflog. Der musste im eigenen Interesse stillhalten, egal was passierte.

Andreas Höhensteiger erschien ihm am geeignetsten. Der hatte eine Familie, war frisch verheiratet, Vater eines kleinen Sohnes und wohnte seit ein paar Wochen im eigenen Haus. Bei ihm konnte er sich absolut sicher sein, dass er allein schon aus Eigeninteresse dichthalten würde. Und falls er sich in ihm doch getäuscht haben sollte, dann waren da immer noch seine Frau Sonja und sein vierjähriger Sohn Linus, mit denen er ihn unter Druck setzen konnte. Deswegen hatte er sich auf Andreas Höhensteiger entschieden. Jetzt musste er ihn nur noch überzeugen, dass er mitmachte.

„Was würdest du sagen, wenn ich bereits einen Plan hätte?", fragte Michael Gallinger geheimnisvoll.

„Nein. Behalte ihn für dich. Ich will ihn auf gar keinen Fall erfahren und mit hineingezogen werden", blockte Andreas sofort ab. Augenblicklich holte er den Autoschlüssel aus der Hose und sperrte den Wagen auf..

„Warte mal Andreas". Michael Gallinger hielt seinen Freund an der Schulter zurück. „Traust du mir wirklich zu, dass ich auf Polizisten schieße? Das enttäuscht mich jetzt aber schon. Ich bin doch kein Mörder. Ich brauche einen verlässlichen Helfer bei der Ausführung meines Vorhabens. Ich kann doch keinen gebrauchen, bei dem ich Angst haben muss, dass er die Bullen umbringt oder vor Angst in die Hose macht oder einfach abhaut. Auf dich kann ich mich verlassen. Da bin ich mir absolut sicher", log er Andreas Höhensteiger ins Gesicht.

Der schaute Michael jedoch entsetzt an.

„Du weißt schon, von was wir hier sprechen? Dir ist schon klar, dass wir von einem ... Anschlag reden?"

Michael winkte ab und lachte.

„Da übertreibst du gewaltig. Ich hab doch bloß an einen kleinen Scherz gedacht, mit dem wir ihnen einen Schrecken einjagen, damit sie endlich mal zu denken anfangen."

„Dann ist es ja egal, wer dir hilft. Ich hab Frau und Kind zu Hause. Ich will mich nicht strafbar machen. Mir reichen schon die ständigen Kontrollen."

„Ja, eben deswegen. Willst du nicht auch, dass diese Schikanen endlich aufhören? Willst du weiterhin mit der Angst leben, wenn du um die Kurve fährst, dass die beiden Idioten mit der Kelle in der Hand dastehen, dich aufhalten und irgendeine schwachsinnige Vorschrift überprüfen, von denen noch nie jemand was gehört hat? Und nur, damit sie uns das Geld aus der Tasche ziehen und uns schikanieren können? Überleg doch mal, was du dir von denen schon alles gefallen lassen musstest, wie sie dich ständig provozieren und beleidigen und wie viel Geld sie dir schon abgenommen haben? Soll das ewig so weitergehen? Ich hab auf jeden Fall die Schnauze voll ... ich unternehme was ... ich finde schon jemanden, der kein solcher Hasenfuß ist wie du. Gute Nacht Andilein."

Diese Verniedlichung seines Vornamens verärgerte ihn maßlos. Er riss die Autotür auf, doch er stieg noch nicht ein. Seine Neugier war stärker als die Vernunft.

„Wie sieht denn dein angebliches Vorhaben aus?"

Michael Gallinger wandet Andreas Höhensteiger den Rücken zu. So konnte der das hämische Grinsen nicht sehen. Michael hatte Andi richtig eingeschätzt. Die Neugierde war sein großer Nachteil. Er wollte immer über alles informiert sein. Aber erst mal hatte er vor, ihn zappeln zu lassen. Die Neugier sollte ihn innerlich zerfressen. Andreas musste zu ihm kommen und fragen, ob er mitmachen dürfe.

„Den kann ich dir erst anvertrauen, wenn ich hundertprozentig sicher sein kann, dass du mir hilfst und nicht gleich zu den Bullen läufst und mich hinhängst. Aber eines kann ich dir jetzt schon verraten. Es wird nur ein paar Sekunden dauern und auf uns wird nicht der Schatten eines Verdachts fallen. So viel für heute. Fahr nach Hause und schlafe eine Nacht darüber. Wenn wir dann wissen, was bei der morgigen Besprechung zwischen dem Bürgermeister und dem Egginger herausgekommen ist, reden wir weiter. Vielleicht hat sich bis dahin alles in Wohlgefallen aufgelöst, so dass wir gar nichts unternehmen müssen. Also ... Gute Nacht ... bis morgen Abend."

12.

Seit Gerhard Egginger vor mittlerweile zwanzig Jahren die Dienststellenleitung der Polizeiinspektion Reichenfels übernommen hatte, lud er zwei Mal im Jahr die Bürgermeister von Irlbach und Reichenfels zu einem Arbeitsessen ein. Man traf sich in einem der zahlreichen Speiselokale und besprach in lockerer Atmosphäre verschiedene Problemlagen. Der Reichenfelser Bürgermeister musste für das heute geplante Treffen jedoch kurzfristig wegen Erkrankung absagen.

Walter Kamml, der Irlbacher Bürgermeister, durfte für die heutige Besprechung den Gastgeber spielen. Wie bei allen bisherigen Treffen hatte er den Nebenraum des Hotels „Alpenblick" im Dorfzentrum reservieren lassen. Für ihn nur wenige Meter zu Fuß.

„Viel Glück und Erfolg", riefen ihm die Gemeindeangestellten nach, als er sich auf den Weg machte. Unter dem Arm hatte er einen Aktenordner geklemmt, in dem er die schriftlichen Beschwerden abgeheftet hatte, ein Schnellhefter reichte dafür nicht mehr aus.

Walter Kamml kannte Gerhard Egginger mittlerweile so gut, dass er sich bestens vorstellen konnte, wie seine Reaktion ausfallen wird, wenn man ihn auf die Beschwerden ansprach. Kritik an seinen Beamten, das vertrug er gar nicht. Da konnte es schon mal passieren, dass er mit der flachen Hand auf den Tisch schlug. Dies hörte man dann bis in die nebenan liegende Küche. Das Personal lugte dann stets neugierig in die Gaststube, um sich zu vergewissern, dass nichts passiert sei. Deswegen hatte Walter Kamml bei der Reservierung auf den Nebenraum bestanden, mit Fenstern nach hinten in den Hof. Es musste nicht jeder, der gerade zufällig vor der Gastwirtschaft vorbeilief oder im Restaurant beim Essen saß, mitbekommen, wenn sie sich lautstark stritten.

In der vergangenen Nacht hatte er kaum Schlaf gefunden. Immer und immer wieder hatte er sich den Kopf zerbrochen, wie er auf das leidige Thema am geschicktesten überleiten konnte, ohne dass Egginger gleich in die Luft ging. Auf jeden Fall würde er heute Stefan Brandner, seinen Büroleiter, zur Unterstützung mitnehmen. Der war noch nicht lange bei der Gemeinde, hatte Gerhard Egginger noch nicht persönlich kennen gelernt, aber schon sehr viel über ihn gehört. Leider nur wenig Gutes.

Zeitig machten sie sich auf den Weg. Im hintersten Eck des ohnehin kleinen aber gemütlichen Gastraums hatte man aufgetischt. Dann warteten sie und mit der Warterei stieg die Nervosität.

„Mensch. Da war ich ja beim ersten Treffen mit meiner Freundin nicht so nervös wie jetzt", raunte der Büroleiter dem Bürgermeister zu. Der kannte das Gefühl auch. Nur dass er nicht angespannt, sondern mit einem mulmigen Gefühl in der Magengegend die Ankunft des Polizeichefs erwartete.

Pünktlich auf die Minute ging die Tür auf und mit einem breiten Lächeln betrat Gerhard Egginger den Raum. Mit festem Händedruck und gut gelaunt auf die Schulter des Bürgermeisters klopfend, begrüßte er diesen wie einen alten Freund. Den Büroleiter an seiner Seite schaute er verwundert an, so, als würde er ihn erst jetzt bemerken. Nach ein paar Sekunden schüttelte er aber doch noch dessen entgegen gestreckte Hand, ohne ihm dabei in die Augen zu blicken.

„Aha, der Herr Bürgermeister hat heute Verstärkung mitgebracht. Ein neues Gesicht, wie mir scheint, das ich zuvor noch nie gesehen habe." Walter Kamml versuchte vergebens, ein Lächeln zustande zu bringen, während er seinen Büroleiter vorstellte.

„Bitte ... nehmen Sie doch Platz", forderte Gerhard Egginger die beiden auf. „Ich hoffe, Sie sind ebenso hungrig wie ich."

Sie setzen sich, nahmen die Speisekarte zur Hand und bestellten. Kaum hatte die Bedienung den Raum verlassen, eröffnete der Polizeichef die Besprechung.

„Herr Bürgermeister. Was kann die Polizei für die Gemeinde tun? Wo drückt der Schuh? Sprechen Sie offen und ungeniert, so wie wir es in der Vergangenheit gehandhabt haben."

Arschloch, dachte sich der Bürgermeister, war schon versucht, es ihm ins Gesicht zu sagen. Gerade die Offenheit war in der Vergangenheit immer wieder Ursache von lautstarken Auseinandersetzungen gewesen.

Der Bürgermeister hatte entschieden, dass Stefan Brandner die ersten Punkte vorbringen sollte. Er begann damit, dass die angeordnete Schrittgeschwindigkeit im verkehrsberuhigten Bereich des Dorfzentrums von einem Großteil der Autofahrer nicht eingehalten werde. Daher werde um regelmäßige Überwachung der Geschwindigkeitsbeschränkung gebeten, da sich mittlerweile zahlreiche Bürger über die rücksichtslosen Autofahrer beschwert hätten. Gerhard Egginger machte sich Notizen in einem Block, erwiderte aber nichts.

Nach ein paar weiteren belanglosen Punkten berichtete Walter Kamml über die bevorstehenden Bauvorhaben der Gemeinde sowie die geplanten Straßensanierungen. Hierzu hatte er Kartenmaterial mitgebracht, das er auf dem Tisch ausbreitete und mit dem Finger die einzelnen Bauabschnitte und geplanten Umleitungen für den Kraftfahrzeugverkehr zeigte. Gerhard Egginger warf nur kurze Blicke darauf, nickte nur, machte sich Notizen und stellte lediglich ein paar Verständnisfragen. Von Anfang an entwickelte sich eine entkrampfte Diskussion und ein Gesprächspunkt nach dem anderen wurde in entspannter Atmosphäre abgehandelt.

Mit der Bedienung hatte der Bürgermeister abgesprochen, dass sie das Essen nicht vor dreiviertel eins servieren sollte. Er hasste es, wenn man in eine Besprechung hineinrumpelte und störte. Aber eine dreiviertel Stunde musste seiner Meinung nach ausreichen, alle Punkte zu erörtern. Das heißt, nicht alle. Die Beschwerden wollte er erst nach dem Essen ansprechen. Mit vollem Magen, so das Kalkül, werde der Polizeichef nicht so aufbrausen wie sonst.

Als die Bedienung mit dem vollen Tablett erschien, schaute er verwundert auf die Uhr. Sie war auf die Sekunde pünktlich. Stolz lächelte sie dem Bürgermeister ins Gesicht, nachdem sie seinen anerkennenden Blick auf die Uhr registriert hatte.

„Den Schweinsbraten für den Herrn Bürgermeister, die Rindsroulade für den Herrn Polizeidirektor und das Gulasch für den Herrn Büroleiter", sagte sie gut gelaunt und stellte die Teller auf den Tisch.

„Danke junge Frau", erwiderte ihr Gerhard Egginger geschmeichelt. „Leider habe ich es nicht bis zum Direktor geschafft, sondern nur bis zum Ersten Polizeihauptkommissar."

„Nur nicht so bescheiden, Herr Egginger", fügte der Bürgermeister sofort schmunzelnd hinzu. „So eine steile Karriere, wie Sie hinter sich haben, kann nicht jeder vorweisen."

„Danke, danke. Ich hoffe aber sehr, dass sie noch lange nicht zu Ende ist. Ich habe trotz meines fortgeschrittenen Alters noch einiges vor."

Aus den Augenwinkeln beobachteten die beiden anderen das selbstgefällige

Lächeln des Polizisten, der für seine Eitelkeit über die Grenzen des Dienstbereichs hinaus bekannt war.

Nach dem Essen erschien die Bedienung, räumte das Geschirr ab und servierte zum Nachtisch einen Espresso.

Gerhard Egginger rutschte mit dem Stuhl vom Tisch zurück, legte die Beine übereinander und fuhr mit seinen Fingern mehrmals die Bügelfalte der Uniformhose vom Oberschenkel bis zum Knie nach. Schließlich nahm er die Tasse zur Hand und lehnte sich entspannt im Stuhl zurück.

Walter Kamml stieß seinen Büroleiter heimlich mit dem Ellbogen in die Seite und deutete mit einem unmerklichen Kopfnicken zu Gerhard Egginger, der gerade die Tasse zum Mund führte. Es war ein eher seltenes Erlebnis, ihm beim Kaffeetrinken zuzuschauen, vor allem zuzuhören.

Stefan Brandner genoss zum ersten Mal diesen historischen Moment. Bisher hatte er immer nur davon zu hören bekommen.

Mit geschlossenen Augen wurde die Tasse an den Mund geführt, dann der Kaffee so lautstark geschlürft, wie es Stefan Brandner noch nie zuvor gehört hatte. Gerhard Egginger war so mit sich selbst und dem Espresso beschäftigt, dass er die belustigten Blicke der Gesprächspartner gar nicht bemerkte.

Er bezeichnete sich als einen kultivierten Menschen, überzeugt davon, dass es an seinem Verhalten und Benehmen nicht das Geringste zu bemängeln gebe. Was er aber vermutlich nicht ahnte, war das Gerücht, das im Dorf umging, dass er vor dem Spiegel stehend, Handbewegungen und Gebärden einstudierte, dabei die Körperhaltung und den Gesichtsausdruck prüfte. Daran dachte Walter Kamml in diesem Moment.

Eine Minute dauerte die Darbietung, dann stellte er die Tasse auf dem Tisch ab.

„Sind wir fertig oder haben Sie noch etwas in petto, Herr Bürgermeister?"

Der zuckte bei der Frage unwillkürlich zusammen. Woher wusste er, dass er noch was zurückgehalten hatte und nur auf den richtigen Zeitpunkt warten wollte, dies vorzubringen? Egal. Jetzt war der Augenblick gekommen, vor dem er Angst hatte.

„Ich will ja nicht gerne die gute Stimmung nach diesem hervorragenden Essen gefährden, aber ..."

Gerhard Eggingers Miene verdüsterte sich von einer Sekunde auf die andere. Er gab seine entspannte Haltung auf, richtete den Oberkörper kerzengerade auf, schob das Kinn angriffslustig nach vorne. Dann starrten sie sich gegenseitig über den Tisch hinweg in die Augen.

„Reden Sie nicht lange um den heißen Brei, sondern kommen bitte gleich zur Sache."

„Also gut. Ich bin von zahlreichen Irlbacher Gemeindebürgern beauftragt worden, Sie eindringlich darum zu bitten, einige ihrer Beamten, Sie wissen sicherlich, um wen es sich handelt, aufzufordern, die derzeitigen Schikanen unverzüglich einzustellen. Grundlose Verkehrskontrollen, arrogantes Auftreten der Beamten, provozierende, ja zum Teil beleidigende Äußerungen, haben in der jüngeren Vergangenheit dazu geführt, dass sich einige der betroffenen Bürger zusammengetan haben, um dagegen zu protestieren. In einem Ordner habe ich die Beschwerdebriefe gesammelt."

Das war das Stichwort für Stefan Brandner. Aus der Aktentasche holte er den Ordner und legte ihn vor Gerhard Egginger auf den Tisch. Der saß mit verschränkten Armen auf dem Stuhl, hatte sich die Worte des Bürgermeisters ohne Regung angehört. Jetzt schaute er nur verächtlich auf den Ordner, der mit dem Schriftzug „Beschwerden gegen die Polizei" beschriftet war. Bevor er sich dazu äußerte, musste er erst die aufwallende Wut unter Kontrolle bringen sowie nach den rechten Worten suchen.

„Ich bitte Sie, Herr Egginger, sich der Beschwerden anzunehmen und sie zu prüfen."

Bevor Walter Kamml weiterreden konnte, donnerte Gerhard Egginger los.

„Wenn Sie glauben, dass ich meine besten Beamten aufgrund der Beschwerde einiger besoffener Bauern, Verkehrsrowdys und Choleriker in die Schranken weise, dann haben Sie sich gründlich getäuscht. Ich finde es schade und vor allem bedenklich, dass sich das Gemeindeoberhaupt dazu missbrauchen lässt, sich für die Interessen dieser verlogenen Individuen vor den Karren spannen zu lassen. Aber für Wählerstimmen machen Sie anscheinend alles. Meine Leute orientieren sich bei ihren Maßnahmen strikt an den Vorgaben der freiheitlichen demokratischen Grundordnung und die Gesetze. Ich bin zutiefst entsetzt, dass Sie sich an dieser Schlammschlacht beteiligen. Wie sehr ich Menschen wie Sie verabscheue, kann ich in Worten gar nicht ausdrücken."

Die letzten Worte gingen im Schreien unter. Neugierig warf die Bedienung einen Blick in die Gaststube. Als dies Gerhard Egginger bemerkte, sprang er auf und brüllte in ihre Richtung: „Raus und Tür zu!"

„Ich werde ihr impertinentes Verhalten dem Landrat und dem Polizeidirektor melden, Herr Bürgermeister."

Stefan Brandner nahm den Ordner zur Hand, hielt ihn dem Polizeichef hin.

„Lesen Sie sich doch erst mal ..."

„Halten Sie ihren Mund", schrie er nun den Büroleiter an, schlug ihm den Ordner aus der Hand, dass er zu Boden fiel. „Wenn ich was von ihnen wissen will, dann frage ich Sie. Ansonsten haben Sie Pause. Verstanden?"

Gerhard Eggingers Gesicht war inzwischen hochrot angelaufen. Er schnaufte schwer. Stefan Brandner bemerkte das, lächelte ihn hämisch an. Mit kontrollierter Stimme und ausgewählten Worten antwortete er auf die Beleidigung.

„In meinen Augen sind Sie aufgrund ihres Benehmens und Auftretens nichts anderes als ein erbärmlicher aufgeblasener Prolet, ohne Manieren und vor allem eingebildet und überheblich. Ihnen fehlen die grundlegenden Eigenschaften, wie Intelligenz und soziale Kompetenz, um für eine Führungsposition geeignet zu sein. Ihr Benehmen ähnelt eher dem eines betrunkenen Cholerikers als dem eines gebildeten Menschen."

Gerhard Egginger stand mit sperrangelweit geöffnetem Mund am Tisch, wusste nicht, wie ihm geschah. Noch nie war er so beleidigt worden. Er, der mit den höchsten Politikern des Landes und mit den bekanntesten Sportlern verkehrte, musste sich von dem einfachen Büroleiter einer Bauerngemeinde derart unverschämt kritisieren lassen.

„Halten Sie ihren dummen Mund, Sie Rotzlöffel," schrie er ihn mit überschlagender Stimme an. „Wie alt sind sie überhaupt? Was haben Sie in ihrem bisherigen Leben denn schon geleistet, dass Sie es wagen können, so mit mir zu sprechen?"

Walter Kamml musste zugeben, dass sein Büroleiter über das Ziel hinausgeschossen hatte. Trotzdem hatte er sich eines zufriedenen Lächelns nicht erwehren können. Er versuchte nun, zu retten, was noch zu retten war. Beschwichtigend hob er die Hände.

„Meine Herren. Wir wollen doch deswegen nicht zu streiten anfangen, sondern uns wie zivilisierte Menschen benehmen. Ich bitte Sie, Herr Egginger, sich wieder zu beruhigen."

Der zeigte mit seinem Finger auf den Büroleiter.

„Dann schicken Sie ihren Laufburschen wieder ins Büro zurück. Ich will ihn hier nicht mehr länger sehen."

Stefan Brandner schüttelte fassungslos den Kopf. Alles hatte er erwartet, nur nicht einen derart cholerischen Wutausbruch.

„Lassen Sie nur, Herr Bürgermeister. Ich gehe freiwillig. Mit so einem peinlichen Menschen kann ich mich ohnehin nicht unterhalten. Mancher kann es einfach nicht verbergen, dass er nur einen mittlerem Schulabschluss hat und ohne Kinderstube aufgewachsen ist. Ich bin mir sicher, dass sich ihre Eltern, sofern Sie noch leben, zu Tode schämen würden."

Er trat hinter dem Tisch hervor, blieb neben dem, noch immer schwer schnaufendem Polizeichef, stehen.

„Nur damit Sie wissen, wer dieser Rotzlöffel ist. Ich habe das Abitur mit einem Schnitt von zwei Komma Null bestanden. Ich spreche vier Sprachen, Sie dagegen beherrschen nur eine, nämlich die der Gosse. Guten Tag."

Während Gerhard Egginger entgeistert Stefan Brandner nachstarrte, musste Walter Kamml dem Mut seines Büroleiters Anerkennung zollen.

„Das nächste Mal lassen sie ihren Hauskasperl zu Hause. Und jetzt will ich nichts mehr über dieses leidige Thema hören. Sie wissen genau, dass wir ums Überleben kämpfen. Wenn wir aufgelöst werden, dann ist die nächste Polizeistation, die dann für Irlbach zuständig sein wird, dreißig Kilometer entfernt. Und genau diese Beamte, die Sie hier grundlos attackieren, sind unsere Überlebensgarantie. Jetzt wissen Sie, warum ich über diese nichts kommen lasse und voll hinter ihnen stehe."

Dann stampfte er zum Garderobenständer, nahm seine Mütze, verließ wutentbrannt die Gaststätte, ohne sich vom Bürgermeister zu verabschieden. In diesem Moment kam die Bedienung in Begleitung des Wirts herein.

„Was war denn heute los?", wollte der Wirt wissen. „Der hat ja geschrien, dass man ihn bis auf die Straße hören konnte."

Walter Kamml winkte nur ab, holte die Geldbörse heraus und bezahlte.

„Ist der immer so?", hackte der Wirt nach.

„Ja ... leider. Sobald ein Thema angesprochen wird, das ihm nicht passt, wird er cholerisch. Deswegen habe ich heute den Stefan mitgenommen, damit ich einen Zeugen habe. Ich traue ihm nämlich zu, dass er sich über mich beschwert."

Kopfschüttelnd begleitete der Wirt den Bürgermeister zur Tür.

„Danke, dass Sie heute meine Gäste waren. Falls Sie tatsächlich einen Zeugen brauchen, dann stehen wir ihnen natürlich zur Verfügung. Das meiste haben wir ja mitgehört."

Walter Kamml schlenderte langsam zum Gemeindeamt zurück, machte dabei einen Umweg, weil er noch etwas allein mit sich und seinen Gedanken bleiben wollte. Vor allem, was er den Männern vom Stammtisch erzählen sollte, beschäftigte ihn mehr, als er sich eingestehen wollte. Er musste befürchten, dass bei dem einen oder anderen die Wut in Hass umschlug. Und wer hasste, für den gab es keine Grenzen mehr. Dann musste man gewalttätige Übergriffe auf Polizisten befürchten.

Währenddessen war Gerhard Egginger stinksauer zur Dienststelle zurückgekehrt. Mittlerweile ärgerte er sich mehr über sich selbst, als über die beleidigenden Worte des Büroleiters. Wieder einmal hatte er die Herrschaft über seine Gefühle verloren. In den letzten Monaten war das leider schon des Öfteren passiert. Er wurde immer dünnhäutiger. In der Vergangenheit war das nie geschehen, da blieb er immer ruhig und souverän. Mittlerweile drückte ihn die schwere Last einer drohenden Dienststellenschließung doch arg.

Die ständige Schimpferei über die B-Schicht ging ihm auf die Nerven. Natürlich wusste er, dass die Beschwerden der Bürger und Kollegen berechtigt waren. Andererseits wollte er seine tüchtigsten Beamte nicht verprellen und demotivieren. Keiner verstand ihn. Niemand konnte nachvollziehen, warum er um das Fortbestehen der Dienststelle Angst hatte und daher für ihren Erhalt kämpfte. Manches Mal fragte er sich selber, ob er noch der richtige Mann für diese Aufgabe war.

13.

Ruth, die Bedienung vom Ramsler, warf einen Blick auf ihre Armbanduhr. Es war schon sechs Uhr und die ersten Gäste vom Stammtisch würden bald erscheinen. Nachmittags war fast nie was los, zu abgelegen lag die Wirtschaft. Nur selten verirrten sich auswärtige Gäste oder Radfahrer zum Kaffeetrinken hierher. Sie setzte sich an den Stammtisch, nahm eine Zeitschrift zur Hand und blätterte sie gelangweilt durch.

Gerade, als sie sich einem Kreuzworträtsel widmete, ging die Tür auf. Karl Probst und Michael Gallinger kamen herein. Karl nahm seinen grauen speckigen Filzhut ab und warf ihn im Vorbeigehen bei der Garderobe auf die Hutablage. Wie jeden Abend hatten sie noch ihr Stallgewand an, obwohl sie Ruth bereits mehrmals gebeten hatte, sich vorher umzuziehen und wenn möglich auch zu duschen. Inzwischen hatte sie es aufgegeben, denn jedes Mal versicherte man ihr, dass man es das nächste Mal berücksichtigen werde. Geändert hat sich aber nichts.

Kaum, dass sich die beiden in der Gaststube aufhielten, roch es nach Stall. Michael hatte sogar noch seine orangen Gummistiefel an. Ruth verschränkte ihre Arme vor der Brust, baute sich vor ihm auf. Der sah den vorwurfsvollen Blick, wusste genau warum, stellte sich aber dumm.

„Was ist denn los? Warum schaust du mich so vorwurfsvoll an?"

Bevor sie etwas sagen konnte, beugte er sich mit dem Gesicht zu seiner Achsel und roch daran.

„Also am Gestank kann es nicht liegen. Riech ja ich kaum etwas."

„Raus", sagte Ruth nur, zeigte mit dem Zeigefinger zum Ausgang. „Diese stinkenden Quadratlatschen haben hier herinnen nichts zu suchen."

Michael bückte sich und schlüpfte aus den dreckigen Stiefeln, mit denen er vor ein paar Minuten noch im Stall gestanden hatte. Auf Zehenspitzen trippelte er in Richtung Tür und stellte die Stiefel draußen ab. Wenige Sekunden später kehrte er zurück, gab Ruth einen schmatzenden Kuss auf die Wange. Dann setzte er sich an seinen Platz am Stammtisch.

Ruth starrte auf seine Füße.

„Ich glaube, es ist besser, du setzt dich heute mal hinten auf die Bank. Es muss ja nicht gleich jeder sehen, dass deine Socken aus mehr Löchern als Stoff bestehen."

„Mann", maulte Michael genervt, stand aber auf und rutschte nach hinten. „Du hast heute wieder eine miese Laune, da hätte ich ja gleich zu Hause bei meinen Schweinen bleiben können. Die schimpfen wenigstens nicht und im Gegensatz zu dir freuen sie sich, wenn sie mich sehen."

Sie fuhr mit den Fingern durch sein dichtes Haar, gab ihm einen Kuss auf die Stirn. „Braver Junge. Dafür bekommst du auch ein Bier."

Michael und Karl protestierten sofort.

„Hast es wohl schon wieder vergessen? Wir trinken doch neuerdings nur noch Wasser."

Ruth klopfte sich mit der flachen Hand an die Stirn und stellte die beiden Biergläser wieder auf die Anrichte zurück. Gleich darauf servierte sie ihnen das Mineralwasser.

„Was gibt's denn heute zum Essen?", fragte Michael und schnupperte in Richtung Küche.

„Das Übliche", antwortete sie.

„Also Schweizer Wurstsalat und Schnitzel."

„Genau. Und weil heute Donnerstag ist, gibt es auch Käsespatzen mit Salat."

Michael fing in diesem Moment ohne Grund zu lachen an und blickte Ruth geheimnisvoll an.

„Willst du wissen, mit was wir heute gekommen sind?"

„Wahrscheinlich mit dem Taxi oder auf einem Esel."

„Nein, nein. Schau mal vors Haus, dann siehst du es."

Ruth ging zum Fenster, durch das man auf den Parkplatz schauen konnte. Jetzt musste auch sie lachen. Auf dem Parkplatz standen, schön nebeneinander abgestellt, zwei Quads.

„Ihr macht also ernst mit eurem Vorhaben?"

„Natürlich", antworteten beide zeitgleich.

„Dann versteh ich aber nicht, warum ihr kein Bier trinkt, wenn ihr mit den Dingern da draußen, einfach über die Wiese abhauen könnt."

„Es geht uns um den Spaß", erwiderte Karl ernst. „Wir wollen die Bullen ärgern, sie lächerlich machen. Wenn sie auftauchen, tun wir so, als ob wir abhauen wollen, lassen uns aber erwischen. Und dann können sie uns nichts anhaben, weil wir stocknüchtern sind. Mensch, wird das ein Spaß."

Während der letzten Worte ging die Tür auf und Bastian Bruckner und Andi Höhensteiger kamen herein. Sie setzten sich zu den anderen und bestellten wie

Karl und Michael Mineralwasser. Ruth konnte es nicht glauben. Ansonsten trank jeder von ihnen drei oder vier halbe Bier pro Abend. Und von einem Tag auf den anderen nun Wasser? Lange hielten sie das nicht durch. Neugierig warf sie einen Blick vor die Tür. Auf dem Parkplatz standen jetzt drei Quads und ein Traktor.

„Jetzt sieht man wenigstens schon von weitem, dass der Ramsler eine Bauernwirtschaft ist", rief Michael Gallinger in die Runde und erntete brüllendes Gelächter.

Als Ruth dies hörte, schlenderte sie langsam auf Michael zu, blickte ihn von oben herab an. Das war kein gutes Zeichen, dachte er sich und erwartete eine Ohrfeige oder Ähnliches.

Stattdessen strich Ruth ihr gelb-weiß kariertes Dirndl glatt, richtete sich zum Schluss ihr Dekolleté zurecht. Dann griff sie unter ihren großen Busen und hob ihn nach oben.

„Freundchen. Gilt deine Feststellung etwa mir? Willst du damit etwa andeuten, dass man bei meinem Anblick eher an eine Bauernwirtschaft als an ein feines Speiselokal erinnert wird?"

Unmittelbar vor Michael beugte sie ihren Oberkörper so weit herab, dass er nicht umhinkonnte, ihr unverhohlen in den Ausschnitt zu blicken. Ruth schürzte die Lippen, schob ihren Kopf nach vorne und deutete ihm einen Kuss an. Michael ließ sich nicht zwei Mal bitten, küsste sie auf den Mund. In dieser Sekunde schüttete Ruth blitzschnell das Glas Mineralwasser auf seinen Schoss.

„So. Jetzt hat dein Körper auch mal Wasser abbekommen. Und jetzt verpiss dich", schrie sie ihm verärgert ins Gesicht. „Vergiss aber deine stinkenden Gummistiefel vor der Haustür nicht. Es muss ja nicht gleich jeder sehen, welche Bauern in diesem ehrenwerten Haus verkehren."

Nun hatte sie die Lacher auf ihrer Seite.

„Jetzt brauchst du dich bis Weihnachten nicht mehr waschen", bemerkte Bastian Bruckner und schlug Michael gut gelaunt auf die Schulter.

„So viel Wasser hat sein Körper bisher noch nie auf einmal zu spüren bekommen", fügte Karl Probst hinzu. „Hoffentlich bekommt er jetzt keine Waschhaut."

So gut gelaunt wie heute waren sie schon lange nicht mehr, mit einer Ausnahme. Andreas Höhensteiger saß mit ernstem Gesicht am Tisch, dem bisher noch kein Lächeln ausgekommen war. Er starrte in einem fort auf sein Glas, drehte es ständig im Kreis und beteiligte sich auch nicht am Gespräch.

„Was ist denn mit dir los Andi?", fragte ihn schließlich Karl Probst. „Was ist dir denn für eine Laus über die Leber gelaufen?"

Andi schaute kurz auf und zuckte nur mit den Schultern. Er hatte seit dem gestrigen Gespräch mit Michael nicht mehr schlafen können. Eigentlich wollte er heute zu Hause bleiben, die Neugier trieb ihn dann aber doch hierher. Er musste unbedingt in Erfahrung bringen, was Michael vorhatte. Falls er den Polizisten wirklich nur einen harmlosen Streich spielen wollte, dann wäre er schon gern dabei. Ansonsten würde er die Finger davon lassen. Immer öfters und in immer kürzeren Zeitabständen schaute er auf seine Uhr. Schön langsam wurde es Zeit, dass der Bürgermeister kam und sie über das Gespräch mit dem Dienststellenleiter informierte. Auch das ein Grund, warum er gekommen war. Vielleicht löste sich alles in Wohlgefallen auf. Michael hatte gegenüber von ihm Platz genommen, tupfte schon seit ein paar Minuten mit einem Taschentuch seine Hose trocken. Andi hatte er bisher noch mit keinem Blick bedacht.

„Jetzt kommt er", rief Bastian Bruckner und gleich darauf stand der Bürgermeister unter der Tür. Er grüßte in die Runde und setzte sich an den Stammtisch.

Er spürte die auf ihn gerichteten neugierigen Blicke und dass man gespannt darauf wartete, was er mitzuteilen habe. Auf dem Weg zum Ramsler hatte er sich nochmals durch den Kopf gehen lassen, was er ihnen sagen und was er unbedingt für sich behalten wollte. Zum Schluss entschied er sich, ihnen doch alles zu erzählen. Er wartete, bis ihm Ruth das Weißbier gebracht hatte, genehmigte sich einen tiefen Schluck. Ohne lange Vorrede kam er dann gleich zur Sache. Haarklein berichtete er, ließ nichts aus, vor allem nicht die Beleidigungen von Gerhard Egginger und sein cholerisches Geschrei. Keiner unterbrach ihn oder stellte Fragen. Nur vereinzeltes Kopfschütteln oder Zwischenrufe wie, „das gibts doch nicht" oder „das darf doch nicht wahr sein", bekundeten die steigende Verärgerung der Zuhörer. Kaum hatte er seinen Vortrag beendet, haute Michael Gallinger mit voller Wucht auf den Tisch.

„Genauso wie ich es vorhergesagt habe. Dieses arrogante Arschloch ... was bildet der sich nur ein?"

„Dann wissen wir ja, was uns in nächster Zeit blüht", fügte Karl Probst ernüchtert hinzu. „Dick und Doof werden zukünftig zu unseren täglichen Begleitern."

„Wir können sie ja in unsere Stammtischrunde aufnehmen", meinte Bastian Bruckner ironisch. „Dann brauchen sie nicht stundenlang nach uns zu suchen".

Es war das erste Mal, dass seit dem Erscheinen des Bürgermeisters wieder gelacht wurde.

„Zahlen!", rief Bastian.

„Was ist denn mit dir los?", fragte Ruth verwundert. „Sonst bist du immer der Letzte, der geht. Und heute machst du den Anfang? Bist du etwa krank?"

„Nein. Aber heute schmeckt mir nichts mehr. Ich fahr lieber nach Hause und setz mich vor die Glotze. Um diese Zeit sind die beiden Idioten hoffentlich noch nicht unterwegs. So angefressen wie ich momentan bin, weiß ich nicht, was ich mit ihnen mache, wenn sie mir heute noch unterkommen sollten."

Nach Bastian zahlten auch die anderen.

Während des Zahlens nahm Michael zum ersten Mal Blickkontakt zu Andreas auf. Mit einer unauffälligen Handbewegung deutete er ihm an, noch kurz sitzen zu bleiben.

Nur wenig später leerte sich die Wirtsstube. Nur Michael und Andreas saßen noch am Tisch. Ruth setzte sich zu ihnen.

„Die beiden Arschlöcher machen mir das ganze Geschäft kaputt", schimpfte sie. „Wenn ihr in Zukunft immer so früh nach Hause geht oder gleich gar nicht mehr kommt, dann verdiene ich gar nichts mehr. Keiner von euch hat heute was gegessen."

Sie bekam aber keine Antwort, holte sich daher wieder ihre Zeitschrift hervor und widmete sich einem Kreuzworträtsel. Kurz darauf verabschiedeten sich auch Michael und Andreas. Neben ihren Quads blieben sie stehen und zündeten sich eine Zigarette an.

„Nun ... was ist jetzt Andreas? Machst du mit oder nicht?"

„Das kann ich dir erst sagen, wenn ich weiß, was du genau vorhast."

Michael blies den Rauch seiner Zigarette senkrecht in die Luft und überlegte, was er zum jetzigen Zeitpunkt schon alles verraten konnte.

„Ich will ihnen lediglich einen gewaltigen Schrecken einjagen. Vielleicht machen sie sich sogar in die Hose."

„Was soll das genau heißen? Das hört sich nicht ungefährlich an."

„Ist es aber. Sowohl für die beiden Bullen als auch für uns."

„Verdammt noch mal Michael, lass dir doch nicht alles aus der Nase ziehen. Entweder du sagst mir jetzt, was du vorhast oder du kannst es allein durchziehen. Also ... was ist?"

Andreas wurde ungeduldig, das gefiel ihm. Er durfte ihn aber nicht zu lange im Ungewissen lassen, sonst sprang er tatsächlich ab. Er brauchte ihn aber.

„Also gut. Ich werde morgen unter irgendeinem Vorwand bei der Polizeidienststelle anrufen und unter falschem Namen fragen, wann Dick und Doof Nachtdienst haben. An diesem Tag, gegen Mitternacht, rufe ich dann auf der Dienststelle an und melde einen Verkehrsunfall in der Schwimmbadstraße in Irlbach. Wenn sie von Reichenfels aus anfahren, kommen sie unter der Brücke am Nordkreuz durch. Und oben stehen wir und warten auf sie. Bevor sie unter der Brücke hervorkommen, lassen wir unmittelbar vor ihrem Fahrzeug einen Stein auf die Straße fallen. Entweder legen sie vor Schreck eine Vollbremsung hin und hauen sich die Köpfe an der Windschutzscheibe an oder sie weichen dem Stein aus und fahren dabei in die Wiese. Bevor sie sich von ihrem Schrecken erholt haben, werden wir schon weit weg sein. Später ruf ich dann bei ihnen auf der Dienststelle mit verstellter Stimme an und erkläre ihnen, dass dies eine erste Warnung war. Wenn sie nicht sofort mit ihren Schikanen aufhören, kann es passieren, dass das nächste Mal der Stein nicht vor, sondern auf das Auto fällt. Also. Was sagst du zu meinem Plan? Ist er nun gefährlich oder nicht?"

Andreas hatte gespannt zugehört, Michael nicht unterbrochen, brachte nun aber sofort seine Einwände vor.

„Was ist, wenn sie zeitgleich mit dem Sanka kommen oder zufällig andere Leute in der Nähe sind?"

„Das habe ich auch in meine Überlegungen mit einfließen lassen. Um diese späte Zeit, davon gehe ich aus, ist niemand mehr unterwegs. Vorsichtshalber treffen wir uns aber früher und fahren eine Runde durchs Dorf. Falls doch ein Nachtschwärmer auftauchen sollte, dann müssen wir halt den Plan verschieben. Aber das mit dem Sanka ist ein guter Einwand Andreas. Das könnte in der Tat ein Problem darstellen. Ich werde einfach sagen, dass ein Hund zusammengefahren worden ist, der direkt vor dem Schwimmbadeingang schwer verletzt am Straßenrand liegt. Dann schicken sie mit Sicherheit keinen Sanka."

„Okay. Aber woher willst du wissen, dass Dick und Doof im Streifenwagen sitzen? Es können doch auch zwei andere kommen."

„Das ist egal, Andreas. Auf jeden Fall werden zwei aus dieser Scheiß Schicht kommen. Wer von denen vor Schrecken in die Hose macht, ist mir einerlei. Hauptsache die Warnung kommt bei den richtigen an."

Andreas musste zustimmen. Michael hatte recht. Trotzdem war er noch nicht ganz überzeugt.

„Und welchen Stein willst du fallen lassen? Wie groß soll der sein?"

„Groß genug, dass sie sich die Achse oder den Unterboden des Fahrzeugs beschädigen, wenn sie darüber fahren."

Bei der Vorstellung, wie der Stein zu Boden fiel, das Auto darüberfuhr, ein Quietschen und Kratzen folgte, lief es Andreas eiskalt den Rücken hinab. Trotzdem brachte er keine weiteren Bedenken vor. Michael hatte jedoch das Zucken der Augenlider gesehen. Plötzlich bekam er Zweifel, ob Andi doch der richtige Partner war. Jetzt war es ohnehin zu spät, ihn auszutauschen. Zu viel wusste er bereits. Nur wenn er ihn beteiligte, konnte er sicher sein, dass er ihn nicht nachher bei den Bullen verpfiff. Er musste Teil des Vorhabens bleiben.

„Ich war gestern spätabends auf der Brücke und hab mir alles genau angeschaut", fuhr Michael fort. „Zwischen der Leitplanke und dem dahinter liegendem hölzernen Brückengeländer verbleiben ca. fünfzig Zentimeter für uns. Zwischen den Sträuchern an der Böschung liegen genug Steine verschiedener Größe herum, die für unser Vorhaben geeignet sind. Ich schlage vor, dass wir Handschuhe anziehen, damit wir keine Spuren am Geländer oder dem Stein hinterlassen. Wir tragen den Steinbrocken auf die Brücke und legen ihn auf dem Geländer ab. Dann brauchen wir ihm nur noch einen Schubs geben, wenn sich der Streifenwagen genau unter der Brücke befindet. So einfach ist mein Plan ... und absolut ungefährlich. Stimmst du mir zu?"

„Warum brauchst du dann bei so einem einfachen Vorhaben überhaupt meine Mithilfe?"

„Das kann ich dir erklären. Erstens brauche ich jemanden, der die Umgebung im Auge behält, nicht dass uns wer beobachtet. Zweitens musst du beobachten, wann der Streifenwagen unter die Brücke fährt und mir das Kommando geben, damit ich den Stein zum richtigen Zeitpunkt fallen lasse. Also ... jetzt weißt du, warum ich dich brauche. Alles klar oder hast du noch Fragen?"

Andreas schüttelte widerstrebend den Kopf. Sein Bauchgefühl warnte ihn, dass wirklich alles so problem- und gefahrlos ablaufen sollte.

Michael bemerkte die nach wie vor vorhandene Skepsis, nahm ihn bei der Schulter.

„Andreas. Ich versichere dir, dass du keine Bedenken zu haben brauchst. Es wird kinderleicht werden. Du wirst es schon sehen. Ich ruf dich an, sobald ich weiß, wann wir es machen. Ich denke, dass es in den nächsten zwei bis drei Tagen sein wird."

Andreas hörte die Zuversicht aus Michaels Worten. Das beruhigte ihn ein wenig. Zudem lag es an ihm, wann er das Kommando zum Fallenlassen geben sollte. Schließlich schlug er ein, aussteigen konnte er immer noch.

14.

Mit vierunddreißig Jahren war Markus Reisinger noch relativ jung für einen stellvertretenden Dienststellenleiter. Betrachtete man jedoch den beruflichen Werdegang, dann war dies nicht weiter verwunderlich. Mit einer hervorragenden Prüfungsnote hatte er die Ausbildung zum Polizeibeamten im gehobenen Dienst abgeschlossen, erreichte in seinem Prüfungsjahrgang bayernweit Platz zehn.

Die ersten Erfahrungen als Führungsbeamter holte er sich als Dienstgruppenleiter in einem Revier im Zentrum von München.

Ins kalte Wasser geworfen, gelang es ihm, die Dienstgruppe ohne Probleme zu führen und die von der Dienststellenleitung vorgegebenen Jahresziele zu erreichen. Markus wusste aber selber, dass dies nur möglich war, weil ihn sämtliche Beamte seiner Dienstgruppe unterstützten.

Eine der Erfahrungen, die er nach drei Jahren München für seine weitere berufliche Karriere mitnahm, war die Erkenntnis, dass die Dienstgruppe nur als Einheit funktionieren konnte und man die langjährige Berufserfahrung einzelner Mitarbeiter mit in die Entscheidungsprozesse einfließen ließ. Die Zeiten, in denen nur einer das Sagen und die anderen nur zu gehorchen hatten, waren endgültig vorbei. So dachte er zumindest, als er München verließ.

Eine weitere wichtige Erkenntnis, die er mitnahm, Egoisten und Einzelgänger führten unweigerlich zu einem problembelasteten Betriebsklima.

Vor zehn Jahren bewarb er sich auf den Posten eines Dienstgruppenleiters bei der Polizeiinspektion Tiefenbach. Als gebürtiger Tiefenbacher musste er nicht zwei Mal überlegen, bewarb sich und dank einer exzellenten Beurteilung bekam er den Posten. Aufgrund seiner schnellen Auffassungsgabe, überdurchschnittlicher Intelligenz sowie dem tadellosen Auftreten gegenüber dem Bürger, den Kollegen und den Dienstvorgesetzten, war man in der Führungsetage des Polizeipräsidiums schon bald auf ihn aufmerksam geworden. So war es nicht weiter verwunderlich, dass man ihn zum Aufstieg in den höheren Dienst vorschlug. Markus bat sich Bedenkzeit aus, denn als bodenständiger Mensch wollte er nicht gerne weg, von dort, wo seine Familie und Freunde zuhause waren. Karriere war nicht alles.

Für den Aufstieg in den höheren Dienst waren Führungsqualitäten Voraussetzung. Die sollte er sich als Verfügungsgruppenleiter und Vertreter des Dienststellenleiters bei der PI Reichenfels aneignen. Dem Präsidium war bekannt, dass es nicht leicht war, mit Gerhard Egginger zusammenzuarbeiten. Nicht zuletzt wegen der unüberbrückbaren Differenzen zwischen ihm und seinem Vertreter, hatte dieser einen Antrag auf Versetzung in den Vorruhestand eingereicht, dem stattgegeben wurde. Markus übernahm nun dessen Amt. Eine schwierigere Aufgabe, sich zu bewähren und Führungsqualitäten zu zeigen, als die des Vertreters von Gerhard Egginger, konnte es nicht geben.

Nach zehn Jahren Tiefenbach trat Markus also seinen neuen Dienstposten in Reichenfels an. Er ahnte aber nicht annähernd, was auf ihn zukommen sollte.

Gerhard Egginger gehörte zu den Dienststellenleitern alter Schule. Er lebte nach der Devise, dass der Chef immer recht hat. Ausnahmen oder Kritik an ihm oder seinem Führungsstil ließ er nicht zu. Er war überzeugt, dass es nichts gab, was er nicht wusste. Wenn etwas nicht so lief, wie er es vorgab, dann war der Fehler immer bei den anderen zu suchen, nie bei ihm.

Ein Jahr war Markus mittlerweile in Reichenfels. Er hatte sich an die neue Umgebung und dem nicht mehr zeitgemäßen Führungsstil Gerhard Eggingers angepasst und erledigte die Dienstgeschäfte ganz im Sinne des Chefs, auch wenn es ihm schwerfiel. Diskussionen mit ihm waren zwecklos, er würgte sofort jedes Gespräch ab und erinnerte ihn mit vorwurfsvollen Worten an die Loyalitätspflicht. Über Amtskollegen, die stolz darauf waren, von ihren Mitarbeitern geschätzt zu werden, konnte er nur die Nase rümpfen, verachtete sie sogar. Mehrfach hatte er Markus darauf hingewiesen, dass ein kompetenter Dienstvorgesetzter von seinen Leuten gefürchtet und nicht geliebt werden sollte, nur dann besaß er die richtigen Führungsqualitäten. So lehnte er es auch strikt ab, sich von seinen Beamten duzen zu lassen, auch wenn sie sich bereits jahrelang kannten oder sogar im selben Sportverein verkehrten. Er begründete dies mit der Gefahr, dass durch das Duzen der notwendige Respekt verloren gehen könnte. Also verlangte er, dass er mit Dienstgrad und Familiennamen angeredet werde. Markus fand diese Marotte nur noch ärgerlich und lächerlich. Es hörte sich für ihn absurd an, den Chef mit Herrn Erster Polizeihauptkommissar Egginger anzureden. Um so überraschender war es dann, als ihm Gerhard Egginger eines Tages das Du anbot, jedoch nur unter vier Augen.

Mit der Zeit fand Markus heraus, wie er mit dem Chef umgehen musste, um endlosen Diskussionen aus dem Weg zu gehen. Ausschlaggebend war, dass man ihm stets den Eindruck vermittelte, er habe eine Entscheidung getroffen, auch wenn er nur sein Ja zu einem Vorschlag geben musste. Für ihn war das Gefühl, der alleinige und unumschränkte Chef zu sein, so lebenswichtig wie für Pflanzen das Sonnenlicht.

Mit dieser Einstellung gelang es Markus, Vertrauen beim Chef zu gewinnen, so dass er mit der Zeit selbständig arbeiten und eigene Entscheidungen treffen durfte. Zu seinem Nachteil hatte dies jedoch zur Folge, dass ihm immer mehr Aufgaben übertragen wurden. Letztendlich übernahm er die Führung der Dienststelle. Gerhard Egginger beschränkte sich aufs Präsentieren ... und Nichtstun.

Markus war noch ledig und ungebunden. In der Vergangenheit hatte er sich immer wieder davor gedrückt, eine feste Beziehung einzugehen. Seine Liebe gehörte dem Beruf. Er war Polizist mit Leib und Seele. Zu oft hatte er mitbekommen, wie Ehen von Kollegen in die Brüche gingen, weil sie es nicht verstanden, Beruf und Familie unter einen Hut zu bringen. Der Beruf war belastend, vor allem psychisch. Den Zeitpunkt für eine feste Bindung sah er erst gekommen, wenn die Karriereplanung abgeschlossen war. So lange wie möglich wollte er unabhängig und frei bleiben, um sich für interessante Stellenausschreibungen bewerben zu können. Auch Auslandseinsätze, wie zum Beispiel bei EUROPOL, schwebten ihm vor. Als Beamter im höheren Dienst wurde man regelmäßig von einer Dienststelle zur anderen weitergeschoben, um für sechs Monate oder weniger einen freigewordenen Führungsposten bis zur endgültigen Bestellung eines Bewerbers kommissarisch auszufüllen. Markus hielt nichts von Fernbeziehungen. Außerdem musste man eine Frau finden, der es nichts ausmachte, ständige umzuziehen. Wenn er eines Tages diese Unabhängigkeit aufgeben sollte, dann für eine Frau, die seine Hobbys teilte und ihm keine Fesseln anlegte.

Vor zwei Monaten war eine Kollegin nach Reichenfels versetzt worden, die zwei Jahre jünger, vor allem aber äußerst attraktiv war. Ihr Aussehen entsprach exakt den Vorstellungen seiner Traumfrau. Die schulterlangen dunkelblonden Haare hatte sie im Nacken mit einem Gummi zusammengebunden. Die schlanke durchtrainierte Figur kam in der ansonsten frauenfeindlichen Polizeiuniform glänzend zur Geltung. Manchmal hatte sie eine Brille auf, alternativ trug sie Kontaktlinsen.

Ihr ruhiges ausgeglichenes Wesen, ihre Hilfsbereitschaft, die Freundlichkeit dem Bürger gegenüber, die ständig gute Laune und ihr helles Lachen, hatten ihn vom ersten Moment an beeindruckt.

Anlässlich des Vorstellungsgesprächs erfuhr er, dass auch sie naturverbunden war. Neben dem Wandern fuhr sie auch Rad, kochte und backte leidenschaftlich gerne. Als sie erwähnte, dass sie ledig und zur Zeit sogar ohne feste Bindung war, wurde es Markus warm uns Herz.

Helena Weber hieß sie. Offen gab sie preis, dass sie sich nach der Trennung von einem Kollegen von der Oberpfalz nach Oberbayern hatte versetzen lassen, um hier einen Neuanfang zu starten.

An den mittäglichen Kaffeepausen nahm Markus nun regelmäßig teil, aber nur, wenn Helena Dienst hatte. Immer öfters suchte er den Kontakt zu ihr, bat sie zu Gesprächen in sein Büro, was er sonst mit keinem der Kollegen bisher gemacht hatte. Mit der Zeit glaubte er, sich sicher sein zu können, dass sie seine Gefühle erwiderte.

Nach zwei Monaten hielt er die Zeit für gekommen, sie endlich zu fragen, ob sie ihn auf eine Bergtour begleiten wolle. Mehrmals hatte er es sich bereits vorgenommen. Doch jedes Mal hatte ihn der Mut verlassen.

Er war hoffnungslos verliebt, das hatte inzwischen auch der eine oder andere Kollege mitbekommen. Manchmal zogen sie ihn damit sogar auf und machten sich hinter seinem Rücken über seine Schüchternheit lustig. Nach außen hin nahm er es mit Humor, innerlich leidete er jedoch erbärmlich.

Momentan plagten ihn aber ganz andere Sorgen. Ab morgen sollte er die B-Schicht verstärken.

15.

Den Tag davor legte er sich eine Strategie zurecht, wie er Xaver Diehl gegenüber auftreten, vor allem, wie er ihn ansprechen sollte. Der akzeptierte ihn nicht als Dienstvorgesetzten, zeigte ihm dies auch bei jeder sich bietenden Gelegenheit. Die Abneigung basierte auf Gegenseitigkeit, machte ein sachliches Gespräch zwischen ihnen nur umso schwerer, wenn nicht sogar unmöglich.

Mit gemischten Gefühlen betrat Markus um sechs Uhr die Dienststelle. Xaver Diehl und Josef Ranker waren schon da und Xaver saß relaxed auf dem Stuhl des Dienstgruppenleiters. Provozierend lachte er Markus beim Betreten des Dienstraums ins Gesicht und gab ihm somit von Anfang an klar zu verstehen, dass er der Chef der Dienstgruppe war und nicht vorhatte, diese Stellung freiwillig an ihn abzugeben. Markus ignorierte diese Provokation, überließ Xaver stillschweigend die Leitung, obwohl er nicht nur der ranghöhere Beamte, sondern auch sein unmittelbarer Dienstvorgesetzter war. Aber er wollte nicht gleich mit einem Kompetenzstreit den Tag beginnen. Kommentarlos begab er sich in den Nebenraum und setzte sich vor einen der freien Computer.

Wenige Augenblicke später rief Xaver Markus zu sich. Keine Bitte, dafür in einem befehlendem Ton. Eine erneute Provokation, die er einfach überging. Sollte er seinen Spaß haben, zumindest fürs Erste. Das Blatt würde sich bald wenden.

„Du fährst mit Josef die erste Streife."

Markus nickte nur, verkniff sich eine Bemerkung. Fünfzehn Minuten später verließen die beiden die Dienststelle, stiegen in den uniformierten VW-Bus und fuhren los. Bereits nach wenigen Minuten begann Markus die Streifenfahrt zu genießen. Mehr als fünf Jahre war es her, dass er zuletzt in einem Streifenwagen gesessen und den Verkehr überwacht hatte. Josef Ranker war in Plauderstimmung, hatte allerhand zu erzählen. Markus hörte nur halb hin, denn ihn interessierten die überwiegend belanglosen privaten Sachen nicht. Trotzdem verging die Zeit schneller, als er befürchtet hatte. Lediglich zwei Mal hielten sie Autos an und unterzogen die Fahrer einer Kontrolle. Um neun Uhr kehrten sie zur Dienststelle zurück, ohne dass etwas Besonderes vorgefallen wäre.

Kaum, dass sie das Dienstgruppenleiterbüro betreten hatten, informierte Xaver Josef Ranker, dass er gar nicht erst den Computer einzuschalten brauche, da er mit ihm die nächste Streife fahren werde. Xaver Diehl ging Markus aus dem Weg, wollte offensichtlich vermeiden, mit ihm allein zu sein. Auf keinen Fall wollte er ihm die Gelegenheit zu einem Vieraugengespräch geben.

Abends ging es dann genauso weiter. Markus und Josef Ranker fuhren die erste

Streife. Dieses Mal würde er sich aber nicht abwimmeln lassen. Wenn es Xaver nicht anders wollte, dann musste er auf die Vorgesetztenrolle zurückgreifen.

Gegen zweiundzwanzig Uhr kehrten sie von der Streifenfahrt zurück. Xaver saß mit einer heißen Tasse Tee in der Hand im Sozialraum. Auf dem Tisch stand eine Kanne mit frisch aufgebrühtem Tee, daneben eine weitere Tasse mit der Aufschrift Josef..

Das war nun für Markus endlich zuviel der Provokationen. Er holte sich eine Tasse, schenkte sich ein und setzte sich gegenüber von Xaver Diehl. Nachdem sich auch Josef Ranker bedient hatte und sich zu ihnen setzen wollte, bat ihn Markus, sie für einen Moment allein zu lassen und sich ins Dienstgruppenleiterzimmer zurückzuziehen.

Nur zögernd kam Josef dieser Aufforderung nach, schaute Xaver unsicher an, der jedoch mit dem Kopf ein Zeichen gab, dass er sie allein lassen solle. Während sich Josef aufreizend viel Zeit ließ, den Raum zu verlassen, betrachtete Markus Xaver, ohne sich die Mühe zu machen, es zu verbergen. Ihm war, als würde der immer dicker werden, das Hemd spannte sich am Bauch, dass es an der Knopfleiste auseinanderklaffte. Den obersten Knopf brachte er gar nicht mehr zu, da das der speckige Hals nicht mehr zuließ. Die Diensthose, die er dem äußeren Zustand schon seit ewigen Zeiten trug, war ausgewaschen und beide Gesäßtaschen ausgefranst. Die Krawatte hing ihm schief um den Hals. Kein Wunder, dass Xaver Diehl noch immer nicht verheiratet war. Welche Frau wollte schon einen Mann, der keinen Wert auf sein Erscheinungsbild legte.

Das Aussehen von Xaver Diehl störte Markus schon lange. Eigentlich nicht nur ihn. Immer wieder sprach Gerhard Egginger an, wie wichtig es sei, dass man als Polizist in der Öffentlichkeit ein positives Erscheinungsbild abgebe. Ordentliche saubere Kleidung einschließlich geputzter Schuhe, das sei das Mindeste, was man von einem Polizisten erwarten könne. Jedes Mal, wenn ihn Markus auf das schlampige Äußere Xaver Diehls aufmerksam machte, und das war schon öfters der Fall gewesen, reagierte der stets gereizt. Markus solle sich weniger um das Aussehen der Beamten kümmern, als vielmehr darum, dass Anzeigen und Ordnungswidrigkeiten aufgenommen werden. Inkonsequenz, nannte Markus das, eines der Markenzeichen von Gerhard Egginger.

Xaver hatte längst den taxierenden Blick von Markus mitbekommen, tat zunächst so, als würde ihm das nichts ausmachen. Doch lange hielt er das nicht durch. Das schon bald einsetzende unruhige Flackern der Augenwinkel verdeutlichte Markus, dass Xaver langsam nervös wurde.

„Ist was? Passt dir was nicht an mir?", fuhr er schließlich Markus an.

Gerne hätte er ihm auf seine zweite Frage eine Antwort gegeben. Aber nicht hier. Für das, was er ihm sagen wollte, durfte es keine neugierigen Mithörer geben.

„Wir beide fahren die nächste Streife. Und das ist keine Bitte, sondern eine dienstliche Anweisung!"

„Na schön. Wenn ich dir damit einen Gefallen erweisen kann. Du wirst jedoch keine Freude mit mir haben".

„Du weißt genau, dass wir beide unbedingt mal ein Gespräch über verschiedene Dinge führen müssen. Es handelt sich um eine Anweisung des Chefs. Du kannst dich also nicht ewig davor drücken. Bringen wir es so schnell wie möglich hinter uns."

„Ich wüsste nicht, was wir zu besprechen hätten." Dabei legte er die Betonung auf das „wir".

Ohne eine Antwort abzuwarten, stand er auf, holte seinen Aktenkoffer aus dem Schrank, setzte die Mütze auf und zog den Anorak an.

„Willst du ihn nicht zumachen?", fragte Markus provokant, da es unschwer zu erkennen war, dass dies aufgrund der Leibesfülle nicht möglich war.

„Leck mich", antwortete Xaver gereizt, drehte sich um und verließ die Dienststelle.

„Ich fahre und wer fährt, schafft an" sagte er beim Einsteigen. „Ich werde schließlich fürs Arbeiten bezahlt und nicht fürs Spazieren fahren."

Wie Markus nicht anders erwartet hatte, nahm Xaver Diehl sofort Kurs auf Irlbach. Minutenlang sprach keiner ein Wort, jeder schaute auf seiner Seite aus dem Fenster. In Irlbach begann Markus endlich das Gespräch, vor dem er sich am Liebsten gedrückt hätte.

„Täuscht mich mein Eindruck, oder versuchst du mir aus dem Weg zu gehen?"

Xaver ließ nur ein kurzes spitzes Lachen hören, antwortete aber nicht.

„Du scheinst nicht gerade begeistert zu sein, mit mir Streife fahren zu müssen."

„Wundert dich das?"

„Xaver ... wenn du glaubst, dass ich freiwillig den Dienst in deiner Schicht übernommen habe, dann täuscht du dich gewaltig. Ich wurde vom Chef dazu mehr oder weniger gezwungen. Nur dass du Bescheid weißt."

Xaver schaute stur nach vorne, zeigte keinerlei Regung. Markus fragte sich, ob er überhaupt zugehört hatte.

„Übrigens", fuhr Markus fort, „habe ich nicht einen Freiwilligen gefunden, der sich bereit erklärt hätte, in deiner Schicht auszuhelfen. Hast du dafür eine Erklärung?"

Zum ersten Mal schaute ihm Xaver ins Gesicht. Die Augen blieben aber kalt, nur die Mundwinkel verzogen sich zu einem verächtlichen Lächeln.

„Das kann ich dir schon sagen. Du hast ja mittlerweile alle Kollegen gegen uns aufgehetzt. Ich weiß genau, dass du uns nicht ausstehen kannst."

Markus blieb eine Antwort schuldig. Insgeheim hatte Xaver sogar recht.

„Jeder, der bereit ist, zu arbeiten, den polizeilichen Auftrag ernst nimmt, ist in meiner Schicht willkommen", fuhr Xaver daher fort. „Dass uns die anderen scheuen, weil ich Leistungsbereitschaft verlange, dürfte nachvollziehbar sein."

„Vielleicht hat dies aber auch einen anderen Grund. Aus Gesprächen mit Kollegen weiß ich, dass die Mehrzahl von ihnen nicht mit deiner Auffassung von polizeilicher Arbeit übereinstimmt. Auch die Art und Weise, wie du die Kontrollen durchführst, die Provokationen und Beleidigungen gegenüber dem Bürger, ist nicht jedermanns Sache."

Xaver verdrehte die Augen, antwortete ungehalten.

„Ich wüsste nicht, warum ich wegen dieser absurden Vorwürfe ein schlechtes Gewissen haben sollte. Die sollen sich alle erst einmal selber an die eigene Nase fassen."

„Dann kannst du mir sicher erklären, warum von siebzehn Beschwerden fünfzehn dich und deine Schicht betreffen?"

„Mein Gott. Du weißt genau, dass die Leute gerne übertreiben und lügen, um sich selber in einem besseren Licht darzustellen. Wenn man natürlich niemanden kontrolliert, so wie die Kollegen, die sich bei dir ausweinen, dann kriegt man auch keine Beschwerden."

„Okay. Nächster Punkt. Was sind deiner Meinung nach die originären

Aufgaben eines Polizeibeamten? Kannst du mir das in wenigen Sätzen erklären?"

„Sind wir jetzt etwa in der Schule? Ich glaube nicht, dass ich dir gegenüber verpflichtet bin, darauf zu antworten."

„Xaver, auch wenn du mich nicht als deinen Dienstvorgesetzten akzeptierst, ich bin es aber trotzdem, daher auch berechtigt, solche Fragen zu stellen. Immerhin bin ich derjenige, der die Beschwerden, die dich betreffen, zu bearbeiten hat."

„Pah", hörte Markus nur. Kurz darauf entschied sich Xaver doch noch zu einer Antwort.

„Offensichtlich mussten bisher alle Beschwerden eingestellt werden, ansonsten hätte ich mit Sicherheit mal vom Chef eine Rückmeldung bekommen. Da das bisher nicht der Fall gewesen ist, können meine angeblichen Verfehlungen also nicht so schlimm gewesen sein."

„Da muss ich dich leider enttäuschen und eines Besseren belehren. Die Bearbeitung der Beschwerden ist nämlich noch nicht abgeschlossen. Nur deshalb hast du bisher noch keine Rückmeldung bekommen. Das liegt daran, dass der Chef diese Aufgabe mir aufbürdet, ich aber nicht berechtigt bin, gegen dich disziplinarische Maßnahmen einzuleiten. Ich darf lediglich den Sachverhalt der Beschwerden auf rechtliche Verfehlungen prüfen. Ob ein vorwerfbarer Verstoß vorliegt oder nicht, das darf im Endeffekt nur der Chef entscheiden. Sei dir also nicht zu sicher, dass alles im Sande verläuft. Ich beabsichtige nämlich, alle vorliegenden Beschwerden dem Präsidium zur Entscheidung vorzulegen. Dazu bin ich leider gezwungen, weil der Chef nichts unternimmt. Ich will mich nämlich ungern der Untätigkeit bezichtigen lassen oder mich dem Vorwurf aussetzen, dass ich dein Fehlverhalten stillschweigend gebilligt hätte. Wiederholt habe ich den Chef gebeten, sich der Sache endlich anzunehmen. Doch der blockt immer nur ab."

Bei diesen Worten musste Xaver schwer schlucken. Er bog auf das Gelände einer Tankstelle ab, die schon geschlossen hatte. Unmittelbar vor der Waschanlage blieb er stehen.

„Willst du mir etwa drohen?"

„Nein. Ich habe dir nur die Fakten genannt."

Nachdenklich geworden überlegte er, was das soeben Gehörte für ihn bedeuten konnte. Er wusste natürlich von den einzelnen Beschwerden, da er sie ja zur

Kenntnis nehmen und Stellungnahmen dazu schreiben musste. Da er aber danach nichts mehr gehört hatte, war er der Meinung gewesen, dass sie abgeschlossen und erledigt seien.

„Jetzt hätte ich mal eine Frage an dich", fuhr Xaver schließlich fort. „Mich würde interessieren, warum du mich nicht magst und mir bei meiner Arbeit stets Knüppel zwischen die Beine wirfst? Warum versuchst du, mich immer einzubremsen, lässt mich meine Arbeit nicht so machen, wie ich es für richtig halte?"

„Das kann ich dir sagen. Ich hab den Eindruck, dass du dir nicht im Klaren zu sein scheinst, was die originären Aufgaben der Polizei sind. Ich weiß, dass du deine eigene Ansicht darüber hast und genau wegen dieser Einstellung zum Polizeiberuf - übrigens ein Alleinstellungsmerkmal von dir – habe ich ein Problem. Du siehst den Bürger nur als Mittel zum Zweck, das heißt, du brauchst ihn, um deine Karriere voranzutreiben. Ich habe auf der Beamtenfachhochschule in Fürstenfeldbruck einen Lehrer gehabt, der hat uns vermittelt, dass erst der Bürger kommt und dann erst das Gesetz. Bei dir ist es gerade umgekehrt. Bei einem Großteil deiner Anzeigen und Verwarnungen sehe ich die Verhältnismäßigkeit des Einschreitens und die Wahl der Mittel nicht gewahrt. Ich kann dir gerne ein paar Beispiele nennen, damit du weißt, was mich meine."

„Nur zu, ich bin ganz Ohr."

Markus begann, eine Reihe von Vorfällen zu schildern, die sich Xaver äußerlich ruhig anhörte. Zwischendurch zeigte das eine oder andere Kopfschütteln, dass er jedoch anderer Meinung war.

„Jetzt hör endlich auf", schrie Xaver auf einmal und haute voller Wut mit der Faust gegen das Lenkrad. „Am Ende wirfst du mir noch vor, dass ich geboren wurde. Du kannst nur kritisieren. Nimm dir ein Beispiel am Chef, der lobt uns immer wieder für unseren Einsatz und unsere Dienstauffassung. Nur du hast immer was zu meckern und hetzt die Kollegen gegen uns auf. Das ist unterste Schublade. Du kotzt mich nur noch an."

„Schön, dann sind wir uns wenigstens darin einmal einig. Auch du kotzt mich an. Nur der Vollständigkeit halber. Alle diese Beschwerden sind noch nicht abgeschlossen. Und ich verspreche dir, dass ich deine Schichtkollegen noch einmal ins Gebet nehme. Bevor ich mit den Beschwerden zum Präsidium fahre, werde ich deinen Schichtkollegen ihre Stellungnahmen, in denen sie dich schützen, anders kann ich es nicht nennen, nochmals vorlesen und auf die Richtigkeit und Vollständigkeit bestätigen lassen. Ich werde ihnen Gelegenheit geben, ihre Stellungnahmen zu überdenken, und weise sie auch eindringlich darauf hin, was für Folgen Lügen haben können. Hier geht es nämlich nicht mehr nur um Kavaliersdelikte, sondern um den Vorwurf der Strafvereitelung im Amt. Mit diesem Hintergrundwissen wäre ich mir an deiner Stelle nicht mehr so sicher, ob der eine oder andere seine Angaben nicht doch noch einmal überdenkt und abändert. Ich kann mir nicht vorstellen, dass sie wegen dir ihren Job riskieren wollen. Du könntest Größe zeigen und deine Kollegen vor ungeahnten disziplinar- und strafrechtlichen Folgen bewahren, wenn du dich endlich zur Wahrheit entschließen könntest und dadurch den Druck von ihnen nimmst."

Xaver gab aber nicht so schnell auf.

„Im Gegensatz zu dir bin ich mir jedoch sicher, dass sie bei ihren Angaben bleiben, da sie der Wahrheit entsprechen. Du schaffst es nicht, einen Keil zwischen uns zu treiben und mich fertig zu machen."

„Xaver ... du machst dich selber fertig. Kapier das endlich. Warum nur hasst du die Bürger so, dass du zu solchen rechtswidrigen Maßnahmen greifst und sie derart mies behandelst? Was haben sie dir getan? Das sind Menschen wie du und ich, die Tag für Tag ihrer Arbeit nachgehen und halt hin und wieder einen Fehler begehen ... so wie wir alle. Das sind doch keine Kriminellen. Auch du bist nicht fehlerfrei."

„Warum soll ich die Leute denn hassen? Ich behandle sie so, wie sie mich behandeln. Ich bin nur das Spiegelbild ihres eigenen Verhaltens."

„Ach Xaver, hör doch endlich auf, dich selber zu belügen. Dir geht es doch nur um Macht. Nur weil du eine Polizeiuniform an hast, glaubst du, du kannst machen, was du willst. Aber gerade unsere Uniform bedeutet, dass wir bei allen Maßnahmen und Amtshandlungen an Recht und Gesetz gebunden sind. Wir müssen daher fehlerfreier sein als die Bürger und haben Vorbildcharakter. Aber als Vorbild kann man dich wirklich nicht bezeichnen. Das sage ich, ohne dich beleidigen zu wollen."

Aufgebracht erwiderte Xaver lautstark.

„Ich halte mich immer an unsere Gesetze. Das lasse ich mir von dir nicht vorwerfen, dass ich ein Straftäter bin."

„Das habe ich nicht behauptet Xaver. Verdreh mir bitte nicht die Worte im Mund. Bevor ich das leidige Thema abschließe, habe ich noch eine Frage. Kannst du mir erklären, warum du die Autofahrer nach der Hochzeit beanstandet hast, die auf dem Weg von der Kirche zur Wirtschaft gehupt haben? Das ist doch bei uns Brauch. Kein Mensch hat sich je daran gestört, kein Polizist jemals eine Verwarnung ausgesprochen."

„Schau in den Bußgeldkatalog", erwiderte er mürrisch.

„Das weiß ich auch, dass es einen Tatbestand für unzulässiges Hupen gibt. Wenn du dir jedoch den einschlägigen Kommentar hierzu durchgelesen hättest, dann wüsstest du, dass ihn Bayern das Hupen im Verlauf eines Hochzeitskorsos als Brauchtum angesehen wird und daher nicht zu ahnden ist."

„Ich behandle alle gleich. Wer einen Verstoß begeht, wird von mir beanstandet. Das ist meine Pflicht. Ob ich damit richtig liege, hat allein ein Gericht zu entscheiden und nicht du. Ich teile lediglich ein Fehlverhalten mit."

„Mein Gott Xaver. Hast du noch nie was vom Opportunitätsprinzip gehört? Es gibt auch geringfügige Verstöße, die man mit einer Ermahnung abhandeln kann oder ..."

„Dein Opportunitätsprinzip kenne ich", unterbrach er Markus erbost. „Das bedeutet bei dir, hübsche junge Frauen zu ermahnen und die anderen abzukassieren. Leute, die du kennst, beanstandest du nicht, Fremde dagegen schon."

Markus schaute Xaver schockiert an. Über diese bodenlose Unterstellung fand er keine Worte. Von einer Sekunde auf die andere überkam ihn das Bedürfnis, ihm ins Gesicht zu schlagen. Die Hand hatte er bereits zur Faust geballt, Gott sei dank fand er seine Beherrschung rechtzeitig wieder.

Langsam löste er nach ein paar Sekunden seine Faust, versuchte, sich zu beruhigen, konzentrierte sich nur auf die Bauchatmung. Das half ihm auch.

„Mir fehlen die Worte Xaver. Das, was du soeben behauptet hast, ist eine bodenlose Frechheit. Du weißt genau, dass ich schon seit Jahren keine Streife mehr gefahren bin und deswegen auch keinen direkten Kontakt mehr zum Bürger gehabt habe. Deine Unterstellungen sind daher nur haltlose Lügen und spiegeln deinen wahren Charakter wider."

Xaver ließ diese Kritik ungerührt, er zeigte keine Spur von Einsicht oder Mitgefühl, geschweige denn, dass er sich für diese Unterstellung entschuldigen würde. Eigentlich, so musste sich Markus eingestehen, hatte er den Verlauf des Gesprächs genauso erwartet. Eine Weiterführung der Diskussion erschien ihm nicht mehr sinnvoll. Es würde nur in Beleidigungen ausarten.

Kalt war es inzwischen im Streifenwagen geworden. Seit einer halben Stunde standen sie hier. Da der Motor ausgeschaltet war, lief auch die Heizung nicht. Ein Uhr zeigte die Uhr an. Müdigkeit überkam ihn. Markus war es nicht mehr gewohnt, nachts Dienst zu verrichten. Um diese Zeit lag er bereits im Bett. Xaver startete den Motor, fuhr zurück auf die Bundesstraße, bog in Richtung Reichenfels ab.

Auf halbem Weg meldete sich Josef Ranker am Funk. Markus nahm den Hörer, gab den momentanen Standort durch.

„Sehr gut. Dann dreht gleich wieder um. Ich hab einen Einsatz für euch in Irlbach."

16.

Michael Gallinger und Andreas Höhensteiger hatten am Stammtisch Platz genommen und schauten den anderen beim Schafkopf zu. Zuvor hatten sie sich im Saal auf Premiere die Liveübertragung des Sonntagsspiels der Fußballbundesliga zwischen Bayern München und Werder Bremen angesehen.

Michael erschien ihm heute überaus nervös. Ständig blickte er auf seine Uhr, beachtete das Kartenspiel kaum. Ansonsten geizte er nie mit Ratschlägen an die Spieler oder kritisierte deren Fehler. Auf einmal stand Michael auf und verließ die Gaststätte. Andreas schaute auf die Uhr, es war exakt zwanzig Uhr. Durch den Spalt im Vorhang beobachtete er Michael, wie er auf dem Parkplatz hin und hergehend telefonierte und nach wenigen Augenblicken zurückkehrte. Er setzte sich jedoch nicht, sondern forderte Andreas mit einer Kopfbewegung auf, ihm nach draußen zu folgen.

„Morgen Abend ist es soweit. Du hast doch Zeit?"

„Was soll morgen sein?", fragte Andreas, wusste jedoch genau, was Michael meinte.

„Na was schon? Ich hab soeben bei den Bullen angerufen und gefragt, wann Xaver Diehl Nachtschicht hat. Morgen, hat es geheißen. Also ... was ist? Bleibt es bei deiner Zusage?"

Sein Bauch sagte Andreas, abzusagen, dann nickte er doch. Er wollte nicht in den Verdacht kommen, ein Angsthase zu sein.

„Wann soll es denn losgehen?"

„Ich hab mir gedacht, dass wir bis Mitternacht warten. Um diese Zeit ist sicher niemand mehr unterwegs."

„Gut ... abgemacht. Wo wollen wir uns treffen und wann genau?"

„Ich hol dich zu Hause um halb eins mit dem Auto ab. Damit deine Frau nichts mitbekommt und dumme Fragen stellen kann, hab ich mir gedacht, dass du zur Bushaltestelle vorkommst. Wir fahren dann zur Brücke am Nordkreuz. In der Nähe parke ich und wir legen die paar Meter zu Fuß zurück. An der Böschung liegen ein paar Steine. Wir suchen uns einen aus, tragen ihn auf die Brücke und legen ihn auf dem Geländer ab. Dann ruf ich bei den Bullen an und melde den Unfall mit dem Hund. Okay?"

Andreas nickte zustimmend, hatte aber noch eine Frage auf dem Herzen.

„Du versprichst mir aber, dass den beiden nichts passiert. Der Wagen ist mir egal. Von mir aus können sie ruhig über den Stein fahren und sich das Bodenblech oder die Ölwanne aufreißen."

„Natürlich Andi, das hab ich dir doch versprochen. Ich will doch nicht wegen der beiden Arschlöcher in den Knast gehen. Ich bin doch nicht verrückt."

„Na ja", antwortete ihm Andreas bitter lächelnd. „Ein Scherz ist dies gerade auch nicht. Erwischen dürfen sie uns auf keinen Fall. Auch wenn ihnen nichts passiert, blechen dürfen wir dafür ganz schön. Wenn sie uns nicht sogar einsperren. Also gut. Morgen um halb eins steh ich beim Schulbushäuschen und warte auf dich."

„In Ordnung Andi ... und vergiss nicht Handschuhe mitzunehmen. Wegen der Spuren, du weißt schon. Und jetzt lass uns wieder reingehen."

Sie kehrten zu den Kartenspielern zurück, denen das kurzfristige Fehlen der beiden gar nicht aufgefallen war. Andreas fühlte sich aber auf einmal nicht mehr wohl in seiner Haut. Tausend Gedanken schwirrten ihm im Kopf herum. Er entschloss sich daher, nach Hause zu fahren. Er wusste ja jetzt Bescheid. Als er aufstand und sich verabschiedete, zwinkerte ihm Michael verschwörerisch zu.

17.

Am Tag danach wachte Andreas früh auf. Reglos im Bett liegend, um Sonja ja nicht zu wecken, überlegte er, wie er es anstellen musste, damit sie keinen Verdacht schöpfte. Vor ihr konnte er nichts verbergen. Sie hatte ein Gespür dafür, wenn etwas nicht stimmte. Für diesen Fall musste er sich eine verdammt überzeugende Erklärung einfallen lassen. Am meisten Kopfzerbrechen bereitete ihm jedoch die Frage, wie er heimlich, und ohne dass sie es mitbekam, um Mitternacht das Haus verlassen konnte.

Dann hatte er die Lösung. Er musste sich krank stellen, Husten vortäuschen und ihr vorjammern, dass ihm der ganze Körper weh tue, vor allem der Kopf. Aus Rücksicht auf sie würde er ihr anbieten, im Gästezimmer zu schlafen. Und mit der Komödie wollte er auch sogleich beginnen.

Er zog sich die Bettdecke bis zum Hals hoch, fing an, leise und unterdrückt zu husten. Es hörte sich zu seiner Erleichterung echt an. Mit der Zeit wurde er immer lauter. Sonja öffnete auch schon bald die Augen, drehte sich ihm zu.

„Was ist denn los?", fragte sie und unterdrückte ein Gähnen. „Hast du gestern wieder zu viel geraucht? Ich hab dir schon tausend Mal gesagt, dass du mit dem Rauchen aufhören sollst."

Sie drehte sich wieder um, versuchte, nochmals einzuschlafen. Andreas grinste zufrieden. Es schien tatsächlich zu klappen. Er stand auf, schlich sich auf Zehenspitzen ins Bad.

Anschließend eilte er in die Küche, schaltete die Kaffeemaschine ein. Bis der fertig war, stellte er sich in den Gang und täuschte einen Hustenanfall nach dem anderen vor. Es dauerte auch nicht lange, dann hörte er die Schlafzimmer- und Badezimmertür. Sonja war aufgestanden und würde in wenigen Augenblicken in der Küche auftauchen. Jetzt durfte er keinen Fehler mehr begehen.

Einem plötzlichen Einfall folgend, nahm er die heiße Kaffeekanne, drückte sie sekundenlang gegen Stirn und Wangen. Eine geniale Idee, wie er meinte, denn jetzt konnte er vortäuschen, dass er auch Fieber hatte. Schließlich hörte er sie die Treppe herablaufen. Schnell stellte er die Kanne zurück, setzte sich an den Tisch, legte den Kopf in die aufgestützten Hände.

„Was ist denn los mit dir? Bist du etwa krank?," fragte sie besorgt. Sie hob seinen Kopf an, blickte ihm in die Augen, legte eine Hand auf seine Stirn.

„Du hast ja Fieber. Deine Stirn ist ganz heiß. Soll ich den Doktor anrufen?"

„Nein, nein", antwortete er schneller, als er wollte. „Das geht schon wieder vorbei. Ich hab ja nur etwas Husten und ein bisschen Fieber. Ich werde mich einfach hinlegen und versuchen, zu schlafen. Bis heute Abend wird es mir schon wieder besser gehen."

Erneut täuschte er einen Hustenanfall vor, wischte sich mit der Hand mehrmals über die Stirn.

Sonja lief in den Keller, kam kurz darauf mit einer Medikamentenschachtel und einem Hustensaft zurück. In einen Suppenlöffel zählte sie die Tropfen, hielt den Löffel dann Andreas hin und forderte ihn auf, den Mund aufzumachen.

„Nein danke", presste er zwischen den geschlossenen Lippen hervor. „Den brauch ich nicht. Wenn es mir bis abends nicht besser geht, dann nehm ich ihn ein. Eher nicht. Mir graut nämlich vor diesem süßlichen Zeugs."

Sonja ließ sich jedoch nicht beirren.

„Mund auf! Es wird nicht bis abends gewartet."

Sie drückte mit dem Löffel gegen seine Lippen, dass er gar keine andere Wahl hatte, als den Mund aufzumachen und den Saft zu schlucken. Gleich darauf sprang er auf, lief zur Spüle, ließ sich ein Glas Wasser ein. Das trank er in einem Zug aus, bis er den ekligen Geschmack des Hustensafts nicht mehr schmeckte.

„Du stellst dich ja schlimmer an als ein Kind. Für einen Moment dachte ich schon, du spuckst ihn gleich wieder aus."

Sie setzte sich, holte den Beipackzettel der Medikamentenschachtel heraus und las ihn aufmerksam durch. Andreas ahnte, was ihm bevorstand. Unauffällig versuchte er, sich davonzuschleichen.

„Wo willst du denn hin? Bleib da. Du schluckst jetzt noch zwei Tabletten."

Widerwillig setzte er sich wieder, beobachtete Sonja, wie sie zwei Kapseln herausdrückte, aufstand und ein Glas Wasser holte.

„Hier nimm. Bis Mittag wird es dir mit Sicherheit schon wieder besser gehen."

Andreas schaute mit Grausen auf die beiden Tabletten in ihrer Hand. Schön langsam dämmerte ihm, dass sein Einfall doch nicht so genial war, wie er zunächst angenommen hatte. Aber da musste er jetzt durch.

„Meinst du nicht, dass für den Anfang eine reichen sollte? Außerdem. Hast du geschaut, ob sie nicht schon abgelaufen sind? Nicht dass du mich vergiftest."

„Nein. Die sind noch bis nächstes Jahr verwendbar. In der Beschreibung steht, dass man gleich beim Auftreten der ersten Symptome zwei

Tabletten einnehmen soll."

„Hast du auch gelesen, was für Nebenwirkungen die haben? Ich vertrage nämlich nicht jede. Nicht dass ich eine Allergie gegen einen der Wirkstoffe habe und alles nur noch schlimmer wird."

„Nimm!", sagte sie resolut und schaute ihn scharf an..

Da er zögerte und den Mund nicht aufmachte, blaffte sie ihn ungeduldig werdend an.

„Mund auf und rein die Dinger. Aber schnell!"

Andreas wusste, dass er gegen ihren Willen keine Chance hatte. Er ergab sich in sein Schicksal, schluckte die Tabletten. Sonja drückte ihm das Glas in die Hand und forderte ihn auf, auszutrinken.

„Trink. Die Tabletten müssen schwimmen."

Schließlich klopfte sie ihm anerkennend auf die Schulter, strich ihm zärtlich über das Haar und gab ihm einen Kuss..

„Siehst du. War doch gar nicht so schlimm. Du stellst dich ja schlimmer an, als Linus. Gut, dass er das Theater nicht mitbekommen hat. Und weil du so brav gefolgt hast, bekommst du Mittag einen Schweinebraten mit Kartoffelsalat. Ist das in Ordnung?"

Mit einem Kuss beendete er die Diskussion. Insgeheim ärgerte er sich jedoch über den blöden Einfall, ihr einen Kranken vorspielen zu wollen. Das hätte er sich denken können, dass sie sich in ihrem Beschützerinstinkt sofort um seine Gesundheit kümmern würde. Aber aus der Nummer kam er jetzt nicht mehr raus.

„Du gehst jetzt wieder ins Bett und versuchst zu schlafen."

Den Tag über verbrachte er dann auch abwechselnd schlafend und lesend im Bett, nur unterbrochen von regelmäßigen Hustenattacken, die er zwischendurch immer wieder mal vortäuschte, und vom Mittagessen. Obwohl es ihm schmeckte, stocherte er mit der Gabel lustlos auf dem Teller herum, tat so, als hätte er keinen Appetit.

Als er abends Linus vor dem Zubettgehen einen Gute-Nacht-Kuss geben wollte, sprang Sonja dazwischen.

„Das lässt du schön bleiben. Nicht dass du mir den Bub auch noch ansteckst.“

„Ich glaube, es ist besser, ich zieh mich ins Gästezimmer zurück. Nicht dass du die ganze Nacht nicht schlafen kannst, weil ich ständig huste.“ Zugleich täuschte er gleich wieder einen Hustenanfall vor.

Sonja nahm den Vorschlag auch sogleich dankend an. Während sie Linus zu Bett brachte, holte sich Andreas unbemerkt die Kleidung, die er später anziehen wollte und versteckte sie im Gästezimmer unter dem Bett. Dann legte er sich hinein, zog sich die Bettdecke bis unter die Nase.

Bevor Sonja ins Bett ging, kam sie nochmals zu ihm, legte die Hand auf seine Stirn.

„Siehst du. Ich hab dir gleich gesagt, dass die Tabletten helfen. Das Fieber ist schon weg. Und gehustet hast du schon seit zwei Stunden nicht mehr. Vor dem Einschlafen nimmst du nochmals zwei, dann kannst du morgen wieder in die Arbeit gehen.“

„Danke Schatz. Wenn ich dich nicht hätte.“

„Ja, ich weiß. Ohne uns Frauen wärt ihr Männer nicht überlebensfähig.“

Kaum schloss sich die Tür hinter ihr, hob er triumphierend die Faust.

Kurz nach Mitternacht machte er sich auf den Weg zur Bushaltestelle. In der Jackentasche Lederhandschuhe und eine Sturmhaube. Lange musste er nicht warten, dann näherte sich aus dem Dorf kommend ein Auto. Kurz vor dem Bushäuschen wurde es immer langsamer und das Fahrlicht wurde ausgeschaltet. Es war Michael. Kaum saß Andreas neben ihm, klopfte der ihm verschwörerisch auf den Oberschenkel, grinste ihn voller Vorfreude an.

„Und? Hat Sonja was mitbekommen?“

„Nein. Sonja und Linus schlafen tief und fest.“

Während der Fahrt ins Dorf erzählte Andreas von seinem Einfall mit der vorgetäuschten Erkrankung. Beide mussten lauthals lachen, als er die Sache mit dem Hustensaft und den Tabletten erzählte. Doch je näher sie ihrem Ziel kamen, desto schweigsamer wurden sie.

„Ich fahr vorsichtshalber noch eine Runde durchs Dorf, um sicherzugehen, dass keine Nachtschwärmer unterwegs sind. Man kann ja nie wissen.“

„Okay", sagte Michael erleichtert, nachdem sie zwei Mal den Dorfplatz umrundet hatten. „Dann lass uns loslegen." Er parkte den Wagen auf dem Parkplatz einer Schreinerei, keine fünfzig Meter von der Brücke entfernt. Sie zogen sich die Sturmhauben über den Kopf, zogen auch gleich die Handschuhe an. Gebückt eilten sie vor zur Böschung und auf allen vieren robbten sie hinauf. Erst als sie oben bei der Brücke angekommen waren, hielten sie inne.

„Wo ist denn der Stein, den du gemeint hast?", fragte Andreas.

Michael drehte sich um, lief ein paar Schritte bis zu einer Strauchgruppe und ließ sich vor einem Stein nieder.

„Den da hab ich gemeint. Hilf mir, ihn aufzuheben."

„Spinnst du?", rief Andreas geschockt. „Das ist kein Stein, das ist ein Felsbrocken. Den können wir kaum zu zweit schleppen. Der wiegt mindestens zwanzig bis dreißig Kilogramm. Es werden sich hier doch auch kleinere Steine finden lassen."

„Nein, nein, Andreas. Es muss schon ein so großer sein. Sie sollen sich doch den Arsch aufreißen, wenn sie darüber fahren. Du selber hast das gesagt."

„Ja schon. Aber an einen so riesigen Bocken hab ich dabei nicht gedacht."

„Egal Andi. Die Steine sind hier fast alle gleich groß. Der da ist schön rund und wir können ihn gut fassen. Los pack an."

Widerstrebend griff Andreas zu und mit einiger Mühe brachten sie ihn in die Höhe.

Anschließend schleppten sie ihn die dreißig Meter bis zur Mitte der Überführung. Dort legten sie den Stein zwischen der Leitplanke und dem Holzgeländer auf dem Boden ab. Michael beugte sich über das Geländer, um zu prüfen, dass sie sich auch genau über der rechten Fahrspur befanden. Dann hievten sie den Brocken auf das breite Geländer.

Andreas schaute nun auch nach unten. Das waren mindestens zehn Meter, schätzte er.

„Passt genau", flüsterte Michael. „Ich laufe jetzt zur Telefonzelle rüber und ruf bei den Bullen an. Also bis gleich."

Andreas ließ den Stein nicht los, aus Angst, dass er vorzeitig hinunterfallen könnte. Während er auf die Rückkehr Michaels wartete, musste er sich eingestehen, dass starke Bedenken aufkamen. Für einen Moment kam ihm der Gedanke, einfach davonzulaufen. Doch davon kam er schnell wieder ab. Michael wollte er auf keinen Fall die Sache allein durchziehen lassen. Er misstraute ihm, befürchtete, dass er den Stein nicht vor das Polizeiauto, sondern darauf fallen lassen könnte. Nein. Er musste hierbleiben, dann war er in der Lage, rechtzeitig einzugreifen und Schlimmeres zu verhüten. Denn, wenn dieser Brocken auf das Fahrzeug fiel ... er wollte sich das gar nicht ausmalen. Auf jeden Fall würde er dafür sorgen, dass man den Brocken eher zu früh als zu spät auslieβ. Der riesige Stein würde den Bullen mit Sicherheit den Schrecken in die Glieder fahren lassen. Die Botschaft kam auf jeden Fall an.

Michael stand derweilen in der Telefonzelle, drückte den Hebel für den Notruf nach unten. Wenige Augenblicke später hörte er, wie sich jemand am anderen Ende meldete.

„Polizeinotruf. Was kann ich für Sie tun?"

„Ähm, hier ist ein Unfall passiert. Ein Hund ist zusammengefahren worden. Der liegt schwer verletzt mitten auf der Straße und jault erbärmlich."

„Wo ist denn der Unfall passiert? Können Sie eine Adresse nennen oder die Örtlichkeit genauer beschreiben?"

„Äh ja. Ich bin aber nicht von hier. Ich steh hier am Busbahnhof. Dort fährt man unter einer Brücke durch und dann kommt rechts ein Schwimmbad. Links ist ein großer Parkplatz. Da ist es passiert. Der Autofahrer steht auch noch da. Dem fehlt aber nichts."

„Sie befinden sich in Irlbach?"

„Äh ja. Genau."

„Dann weiß ich, wo Sie meinen. Ist das Auto noch fahrbereit?"

„Ich glaube schon. Die Scheinwerfer sind halt vorne kaputt. Bitte kommen Sie schnell. Der Hund jault so jämmerlich."

„Wie ist denn ihr Name und können Sie mir das Autokennzeichen nennen?"

„Nein, das kann ich von hier aus nicht mehr ablesen."

Michael legte auf. Er war zufrieden mit sich. Zum ersten Mal in seinem Leben hatte er hochdeutsch gesprochen.

„Und? Hat es geklappt?", fragte Andreas, als Michael neben ihm stand.

„Natürlich. Sie werden gleich da sein. Selbst, wenn sie von Reichenfels aus anfahren, brauchen sie höchstens fünfzehn Minuten."

Nach zehn Minuten Warten erhoben sie sich, packten den Stein von zwei Seiten.

„Also Andreas. Sobald unter der Brücke der Lichtschein des Polizeiautos zu sehen ist, sind es noch etwa zwanzig Meter, bis sie unter uns auftauchen Ich hab das genau ausgerechnet."

„Hast du auch eingerechnet, dass sie eventuell mit hoher Geschwindigkeit angefahren kommen? Schließlich befinden sie sich ja auf dem Weg zu einem Unfall. Da werden sie mit Sicherheit nicht vorschriftsmäßig mit 50 fahren. Kannst du definitiv ausschließen, dass wir ihnen den Stein aufs Dach fallen lassen?"

„Natürlich. Vertrau mir. Alles ist exakt berechnet."

„Mir wäre es trotzdem lieber, wir würden den Stein fallen lassen, sobald der Lichtschein zu sehen ist. Wir dürfen kein Risiko eingehen. Wir wollen sie ja nur erschrecken und nicht schwer verletzen oder sogar töten."

„Da geb ich dir natürlich recht. Aber zu früh dürfen wir ihn auch nicht fallen lassen, nicht dass sie rechtzeitig anhalten und aussteigen können. In diesem Fall laufen wir Gefahr entdeckt zu werden. Denn, wo sie uns suchen müssen, ist doch klar."

Michael konnte die Bedenken Andreas direkt spüren. Eigentlich brauchte er ihn jetzt nicht mehr. Aber wenn er jetzt abhaute, dann stand zu befürchten, dass er den Bullen entgegenlief und sie warnte. Nein. Er musste bis zum Schluss hierbleiben. Nur wenn er an dem Anschlag beteiligt war, konnte er sich sicher sein, dass ihn Andreas nicht verpfiff.

„In Ordnung Andreas. Es kann sein, dass deine Bedenken gerechtfertigt sind. Wir werden ihn eher zu früh als zu spät loslassen. Zufrieden?"

Ganz waren Andreas Bedenken zwar noch nicht ausgeräumt, aber mit diesem Vorschlag konnte er leben. In diesem Moment vernahmen sie den Motor eines sich schnell nähernden Autos.

18.

Dann ging alles ganz schnell. Vornübergebeugt starrten sie in die Tiefe.

„Eins ...", fing Michael zu zählen an, als unter der Brücke das Licht der Scheinwerfer auftauchte. In Gedanken zählte Andreas mit. Er war bereits bei drei, da hatte Michael noch nicht einmal zwei gesagt.

„Verdammt, zähl schneller", schrie er. Der ließ sich aber nicht beirren, grinste nur. Ein teuflisches Lächeln, schoss es Andreas durch den Kopf. In dieser Sekunde wurde ihm bewusst, dass er von Anfang an reingelegt worden war. Es ging Michael gar nicht darum, den Polizisten einen Schrecken einzujagen, er wollte sie verletzen, möglicherweise sogar töten.

„Zwei", flüsterte Michael. Andreas geriet in Panik, wollte einfach nur noch weglaufen, nahm seine Hand vom Stein. Doch in letzter Sekunde entschied er sich doch noch anders. Wenn er eine Katastrophe verhindern wollte, dann musste er das Kommando übernehmen. Und zwar sofort.

Er schrie drei, gab den Stein frei. Michael hatte dies aber vorhergesehen, reagierte blitzschnell, griff mit der zweiten Hand schnell um. Es bedurfte seiner ganzen Kraft, das vorzeitige Hinabfallen des Brockens zu verhindern.

„Noch nicht", quetschte er angestrengt zwischen den Zähnen hervor.

„Lass ihn endlich los", schrie Andreas und haute ihm mit voller Kraft in den Rücken. Es half nicht. Da schlug er mit beiden Händen von oben gegen den Stein. In dieser Sekunde ließ ihn Michael los.

„Drei", sagte er dabei und starrte dem fallenden Stein nach.

Genau in diesem Moment kam der Streifenwagen aus der Unterführung. Andreas schloss vor Entsetzen die Augen, hörte nur das dumpfe Geräusch, als der Stein auf die Windschutzscheibe fiel, die augenblicklich mit einem lauten Knall zerbarst.

Als er ein paar Sekunden später die Augen wieder öffnete, hatte sich die Front des Streifenwagens in das Erdreich der gegenüberliegenden Böschung gebohrt. Der Motor lief auf Hochtouren, unter der völlig demolierten Motorhaube quoll Rauch hervor.

Dann kehrte von einer Sekunde auf die andere Totenstille ein. Lediglich das Blaulicht des Streifenwagens drehte unbeirrt seine Runden, so, als sei nichts geschehen.

Ihnen bot sich ein Bild des Schreckens. Plastikteile der Vorderfront hatten sich beim Aufprall vom Wagen gelöst, lagen zerbrochen auf der Straße. Dazwischen Erdklumpen und Steine, die von der Böschung und dem Bankett auf die Fahrbahn geschleudert wurden.

Nachdem sich Andreas von dem Schrecken erholt hatte, schlug er Michael mit der Faust ins Gesicht, mitten hinein in das teuflische Grinsen.

„Du gottverdammter Idiot hast sie umgebracht!", schrie er. „Du hast mich hereingelegt, wolltest sie von Anfang an umbringen." Gleichzeitig packte er ihn an den Oberarmen, zog ihn rabiat von der Brücke und schubste ihn die Böschung hinab. Bevor sich Michael wieder aufrichten konnte, lag Andreas über ihm. Er packte ihn am Hals, drückte zu. Er war so voller Hass, dass er gar nicht mitbekam, dass er im Begriff stand, Michael zu erwürgen. Mit letzter Kraft gelang es diesem, den Griff zu lösen, Andreas von sich runterzuschubsen und selber dessen Arm zu fassen. Ohne großen Widerstand ließ sich Andreas den Arm auf den Rücken drehen. Dann setzte sich Michael auf ihn, so dass Andreas innerhalb kürzester Zeit in Atemnot geriet. Vergeblich versuchte er, ihn abzuschütteln, aber Michael war einfach stärker. Als er zu schreien anfing, drückte ihm Michael die Hand auf den Mund.

„Willst du wohl ruhig sein?", raunte er ihm ins Ohr.

„Willst du das ganze Dorf aufwecken, damit man auf uns aufmerksam wird? Willst du in den Knast? Wenn ja, dann schrei ruhig weiter. Denk aber auch an Sonja und Linus. Die wirst du die nächsten Jahre nicht mehr sehen, möglicherweise sogar nie wieder, weil sich Sonja von dir scheiden lassen wird, weil sie nicht mit einem Knasti verheiratet sein will. Also ... bist du nun ruhig?"

Andreas signalisierte ihm, dass er verstanden hatte. Langsam zog Michael seine Hand zurück.

Andreas holte sofort tief Luft, was ihm aber schwerfiel, weil Michael noch immer auf seinem Brustkorb saß.

„Geh endlich runter von mir", presste er zwischen den Lippen hervor. „Wir müssen sofort nachschauen, ob wir ihnen helfen können. Vielleicht leben sie noch."

„Nein! ... bist du verrückt? Wenn sie bei Bewusstsein sind und uns erkennen, dann ist doch klar, wer die Täter sind. Oder hast du eine plausible Erklärung, warum wir zwei zufällig gerade jetzt hier auftauchen?"

„Wir können sie doch nicht einfach so im Auto liegen lassen.

Möglicherweise brauchen sie Hilfe."

„Okay, du hast ja recht. Wir laufen gemeinsam zur Telefonzelle, melden den Unfall über Notruf. Dann hauen wir ab. Verstanden?"

Andreas nickte widerwillig, aber sah ein, dass dies die beste Lösung war.

Gemeinsam liefen sie zur Telefonzelle. Michael hielt die Tür auf und schob Andreas hinein.

„Jetzt telefonierst du. Verstell aber deine Stimme und sag nicht zu viel. Hast du verstanden?"

Andreas nahm den Hörer ab, drückte den Hebel für den Notruf nach unten. Kaum hörte er am anderen Ende eine Stimme, erfasste ihn Panik. Er hängte den Hörer wieder ein, verließ die Telefonzelle. Tränen liefen ihm über das Gesicht. Also blieb Michael nichts anderes übrig, als es selbst zu erledigen.

„Polizeinotruf ... hallo hier ist der Polizeinotruf ... sprechen Sie ... hallo, hallo!"

„Hallo Polizei? Schnell kommen. Schwere Unfall. Zwei Schwerverletzte. Unfall in Irlbach bei Unterführung. Schnell kommen, viel Blut."

Der Polizist am anderen Ende versuchte mehrmals, Michael zu unterbrechen, um Fragen zu stellen. Der ließ sich aber nicht beirren, legte wieder auf.

„Warte", rief Michael Andreas nach, der sich in Richtung der Unterführung entfernen wollte. Der kam zurück und baute sich vor Michael auf.

„Verdammt. Aber ich will mich vergewissern, ob sie noch leben. Was du machst, ist mir egal. Von mir aus gehst du zum Teufel."

„Nein, das wirst du nicht. Ich fahr dich nach Hause, nicht dass du noch auf dumme Gedanken kommst."

Zu seiner Überraschung ließ sich Andreas widerstandslos zum Auto führen. Michael drückte ihn auf den Beifahrersitz, lief um den Wagen herum und sprang ebenfalls hinein. Für ihn gab es jetzt nichts Wichtigeres, als so schnell wie möglich vom Unfallort wegzukommen.

„Wenn die beiden Polizisten tot sind, dann ... dann bring ich mich um ... und dich nehm ich mit."

Michael lief es bei diesen Worten eiskalt den Rücken hinab. Dass es so weit kommen könnte, hatte er in seinen Planungen nicht mit einbezogen.

„Die beiden werden schon nicht tot sein", versuchte er, ihn zu beruhigen. „Und wenn sie verletzt sind, dann sind sie selber schuld. Warum mussten sie uns auch monatelang schikanieren? Das hätten sie sich ja denken können, dass wir uns das nicht endlos gefallen lassen."

Anschließend herrschte wieder Schweigen, bis am Rande des Scheinwerferlichts Andreas Haus auftauchte.

„Bleib stehen", rief Andreas, „den Rest geh ich zu Fuß." Kaum stand der Wagen, stieg er aus. Michael wartete noch eine Minute, starrte ihm lange nach, bis er im Haus verschwunden war. Dann legte er den Rückwärtsgang ein und wendete. Seine Gedanken gehörten in diesem Moment nicht den beiden Polizisten, sondern Andreas. Der war schwächer und labiler, als er gedacht hatte, musste er zu seinem Leidwesen feststellen. Er konnte ihm nicht mehr trauen. Wenn er die Nerven verlor und sich der Polizei anvertraute, dann war auch er erledigt. Er musste ihn im Auge behalten, ihn ab sofort ständig überwachen.

Michael holte sich eine Zigarette aus der Packung. Eine Beruhigungszigarette. Seine Finger zitterten. Er brauchte mehrere Versuche, die Zigarettenspitze über die Flamme des Feuerzeugs zu bekommen. Langsam aber sicher wurde nun auch ihm bewusst, was er angerichtet hatte.

Er wollte die beiden Polizeibeamten nicht töten, ihnen nur einen furchtbaren Schrecken einjagen. Vielleicht verletzen, aber doch nicht schwer. Deswegen sollte der Steinbrocken unmittelbar vor dem Auto landen, so dass sie keine Chance mehr hatten, ihm auszuweichen. Wenn sie dann darüber fuhren und sich den Unterboden aufrissen, war das seiner Meinung nach Strafe genug. Je größer der Schrecken, den sie ihnen einjagten, desto nachdenklicher würden sie hoffentlich werden. Andreas hatte er vorher wohlweislich nicht gesagt, wie riskant das Unternehmen tatsächlich werden würde, denn dann hätte der nie mitgemacht.

„Warum bist du ein so großes Risiko eingegangen?", schrie er und schlug wie wild auf das Lenkrad ein. „Warum hast du es nicht allein durchgezogen? Den Stein hättest du doch leicht allein transportieren können!" Eine Erkenntnis, die leider zu spät kam.

Die Ungewissheit über den Zustand der Polizisten ließ ihn nicht kalt. Wenn er mehr erfahren wollte, musste er aber zum Unfallort zurückkehren. Er startete den Wagen und fuhr zurück auf die Straße. Schon von weitem sah er zuckende Blaulichter, dort, wo sich die Unterführung befand. Die Rettungskräfte waren also eingetroffen. Er spürte augenblicklich Erleichterung.

Es würde aber noch einige Zeit vergehen, bis man Näheres über die Verletzungen in Erfahrung bringen konnte. Also fuhr er von der Straße runter und wartete. So gut kannte er Andreas inzwischen, dass er davon ausgehen musste, dass er sich in den nächsten Minuten auf den Weg zum Unfallort machen würde. Und das musste er unter allen Umständen verhindern. Wenn nötig mit Gewalt. Aus dem Handschuhfach holte er sein Jagdmesser heraus und steckte es sich hinter den Gürtel.

Schneller als erwartet bestätigte sich sein Verdacht. Ein Renault Espace fuhr mit hoher Geschwindigkeit an ihm vorbei in Richtung Dorf. Michael startete den Wagen und gab Gas. Noch vor den ersten Häusern schloss er auf, betätigte wie wild die Lichthupe. Andreas reagierte jedoch nicht, fuhr unbeirrt weiter. Rechtzeitig, bevor sie in die Schwimmbadstraße einbogen, gelang es Michael, den Renault Espace zu überholen, sich vor ihn zu setzen. Immer langsamer werdend zwang er Andreas stehen zu bleiben.

Michael sprang augenblicklich aus dem Wagen und lief zu ihm. Andreas saß starr nach vorne blickend hinter dem Lenkrad, beachtete ihn nicht. Die Aufforderung, das Fenster herabzulassen, ignorierte er. Die Türen waren versperrt.

Wütend hämmerte er nun gegen die Scheibe, forderte ihn mit unterdrückter Stimme auf, das Fenster herunterzulassen oder auszusteigen.

„Andreas. Wir müssen reden. Mach jetzt bitte nichts Unüberlegtes."

Der blieb weiter regungslos sitzen.

„Verdammt, mich interessiert es ebenfalls, was mit den beiden Bullen los ist. Steig aus und lass uns gemeinsam hingehen."

Zum ersten Mal zeigte Andreas eine Regung, öffnete sogar das Fenster einen schmalen Spalt.

„Okay. Aber ich fahr erst wieder nach Hause, wenn ich weiß, wie es ihnen geht. Davon lass ich mich nicht abbringen. Verstanden?"

„Natürlich. Das versteh ich doch. Mir geht es doch genauso."

Im Laufschritt machten sie sich auf den Weg. Lediglich vierhundert Meter mussten sie zurücklegen, dann erreichten sie die Schwimmbadstraße. Erschrocken blieben sie dort stehen. Der Anblick, der sich ihnen bot, war gespenstisch. Taghell war es über der Unfallstelle. Die Feuerwehr hatte rund um das verunglückte Fahrzeug vier Standleuchten aufgebaut, die Halogenstrahler auf das Wrack gerichtet.

Rettungssanitäter liefen hektisch hin und her, lautstarke Kommandos wurden gegeben. Das Dach des Streifenwagens hatte die Feuerwehr soeben abgeflext und neben dem Wrack ins Gras geworfen. Mit einem hydraulischen Rettungsspreizer versuchte man nun, die vom Aufprall gegen die Böschung verformte Beifahrertür aus den Angeln zu drücken, um sie entfernen zu können, damit die Ärzte ungehinderten Zugang zu dem Verletzten bekamen. Zeitgleich lud man auf der Fahrerseite den Fahrer auf eine elektrohydraulische Fahrtrage.

„Du hast sie auf dem Gewissen du Arschloch und ich trage Mitschuld", stammelte Andreas mit weinerlicher Stimme. „Du hast mein Leben und das meiner Familie zerstört. Und alles nur, weil du deinen Hass befriedigen musstest."

Michael schwieg. Was sollte er auch zu seiner Entschuldigung vorbringen? Andreas hatte recht.

„Aus welchem Grund hast du überhaupt meine Hilfe benötigt? Warum hast du es nicht allein durchgezogen? Hast du mich nur zum Tragen des Steins gebraucht? Und mich deswegen zum Mörder gemacht?" Eine Frage jagte die andere. Andreas wurde dabei immer lauter.

„Psst, nicht so laut", raunte ihm Michael ins Ohr. „Ich weiß es ja auch nicht. Ich weiß es tatsächlich nicht," log er.

Schweigend verfolgten sie die nächsten Minuten die Rettungsarbeiten.

„Die sind nicht tot", rief Michael plötzlich.

„Woher willst du denn das wissen?", fragte Andreas skeptisch.

„Überleg doch. Wenn einer oder beide tot wären, würde doch ein Leichenwagen dastehen und keiner so hektisch hin und her laufen. Also müssen sie noch am Leben sein."

Diese Erkenntnis machte Andreas das Herz auch nicht leichter. Er wollte näher ran. Möglicherweise konnte man hören, wie es um die beiden tatsächlich stand.

Auf der anderen Straßenseite säumten Büsche die Schwimmbadstraße. Andreas sprang über die Straße, zwängte sich durch die Sträucher und lief fast bis zum Unfallort. Michael blieb nichts anderes übrig, als ihm zu folgen.

„Andreas mach bitte keinen Blödsinn", rief er ihm hinterher.

Sie versteckten sich hinter dem letzten Busch, keine zehn Meter von den Sanitätern und Ärzten entfernt. Doch viel sehen konnten sie nicht. Über die Reste der Frontscheibe hatte man eine Plane geworfen. Was sich dahinter abspielte, konnten sie nicht erkennen.

Immer mehr Streifenwagen trafen ein. Ein Polizeibeamter stand mit einem Funkgerät auf der Brücke, leitete den Einsatz von dort aus, rief ständig den neu ankommenden Kommandos zu. Einige von ihnen sperrten das Areal um die Brücke mit roten Flatterbändern ab. Andere machten sich auf den Weg, um unter den inzwischen zahlreichen Schaulustigen mögliche Zeugen ausfindig zu machen, aber auch dafür zu sorgen, dass sie dem Unfallwagen nicht zu nahe kamen.

Plötzlich kam Hektik am verunfallten Streifenwagen auf. Im Laufschritt wurde eine Fahrtrage herangebracht und auf der Beifahrerseite abgestellt. Mit vereinten Kräften hob man den Polizisten äußerst vorsichtig aus dem Wrack und legte ihn auf die Trage. Ein Sanka kam herangefahren, in den man den Verletzten schob. Nur ein paar Augenblicke später fuhr der Sanka los.

Die beiden hatten nun genug gesehen. Michael klopfte Andreas auf die Schulter und flüsterte ihm ins Ohr, ihm zu folgen. Tief gebückt eilten sie denselben Weg zurück, den sie gekommen waren.

„Hast du gesehen?", flüsterte Michael, obwohl sie keiner hören konnte. „Sie leben noch".

„Ja. Noch", erwiderte Andreas.

„Lass uns verschwinden. Morgen erfahren wir schon, wie es ihnen geht. Die Gefahr, dass wir gesehen werden, ist zu groß."

Andreas stieg in seinen Wagen und ohne sich von Michael zu verabschieden, fuhr er los. Lange schaute ihm Michael noch nach, bis er sicher sein konnte, dass Andreas nach Hause fuhr.

19.

„... dann fahrt nach Irlbach zurück. Ich hab einen Auftrag für euch. Näheres kommt gleich."

„In Ordnung", antwortete Markus. Xaver wendete und kehrte um.

„Verkehrsunfall vor dem Schwimmbad. Ein Hund wurde angefahren und schwer verletzt. Der Unfallbeteiligte ist vor Ort und wartet auf euch."

„Ja, verstanden, wir sind gleich dort."

Der Einsatz tat ihnen gut. Man musste sich die nächsten Minuten als Team präsentieren, sich dabei normal unterhalten, zumindest versuchen, für die Dauer des Einsatzes die gereizte Stimmung zu vergessen.

Nach dem Busbahnhof bog Xaver in die Schwimmbadstraße ab. Unter der Unterführung schaltete Markus das Blaulicht an. Xaver beschleunigte den zweihundertvierzig PS starken BMW, obwohl sie gleich vor Ort sein mussten.

In dem Moment, in dem sie unter der Brücke hervorkamen, nahm Markus für den Bruchteil einer Sekunde einen Schatten wahr, der sich blitzschnell von oben nach unten bewegte.

Bevor sein Gehirn verarbeiten konnte, was seine Augen sahen, gab es einen dumpfen Knall. Zeitgleich spürte er einen unheimlichen Schlag gegen seine linke Schulter. Dann wurde es schwarz um ihn.

Als Xaver den Knall hörte und auf einmal nichts mehr sehen konnte, weil die Scheibe plötzlich aus Millionen kleinster Mosaiksteinchen zu bestehen schien, riss er entsetzt die Hände vors Gesicht. Zu spät, denn auf seiner Haut spürte er tausende von kleinen Stichen.

Der Streifenwagen geriet außer Kontrolle. Ohne den Fuß vom Gaspedal zu nehmen, nahm der Wagen Kurs auf die gegenüberliegende Böschung. Die Front des Streifenwagens bohrte sich heftig in das Erdreich, wurde durch die Wucht des Aufpralls aber sogleich zurückgeschleudert. Der Airbag löste explosionsartig aus und obwohl Xaver angegurtet war, prallte der Oberkörper mit voller Wucht dagegen. Schmerzwellen durchfluteten seinen Körper, vor allem im Nacken, aber auch im Becken. Die Luft blieb ihm augenblicklich weg. So sieht also der Tod aus, schoss es ihm durch den Kopf, bevor er das Bewusstsein verlor.

Die anhaltenden Schmerzen holten ihn jedoch nach kurzer Zeit ins Leben zurück. Stark benommen starrte er auf den Airback vor sich. Was ihn bei dem Anblick entsetzte, waren die frischen Blutflecken darauf. Er leckte über seine Lippen, schmeckte das süße Blut auf der Zunge. Das Gesicht brannte, als würde man ihm ein brennendes Feuerzeug davor halten. Vorsichtig tastete er mit den Fingerspitzen über Stirn und Wangen, spürte das klebrige Blut. Fassungslos zog er die Hand zurück, nahm die kleinen und im Licht der Straßenlaterne glitzernden Glassplitter an den Fingerkuppen wahr. Woher kamen die? Was war passiert? Er versuchte, den Oberkörper aufzurichten. Aber selbst die kleinste Bewegung verursachte höllische Schmerzen. Als Nächstes nahm er den Lärm um sich herum wahr. Sein Verstand sagte ihm, dass es sich um einen Motor handle, der auf Hochtouren lief. Tausende Gedanken marterten ihn im Bruchteil einer Sekunde. Dann kam die Erinnerung zurück. Schließlich erfasste er, dass es der Motor des Streifenwagens war, der auf Hochtouren lief. Beim Aufprall war zum Glück der Gang herausgesprungen, der Motor lief im Leerlauf jedoch weiter, weil sein Fuß noch immer das Gaspedal durchdrückte. Instinktiv nahm er den Fuß vom Pedal. Eine neue Welle des Schmerzes durchzog seinen Körper, aber es kehrte Ruhe ein.

Er schloss die Augen und bewegte ein Körperteil nach dem anderen. Er musste wissen, wie es um ihn stand. Konnte er allein und ohne fremde Hilfe das Wrack verlassen? Aber alles tat so weh, vor allem die Beine. Trotzdem hatten die Schmerzen auch was Gutes. Er konnte demnach nicht gelähmt sein. Schließlich tastete er nach dem Türgriff, versuchte, die Tür zu öffnen. Doch sie ließ sich nicht aufmachen. Eingeschlossen, schoss es ihm durch den Kopf. Zu allem Unglück quoll unter der Motorhaube weißer Rauch hervor. Wenn der Wagen jetzt Feuer fing, musste er hilflos verbrennen. In seiner Verzweiflung fing er an, so laut wie möglich nach Hilfe zu schreien.

Unter lautem Stöhnen richtete er den Oberkörper auf, versuchte, durch das Loch in der Windschutzscheibe was zu erkennen. Der Rauch verhinderte das jedoch. Erst jetzt erinnerte er sich, dass er ja nicht allein im Fahrzeug saß. Unter Schmerzen drehte er den Kopf zur Seite, erkannte Markus, der auf seinem Sitz mehr lag, als saß. Den Kopf an die B-Säule gelehnt, sah es aus, als würde er ein Nickerchen halten. Erst auf den zweiten Blick stellte er fest, dass die Rückenlehne seltsam nach hinten verdreht war.

„Markus ...", rief er leise. „Was ist mit dir? Sag doch was!"

Er bekam aber keine Antwort. Mit den Fingern tastete er sich langsam an Markus Hüfte, dann weiter zur Schulter. Er wollte ihn wachrütteln, aus seinem Schlaf wecken. Aber alles, was er zu spüren bekam, war feucht und klebrig. Blut. Es musste eine Menge sein. Gegen die Schmerzen ankämpfend, drehte Xaver seinen Oberkörper, um mehr sehen zu können. Doch das, was er zu sehen bekam, war entsetzlich, machte ihn fassungslos. Die Schulter eine blutige Masse, Knochen lagen frei.

Sein Magen zog sich augenblicklich zusammen und entleerte sich.

„Markus ... kannst du mich hören? Bitte, sag doch was, damit ich weiß, dass du noch lebst." Es blieb aber gespenstisch still.

„Verdammt. Warum hilft uns denn keiner?", schrie er schließlich durch das Loch in der Windschutzscheibe.

In seiner Panik und Hilflosigkeit zwickte er Markus in den Oberschenkel, in der Hoffnung, ihn dadurch aus der Ohnmacht holen zu können. Keine Reaktion.

Erst jetzt entdeckte er auf der Mittelkonsole etwas, das dort nicht hingehörte. Einen Stein. Er starrte ihn lange an, dann wusste er plötzlich, was geschehen war.

Er musste sich genau in dem Augenblick von der Decke der Brücke gelöst haben, als sie darunter durchfuhren. Aber irgendetwas störte ihn an dem Gedanken. Er tastete nach dem Stein, dann wusste er, was nicht stimmen konnte. Der Brocken, der neben ihm lag, war nicht aus Beton. Von der Brücke stammte der nie und nimmer. Von woher aber dann?

Auf die Antwort kam er schnell. Der Stein musste gezielt und absichtlich von der Unterführung auf sie geworfen worden sein.

Es dämmerte ihm, dass zumindest er nur knapp dem Tod entronnen war.

Plötzlich wurde er aus seinen Gedanken gerissen. Er hörte die wohlbekannte Stimme von Josef Ranker, der sie über Funk rief.

Immer ungeduldiger wurde der. Zuletzt schrie er in den Hörer: „Verdammt Xaver. Melde dich endlich!"

„Ja, du Idiot", schrie Xaver zurück. „Ich hör dich ja, aber ich bekomme den verdammten Hörer nicht frei!"

20.

Josef Ranker blätterte gelangweilt in einer Zeitschrift. Er hasste es, allein auf der Dienststelle bleiben zu müssen und das Telefon und den Funk zu bedienen. Lieber fuhr er Streife, denn da rührte sich wenigstens was.

Genervt und gelangweilt schmiss er die Illustrierte auf die Ablage neben dem Funktisch, stand auf. Er musste dringend auf die Toilette. Er drehte den Lautstärkeregler für den Funk ganz auf und machte sich auf den Weg in den Keller. Gerade als er die Treppe nach unten lief, läutete das Telefon. Es war der Notruf, der sich durch seinen schrillen Ton vom öffentlichen unterschied. Sofort drehte er um, eilte zum Funktisch zurück, ließ sich in den Sessel fallen.

Während er den Hörer abnahm und sich vorschriftsmäßig meldete, zog er sich die Schreibkladde heran und nahm einen Stift zur Hand.

„Polizeinotruf", meldete er sich, bekam aber keine Antwort.

„Hallo?", fragte er nach und warf einen Blick auf das Display. *Telefonzelle Busbahnhof Irlbach, 01:12 Uhr*, las er ab und notierte es.

„Polizeinotruf ... hallo ... hier ist der Polizeinotruf ... sprechen sie bitte ... hallo, hallo!" Josef wurde ungeduldig. Spielte sich hier wieder wer mit dem Notruf?

Gerade wollte er ansetzen und in den Hörer schimpfen, als am anderen Ende gesprochen wurde.

„Hallo Polizei? Schnell kommen. Schwere Unfall. Zwei Schwerverletzte. Unfall in Irlbach bei Unterführung. Bitte schnell kommen. Viel Blut."

Er ließ den Mitteiler ausreden und wollte dann noch Fragen zur genauen Unfallörtlichkeit stellen sowie die Personalien aufnehmen. Er kam aber gar nicht mehr dazu, denn der Anrufer hatte sofort wieder aufgelegt.

Mit einem Achselzucken nahm er dies zur Kenntnis, hob den Telefonhörer, der ihn mit der Rettungsleitstelle verband, ab. Mit dem Kugelschreiber drückte er auf die Schnellwähltaste. Augenblicklich kam die Verbindung zustande. Nachdem er den Unfall weitergeleitet hatte, drückte er auf die grüne Funksprechtaste und rief den Streifenwagen. Während er wartete, dass sich die Kollegen meldeten, klopfte er ungeduldig mit den Fingerspitzen auf den Tisch. Alle zehn bis zwanzig Sekunden wiederholte er seinen Ruf, bekam aber einfach keine Antwort. Zwischendurch hatte er es auch erfolglos auf Xavers Handy versucht. Ohne Handy stieg der nie aus. Eher vergaß er seine Pistole, aber nie das Handy.

Schließlich schlug er verärgert mit der Faust auf den Tisch. Das durfte doch nicht wahr sein. Es wird ein schwerer Unfall gemeldet und die Streife ist nicht erreichbar. Befanden sie sich etwa gerade außerhalb des Fahrzeugs wegen des Unfalls mit dem Hund und hörten ihn nicht, weil sie die Lautstärke des Funks zurückgedreht hatten?

Erneut drückte er den Sprechknopf, bemühte sich jetzt auch gar nicht mehr, seinen Unmut zu verbergen.

„Verdammt noch mal, meldet euch endlich."

Josef gab ihnen noch fünf Sekunden, dann musste er aktiv werden. Mittlerweile hatte ihn ein mulmiges Gefühl erfasst, das ihm sagte, dass was passiert sein musste.

Schweren Herzens informierte er daher die Einsatzzentrale. Das würde unangenehme Nachfragen nach sich ziehen.

„Was ist denn bei euch los?", fragte der Funksprecher. „Schlafen die etwa schon?"

„Red nicht so blöd daher", antwortete ihm Josef verärgert. Ihm war jetzt überhaupt nicht nach spaßen zumute.

„Mir wurde vor ein paar Minuten ein schwerer Verkehrsunfall in Irlbach mit zwei Schwerverletzten gemeldet. Die Rettungsleitstelle habe ich bereits benachrichtigt."

„Du hast deine Streife doch erst vor ein paar Minuten zu einem Verkehrsunfall mit einem Hund geschickt. Ebenfalls in Irlbach."

„Ja ich weiß. Vielleicht sind sie noch bei der Unfallaufnahme und haben vergessen, den Außenlautsprecher einzuschalten. Das ist jetzt auch egal. Ich brauche eine Streife zur Unterstützung. Und zwar sofort. Schickst du mir wen?"

„Natürlich. Ich kläre schnell ab, welche Dienststelle ein Fahrzeug frei hat. Du bekommst gleich Bescheid."

Keine Minute später meldete sich eine Streife der nahe liegenden Verkehrspolizeiinspektion Siegburg am Funk an, teilte mit, dass sie zur Unfallaufnahme nach Irlbach unterwegs seien. In etwa zehn Minuten mussten sie am Unfallort eintreffen.

In der Zwischenzeit versuchte es Josef immer wieder, seine Streife über Funk zu erreichen. Es waren aber die Kollegen aus Siegburg, die sich schließlich meldeten.

„Du kannst aufhören, deine Streife zu rufen. Wir haben sie gefunden. Sie sind es leider selber, die den schweren Unfall hatten. Sobald wir mehr wissen, geben wir Bescheid."

Entsetzt starrte Josef auf das Mikrofon. Die Worte des Anrufers hatte er noch deutlich im Ohr: *Schwerer Unfall. Zwei Schwerverletzte. Viel Blut.*"

Das bedeutete, unverzüglich den Dienststellenleiter zu informieren. Es dauerte nur wenige Sekunden, dann meldete sich die verschlafene Stimme von Gerhard Egginger.

„Ja ... Egginger ... Was ist denn los?"

„Hallo Chef, hier ist Josef Ranker. Ich muss ihnen leider mitteilen, dass die Streife einen schweren Unfall hatte. Ich weiß selbst noch nichts Näheres. Ich sperre die Dienststelle jetzt zu und fahre zur Unfallstelle raus. Sanka, Notarzt und eine Streife der Verkehrspolizei sind bereits vor Ort."

„Langsam Josef. Nicht so schnell. Wer hatte den Unfall?"

„Xaver Diehl und Markus Reisinger."

„Scheiße ...", entfuhr es dem Dienststellenleiter. „Wo ist denn der Unfall passiert?"

„Der muss sich in der Nähe der Unterführung beim Schwimmbad in Irlbach ereignet haben."

„Wie schwer sind die Verletzungen?"

„Kann ich noch nicht sagen. Ich habe es selber soeben erfahren. Die Kollegen der VPI sind erst vor wenigen Sekunden am Unfallort eingetroffen."

„In Ordnung Josef. Fahr raus, ich komm auch gleich. Wir treffen uns dann am Unfallort. Übrigens ... nimm mir ein Funkgerät und mein dienstliches Handy mit."

Fünfzehn Minuten später erreichte Josef Ranker den Unfallort. Die Streifenwägen von zahlreichen, inzwischen von der Einsatzzentrale angeforderten Unterstützungskräften, nahmen ihm die Sicht auf sein Streifenfahrzeug. Zwischen diesen eilte er hindurch, bis er die Kollegen der VPI entdeckte.

Er lief auf sie zu, sah in diesem Moment zum ersten Mal das ganze Ausmaß an Zerstörung am völlig demolierten Streifenfahrzeug. Sanitäter und Feuerwehrler machten sich am Fahrzeug zu schaffen. Die Kollegen der VPI kamen ihm entgegen, hielten ihn davon ab, einen Blick auf die Verletzten zu werfen, die sich noch eingeklemmt im Fahrzeug befanden. Diesen Anblick wollten sie ihm ersparen.

„Bleib hier Josef. Du kannst sowieso nicht helfen. Stehst nur im Weg."

„Sind sie tot?", fragte er entsetzt, hatte Angst vor der Antwort.

„Nein, aber erheblich verletzt. Vor allem Markus. Xaver hat es nicht so schwer erwischt. Der ist ansprechbar."

Josef beobachtete die Feuerwehrleute, die soeben Standleuchten aufbauten, mit denen die Unfallstelle ausgeleuchtet wurde.

Nur mit einem Ohr hörte Josef den Kollegen zu, die ihm berichteten, was sie bei ihrem Eintreffen für eine Situation vorgefunden hatten. In diesem Augenblick tauchte auch Gerhard Egginger auf, der sich zu ihnen gesellte. Die letzten Worte hatte er noch mitbekommen.

Zaghaft näherte er sich dem verunfallten Streifenwagen. Die Feuerwehr setzte gerade dazu an, das Dach abzuschneiden und die Türen mit hydraulischen Spreizen zu entfernen, damit die Verletzten besser versorgt werden konnten.

Kaum waren sie mit ihrer Arbeit fertig, drängte Gerhard Egginger nach vorne. Das Erste, was er zu sehen bekam, war die klaffende Fleischwunde von Markus Reisinger. Die Sanitäter bemühten sich hektisch, die starke Blutung zu stillen. Kurze, fast leise ausgesprochene Anweisungen des Notarztes, koordinierten die Handgriffe. Xaver Diehl saß stöhnend vor Schmerzen daneben auf dem Fahrersitz. Als er seinen Chef erblickte, liefen ihm Tränen über das Gesicht. In dieser Sekunde wurde Gerhard Egginger unsanft nach hinten weggeschoben. Der Ring der Helfer schloss sich wieder vor ihm.

Er zog sich zurück auf die Böschung, von wo aus er alles Weitere gut beobachten konnte. Es dauerte nicht lange, dann wurde Xaver Diehl vorsichtig aus dem Wrack gehoben und auf der fahrbaren Trage festgeschnallt. Sein schmerzvolles Aufstöhnen drang bis zu ihm hoch, zog ihm den Magen zusammen. Gleich darauf setzte sich der Rettungswagen mit Blaulicht und Sirene in Bewegung.

Zwei Notärzte erkannte er. Einer von ihnen hatte sich um Xaver gekümmert. Nachdem der geborgen war, eilte er seinem Kollegen auf der Beifahrerseite zu Hilfe. Dabei musste er an Gerhard Egginger vorbei, der sich wieder nach unten begeben hatte. Energisch hielt er ihn an der Schulter zurück.

„Was ist mit meinen Jungs? Können Sie mir schon sagen, wie schwer verletzt sie sind?"

Der ließ sich merklich Zeit mit der Antwort, streifte sich die blutverschmierten Latexhandschuhe ab und warf sie achtlos hinter das Wrack auf den Boden.

„Sagen wir mal so. Der Fahrer ist relativ glimpflich davongekommen. Bisher kann ich nur sagen, dass er beide Fußgelenke gebrochen hat. Innen- und

Außenbänder sind rupturiert, ... gerissen", fügte er schnell hinzu, als er den fragenden Blick des Polizisten erkannte. „Außerdem kann ich derzeit eine Beckenfraktur mit Weichteilverletzungen nicht ausschließen. Ebenso, ob eine Verletzung der Rückenwirbel vorliegt. Wir müssen für eine endgültige Diagnose erst die eingehenden Untersuchungen im Krankenhaus abwarten."

Gerhard Egginger musste diese Diagnose erst einmal verarbeiten. Schließlich fragte er noch schnell nach, bevor sich der Notarzt wieder seiner Arbeit zuwandte.

„War er ansprechbar?"

„Ja. Ich habe ihm aber gleich ein starkes Schmerzmittel verabreichen müssen. Mittlerweile hat er das Bewusstsein verloren. Ich habe dafür gesorgt, dass er bis zur Ankunft im Salzburger Unfallkrankenhaus schläft, damit er die Schmerzen nicht so spürt."

„Ins Salzburger Unfallkrankenhaus? Warum? Ist er doch so schwer verletzt?"

„Nein. Aber dort ist bei derartigen Verletzungen die beste Behandlung gewährleistet."

„Und ... wie geht es meinem zweiten Beamten?"

„Herr Egginger. Ich bin Notarzt und kann ihnen nur einen ersten Eindruck vermitteln. Ich gehe zunächst immer vom Schlimmsten aus. Deswegen muss ich sie vorwarnen. Das, was ich ihnen jetzt sage, wird für sie nicht angenehm sein."

„Ich muss es trotzdem wissen. Ich bin der Dienststellenleiter und muss die vorgesetzte Dienststelle benachrichtigen sowie die Angehörigen."

„Ist der Beamte verheiratet?", fragte der Arzt. Gerhard Egginger schüttelte den Kopf.

„Also. Durch den Stein, der die Windschutzscheibe durchschlagen hat ..."

„Was für ein Stein?" Ich dachte, sie hatten einen Verkehrsunfall?"

Der Arzt legte ihm sacht die Hand auf die Schulter.

„Entschuldigung. Das konnten Sie ja noch nicht wissen. So wie es aussieht, wurde von der Brücke ein Stein auf das unten durchfahrende Polizeiauto geworfen und hat die Windschutzscheibe durchschlagen. Eben dieser Stein hat ihren Beamten auf der Beifahrerseite voll an der linken Schulter erwischt. Die Folge sind schwerste innere Verletzungen im gesamten Brust- und Schulterbereich bis hinab zum Becken. Wir mussten ihn reanimieren. Wie lange sein Gehirn ohne Sauerstoffversorgung war, wissen wir nicht. Ich hoffe inständig, dass wir noch rechtzeitig eingetroffen sind. Zudem müssen wir von einem Lungenkollaps ausgehen, da der linke Lungenflügel zusammengefallen ist. Ursache dürfte ein linksseitiger Rippenserienbruch sein. Vermutlich hat sich in den Lungenflügel eine der geschädigten Rippen gebohrt. Außerdem liegt ein offener Schlüsselbeinbruch mit sichtbaren Knochenstücken vor".

Der Arzt machte eine Pause, beobachtete Gerhard Eggingers Reaktion auf diese erste Diagnose. Er wäre nicht der Erste gewesen, der aufgrund einer solchen niederschmetternden Mitteilung zusammengebrochen wäre. Gerhard Egginger hatte sich aber unter Kontrolle.

„Er hat viel Blut verloren", fuhr der Notarzt schließlich fort, „so dass er momentan nicht notoperiert werden kann. Wir fliegen ihn mit dem Hubschrauber nach Tiefenbach ins Krankenhaus. Dort müssen wir zunächst seinen Zustand stabilisieren und abwarten. Danach werden wir ihn, sobald er transportfähig ist, nach Salzburg oder München ins Klinikum rechts der Isar verlegen."

Gerhard Eggingers Kopf sank von Sekunde zu Sekunde immer weiter herab. Eine letzte Frage hatte er noch.

„Wird er durchkommen?"

Wieder ließ sich der Arzt lange Zeit mit der Antwort. Gerhard Egginger ahnte, was er als nächstes zu hören bekommen würde.

„Jein. Erst nach Abschluss aller Untersuchungen kann man mehr sagen. Ich weiß nicht, wie schwer seine Organe in Mitleidenschaft gezogen wurden. Vom derzeitigen Gesamtzustand aus zu beurteilen, befürchte ich eher ... nein. Das Problem ist der immense Blutverlust. Wir haben zwar bereits begonnen, ihm Transfusionen zu geben, aber solange er nicht operiert ist, verliert er das meiste dieses Blutes wieder. Er läuft sozusagen nach innen aus."

„Warum tun Sie dann nichts?", schrie ihn Gerhard Egginger hilflos an.

„Wir geben unser Bestes. Das dürfen Sie glauben. Der Hubschrauber kommt in diesem Moment. Ihr Kollege wird bereits während des Fluges nach Tiefenbach behandelt. Mehr können wir derzeit nicht unternehmen."

„Warum kommt der Hubschrauber erst jetzt? Das ist doch nicht normal.

Der wird doch bei solch schweren Unfällen immer als Erstes angefordert."

„Natürlich. Unglücklicherweise geschah kurz vor diesem Unglück auch in Engelsbach ein schwerer Verkehrsunfall mit mehreren Verletzten. Der Hubschrauber war dorthin schon unterwegs, als die Meldung dieses Unfalls einging. Ihr Kollege hätte aber sowieso nicht früher abtransportiert werden können. Wir mussten ihn, wie bereits erwähnt, erst stabilisieren."

In der Tat schwebte der Hubschrauber in diesem Moment heran, setzte zur Landung an. Keine vierzig Meter von ihnen entfernt, ging er auf der Wiese nieder. Aus dem Helikopter sprang ein behelmter Sanitäter, lief nach hinten und öffnete die Klappe, in die der Verletzte mit der Trage geschoben werden sollte.

Während des Gesprächs zwischen dem Notarzt und Gerhard Egginger war Markus aus dem Fahrzeug geborgen und auf eine Bahre gelegt worden. Zwei der Sanitäter standen mit in die Höhe gehobenen Blutkonserven daneben. Kaum war Markus im Helikopter untergebracht, die hintere Klappe verriegelt, steigerte sich der Lärm des Triebwerks, und der Hubschrauber hob mit lautem Getöse vom Boden ab. Nach wenigen Sekunden waren nur noch die roten Hecklichter in der Dunkelheit zu erkennen.

Es dauerte noch einige Zeit, dann funktionierte Gerhard Egginger wieder. Es wurde Zeit, die Führung zu übernehmen und die ersten Maßnahmen einzuleiten. Er rief Josef Ranker zu sich, ließ sich das Handy aushändigen. Ein wichtiger Anruf stand bevor.

„Herr Polizeidirektor, hier ist Gerhard Egginger von der Polizeiinspektion Reichenfels. Ich muss ihnen leider mitteilen, dass auf eine meiner Streifenbesatzungen ein Attentat verübt worden ist. Beide Beamte wurden schwerverletzt."

„Wo befinden Sie sich gerade?"

„Am Unfallort in Irlbach."

„Gut, bleiben sie vor Ort. Ich bin bereits von der Einsatzzentrale informiert worden und bin auf dem Weg zu ihnen. Zuvor muss ich aber noch den Staatsanwalt abholen. Die Spurensicherung der Kripo wurde auch schon informiert und wird ebenfalls in den nächsten Minuten eintreffen. Veranlassen Sie bis dahin die Absperrung des Tatorts. Die Feuerwehr soll den Verkehr weiträumig umleiten, Schaulustige und Journalisten auf Abstand halten. Und ... Herr Egginger ... kein Wort zur Presse oder jemand anderen. Wir gehen zunächst von einem Unfall aus. Für Fragen verweisen sie die Pressevertreter an mich."

Kaum war das Telefonat beendet, rief er Josef Ranker und die Kollegen der VPI zu sich.

„Josef. Schick mir den Einsatzleiter der Feuerwehr her. Ihr beide", dabei zeigte er auf die Kollegen der Verkehrspolizei, „jagt mit Hilfe der Feuerwehrler die Schaulustigen zur Seite. Der Tatort muss weiträumig abgesperrt werden, damit die Kollegen der Kripo ungestört arbeiten können und keine Spuren vernichtet werden. Haltet mir die Augen offen, denn es kann sein, dass der oder die Täter noch vor Ort sind. Wenn ihr Verdächtige bemerkt, gebt ihr mir sofort Bescheid. Verstanden?"

Die Angesprochenen nickten nur und machten sich auf den Weg. Gleich darauf stand der Feuerwehreinsatzleiter neben ihm.

„Gerhard, mein Beileid. Eine schreckliche Geschichte. Wer macht nur so was?"

„Dein Beileid kannst du dir sparen. Der Kollege lebt noch und wird auch überleben. Der ist zäh wie Kaugummi. Den kann nichts so einfach umwerfen."

„Ja Entschuldigung. So hab ich das ja auch nicht gemeint. Wie können wir dich und deine Kollegen unterstützen?"

„Wir müssen den Tatort weiträumig absperren. Ihr habt sicherlich Absperrbänder dabei. Ich will, dass diese im Umkreis von mindestens fünfzig Metern um die Brücke angebracht werden. Innerhalb dieses Bereichs will ich niemanden sehen, auch von euch keinen. Wir dürfen keine Spuren zerstören oder neue setzen. Die Kripo ist bereits benachrichtigt und wird bald da sein. Und ... übrigens ... kein Wort zur Presse. Der Verdacht darf nicht öffentlich werden. Sage das auch deinen Leuten. Verweise die Pressevertreter an mich. Also los Gerry, auf geht's, an die Arbeit."

Gerry Kastner schaute den Polizisten mit zusammengekniffenen Augen argwöhnisch an. So kannte er ihn gar nicht. In der Vergangenheit hatte er immer einen seiner Führungsbeamten mit der Einsatzleitung vertraut, hielt sich selber weitgehend im Hintergrund. Heute zeigte sich ein ganz anderer Gerhard Egginger.

„Na, was ist Gerry? Brauchst du meine Aufträge schriftlich?"

Gerry schüttelte den Kopf, lief auf sein Kommandofahrzeug zu und rief seine Leute zusammen. Mit wenigen Worten informierte er sie über die Aufträge und schickte sie auf ihre Posten.

In der Zwischenzeit trafen immer mehr Polizeifahrzeuge der Nachbardienststellen zur Unterstützung ein. Auch diesen Kollegen wies Gerhard Egginger Aufgaben zu. Er stand im Mittelpunkt. Vor ein paar Minuten stand er noch wie ein kleines Häufchen Elend unbeachtet an der Seite, jetzt, mit vor Stolz geschwellter Brust, im Zentrum des Geschehens. Mit dem Abtransport der Verletzten wurde für ihn die Bühne frei. Geschäftig lief er hin und her, überprüfte, ob seine Weisungen auch prompt umgesetzt wurden, besserte mit lauten Zurufen und hektischen Gesten nach.

Plötzlich stand der Bürgermeister neben ihm. Unangenehm überrascht drehte sich Gerhard Egginger zur Seite, schaute in den zerstörten Wagen. Er wollte jetzt nicht reden. Zu frisch waren noch die Erinnerungen an das unerfreuliche Gespräch zwischen ihnen.

Der Bürgermeister spürte die Verlegenheit des Polizisten, wollte darauf aber keine Rücksicht nehmen. Es war genau das eingetroffen, was er ihm prophezeit hatte. Doch wie es aussah, sogar noch Schlimmer, als er befürchtet hatte. Zunächst galt seine Aufmerksamkeit den riesigen Blutflecken auf dem Beifahrersitz mit der zerstörten Rückenlehne sowie den blutigen Airbags. Als er näher an das Wrack herantrat, knirschte es unter seinen Sohlen. Im hellen Licht der Scheinwerfer erkannte er Tausende von Glassplitter auf der Straße. Den Steinbrocken hatten die Ersthelfer auf dem Motorblock abgelegt. Das Blut darauf war inzwischen eingetrocknet.

„Mein Gott, schaut das grausig aus", murmelte er entsetzt. „Haben Sie schon einen Verdacht, wer das war?"

Gerhard Egginger schüttelte den Kopf. Mit etwas Verspätung antwortete er doch noch.

„Nein ... aber ich verspreche ihnen, dass wir das noch herausfinden."

„Das hoffe ich auch", fügte der Bürgermeister hinzu. „Solche Verbrechen dürfen keine Schule machen und die Täter müssen zur Abschreckung aufs Schärfste bestraft werden."

Forschend schaute ihm Gerhard Egginger in die Augen. Ihm kam ein schrecklicher Verdacht.

„Woher wollen Sie denn wissen, dass es mehrere Täter waren? Haben Sie etwa einen bestimmten Verdacht?"

Der Bürgermeister zuckte erschrocken zusammen.

„Nein! Natürlich weiß ich nicht, wer hinter der feigen Tat steckt. Aber, bei der Größe des Steinbrockens, muss man wohl davon ausgehen, dass es sich um mindestens zwei Täter gehandelt hat. Für einen Mann alleine dürfte der Stein zu schwer gewesen sein."

„Herr Bürgermeister. Sollten die Ermittlungen ergeben, dass Sie dieses Verbrechen hätten verhindern können, da Sie im Besitz von Informationen waren, die eindeutig auf ein derartiges Vorhaben hinwiesen, dann Gnade ihnen Gott. Auch wenn Sie nur den leisesten Verdacht gehabt haben, hätten Sie mir dies auf jeden Fall melden müssen."

„Sind Sie verrückt? Wie kommen Sie darauf, dass ich etwas gewusst haben soll?"

„Nach unserer letzten Besprechung, die für Sie ja nicht gerade erfreulich verlaufen ist, haben Sie anscheinend sofort ihre Bauernlümmel darüber informiert. Möglicherweise waren Sie es durch ihr unüberlegtes Geschwätz sogar selber, der die Täter – ob bewusst oder unbewusst, das ist hier völlig egal - zu dieser Wahnsinnstat animiert hat. Ich bin mir sicher, dass wir den oder die Täter unter ihren Bauern finden. Ich fordere Sie daher auf, mir eine Liste mit den Namen der in Frage kommenden zu erstellen ... am besten noch heute."

Der Bürgermeister tippte mit dem Zeigefinger energisch gegen die Brust des Dienststellenleiters.

„Jetzt reicht es aber. Wie können Sie mir so etwas unterstellen? Wenn ihr Verdacht stimmen sollte, dann trifft Sie selbst die meiste Schuld. Sie hätten nur ihre Beamte einbremsen und unsere Beschwerden ernst nehmen müssen, dann wäre es mit Sicherheit nicht so weit gekommen, dann hätte keiner einen Grund für einen Racheakt gehabt. Also schweigen Sie besser und fassen sich an die eigene Nase."

Gerhard Egginger wischte die Hand des Bürgermeisters einfach zur Seite.

„Halten Sie doch ihren dummen Mund, Sie Prolet."

„Das nehmen Sie sofort zurück. Das brauche ich mir von so einem Sesselfurzer wie ihnen nicht gefallen lassen."

„Lieber ein Sesselfurzer, als ein geistiger Tiefflieger wie Sie."

„Ich bin immerhin Bürgermeister von über viertausend Bürgern. Sie dagegen nur Dienststellenleiter einer kleinen Dienststelle mit fünfundzwanzig Beamten. Und selbst die haben Sie nicht unter Kontrolle."

„Sie sind ja nur Bürgermeister geworden, weil man keinen Blöderen in ihrem Kaff gefunden hat. Hier Gemeindeoberhaupt zu sein, bedeutet nur, der Oberste von lauter Dummköpfen zu sein. Auf ihren Posten brauchen Sie also wirklich nicht stolz sein."

Unbemerkt von den beiden hatte sich Bernhard Rist, der Polizeidirektor, den Streithähnen genähert. In seiner Begleitung der Oberstaatsanwalt. Außerhalb des Lichtkegels der Halogenstrahler waren sie stehen geblieben und hörten sich den Wortwechsel bis zum Schluss an. Dann wurde es dem Polizeidirektor zu bunt und er beendete die peinliche Auseinandersetzung.

„Schämen Sie sich denn gar nicht, "schrie er sie an, „sich hier am Unfallort wie Kesselflicker zu streiten? Sie schreien herum, dass sich mittlerweile alle Leute ihnen zugewandt haben."

Gerhard Egginger zuckte erschrocken zusammen, wollte gerade etwas erwidern, wurde aber von einer energischen Handbewegung des Polizeidirektors zum Schweigen gebracht. Der Bürgermeister senkte schuldbewusst den Kopf und murmelte eine leise Entschuldigung.

„Um was geht es denn überhaupt in ihrem Streit?"

Anstatt dem Polizeidirektor darauf zu antworten, informierte ihn Gerhard Egginger über den bisherigen Sachstand. Er konnte es jedoch nicht unterlassen, den Direktor noch auf seinen Verdacht hinzuweisen. Walter Kamml, der Bürgermeister, trat sofort einen Schritt vor und wandte sich an den Polizeichef.

„Herr Polizeidirektor. Mein Name ist Walter Kamml. Ich bin der Bürgermeister von Irlbach. Wenn sich der Verdacht des Herrn Egginger als zutreffend erweisen sollte, dass diese Tat von Irlbacher Bürgern begangen wurde, dann hätte sie verhindert werden können. Letzte Woche habe ich Herrn Egginger von verschiedenen Beschwerden über schikanöses Verhalten Reichenfelser Polizisten informiert ... und das nicht zum ersten Mal. Herr Egginger hätte es in der Hand gehabt, die betreffenden Beamten davon zu informieren. Er hat sie aber gar nicht erst angenommen, sie mir ungelesen auf den Tisch geschmissen. Wie gesagt. Wenn es sich um einen Racheakt handeln sollte, dann hätte dieser verhindert werden können."

Gerhard Egginger versuchte mehrmals, dem Bürgermeister ins Wort zu fallen, wurde aber vom Polizeidirektor mit energischen Handbewegungen davon abgehalten. Schließlich wandte sich der Polizeidirektor dem Staatsanwalt zu, trat mit ihm ein paar Schritte zur Seite und unterhielt sich mit ihm. Nachdenklich kehrte er zurück.

„Um welche Beamte handelt es sich überhaupt?"

„Meinen Sie die, die verletzt wurden oder die, gegen die die Besch..."

„Natürlich interessiere ich mich derzeit nur für die verletzten Beamten", schrie er Gerhard Egginger an.

„Der Fahrer ist Xaver Diehl, der Beifahrer Markus Reisinger."

Als der Bürgermeister die Namen hörte, trat er abermals vor.

„Xaver Diehl ist einer der Beamten, gegen den die Beschwerden gerichtet waren. Er ist nach meinen Informationen derjenige, der ..."

Wieder unterbrach der Polizeidirektor.

„Meine Herren. Diese Beschwerden interessieren mich im Moment überhaupt nicht. Darüber können wir morgen oder übermorgen sprechen, aber nicht hier und nicht heute. Sollten Sie es inzwischen schon wieder vergessen haben, dann will ich Sie daran erinnern, dass hier vor kurzem ein schwerer Verkehrsunfall passiert ist, bei dem beide Beamte schwer verletzt wurden. Haben Sie das verstanden?"

Die beiden Angesprochenen nickten beschämt mit den Köpfen, traten verlegen zur Seite. Der Bürgermeister drehte seinen Hut in den Händen, murmelte erneut eine leise Entschuldigung. Der Polizeidirektor wandte sich Gerhard Egginger zu.

„Wurden die Angehörigen der beiden Kollegen bereits benachrichtigt?"

„Nein, Herr Direktor", antwortete der beflissen. „Ich hatte bisher noch keine Gelegenheit dazu. Ich musste ihren Anweisungen gemäß die ersten Ermittlungen einleiten und Maßnahmen zur Absperrung der Unfallstelle und des Tatorts überwachen. Wie Sie sehen, habe ich ihre Anweisungen sofort ..."

„Schweigen Sie bitte. Jetzt ist nicht die Zeit für Selbstbeweihräucherung. Ich brauche Sie hier vorerst nicht mehr. Kümmern Sie sich endlich um die Angehörigenbenachrichtigung. Ich hoffe, Sie haben ihr dienstliches Handy dabei, damit ich Sie anrufen kann, falls ich noch Fragen habe?"

„Selbstverständlich", antwortete Gerhard Egginger beleidigt. „Ich fahr dann jetzt los."

„Herr Egginger!", rief ihm der Polizeidirektor nach. „Dass Sie mir die Angehörigenbenachrichtigung auch ja persönlich übernehmen, nicht an jemanden anderen delegieren. Verstanden?"

„Ja, natürlich, Herr Polizeidirektor. An so etwas hätte ich nicht einmal im Traum gedacht. Natürlich bin ich mir bewusst, dass so ein ..."

„Gehen sie endlich!", rief er ihm verärgert zu und wedelte mit den Händen. Deutlicher hätte er seine Missachtung gegenüber Gerhard Egginger nicht zum Ausdruck bringen können.

So lasse ich nicht mit mir umspringen, dachte Gerhard Egginger und kochte vor Wut. Das vergesse ich ihm nie.

21.

Dem vierundfünfzigjährigen Ersten Kriminalhauptkommissar Christian Köhler, Leiter des Kommissariats Gewaltdelikte der KPI Tiefenbach, wurden im Allgemeinen die Aufsehen erregenden Fälle übertragen. So war es nicht weiter verwunderlich, dass ihn der Leiter der KPI in Absprache mit dem Polizeidirektor noch in der Nacht damit beauftragte, mit seiner über die Jahre äußerst erfolgreichen Ermittlungsgruppe die Arbeit aufzunehmen.

Gegen zwei Uhr in der Früh betrat ein älterer Herr die Polizeidirektion. Er läutete und wartete, dass der Pförtner erschien und ihn einließ. Es dauerte aber einige Zeit, bis der schlaftrunken am Fenster der Pforte auftauchte, den Vorhang zur Seite zog und nachschaute, wer um diese unchristliche Zeit störte. Es dauerte jedoch nur den Bruchteil einer Sekunde, dann erkannte er den Kollegen, den alle im Haus nur Vader Abraham nannten. Kahler Kopf, dafür umso mehr Haare im Gesicht. Der mittlerweile ergraute Vollbart wurde zu seinem Markenzeichen. Eine Ähnlichkeit mit dem Sänger vom *Lied der Schlümpfe,* Vader Abraham, konnte er nicht verleugnen, nur dass der auch Haare auf dem Kopf hatte. Die Kollegen titulierten ihn daher, natürlich nur hinter seinem Rücken, mit dem Spitznamen und jeder wusste sofort, wer gemeint war. Der Pförtner drückte auf den Knopf der Gegensprechanlage.

„Guten Morgen Vad..., äh Herr Erster Kriminalhauptkommissar Köhler", grüßte ihn der Pförtner. „Auch schon auf?"

„Nein. Ich schlafwandle nur. Es tut mir leid, dass ich Sie in ihrer wohlverdienten Nachtruhe stören muss, aber es wäre nett, wenn Sie mich trotzdem reinlassen könnten, damit ich meiner Arbeit nachgehen kann. Und ich hab ihnen schon tausend Mal gesagt, Sie sollen dieses dämliche *Erster* endlich weglassen."

„Natürlich, Herr Kriminalhauptkommissar. Haben Sie übrigens schon von dem Unfall der Kollegen aus Reichenfels gehört?"

Christian Köhler blickte durch das schusssichere Glas in das verschlafene Gesicht des Pförtners, auf dessen rechter Wange man noch deutlich den Abdruck des Kopfkissens erkennen konnte, überlegte, ob er freundlich oder barsch antworten sollte. Er entschied sich für einen Mittelweg.

„Warum glauben Sie, dass ich mitten in der Nacht hier auftauche? Um mich mit ihnen zu unterhalten, weil mir langweilig ist?"

Jetzt schien der Pförtner zu kapieren und drückte schnell auf den Knopf für den elektrischen Türöffner. Christian Köhler trat ein und bevor er die Stufen zu seinem Büro im ersten Stock hinaufeilte, rief ihm der Pförtner noch nach:

„Kommen noch mehr oder kann ich mich wieder zurückziehen?" Die unfreundliche Antwort murmelte Christian Köhler aber nur in den Bart.

Im gesamten ersten Stock, in dem die Kriminalpolizei ihre Räumlichkeiten hatte, war es stockdunkel. Nur das Licht der Straßenlaternen fand seinen Weg durch die offenen Bürotüren bis auf den Flur. Auf dem Weg in sein Büro am Ende des Gangs schaltete er ein Licht nach dem anderen ein. Erst als es rund um ihn hell war, fühlte er sich besser. Die regelmäßigen Nachtschichten während seiner Zeit bei der Verkehrspolizei hatte er gehasst wie die Pest. Die Nacht ist zum Schlafen da und nicht zum Arbeiten, schimpfte er stets, wenn ihn die Kollegen auf seine schlechte Laune ansprachen. Als vor zwanzig Jahren eine Stelle bei der Kriminalpolizei ausgeschrieben wurde, bewarb er sich sofort. Zu seiner Überraschung bekam er tatsächlich den Zuschlag, obwohl er keine Vorkenntnisse von kriminalpolizeilicher Arbeit hatte. Egal, dachte er sich. Das kann man alles lernen. Hauptsache keine Nachtschichten mehr. Raus aus der Uniform, rein in legere zivile Klamotten. Doch schon bald musste er feststellen, dass dies ein Trugschluss gewesen war. Gewalttäter und Einbrecher arbeiteten hauptsächlich im Schutz der Dunkelheit.

Für die Kollegen begann der Dienst um sieben Uhr. Bis dahin blieb ihm genügend Zeit, alle Vorbereitungen zu treffen, damit man sofort mit der Arbeit beginnen konnte. Die Abarbeitung gestaltete sich eigentlich immer gleich. Eine neue Falldatei musste eingerichtet und ein Ablaufkalender erstellt werden, in den jedes Teammitglied die Ergebnisse seiner Ermittlungen, Befragungen und Überprüfungen eintragen, Dokumente, Schriftstücke sowie Bilder hochladen konnte. Grundvoraussetzung für eine erfolgreiche Ermittlungsarbeit war, dass alle Mitarbeiter nicht nur auf dem gleichen Stand, sondern vor allem auf dem aktuellsten Stand waren.

Christian schaltete die Mitglieder seines Teams sowie die der Spurensicherung und den Leiter der KPI frei. Andere Kollegen bekamen keinen Zugriff auf die Datei.

Schließlich begann er, aufgrund der ersten vorliegenden Erkenntnisse, Arbeits- und Ermittlungsaufträge zu formulieren und in die E-Akte einzustellen. Sie wurden rot hinterlegt. Er überließ es den Kollegen selber, wer was übernehmen wollte. Erst, wenn der Auftrag erledigt und das Ergebnis eingetragen war, wechselte die Hintergrundfarbe auf grün. Ergaben sich neue Ermittlungsansätze, wurden diese sofort festgehalten. Christian hatte volles Vertrauen in seine Leute. Er gehörte zu den Verfechtern der Schwarmintelligenz. Er nahm es zufrieden zur Kenntnis, wenn sein Team sich auch ohne ihn zusammensetzte und über den Fall beriet. Er beschränkte sich dann lediglich darauf, dafür zu sorgen, dass nichts übersehen wurde.

Die Kollegen der Spurensicherung hielten sich noch am Tatort auf. Christian übermittelte ihnen den Namen der neuen Datei und bat sie, die Bilder von den gesicherten Spuren, die ermittlungstaktisch noch wichtig werden könnten, sofort dorthin hochzuladen. Um sechs Uhr kehrte Dieter Schnell, der Leiter der Spurensicherung, vom Unfallort zurück, schaute kurz zu ihm rein und informierte ihn über die Spurenlage. Große Erkenntnisse hatte Christian ohnehin nicht erwartet, aber das, was Dieter ihm berichtete, erfüllte ihn nicht gerade mit Optimismus. Vielleicht gab der schriftliche Spurensicherungsbericht mehr her, aber mit dem konnte er frühestens ab zehn Uhr rechnen.

Nachdem alle Vorbereitungen getroffen waren, klickte er sich durch die Bilder, betrachtete sie lange, machte sich Notizen. Ein Foto schockte ihn besonders. Es handelte sich um die Aufnahme des blutdurchtränkten Beifahrersitzes. Es wunderte ihn nicht, dass der arme Kerl, der dort gesessen hatte, um sein Leben kämpfte.

Für die Ermittlungsarbeit kamen aber andere Aufnahmen in Frage. Er suchte sich die Fotos mit Nummerntäfelchen heraus, die auf verwertbare Spuren hinwiesen. Zuletzt betrachtete er das mit dem Stein. Er zoomte das Bild auf Fenstergröße. Auf dem graubraunen grobporigen Stein waren große Flächen mit zum Teil noch nicht geronnenem Blut zu sehen. Darin erkannte er einige deutliche Abdrücke von Fingerkuppen, wusste aber sofort, dass diese nicht von den Tätern stammen konnten, sondern von den Ersthelfern. Schließlich druckte er eine Reihe von Bildern aus.

Mit der Zeit erschienen die ersten Kollegen. Schon nach wenigen Minuten duftete es nach frischgebrühtem Kaffee. Lydia, die Schreibkraft und Sabine, die Chefin der Geschäftsstelle, standen wie jeden Tag mit ihrer dampfenden Kaffeetasse auf dem Gang und begrüßten die eintrudelnden Kollegen. Einer nach dem anderen rief ein lautes *Guten Morgen* in den Gang und verschwand dann in seinem Büro.

Wenn Tami Gärtner die Dienststelle betrat, konnte man das bereits von Weitem hören. Nicht nur, weil sich die männlichen Kollegen bequemten, sich aus ihrem Bürostuhl zu erheben und ihren Kopf aus dem Büro zu strecken, um Tami freundliche begrüßen zu können, sondern weil sie als Einzige jeden Kollegen mit dem Vornamen begrüßte.

Schließlich kam auch Joschi Fischer. Er war der Kleinste der Dienststelle und man munkelte, dass er bei der Einstellungsprüfung über seine Körpergröße geschummelt hatte. „Da müssen am Meterstab die ersten zehn Zentimeter gefehlt haben", meinten einige und zogen ihn damit immer wieder auf. „In der Kürze liegt die Würze", erwiderte Joschi daraufhin nur und ließ sich nicht von den Frotzeleien der Kollegen ärgern.

Der Boden des Gangs war mit großen quadratischen Fliesen ausgelegt. Joschi hatte es sich angewöhnt, die Schrittlänge so auszurichten, dass er jeden seiner Schritte in die Mitte der Fliese setzte. Was für alle anderen ein normaler Schritt war, schaute bei ihm eigentümlich und zum Lachen reizend aus.

„Joschi eilt mit Riesenschritten seinem nächsten Fall entgegen", begrüßte ihn Lydia.

„Stör mich nicht in meiner Konzentration Lydia. Ich hab nämlich die Schritte bis zu meinem Büro genau abgezählt. Nicht dass ich aus Versehen in deinem Büro lande."

„Gott bewahre. Außerdem gibt es bei mir keinen Kindersitz."

Ein Markenzeichen Joschis war die uralte ausgebleichte und ehemals dunkelbraune Aktentasche, die vermutlich von seinem Urgroßvater stammte. Die Verschlüsse waren schon lange kaputt und der Griff hing nur noch an einer Halterung, so dass er sie unter dem Arm tragen musste. Wenn man ihn damit aufzog, bekam man von ihm stets einen Vortrag über einstige deutsche Qualitätsarbeit und Nachhaltigkeit. Aus der Tasche schaute der Kopf einer Thermoskanne. Keiner wusste, was er darin hatte. Kaffee war es auf jeden Fall nicht, denn den holte er sich jeden Tag, bevor er den Computer einschaltete, aus dem Sozialraum.

„Was ich dich schon immer mal fragen wollte, Joschi. Was hast du denn da in der Thermoskanne? Darf ich mal probieren oder daran riechen?"

„Nein, liebste Sabine. Besorg dir deinen Wodka gefälligst selber."

„Hallo Joschi", rief Christian in den Gang. „Wir haben einen neuen Fall. Gib Kurt und Tami bescheid, dass wir uns in zehn Minuten im kleinen Besprechungsraum treffen."

Joschi nickte nur, verschwand in seinem Büro, das sich unmittelbar gegenüber dem von Christian befand und das er mit Tami teilte. Das Büro von Kurt, der es sich zur Zeit mit Maxi Weber, einem Praktikanten, teilen musste, lag direkt neben dem seinen. Die Türen zwischen den Büros standen ständig offen.

Zehn Minuten später betrat Christian mit den Bildern in der Hand den überschaubaren Raum, den kleinsten der drei Besprechungsräume. Die Kollegen saßen bereits am Tisch, nippten an ihren Kaffeetassen oder blätterten in Akten. Am Platz von Christian stand eine Tasse Pfefferminztee. Dankbar nickte er Tami zu.

„Also Leute. Ich will euch über unseren neusten Fall informieren."

„Geht es um den Anschlag auf die Kollegen in Irlbach?", fragte Kurt. Kurt, zweiundfünfzig Jahre alt, verheiratet und Vater von fünf Kindern, war ein wandelndes Lexikon und für Christian bei seinen Ermittlungen unentbehrlich.

Christian nickte und informierte sie darüber, was es bisher an Erkenntnissen gab. Gleichzeitig verteilte er die Bilder auf dem Tisch. Neugierig beugten sich die Kollegen darüber und betrachteten sie genauso entsetzt, wie er zuvor. Er gab ihnen einige Sekunden Zeit für die Betrachtung, dann fuhr er fort. Als er fertig war, herrschte betretenes Schweigen, bis Kurt wieder eine Frage hatte.

„Welche Kollegen hat es denn erwischt?"

„Xaver Diehl und Markus Reisinger".

„Markus?", fragte Tami schnell nach. „Seit wann ist der denn wieder in der Schicht? Der ist doch stellvertretender Dienststellenleiter, hab ich gedacht." Tami war die Jüngste im Team. Dreißig Jahre alt, noch ledig und verdammt hübsch. Mit ihrem semmelblonden Haar, das ihr ohnehin blasses Gesicht noch blasser erscheinen ließ, avancierte sie zum Blickfang unter den männlichen Kollegen. Sie hatte Abitur, sprach Englisch und Französisch. Zu ihren Stärken gehörten ihr Einfühlungsvermögen, ihre weibliche Intuition, ihre rasche Auffassungsgabe und dass sie ständig guter Laune war.

„Das stimmt. Warum er im Wagen saß, das müssen wir noch

feststellen. Es könnte noch wichtig werden. Das ist aber jetzt sekundär", meinte Christian nüchtern.

„Gibt es schon einen Tatverdacht?", fragte Joschi. Zweiunddreißig Jahre alt, verheiratet, Vater einer zweijährigen Tochter. Er galt als hervorragender Analytiker und Organisator von Einsätzen. Bis zur Geburt von Valerie galt er als eher introvertiert und zurückhaltend. Das änderte sich aber mit dem Mädchen. Seitdem war er nicht mehr wiederzuerkennen, wurde zu einem neuen Menschen. Seinen Schreibtisch und die Wand dahinter säumten Bilder der Kleinen. Kaum ein Tag verging, an dem er nicht zu Hause anrief und sich von der Frau Valerie ans Telefon holen ließ. Dann sprach er minutenlang in Babysprache mit ihr. Die Kollegen, die zufällig an seinem Büro vorbeikamen, blieben für einen Moment stehen und lauschten dem oft unverständlichem Gebrabbel. Mancher beneidete ihn um sein Glück. Als Familienvater sorgte er nunmehr für gute Laune und niemand konnte auf einmal vor seinen Scherzen und Streichen sicher sein.

Christian schürzte die Lippen, überlegte, fing schließlich langsam und bedächtig an, zu berichten.

„So wie es mir der Polizeidirektor heute Morgen am Telefon erklärt hat, dürfte der Personenkreis, aus dem die Täter höchstwahrscheinlich stammen, eher klein und überschaubar sein. Demnach handelt es sich um Irlbacher Bürger, hauptsächlich Landwirte, die sich offensichtlich in letzter Zeit wiederholt den Schikanen Reichenfelser Polizisten ausgesetzt sahen. Angeblich hat vor ein paar Tagen der Bürgermeister von Irlbach versucht, dem PI-Leiter eine Liste mit Beschwerden zu übergeben, mit der Bitte, diese zu prüfen. Der Egginger hat sich aber geweigert, diese anzunehmen. Davon hat der Bürgermeister die Beschwerdeführer unterrichtet, die daraufhin geäußert haben, dass das noch ein Nachspiel haben werde. Wir können daher davon ausgehen, dass der, bzw. die Täter, in dieser Gruppe zu finden sind."

„Wieso hast du diese Information vom Polizeidirektor?", erkundigte sich Joschi.

„Der war in der Nacht selber am Tatort und hat mit dem PI-Leiter und dem Bürgermeister gesprochen. Der Staatsanwalt war übrigens auch draußen."

Nach einer kurzen Pause fuhr Christian fort.

„Dieter Schnell hat mit seinem Team die ganze Nacht am Tatort Spuren gesichert. Viele waren es leider nicht. Der Stein wurde sichergestellt und befindet sich derzeit im Labor. Vielleicht finden sie an ihm ein paar Faserspuren oder DNA-Material. Es wurden auch einige Fußabdrücke in der Nähe des

Tatorts festgestellt. Wir wissen aber nicht, ob sie zu den Tätern oder zu dem einen oder anderen Kollegen gehören, die den Tatort abgesperrt haben und dort durchgelatscht sind. Dieter meint, dass es sich um zwei Täter handeln muss. Seinen schriftlichen Tatortbefundbericht bekomme ich erst noch."

„Was können wir bis dahin unternehmen?"

„Da wir momentan keine anderen Anhaltspunkte haben", antwortete Christian an Tami gewandt, „müssen wir davon ausgehen, dass es sich um einen Racheakt gehandelt hat. Ich denke, dass wir einen Streich von Jugendlichen ausschließen können."

„Oder es handelt sich um die Tat eines Verrückten und die Kollegen wurden nur zufällig Opfer, weil sie zum falschen Zeitpunkt am falschen Ort waren", fügte Joschi hinzu.

Christian nickte zustimmend. Gerade zu Beginn einer Ermittlung war jede Vermutung, und schien sie auch noch so abwegig, erlaubt. Im Gegensatz zu den Fernsehkrimis reichte bei der Ermittlungsarbeit selten eine einzige gute Eingebung aus. Vielmehr bedurfte es Synthesen, das Erwägen und Verwerfen von Möglichkeiten, die letztendlich auf die richtige Spur führen konnten.

„Wir dürfen nichts ausschließen. Aber momentan bevorzuge ich die erste Alternative, den Racheakt. Ich habe in die Falldatei erste Aufträge eingestellt. Sprecht euch ab, wer was übernimmt."

Die Kollegen schlugen ihre Laptops auf, loggten sich ein. Dann sprachen sie sich ab, wer was übernehmen wollte und trugen es ein.

„Ich fahre zur PI Reichenfels und unterhalte mich mal mit den dortigen Kollegen", erklärte Tami. „Vielleicht gelingt es mir, aus ihnen herauszukitzeln, um was für Schikanen es sich gehandelt haben soll und wer davon betroffen ist".

„Vergiss aber nicht, dir die Akten mit den betreffenden Anzeigen, Verwarnungen und Bußgeldanzeigen aushändigen zu lassen, damit wir sie in Ruhe durcharbeiten können."

„Okay Chef. Und an was für einen Zeitraum hast du da gedacht?"

„Ich denke, dass wir uns mal die letzten sechs Monate vornehmen sollten. Ich habe leider schon des Öfteren von solchen Beschwerden gehört. Wir dürfen keinen dieser Vorwürfe außer acht lassen".

„In Ordnung. Chef. Kann ich den Maxi Weber mitnehmen?"

Christian schaute in das blasse Gesicht des achtzehnjährigen schlaksigen Polizeischülers, der im Rahmen der Ausbildung vor zwei Wochen ihrem Kommissariat zugewiesen worden war. Mit seiner Freundlichkeit und Hilfsbereitschaft gelang es ihm innerhalb weniger Tage, die Sympathien der Kollegen zu gewinnen. Seine rasche Auffassungsgabe war bemerkenswert, lobte ihn Kurt. Der könnte sicher mal ein guter Kriminaler werden, meinte Joschi.

„Ja gut, der kann dich unterstützen. Vier Ohren hören mehr als zwei."

„Und ich fahre zu Xaver Diehl ins Unfallkrankenhaus nach Salzburg", erklärte Joschi. „Der ist angeblich ansprechbar und kann befragt werden. Vielleicht haben wir Glück und er hat den oder die Täter sogar erkannt."

„Okay Joschi." Zu Kurt gewandt fuhr Christian fort. „Kurt, du fährst mit mir nach Irlbach. Ich steige am Tatort aus und schau mir alles genau an. Möglicherweise kann ich bei Tageslicht noch etwas entdecken, das den Kollegen in der Nacht entgangen ist. Du fährst weiter zum Bürgermeister und befragst ihn. Wichtig sind vor allem genauere Informationen über die angeblichen Beschwerden, die er dem PI-Leiter übergeben wollte. Da dieser sie nicht angenommen hat, gehe ich davon aus, dass sie sich noch in seinem Besitz befinden. Schreib alle Namen zusammen und gleiche sie dann mit der Liste von Tami ab. Also Leute, macht euch auf die Socken. Wer etwas Wichtiges herausbekommt, ruft mich sofort auf dem Handy an."

Christian sammelte die Bilder wieder ein und kehrte in sein Büro zurück. Aus dem Schrank holte er einen Aktenkoffer, stellte ihn auf den Schreibtisch und prüfte sorgfältig nach, dass alles darin war, was er für seine Ermittlungen benötigte. Kurt blieb vor seiner Bürotür stehen, wedelte mit dem Autoschlüssel und rief ihm zu, dass er im Wagen warte.

Zwei Minuten später machten sie sich auf den Weg nach Irlbach. Die zwanzig Kilometer legten sie schweigend zurück. Jeder hing seinen eigenen Gedanken nach. Am Tatort angekommen stieg Christian, wie ausgemacht aus und Kurt fuhr weiter zum Rathaus.

Der Unfallort war noch immer abgesperrt. Feuerwehrleute sorgten dafür, dass keiner der inzwischen zahlreichen Schaulustigen unter der Flatterleine durchschlüpfte. Als Erstes schaute er sich die Stelle an, an der der Streifenwagen in die Böschung gerast war. Das Fahrzeug hatte man noch in der Nacht abgeschleppt, stand jetzt auf der Hebebühne der Polizeiwerkstatt in Tiefenbach.

Beim Aufprall hatte sich die Frontpartie des Streifenwagens tief in das weiche Erdreich geschoben. Etliche kleinere und größere Glas- und Plastikteile lagen verstreut in der Wiese. Im niedergetrampelten Gras lagen noch zahlreiche aufgerissene und leere Verpackungen von Spritzen, Kanülen, Infusions- und Glasflaschen. Christian streifte sich Latexhandschuhe über, bückte sich, hob die Sachen auf und legte alles auf einen Haufen. Ordnung musste sein.

Schließlich stieg er die Böschung zur Bundesstraße rauf. Oben standen außerhalb der Absperrung Leute, die ihn sofort fragten, ob man schon wisse, wer die Täter seien. Andere erkundigten sich nach dem Gesundheitszustand der Verletzten. Christian gab bereitwillig Auskunft. Man konnte ja nie wissen, ob man noch auf die Hilfe und Unterstützung der Bürger zurückgreifen musste.

Zur besseren Orientierung hatte er die Bilder der Spurensicherung in die Hand genommen. Als Erstes wandte er sich dem Strauch zu, vor dem der Stein gelegen hatte, den die Täter fallen ließen.

Schon aus mehreren Metern Entfernung erkannte er die dunkle Vertiefung im Gras. Ihm fiel gleich auf, dass man sich den größten der hier herumliegenden Steine ausgesucht hatte.

Auf einem der Fotos waren zwei Schuhabdrücke abgebildet, die man im lockeren Erdreich unterhalb eines Strauches fand. Er kniete sich hin, betrachtete die relativ frischen Abdrücke. Alt konnten sie nicht sein, denn das Muster der Sohlen war noch nicht eingefallen, die Ränder der Profilrillen noch deutlich erkennbar. Es handelte sich zweifelsfrei um zwei verschiedene Schuhabdrücke. Eines der Profile war grobstollig und ließ erahnen, dass der Verursacher schwere Stiefel angehabt haben musste. Das zweite Profil bestand aus schmalen engen Rillen und Christian vermutete, dass der Träger einen Sport- oder Freizeitschuh getragen hatte. Das bestätigte also den ersten Verdacht der Kollegen, dass es sich um zwei Täter handeln musste, sofern die Abdrücke tatsächlich von diesen stammten.

Anschließend marschierte er auf die Brücke, schaute nach unten. In Gedanken sah er den Streifenwagen, wie er unten hervorkam und die Täter den Stein fallen ließen. Kleine Erdklumpen auf der Überführung wiesen darauf hin, wo sie gestanden hatten. Auf dem hölzernen Brückengeländer stellte er tiefe Rillen im weichen Holz fest. Hier hatten sie vermutlich den Stein abgelegt und dann über die Brüstung geschoben.

Christian überlegte, ob es möglich war, den Stein vom Zeitablauf her so genau loszulassen, dass er genau auf die Windschutzscheibe des darunter durchfahrenden Autos fallen konnte. Dann musste man von einen Mordversuch ausgehen. Oder handelte es sich nur um einen unglücklichen Zufall? Wollte man ihnen nur einen Schrecken einjagen und hatte den Stein nur zu spät fallen lassen? Egal. Auch in diesem Fall musste man den Tätern einen Mordversuch unterstellen. Bei einer derartigen Tatausführung konnte man nie ausschließen, dass es Verletzte oder sogar Tote gab.

Christian schloss die Tatortbesichtigung ab. Er hatte alles gesehen, was er für die weiteren Ermittlungen wissen musste. Jetzt brauchte man nur noch ein bisschen Glück und aufgrund der Anzahl der Tatverdächtigen Geduld.

Er verließ den Tatort und schlenderte in Richtung Rathaus. Er wollte sich persönlich mit dem Bürgermeister unterhalten, einige Fragen zu den Beschwerden stellen. Er traf aber nur Kurt in dessen Büro an.

„Komm rein Christian und setz dich. Der Bürgermeister kommt gleich zurück. Er holt nur die Liste mit den Beschwerden."

Bevor er ihn fragen konnte, was er bisher erfahren hatte, kehrte der Bürgermeister mit einem Aktenordner unter dem Arm in sein Büro zurück. Überrascht schaute er Christian an und hielt ihm die Hand zum Gruß hin.

„Hier ist die Akte mit den Beschwerdebriefen", sagte er und händigte sie Kurt aus. „Inzwischen befürchte ich, dass Herr Egginger mit seinem Vorwurf recht hat und die Täter tatsächlich aus dem Kreis der Beschwerdeführer kommen. Ich hab da so eine Ahnung. Wer sollte denn sonst so etwas tun?"

Kurt nahm die Liste und ging sie durch, während Christian seine Fragen stellte.

„Sie haben also einen bestimmten Verdacht? Es gibt jemanden, dem sie zutrauen, eine solche Tat zu begehen?"

Walter Kamml kratzte sich verlegen am Ohr. Man konnte unschwer erkennen, dass er mit sich kämpfte. Seine unbedachte Äußerung zwang ihn nun, Namen zu nennen. Christian ließ ihm Zeit, war sich jedoch sicher, dass er gleich den einen oder anderen Namen zu hören bekommen würde. Er holte sein Notizbuch aus der Brusttasche der Jacke, machte sich schreibfertig.

„Ehrlich gesagt, fällt es mir leichter, Personen auszuschließen. Ich möchte keinen Falschen verdächtigen."

„Sie brauchen keine Angst zu haben, Herr Bürgermeister", beruhigte ihn Christian. „Wir behalten ihre Informationen natürlich für uns. Sie erleichtern lediglich unsere Arbeit, weil wir dann mit den Ermittlungen gleich bei den Richtigen beginnen können. Ansonsten müssen wir alle Namen überprüfen und verlieren eventuell wertvolle Zeit."

„Selbstverständlich will ich ihnen helfen. Mir fallen auf Anhieb nur drei Personen ein, denen ich diese Schweinerei zutraue. Der eine ist Sebastian Fischer, der andere Michael Gallinger und eventuell noch Bastian Bruckner. Diese finden Sie mit ihren Adressen auf der Liste."

Kurt hatte die Namen gefunden, deutete mit dem Finger darauf.

„Wieso diese drei? Können sie uns das kurz näher begründen?"

„Sebastian Fischer wird schnell jähzornig. Ich würde ihn als Choleriker bezeichnen. Er ist ein typischer Landwirt, der sich nicht gern etwas vorschreiben lässt, schon gleich gar nicht von Behörden. Ihm traue ich jederzeit eine solche Affekthandlung zu."

Christian unterbrach den Bürgermeister.

„Ich glaube nicht, dass es sich um eine Affekthandlung gehandelt hat. Vielmehr gehe ich davon aus, dass die Tat sehr gründlich vorbereitet und durchgeführt wurde."

„Gut, wenn das stimmt, dann glaube ich, dass Sebastian eher nicht in Frage kommt. So schnell er auch aufbraust, genauso rasch ist er auch wieder herunten. Für so eine geplante Tat kommt vielmehr Michael Gallinger in Frage. Dem traue ich überhaupt nicht. Der ist verschlagen und falsch."

„Und was ist mit ... dem dritten Namen?"

„Bastian Bruckner? Das ist der Fußballtrainer der Jugendmannschaft. Vor ein paar Wochen hat ihm die Polizei aufgelauert und ihn auf dem Weg zu einem Auswärtsspiel angehalten. Er musste um ein Uhr Nachmittag einen Alkoholtest über sich ergehen lassen. Er hat sich geweigert, da hat man ihm angedroht, dass man ihn gegen seinen Willen ins Krankenhaus zur Blutentnahme bringt. Aus Rücksicht auf die Kinder hat er dann geblasen und hatte null Promille. So wie er mir berichtet hat, waren die Polizisten enttäuscht über das Ergebnis, weil sie dachten, der fährt immer betrunken. Zum Schluss wollten sie von einem seiner ausländisch ausschauenden Spieler den Reisepass sehen. Der hatte natürlich keinen dabei. Da wollten sie den Jungen so lange da behalten, bis der Reisepass vorlag. Es wäre daraufhin fast zum Raufen gekommen. Nur dank der Tatsache, dass ein Kollege der Polizisten zufällig privat vorbeikam und versicherte, dass er den Jungen kenne und dieser im Besitz eines deutschen Passes sei, haben sie ihn weiterfahren lassen."

Der Bürgermeister legte eine Pause ein. Die beiden Kripobeamten schüttelten den Kopf.

„Was macht ihn dann in ihren Augen verdächtig?", fragte Kurt. „Wenn ich die Liste anschaue, dann haben wir viele Tatverdächtige."

„Das stimmt schon. Neben Sebastian Fischer hat auch Bastian Bruckner am Stammtisch wörtlich gesagt, dass er den beiden einmal was antun werde. Wenn sie ihn noch ein einziges Mal anhalten, dann könnte es passieren, dass er die Nerven verliert. Wenn sie Bastian einmal beobachten, wie er ausflippt, wenn seine Jungs verlieren, dann würden sie verstehen, warum ich ihm eine solche Tat zutraue."

„Was ist das für ein Stammtisch, von dem Sie da sprechen?", fragte Christian nach.

„Das ist der Stammtisch beim „Ramsler", in der Gassner Straße. Dort finden sie fast alle der Beschwerdeführer, die auf der Liste aufgeführt sind."

„Gibt es hier nur diesen einen Stammtisch?", erkundigte sich Kurt mehr aus Spaß.

„Nein, natürlich nicht. Aber entlang der Gassner Straße haben ihre Kollegen besonders gewütet. Ich vermute, die mögen keine Landwirte. Übrigens. Wenn der Herr Egginger diese Beschwerden ernst genommen und mit seinen Beamten darüber gesprochen hätte, dann wäre es mit Sicherheit nicht so weit gekommen. Die Leute haben einfach nur Angst, dass sich nichts ändern wird. Deswegen wollten sie meiner Meinung nach vermutlich ein Zeichen setzen. Ich glaube nicht, dass sie planten, jemanden zu töten."

Christian hatte genug gehört. Sie verabschiedeten sich vom Bürgermeister und versprachen ihm, ihn auf dem Laufenden zu halten.

22.

Zu Hause angekommen, schlich sich Andreas Höhensteiger leise ins Haus, zog sich aus und legte sich auf die Schlafcouch im Gästezimmer. An Schlafen war aber nicht zu denken. Sobald er die Augen schloss, sah er die vielen Einsatzfahrzeuge mit ihren blinkenden Blaulichtern vor sich. Auch das hell beleuchtete Unfallauto mit dem abgeschnittenen Dach hatte sich tief in seine Gedanken eingebrannt.

Stundenlang wälzte er sich von einer Seite auf die andere, konnte aber nicht einschlafen.

Mittlerweile hatte die Dämmerung eingesetzt. Die Vögel in den Rosenstauden vor dem Fenster begrüßten mit ihrem fröhlichen Gezwitscher den neuen Tag. So sehr Andreas dieses Pfeifkonzert ansonsten genoss, heute hatte er kein Ohr dafür. Mit offenen Augen lag er auf dem Rücken, starrte die Decke über sich an. Stundenlang hatte er lautlos geweint, die Tränen mit dem Handrücken immer wieder abgewischt. Die Angst vor dem Moment, an dem er Sonja und Linus unter die Augen treten musste, hatte ihn schließlich Panikattacken bekommen lassen. Konnte er ihnen überhaupt noch in die Augen schauen? Er, der zum Mörder geworden war? Jetzt war es für Gewissensbisse zu spät, schimpfte er sich. Warum ... warum ... fragte er sich ein ums andere Mal, hab ich da mitgemacht? Wieso hab ich mich überreden lassen? Spätestens, als die Rede auf den Stein gekommen war, hätte er abwinken müssen. Für diese Einsicht war es nun aber zu spät. Ein mit Wasser oder Farbe gefüllter Luftballon hätte die gleiche Wirkung erzielt. Der Schrecken wäre ihnen in alle Glieder gefahren. Und sie hätten genau gewusst, warum dies geschah. Man hätte am Streifenfahrzeug die Reifen zerstechen können, die Scheibenwischer oder Außenspiegel abschlagen, aber nein, es musste dieser verteufelte Stein sein. „Warum???", schrie er in das Kissen.

Mit einem Mal hörte er Linus lachen. Jetzt wurde es ernst. Er blickte auf die Armbanduhr. Sieben Uhr. Normalerweise wäre er jetzt aufgestanden, hätte mit ihm noch ein paar Minuten unbeschwert im Bett herumgetollt, Sonja mit seiner Fröhlichkeit angesteckt, sie liebevoll geneckt, um schließlich zusammen aufzustehen und sich ins Bad zu begeben. Aber nicht heute. Hoffnungslosigkeit, Verzweiflung, schwere Schuld, lähmten ihn, fesselten ihn stattdessen ans Bett. Selbstmordgedanken kamen auf einmal auf. Er hatte Schande über seine Familie gebracht, alle enttäuscht.

So viel war sicher. Sie würden ihn für das, was er getan hatte, hassen. Sonja würde sich scheiden lassen, Linus niemals wiedersehen. Überwältigt von diesen Schreckensszenarien erschien ihm der Tod als einziger Ausweg. Diese Einsicht führte tatsächlich zu einer kurzfristigen Erleichterung. Ja! Nur der Tod konnte die Schuld, die er auf sich geladen hatte, für seine Familie erträglicher machen.

Ein leiser Luftzug ließ ihn zusammenzucken. Die Tür wurde vorsichtig geöffnet. Andreas stellte sich schlafend. Das Gesicht zur Wand gewandt, damit man seine verweinten rot umrandeten Augen nicht sehen konnte. Er wusste nicht, wie er diesen Zustand erklären sollte. Dann hört er Sonjas leise Stimme:

„Psst. Papa schläft noch. Lassen wir ihn schlafen. Vielleicht ist er noch krank und will heute noch mal zuhause bleiben." Dann war er wieder allein.

Kurze Zeit später hörte er sie in der Küche hantieren. Sonjas helle Stimme und Linus fröhliches Lachen ließen ihn erneut verzweifeln. Wie oft würde er das noch hören dürfen? Abrupt sprang er auf, lief ins Bad, duschte und zog sich an. Jede Minute in Freiheit, die ihm noch blieb, wollte er mit seinen Liebsten verbringen.

Mit einem aufgesetzten Lächeln betrat er die Küche. Linus forderte ihn sofort auf, neben ihm Platz zu nehmen. Andreas ließ sich nicht zwei Mal bitten, setzte sich zu ihm und legte den Arm um seine Schulter. Dankbar schaute ihn Linus an, richtete sich plötzlich auf und küsst dem Papa auf die Stirn. Nur mit Mühe konnte er die Tränen zurückhalten.

Sonja beobachtete ihn mit sorgenvollen Blicken, ließ ihn nicht mehr aus den Augen. Für einen Moment kam in ihm der Verdacht auf, dass sie bereits alles wusste und nur noch darauf wartete, ihn zur Rede stellen zu können. Bei diesem Gedanken lief es ihm eiskalt den Rücken hinab. Verzweifelt versuchte er, ihren Blicken auszuweichen. Schließlich zog er sich den Teller Cornflakes heran, den Sonja vorbereitet hatte. Als er Milch darüber schüttete, bemerkt nicht nur er, wie seine Hand zitterte.

„Du schaust gar nicht gut aus", stellte sie besorgt fest.

„Danke für das Kompliment", versuchte Andreas zu scherzen.

„Du weißt genau, was ich meine. Ich glaube, es ist besser, du gehst heute zum Arzt. Nicht dass du eine schwere Grippe ausbrütest und Linus auch noch ansteckst. Das hätte gerade noch gefehlt."

Andreas nickte sofort. Das würde ihm die Möglichkeit verschaffen, trotz der Erkrankung, ohne Verdacht zu erregen, ins Dorf zu kommen. Vielleicht konnte er dort in Erfahrung bringen, wie es den beiden Polizisten ging.

Sonja und Linus hingegen waren bester Laune, lachten, sangen und neckten sich gegenseitig. Doch der Funke wollte nicht auf ihn überspringen. Mehr als ein gequältes Lächeln brachte er nicht zustande. Er hielt es nicht mehr aus, zog sich mit einer fadenscheinigen Begründung ins Büro zurück. Doch auch dort, allein in den vier Wänden, kehrte die innere Ruhe nicht wieder. Praktisch erwartete er jeden Moment das Erscheinen der Polizei, sah in Gedanken, wie er in Handschellen abgeführt wurde.

Diese Unruhe war allein der Ungewissheit über den Zustand der Polizisten geschuldet. Um acht Uhr schaltete er das Radio ein, suchte den Lokalsender und wartete auf die Nachrichten. Sie würden mit Sicherheit von dem Unfall berichten.

Er wusste nicht, ob er enttäuscht oder erfreut sein sollte, als erst am Ende der Nachrichten gemeldet wurde, dass ein Streifenfahrzeug der Polizei Reichenfels in einen Verkehrsunfall verwickelt worden war, wobei die beiden Insassen schwer verletzt wurden. Also gab es keine Toten, schnaufte er erleichtert durch. Noch nicht, warnte ihn sein Inneres. Auf einmal fiel ihm auf, dass man verschwiegen hatte, dass man ihnen einen Stein aufs Auto geworfen hatte, dass es sich um einen Anschlag gehandelt hat. Das konnte nur eines bedeuten, nämlich, dass man ihnen bereits auf den Fersen war. Die Unterdrückung derart relevanter Informationen sollte sie vermutlich in Sicherheit wiegen, damit sie nicht an Flucht dachten.

Beide lebten also. Das *noch* ersparte er sich dieses Mal. Trotzdem musste er mit Michael sprechen. Möglicherweise hatte er bereits mehr Informationen. Außerdem musste er in Erfahrung bringen, wie es weitergehen sollte. Das musste er unbedingt mit ihm besprechen, und zwar so bald wie möglich.

Er lief die Treppe hinab und bekam ohne Vorwarnung einen Schwächeanfall. Es wurde ihm schwarz vor Augen und im letzten Moment konnte er sich noch an das Treppengeländer klammern. Doch genau in dieser Sekunde kam Sonja aus dem Wohnzimmer. Sie erkannte die Schweißperlen auf seiner Stirn, wie seine Hände zitterten und wie er sich an das Geländer klammerte.

„Warte Andreas", rief sie ihm entgegen, „ich ziehe schnell Linus was über und dann fahr ich dich zum Doktor. Allein kannst du in diesem Zustand nicht fahren." Andreas winkte sofort ab.

„Nein, Sonja. Es geht schon wieder. Das war nur ein kurzer Schwächeanfall, weil ich noch nichts getrunken und die ganze Nacht nicht geschlafen habe". Sonja blickte ihn misstrauisch an.

„Bist du dir da sicher? Wenn du einen weiteren Schwächeanfall während der Fahrt bekommst, dann fährst du in den Graben. So wie die Polizisten. Sie haben es eben im Radio gebracht."

Was sollte diese Anspielung, fragte er sich erschrocken. Warum musste sie diesen Umstand gerade jetzt erwähnen? Wollte sie ihn testen und seine Reaktion auf diesen Hinweis sehen? War er bereits auf dem besten Weg, paranoid zu werden? Würde er von nun an jedes Wort analysieren? Gutgemeinte oder harmlose Äußerungen als feindselig interpretieren? Er musste sich zusammenreißen.

„Es ist ja nicht weit. Ich fühl mich nur etwas schwach auf den Beinen. Wenn ich erst mal im Auto sitze, dann geht es mir sicherlich gleich wieder besser."

Bevor sie etwas erwidern konnte, nahm er den Autoschlüssel vom Schlüsselbrett, deutete ihr mit einem unbeschwerten Lächeln einen Handkuss an, verließ das Haus und begab sich in die Garage. Geschafft, dachte er sich und ließ sich in den Sitz fallen. Im Rückspiegel betrachtete er sein Gesicht. Weiß wie die Wand war es und der Schweiß stand ihm dick auf der Stirn.

Drei Minuten brauchte er bis zum Hof von Michael Gallinger. In der Küche traf er aber nur seine Mutter an, die ihm mitteilte, dass er noch im Stall bei den Kühen sei. Im Stall fiel ihm als Erstes auf, wie hell, übersichtlich und sauber es hier herinnen war. Ganz im Gegensatz zu draußen. Dort meinte man eher, sich auf einer Müllkippe zu befinden. Nach kurzer Suche fand er Michael im entgegengesetzten Eck.

Er war gerade dabei, mit einer Schubkarre Mist aus dem Stall zu fahren. Als er Andreas erblickte, hielt er überrascht in seiner Arbeit inne und stellte die Schubkarre ab.

„Wie schaust du denn aus?", fragte er sofort. „Du schaust ja aus wie der Tod." Besorgniserregend klang die Stimme seines Kumpans jedoch nicht, eher spöttisch.

„Hast du schon was gehört?", fragte Andreas. „Weißt du, wie es ihnen geht?" Die letzten Worte hatte er ihm ins grinsende Gesicht gebrüllt.

„Sie leben beide. Ich hab es dir doch gesagt. Kein Grund zur Panik."

„Woher weißt du das? Ist das auch sicher?"

„Ja. Sie haben es erst vorhin im Radio gebracht."

„Verdammt. Das hab ich auch gehört", schrie ihn Andreas erneut an. „Das ist aber für mich kein Beweis."

„Was erwartest du denn? Dass sie zu jeder Stunde eine neue Meldung über ihren Gesundheitszustand herausgeben?"

„Wie kannst du nur so ruhig bleiben. Hast du gar kein Schuldbewusstsein? Macht es dir gar nichts aus, dass du womöglich ein Menschenleben auf dem Gewissen hast?"

„Komm mit", forderte ihn Michael auf und verließ den Stall. Über die angrenzende Wiese marschierte er bis zu den Obstbäumen. Fünfzig Meter vom Hof entfernt blieb er zwischen den ersten Bäumen stehen. Hier konnten sie sich ungestört unterhalten, ohne Angst haben zu müssen, gehört zu werden.

„Andreas ... jetzt hör mir mal genau zu. Die beiden leben. Das ist so sicher wie das Amen in der Kirche. Andererseits hätte es sich längst rumgesprochen und ihm Radio hätten sie es auch gemeldet. Du fährst jetzt wieder nach Hause und legst dich ins Bett. In einer Stunde bin ich mit der Arbeit fertig, dann fahr ich ins Dorf. Irgendwo werde ich schon was in Erfahrung bringen. Sobald ich nähere Informationen über ihren Gesundheitszustand habe, geb ich dir bescheid. Versprochen."

Andreas schüttelte jedoch nur den Kopf, raufte sich die Haare.

„So lange kann ich nicht warten, Michael. Ich muss es gleich wissen. Ich werde sonst noch verrückt."

Michael nahm Andreas in den Arm, zog ihn an seine Brust. Wie einem kleinen Kind klopfte er ihm beruhigend auf die Schulter.

„Andreas. Es ist halt mal passiert und wir können es nicht mehr rückgängig machen. Ich nehme auch die Schuld auf mich. Versprochen. Du kannst nichts dafür, aber ..."

Andreas wand sich aus seinen Armen, trat einen Schritt zurück, schaute ihm drohend ins Gesicht.

„Was ... aber? Was meinst du damit?"

„ ... nur, wenn du deine Nerven nicht verlierst und keinen Blödsinn machst. Denk an Linus und Sonja. Wenn du mich auffliegen lässt, dann fliegst auch du auf. In diesem Fall zählt mein Versprechen natürlich nicht mehr. Dann schieb ich dir die Schuld in die Schuhe. Wenn du aber deine Nerven unter Kontrolle behältst, stillhältst, dann wird man nie darauf kommen, dass wir es waren."

„Wenn sie es aber doch herausbekommen?"

„Wenn die Polizei uns ermittelt, ohne dass du ihnen dabei behilflich bist, dann nehme ich die Schuld wie versprochen auf mich. Aber nur dann."

Andreas erschauerte vor dem eiskalten Blick des Freundes. Er konnte es nicht glauben, dass dieser seelenruhig seiner täglichen Arbeit nachging und genau plante, wie sie sich zu verhalten hatten, damit sie von der Polizei nicht ermittelt werden konnten. Der ging über Leichen, wenn es sein musste. In dieser Sekunde bekam er zum ersten Mal Angst, dass er in Gefahr sein könnte.

Michael war mittlerweile klar geworden, dass Andreas diesem psychischen Druck nicht lange standhalten konnte. Der innere Konflikt war mit Händen zu spüren. In ein paar Tagen, vielleicht sogar schon in den nächsten Stunden, bestand die Gefahr, dass er zusammenbrechen und der Polizei alles beichten würde.

Sie starrten sich noch immer an. Feindselig und von Hass erfüllt. Jeder hing seinen eigenen Gedanken nach, überlegte, ob er dem anderen noch vertrauen konnte. Michael entschloss sich in diesem Moment, Vorbereitungen für eine Flucht zu treffen. Sicher war sicher. Doch zunächst musste er Andreas überreden, nach Hause zu fahren. In diesem niedergeschlagenen Zustand durfte er nicht unter Menschen. Wie ein Häufchen Elend sah er aus. Es war unausweichlich, dass man ihn, den stets lustigen und freundlichen Andreas, so wie ihn die Leute kannten, danach fragen würde, was mit ihm los sei, was der Grund für seine Niedergeschlagenheit war. Andreas war eine ehrliche Haut, dem man sofort ansah, wenn er log. Er konnte nicht anders, als die Wahrheit sagen.

„Du fährst jetzt sofort wieder nach Hause. Hast du verstanden?"

Das war keine Bitte, sondern ein Befehl. Trotzdem fügte sich Andreas. Er wollte sich nur noch in seinem Bett verkriechen. Keinen Menschen um sich haben, mit niemandem sprechen.

„Außerdem sorge dafür, dass du ständig über dein Handy erreichbar bist. Ich will dir ja so schnell wie möglich bescheid geben, wenn ich was Neues in Erfahrung gebracht habe. Und wenn du mit deinen psychischen Problemen nicht fertig wirst, dann ruf mich sofort an. Schließlich bin ich dein Freund, und Freunde müssen auch in der Not zusammenhalten. Verstanden?"

Wieder nickte Andreas nur. Nur eines wusste er. Michael war kein Freund und ihn würde er als Letzten um Hilfe bitten.

„Ich bin immer für dich da Andreas. Vergiss das nicht. Wenn du mich brauchst, dann ruf mich an, egal wie spät es ist. Schließlich ist es meine Schuld, dass wir in einem solchen Schlamassel sitzen. Du kannst mir vertrauen und ich weiß, dass ich mich auf dich ebenso verlassen kann."

Michael blieb noch eine Weile unter den Bäumen stehen, nachdem Andreas fort war. Noch lange starrte er ihm nachdenklich hinterher. Er musste ihn überwachen, so wie gestern Nacht. Wenn dies nicht möglich war, dann durfte er keine Sekunde zögern, ihn auszuschalten. Wie, das wusste er noch nicht.

Abends rief er Andreas an.

„Wo bist du?", fragte er, als er sich meldete.

„Zu Hause im Bett. Gibts was Neues?"

„Ja. Ich hatte auch keine Ruhe mehr und hab bei der Polizei in Reichenfels angerufen, mich nach den beiden verletzten Polizisten erkundigt."

„Bist du verrückt?", rief Andreas mit unterdrückter Stimme in den Hörer. „Du sagst mir, ich soll vorsichtig sein und du rufst bei der Polizei an?"

„Beruhige dich Andreas. Ich hab von der Telefonzelle aus angerufen und mich als Angehöriger der Gemeinde ausgegeben, der sich im Namen des Bürgermeisters nach dem Befinden der beiden verletzten Beamten erkundigen soll."

„Und? Was haben sie gesagt? Sprich endlich. Lass dir doch nicht jedes Wort aus der Nase ziehen."

„Ganz ruhig. So, wie ich es von Anfang an gesagt habe, schaute es schlimmer aus, als es tatsächlich ist. Der eine hat sich die Beine gebrochen, der andere ein paar Rippen und zusätzlich eine schwere Gehirnerschütterung. Sie werden beide wieder ganz gesund."

Michael vernahm am anderen Ende einen langen und tiefen Seufzer der Erleichterung.

„Gott sei Dank. Dann bin ich also kein Mörder. Danke Michael, du bist wahrlich ein Freund. Du kannst dich auf mich verlassen. Ich sag kein Sterbenswörtchen. Versprochen."

„Ich hab dir doch gesagt, dass ich mich umhöre. Und was ich verspreche, das halte ich auch. Freunde müssen zusammenhalten. Stimmt doch, oder?"

„Ja, natürlich. Also Michael ... danke noch mal. Ich rühr mich bei dir, wenn es mir wieder besser geht. Vorerst bleib ich zu Hause. Ich muss erst morgen Nachmittag wieder in die Arbeit. Also ... mach's gut."

Kaum hatte Michael das Gespräch beendet, lachte er laut auf. Dieser Affe war doch leichter anzulügen, als er es für möglich gehalten hatte. Der hätte ihm alles geglaubt, wenn es nur sein Gewissen erleichterte. Doch eines war auch klar. Sobald er erfuhr, dass er gelogen hatte ... Michael weigerte sich, den Gedanken zu Ende zu denken.

Aus dem Schrank holte er den olivgrünen Stoffrucksack heraus, legte ihn auf das Bett. Mit wenigen Handgriffen packte er alles Nötige ein, was man für eine schnelle Flucht benötigte, einschließlich Reisepass und etwas Bargeld. Zum Schluss steckte er noch das Sparbuch ein. Den vollbepackten Rucksack stellte er in den Schrank zurück. Direkt neben das Jagdgewehr und der Munition. Man konnte ja nie wissen.

23.

Um ein Uhr mittags trafen sich die Ermittler im Besprechungsraum. Christian kam als Letzter, wie immer. Das lag aber nicht daran, dass er unpünktlich war, im Gegenteil, er kam auf die Minute genau.

„Also Leute, was haben wir bisher? Joschi fang du an. Wie geht es dem Kollegen?"

Joschi legte das Notizheft vor sich und suchte nach seinen Notizen.

„Xaver Diehl, der Fahrer also, hat mehr Glück als Verstand gehabt. Beide Fußgelenke sind gebrochen, das Becken stark geprellt. Weichteilverletzungen konnten keine festgestellt werden und vom Sicherheitsgurt sind schmerzhafte Prellmarken an Brust und Schulter zurückgeblieben. Der Airbag hat Schlimmeres verhindert. Das Gesicht ist übersät von kleineren Schnittwunden. Die Verletzungen kommen hauptsächlich daher, weil er ständig mit den Händen das Blut aus dem Gesicht gewischt hat. Der Arzt meint, dass die Verletzungen verheilen, ohne Narben zu hinterlassen. In drei bis vier Tagen wird er ins Krankenhaus nach Tiefenbach überstellt."

„Und? Kann er sich an den Unfallhergang erinnern?", fragte Christian nach.

„Leider nur bruchstückhaft. Er weiß noch, dass sie sich in Irlbach aufgehalten haben und sich auf der Rückfahrt zur Dienststelle befanden, als sie über Funk von einem Unfall in der Schwimmbadstraße informiert wurden. Sie drehten um und fuhren auf dem Weg zum Unfallort unter der Brücke durch. Plötzlich hat es einen Knall gegeben und von da ab fehlen ihm einige Minuten der Erinnerung. Diese setzt erst wieder ein, als er vor Schmerzen aus der Bewusstlosigkeit aufwachte und das viele Blut sah."

„Das kann ich verstehen", warf Tami ein. „Ich hab mal gehört, dass man zum Beispiel aufgrund eines schweren Unfalls als Reaktion auf das traumatisch Erlebte einen Schock bekommen kann, mit der Folge, dass ein Großteil der Erinnerung für eine gewisse Zeit verloren geht. Die wird aber mit der Zeit wieder kommen."

„Danke für die Diagnose, Frau Doktor", beendete Christian mit einem spöttischen Lächeln ihren Beitrag.

„Übrigens ...", fuhr Joschi fort, „er hat sich nicht ein einziges Mal nach dem Zustand von Markus Reisinger erkundigt. Das kommt mir schon ein wenig komisch vor. Nach so einem Unfall will ich doch wissen, wie es meinem Kollegen geht, ob er überhaupt noch lebt. Als ich ihn, bevor ich wieder gegangen bin, gefragt habe, ob ihn der Zustand interessiere, hat er ein paar Sekunden überlegt und schließlich nur genickt."

„Hat er eine Reaktion auf die Info gezeigt?", wollte Kurt wissen.

„Er hat die Augen geschlossen, aber nichts gesagt."

„Das wundert mich gar nicht", fügte Tami hinzu. „Nachdem, was ich heute von seinen Kollegen auf der Dienststelle erfahren habe, sind die beiden nicht gerade Freunde, man kann fast schon behaupten, dass sie sich spinnefeind sind."

„Mit wem hast du denn alles geredet?", erkundigte sich Christian.

„Zuerst habe ich mit Gerhard Egginger gesprochen, dem Dienststellenleiter. „Der war sehr bedeckt, antwortete nur widerwillig auf meine Fragen. Der hat richtig abgeblockt, sagte kein Wort zuviel. Erst, als ich ihn fragte, ob er etwas zu verbergen habe, ging er zunächst auf wie ein Hefeteig, beruhigte sich aber schnell wieder. Trotzdem fragte er mich, ob wir überhaupt an einer ergebnisoffenen Ermittlung interessiert seien, oder lieber den unbestätigten Vorwürfen der Leute glauben. Am Ende bestätigte er aber das, was ich schon ahnte, dass das Betriebsklima auf der Dienststelle momentan sehr schlecht sei. Er begründete das damit, dass die Kollegen um Xaver Diehl, im Gegensatz zu den anderen Schichten, eben sehr fleißig seien. Als Dienststellenleiter sei es seine Pflicht, die anderen darauf hinzuweisen, um sie zu motivieren. Abschließend habe ich ihn auf die Beschwerden angesprochen. Da ist er erneut zornig geworden. Er behauptete, dass es sich ausschließlich um Racheaktionen von beanstandeten Bürgern handle, die seiner Meinung nach jeder Grundlage entbehren. Es sei halt mal so, dass diejenigen Polizisten, die mehr arbeiten als die anderen, bei der Bevölkerung nicht recht beliebt sind. Deswegen solle ich auf das Gewäsch der Kollegen keinen Wert legen."

Tami legte eine kurze Pause ein, trank einen Schluck. Anschließend fuhr sie fort.

„Im Anschluss habe ich die Kollegen der Schichten befragt, die Dienst hatten. Da gerade der Schichtwechsel stattfand, hatte ich das Glück, mit den Kollegen der C- und D-Schicht sprechen zu können. Die haben kein Blatt vor den Mund genommen und mir was anderes als ihr Chef erzählt. Alle, ich betone alle Kollegen, die ich befragt habe, und das waren ...", sie warf einen kurzen Blick in ihr Notizbuch, „... zehn, einschließlich der beiden Ermittler und dem Geschäftszimmerbeamten, haben übereinstimmend erklärt, dass sie der Anschlag nicht verwundert. So, wie sich Xaver Diehl und Rainer Gruber - mit Abstrichen auch Fritz Moser und Josef Ranker - gegenüber den Bürgern benommen und aufgeführt haben, sei es nur eine Frage der Zeit gewesen, dass etwas passieren würde. Sie haben dabei zwar nicht an einen solch dramatischen Anschlag gedacht, aber dass eines Tages ihre Autos verkratzt oder die Scheibenwischer abgebrochen werden, mit dem haben sie schon gerechnet."

„Solche Informationen hab ich auch bekommen", unterbrach sie Christian. „Diese Schicht muss sich ja aufgeführt haben, wie der Elefant im Porzellanladen."

„Richtig", fuhr Tami wieder fort, „das haben die Kollegen auch gesagt. Erst vor kurzem müssen sie eine Hochzeitsgesellschaft aufgeschrieben und verwarnt haben, weil sie auf dem Weg von der Kirche zum Gasthof gehupt haben."

„Was?", fragte Kurt. „Das gibt's doch nicht. Das stimmt nicht Tami, oder?"

„Doch, leider stimmt das Kurt. Ich hab mir ein paar Anzeigen und Vorfälle notiert, die aus dem Rahmen fallen. Ich will sie jetzt nicht alle vorlesen. Es sind zu viele. Auf jeden Fall haben sie mit Vorliebe Motorradfahrer und Landwirte angehalten und kontrolliert. Die einen haben sie Organspender und die anderen Bauerntrampeln und Bauernfünfer geschimpft. Warum sie sich hauptsächlich in Irlbach herumgetrieben haben, das konnte ich leider nicht herausbekommen. Auf jeden Fall ist mir inzwischen klar geworden, dass es sich bei dem Anschlag um einen Racheakt von betroffenen Bürgern handeln muss. Was anderes kommt für mich nicht in Frage. Der Personenkreis, der in Frage kommenden Täter dürfte aber relativ groß sein."

„Nicht ganz Tami", erwiderte Christian. „Der Personenkreis ist sogar überschaubar. Dazu aber später mehr von Kurt und mir. Was hast du sonst noch in Erfahrung gebracht Tami?"

„Markus Reisinger, der stellvertretende Dienststellenleiter, ist der eigentliche Chef der Dienststelle. Die Kollegen haben über Gerhard Egginger nur geschimpft. Nach meinem persönlichen Eindruck muss es sich bei ihm um einen Volltrottel handeln. Auf jeden Fall ist er ein eitler Affe. Du solltest ihn einmal erleben, wie er mit seinen manikürten Fingern und dem faltenfreien Hemd vor dir sitzt und dich huldvoll anlächelt. Anfangs redet er hochgestochen, langsam und bedächtig. Wehe aber, du stellst ihm eine unangenehme Frage oder konfrontierst ihn mit einer solchen, dann geht er sofort auf und verliert seine Fassung. Nicht nur einmal hat er urplötzlich mit voller Wucht mit der flachen Hand auf den Tisch geschlagen, dass ich ganz schön erschrocken bin. Er schreit dich dann nur noch an. Ich glaube, dass er mehr sein möchte, als er tatsächlich ist, nur fehlen ihm dazu die notwendige Intelligenz, das Benehmen und der Charakter."

„Das ist aber keine vorteilhafte Einschätzung von dir", lachte sie Christian an. „Stammt diese kritische Würdigung von dir oder von den Kollegen der PI?"

„Teils, teils. Nachdem ich ihnen versprochen habe, dass solche Äußerungen unter uns bleiben, haben sie mir einiges über ihren Chef erzählt. Gott sei dank, meinten sie, habe man den Markus Reisinger. Den kann man jederzeit fragen und man erhält von ihm eine Antwort, die mit Sicherheit richtig ist. Wenn man angeblich den Egginger fragt, dann bekommt man zuerst eine dumme Bemerkung, weil man das nicht weiß und dann sagt er dir was, von dem du nicht sicher sein kannst, ob es richtig oder falsch ist. Auf gut Deutsch, keiner mag den Egginger und alle mögen den Reisinger, mit Ausnahme der Beamten der B-Schicht."

Tami schaute zu Maxi Weber, fragte ihn, ob er auch noch etwas hinzufügen möchte.

„Ja. Markus Reisinger hat mehrmals versucht, den Chef auf die Arbeitsweise und Anzeigenwut der Beamten der B-Schicht hinzuweisen, ist aber von ihm dafür jedes Mal zusammengestaucht worden. Der Egginger hat angeblich von Markus Reisinger verlangt, dass er die B-Schicht unterstützen und nicht gegen sie arbeiten solle."

„Genau", fuhr Tami wieder fort. „Im Büro vom Egginger muss es deswegen öfters ziemlich laut geworden sein. Markus hat sich aber nicht kleinkriegen lassen und ihn immer wieder auf das Fehlverhalten hingewiesen. Außerdem soll Xaver Diehl den Markus Reisinger nicht als Dienstvorgesetzten akzeptieren. Das hat er öfters im Beisein der Kollegen geäußert. Die beiden haben sich überhaupt nicht ausstehen können."

„Aha, deswegen hat er sich nicht für den Gesundheitszustand seines Kollegen interessiert", meinte Joschi nachdenklich.

„Hast du sonst noch was für uns, Tami, oder war es das?"

„Jetzt komme ich erst zum Wichtigsten", fuhr sie geheimnisvoll fort. „Der oder die Täter haben am Tag vor dem Anschlag auf der Dienststelle angerufen und nachgefragt, wann Xaver Diehl Nachtdienst habe. Das scheint mir wichtig zu sein."

„Das deutet also darauf hin, dass es sich in der Tat um einen gezielten Anschlag gegen Xaver Diehl gehandelt haben muss", bestätigte Christian.

„Richtig", fuhr dieses Mal Maxi Weber fort. „Außerdem wurden sie unmittelbar vor dem Anschlag zu einem vorgetäuschten Unfall gerufen. Ein namentlich nicht bekannter männlicher Anrufer hat bei der PI Reichenfels telefonisch mitgeteilt, dass sich auf Höhe des Schwimmbads in Irlbach ein Verkehrsunfall mit einem Hund ereignet habe, der schwerverletzt am Straßenrand liege. Den Unfall gab es aber nicht. Der Anruf kam von der Telefonzelle am Busbahnhof, also nur wenige Meter vom Tatort entfernt. Etwa zehn Minuten nach dem Anschlag ging ein weiterer Anruf bei der PI Reichenfels ein, in dem der Unfall der Kollegen gemeldet wurde. Auch der Anruf kam aus der Telefonzelle am Busbahnhof."

„Das ist ja interessant", rief Christian. „Weiß man schon etwas über diese Anrufer?"

Tami übernahm erneut das Wort.

„Die Telefonzelle ist ungefähr fünfzig Meter vom Unfallort entfernt. Die Telefonate wurden aufgenommen, die Aufzeichnung haben wir mitgenommen. Beide Anrufer waren männlich und der Stimme nach zwischen dreißig und fünfzig Jahre alt. Der erste Anrufer sprach mit hochdeutschem Akzent, der zweite mit einem ausländischen Dialekt, aber einem schlechten, so dass man davon ausgehen kann, dass dieser vorgetäuscht wurde."

„Sehr gut", freute sich Christian. „Die Aufzeichnung sollen die Tontechniker auswerten. Wenn wir Glück haben, gelingt es uns, über die Stimmenauswertung die Täter ermitteln zu können. Ich hoffe, dass es nicht zu spät ist, aber Maxi, nimm Kontakt zum K-3 auf, dass sie die Telefonzelle auf Spuren überprüfen, sofern sie das nicht ohnehin bereits erledigt haben."

Mit einem stolzen Lächeln im Gesicht, weil er das Gefühl hatte, als vollwertiges Mitglied im Team integriert zu sein, sprang er sofort auf und erledigte den

Auftrag. Jetzt berichtete Christian, was er am Tatort festgestellt und Kurt, was er vom Bürgermeister erfahren hatte.

Nach einer Stunde waren sie durch. Christian musste jetzt noch den KPI-Leiter vom Sachstand informieren, dann konnten sie sich darüber Gedanken machen, wie sie weiter vorgehen wollten.

„Tami, ich hab da eine Idee", fuhr Christian nach einer kurzen Kaffeepause fort. „Der Bürgermeister hat doch angedeutet, dass die Beschwerdeführer fast ausschließlich Stammtischler beim Ramsler sind. Du könntest also mit Maxi die Wirtschaft aufsuchen und als Gäste getarnt versuchen, mitzuhören, was am Stammtisch gesprochen wird."

Tami runzelte die Stirn und schaute Christian fragend an.

„Wie hast du dir das vorgestellt? Wir können uns doch nicht einfach an den Stammtisch setzen."

„Nein, nicht an den Stammtisch. Ich hab mir das so vorgestellt, dass ihr euch als Wanderer oder Radfahrer tarnt und versucht, in der Nähe des Stammtisches einen Platz zu finden."

„Ihr könnt ja ein Liebespaar spielen", meinte Joschi lachend. „Die paar Jahre Altersunterschied reichen leider nicht zur Mutter-/Sohnrolle."

„Ha, ha, ha. Wenn du mitgehst, können wir Opa und Enkelin spielen. Das wäre glaubwürdiger."

„Nana, so alt schau ich nun auch noch nicht aus."

„Wann treffen sich denn die Stammtischler?", fragte Tami nach einer kurzen Pause.

„Zwischen sechs und sieben Uhr abends, meinte der Bürgermeister."

„Sollen wir heute schon hingehen?"

„Natürlich. Heute ist die Erinnerung noch frisch und jeder will seine Meinung an den Mann bringen. Der Stammtisch ist die effektivste Informationsbörse. Glaubt mir."

Tami schaute auf die Uhr und bevor sie etwas sagen konnte, kam ihr dieses Mal Kurt zuvor.

„Wenn du jetzt gleich nach Hause fährst, dann hast du noch vier

Stunden Zeit, dich herzurichten. Das dürfte selbst für dich ausreichen."

„Was ist denn los? Warum hackt ihr denn heute alle auf mir herum?" Tami schaute angriffslustig in die Runde, konnte aber schließlich ein Lachen doch nicht vermeiden.

Christian stand auf und beendete die Besprechung.

„Gut, Leute ... gehen wir es an. Wir treffen uns morgen pünktlich um halb acht wieder. Ich bin bis achtzehn Uhr im Büro und nehm mir den Bericht der Spurensicherung vor. Nachher bin ich über Handy erreichbar. Also ... noch einen schönen Abend."

24.

Bereits die zweite Nacht verbrachte Andreas schlaflos im Gästezimmer. Voller Zuversicht und Optimismus war er nach seinem Besuch bei Michael nach Hause zurückgekehrt. Nachdem ihn Michael von dem Telefonat berichtet hatte, in dem er ihn informierte, dass die beiden Polizisten doch nicht so schwer verletzt seien, kam für kurze Zeit sogar eine Art Glückseligkeit auf. Es schien also glimpflicher ausgegangen zu sein, als er befürchtet hatte. Doch schnell kehrten die Zweifel zurück. Michael konnte man nicht trauen. Er übertrieb gerne und mit der Wahrheit nahm er es ohnehin nicht so genau.

Gegen Morgen übermannte ihn doch noch die Müdigkeit, aber jedes Mal, wenn er die Augen schloss, tauchten zum x-ten Mal die grausigen Erinnerungen an den Unfall auf.

Würde er diese Gedanken und Bilder jemals wieder aus seinem Gedächtnis verdrängen können? Verzweifelt wälzte er sich von einer Seite auf die andere. Die Bettdecke lag längst auf dem Boden. Um fünf Uhr stand er auf, suchte nach Schlaftabletten. Die hatte Sonja bisher immer mit anderen Medikamenten in einem abschließbaren Kästchen im Spiegelschrank des Bades aufbewahrt. Doch darin konnte er keine finden. Waren sie einfach nur ausgegangen oder ahnte sie doch etwas? Hatte sie die Tabletten vor ihm versteckt, damit er keine Dummheit begehen konnte? Die Frage marterte ihn. So viele Fragen und keine Antworten. Wie lange würde er das noch durchstehen können?

Er schlich ins Wohnzimmer, schlafen konnte er eh nicht. Unruhig wanderte er hin und her, zermarterte sich das Hirn, wie es weitergehen sollte. Schließlich legte er sich auf die Wohnzimmercouch, hüllte sich in eine Wolldecke und schaltete den Fernseher ein. Er zappte die Programme durch, nur um auf andere Gedanken zu kommen. Dann schlief er doch noch ein.

Aber kurz nach sechs schreckte er auf. Linus war wach geworden und rief lautstark nach seiner Mama. Augenblicklich schaltete er den Fernseher aus, schlich schnell wieder ins Gästezimmer zurück, legte sich ins Bett.

Um acht stand er doch auf und schleppte sich ins Bad. Beim Anblick seines Spiegelbilds erschrak er. Die Augen rotumrändert und stark geschwollen, die Haut fahlweiß, Schweißperlen auf der Stirn. Die Haare fettig, das Gesicht von Bartstoppeln dicht bedeckt.

Er seifte das Gesicht mit Rasierschaum ein, bemerkte dabei, wie seine Hand zitterte. Als er den Nassrasierer ansetzte und sich gleich mit der ersten Bewegung die Haut verletzte, schleuderte er ihn wutentbrannt ins Waschbecken. Dann packte er das Handtuch, wischte sich den Schaum aus dem Gesicht.

„Du verdammter Verbrecher", zischte er sein Spiegelbild an.

Er war am Ende. Psychisch und physisch. Nur noch ein nervliches Wrack. Noch nie hatte er sich in einer solch ausweglosen und hilflosen Situation befunden. Selbstmordgedanken kamen auf. Der Gedanke jagte ihm sofort Angst ein. Er sah sich in der Psychiatrie enden.

Eine kalte Dusche brachte wenigstens für ein paar Minuten eine kurzfristige Erholung. Er zog sich an und ging in die Küche. Er wollte nicht allein sein, brauchte Ablenkung, um die schlimmen Gedanken zu verdrängen.

Sonja und Linus hatten frische Semmeln geholt, richteten nun zusammen das Frühstück her. Mit einem Mal drängte es ihn, Sonja und Linus in die Arme zu nehmen, sie zu küssen und nicht mehr loszulassen. Sie waren sein einziger Halt, seine Überlebensgarantie.

Sonja und Linus lächelten ihn sofort an, als er in die Küche kam. Linus lief auf ihn zu, sprang ihm um den Hals, küsste abwechselnd seine Wangen und die Stirn. Er wollte gar nicht mehr aufhören. Das Lachen von Sonja war dagegen schnell wieder eingefroren, nachdem sie das unrasierte und aschfahle Gesicht ihres Mannes bemerkte.

„Mein Gott, du schaust ja aus wie der Leibhaftige. In diesem Zustand kannst du unmöglich in die Arbeit fahren."

Andreas nickte und setzte sich auf seinen Platz. Unauffällig hielt er nach der Tageszeitung Ausschau, die Sonja immer mit den Semmeln mitbrachte und auf den Tisch legte. Er konnte sie aber nicht entdecken. So beiläufig, wie es ihm momentan möglich war, fragte er danach.

„Hast du heute keine Zeitung mitgebracht?"

Sonja drehte sich um und schaute im Einkaufskorb nach.

„Doch, natürlich. Wenn sie nicht da ist, dann hab ich sie beim Bäcker vergessen oder sie liegt noch im Auto."

Andreas sprang auf und bemerkte im selben Moment den überraschten Ausdruck in Sonjas Gesicht. Er vermied, ihr in die Augen zu schauen, drückte sich an ihr vorbei und lief in die Garage. Im Auto, auf der Rücksitzbank, sah er sie. Noch auf dem Rücksitz schlug er sie auf, blätterte sie aufgeregt durch. Auf Seite zwei fand er das Bild, das ihn schon seit zwei Tagen und Nächten verfolgte. Der zerstörte Streifenwagen im Großformat. Darunter stand:

„Mordanschlag auf Polizeibeamte?"

Seine Hände zitterten derart stark, dass er die Zeitung nicht ruhig halten konnte. Genervt kniete er sich neben das Auto, legte sie auf den Boden.

„Was machst du auf dem Boden?" Sonja war ihm offenbar gefolgt, ohne dass er es mitbekommen hatte.

„Sie ist mir hinuntergefallen, als ich die Tür aufgemacht habe. Vermutlich ist sie dir beim Aussteigen aus dem Korb gerutscht und hat sich zwischen Tür und Sitz eingeklemmt."

Zurück in der Küche legte er die Zeitung achtlos neben sich, schenkte sich Kaffee ein. Als er die Tasse zum Mund hob, schwappte der Kaffee über den Rand, so sehr zitterte er. Augenblicklich stellte er die Tasse wieder ab. Sonja hatte es aber mitbekommen.

„Sonja, rufst du bitte im Betrieb an und meldest mich krank? Voraussichtlich werde ich in drei Tagen wieder fit sein. So lange kann eine Grippe ja nicht dauern, bis sie wieder abgeklungen ist."

Sonja zerbrach sich aber mittlerweile den Kopf, was mit Andreas wirklich los war. Eine Erkältungskrankheit hatte er nicht. Da brauchte man kein Arzt sein, um zu dieser Feststellung zu kommen.

„Was ist mit Papa?", fragte Linus mitfühlend.

„Papa ist krank Linus ... schwer krank."

„Ich geh dann wieder ins Gästezimmer, damit ich euch nicht anstecke."

Mit der Zeitung unter dem Arm verließ er die Küche, dieses mal darauf bedacht, kein Aufsehen zu erregen.

Mit rasendem Puls und wild pochendem Herzen legte er die Zeitung auf das Bett und suchte nach dem Artikel.

„Was zunächst wie ein Verkehrsunfall aussah, entpuppte sich nach derzeitigem Ermittlungsstand als Anschlag auf zwei Polizeibeamte der Polizeiinspektion Reichenfels. Mittels einem fingierten Anruf wurden diese in der Nacht von Sonntag auf Montag zu einem vermeintlichen Unfall nach Irlbach gerufen. In dem Moment, in dem sie in der Schwimmbadstraße unter der Unterführung hervorkamen, ließen die Täter auf das Fahrzeug einen etwa zwanzig Kilogramm schweren Stein fallen, der die Windschutzscheibe durchschlug und beiden Beamten erhebliche Verletzungen zufügte. Sie mussten in Krankenhäuser eingeliefert werden. Nähere Informationen über ihren Gesundheitszustand liegen noch nicht vor.

Die Ermittlungen hat inzwischen eine Soko der Kripo Tiefenbach, unter Leitung von Erstem Kriminalhauptkommissar Christian Köhler, übernommen. Zeugen des Unfalls, beziehungsweise Personen, die Hinweise zu den Tätern machen können, werden gebeten, sich umgehend mit der Kriminalpolizei in Tiefenbach in Verbindung zu setzen.

Andreas musste den Bericht mehrere Male lesen, um den Inhalt in seinem ganzen Ausmaß verstehen zu können. Michael hatte ihn gestern also wieder einmal angelogen. Er hatte nicht bei der Polizei nachgefragt. Er hatte niemanden angerufen. Er hatte ihm dies nur gesagt, um ihn zu beruhigen. Andreas legte die Zeitung wieder zusammen, blieb anschließend minutenlang bewegungslos sitzen und starrte zu Boden. Auch wenn der Beamte überlebte, zu einem Verbrecher war er trotzdem geworden. Mit dieser niederschmetternden Erkenntnis weinte er lautlos in das Kissen, obwohl es ihn danach drängte, lauthals loszuschreien. Mittlerweile hatte Sonja das Zimmer betreten, ohne dass es Andreas bemerkte. Sie nahm die Zeitung und kehrte in die Küche zurück.

Zum Lesen hatte sie aber nicht die Ruhe. Sorge um Andreas Zustand beschäftigte sie. Was war mit ihm nur los? So leidend hatte sie ihn noch nie erlebt. Zwischen ihnen gab es keine Geheimnisse. Jede kleine Schramme, die er sich in der Arbeit zuzog, zeigte er ihr. Nicht weil er wehleidig war, sondern weil er alles mit ihr kommunizierte. Und nun diese merkwürdige Krankheit. Vor ihren Augen tauchten seine zitternden Hände auf, die roten Augenringe, die zweifellos vom Weinen herrührten. Warum aber verschwieg er ihr, was tatsächlich dahintersteckte? Eine schlimme Befürchtung ließ sie erschauern.

War er etwa unheilbar krank? Sie musste sich Gewissheit verschaffen.

Sie kehrte ins Gästezimmer zurück. Andreas saß mittlerweile auf dem Bett, mit dem Rücken an die Wand gelehnt. Sie setzte sich neben ihn, schaute ihm fürsorglich in die Augen, prüfte, ob er Fieber hatte. Die Stirn war eiskalt.

„Was ist los mit dir? Was fehlt dir denn? Sei bitte ehrlich." Andreas wandte sich ab. Er wollte jetzt nicht reden.

„Andreas ... du hast keine Erkältung. Dein Zustand muss einen anderen Grund haben. Was hat denn der Doktor gesagt? Hat er dir Medikamente verschrieben?"

„Eine Grippe hab ich halt", antwortete er barsch. „Was soll es denn sonst sein."

„Nein! Eine Grippe hast du mit Sicherheit nicht!", erwiderte sie resolut. „Bei welchem Arzt warst du überhaupt?"

„Bei welchem Arzt soll ich schon gewesen sein? Ich war bei Dr. ... Dr. ... mir fällt jetzt der Name nicht ein, weil du mich so plötzlich danach gefragt hast."

Sonja hielt Andreas Kopf fest, als sich dieser erneut von ihr abwenden wollte. Sie starrte ihm streng in die Augen, erkannte, dass er geweint hatte. Er konnte dem Blick jedoch nicht standhalten. Grob wischte er Sonjas Hand weg.

„Warst du bei Dr. Stengel in der Rathausstraße?"

„Ja, genau. Bei dem war ich."

„Gut, dann rufe ich dort jetzt an und frag ihn, was dir fehlt."

„Nein!", schrie Andreas. „Du kannst doch nicht hinter mir herspionieren. Du blamierst mich ja bis auf die Knochen."

„Gut. Dann ruf ich ihn an, sag ihm, dass sich dein Zustand verschlechtert hat, und bitte ihn, vorbeizukommen."

„Nein! Bleib hier!" Andreas brüllte noch lauter als zuvor.

„Brüll mich nicht an Andreas", sagte sie streng. „Das hast du noch nie gemacht. Also ... was ... ist ... mit ... dir ... los?"

Sie betonte jedes einzelne Wort und ließ ihn nicht aus den Augen.

„Was soll schon los sein? Krank bin ich halt. Ich hab mir irgendeinen blöden Virus eingefangen. Das wird schon wieder. Ich brauch nur etwas Zeit zur Erholung. Mit ein bisschen Ruhe und Schlaf bin ich in ein paar Tagen wieder auf den Beinen."

„Gut. Dann lass ich dich wieder allein, damit du schlafen kannst. Wenn es dir morgen früh aber nicht besser geht, dann fahr ich dich persönlich zum Doktor. Verstanden?"

Andreas legte sich hin, zog sich die Bettdecke über, schloss die Augen. Unter der Tür blieb Sonja nochmals stehen.

„Übrigens. Vielleicht hilft es dir, schneller gesund zu werden. Du wirst wieder Vater."

25.

Andreas schien es, als würde in seinem Kopf eine Bombe explodieren. Mund und Augen riss er gleichermaßen auf, wollte aufspringen und Sonja in die Arme nehmen. Die hatte jedoch die Tür schon wieder hinter sich geschlossen. *Vater*, das Wort dröhnte ihm im Kopf herum. Das war ihr beider Lebenstraum. Ein Haus und zwei Kinder. Sie hatten es geschafft. Für wenige Sekunden war er von Glück erfüllt, dann holte ihn die Wirklichkeit wieder ein. Ein Kind, das er gezeugt hatte und seinen Vater wahrscheinlich nie kennenlernen würde, weil er im Gefängnis saß. Ein Kind, dem die Mutter den Vater verleugnete, weil er ein Verbrecher war. Eine Welt stürzte für ihn ein. Er hatte alles kaputt gemacht. Wieder und immer wieder dröhnte es in seinem Kopf: „Warum ... warum?"

Sonja breitete die Zeitung auf dem Küchentisch aus, fing an, sie durchzublättern. Zum Lesen hatte sie noch immer nicht die nötige Ruhe, sie wollte sich einfach nur ablenken. Dann sah sie das Bild mit dem zerstörten Streifenwagen, las den darunter stehenden Text. Wer macht denn so was, fragte sie sich und zuckte dann wie vom Blitz getroffen zusammen. Andreas gesundheitliche Probleme begannen an dem Tag, an dem der Anschlag geschah. Da fiel ihr ein, dass er ja schon vormittags krank war, also bereits vor dem Anschlag. Sie klammerte sich an den Hoffnungsschimmer, wie ein Ertrinkender an den Strohhalm. Sie konnte keinen vernünftigen Gedanken mehr fassen. Einer jagte den anderen. Mittlerweile stand ihr der Schweiß auf der Stirn, die Hände zitterten. Wie bei Andreas.

Sie musste sich Gewissheit verschaffen. Und zwar sofort. Mit der Zeitung in der Hand nahm sie immer zwei Stufen auf einmal, kehrte ins Gästezimmer zurück. Andreas saß im Bett, schaute ihr angstvoll entgegen. Unter der Tür blieb sie stehen, zeigte mit dem Finger auf die Zeitung.

„Sag mir bitte, dass deine Erkrankung nicht im Zusammenhang mit diesem Anschlag steht."

„Was für einen Anschlag meinst du denn? Von was sprichst du?", stammelte er unbeholfen, vermied jedoch, ihr in die Augen zu blicken.

Sonja war außer sich vor Wut, warf ihm die Zeitung auf den Schoss.

„Andreas, wenn du was nicht kannst, dann ist es das Lügen. Mittlerweile bin ich mir leider sicher, dass du mich die letzten Tage nur angelogen hast. Also ... noch einmal ... und für dich langsam, dass du meine Frage auch richtig verstehst. Hast du mit diesem Anschlag auf die Polizeibeamten etwas zu tun? Lüg mich nicht an ... aber bitte sag nein."

Andreas war wie gelähmt, nicht in der Lage, irgendetwas zu sagen. Sie wusste es also. Abstreiten würde alles nur noch schlimmer machen. Es war aus. Er ließ seinen Tränen freien Lauf. Sonja wurden bei diesem Anblick die Knie weich. Vor ihren Augen verschwamm alles, das Herz schlug wie wild.

„Bitte lüg mich doch an und sag, dass du nichts damit zu tun hast. Bitte ... lüg mich an."

„Was bringt es mir noch? Du weißt es ja doch schon. Lügen macht es nur noch schlimmer." Er war fast nicht zu verstehen, so leise sprach er.

„Warum? Warum hast du das gemacht? Hast du eine Erklärung dafür?"

„Warum, habe ich gefragt", schrie sie ihn an, da er keine Antwort gab. „Du gottverdammtes Arschloch. Erklär es mir." Andreas gab sich einen Ruck, wischte sich die Tränen aus den Augen und löste sich von der Wand. Er rutschte nach vorne, bis sein Knie Sonja berührte. Dann begann er zu erklären.

„Es war die Idee von Michael. Er wollte ihnen eigentlich nur einen Schrecken einjagen."

„Das ist euch ja auch hervorragend gelungen", erwiderte sie sarkastisch. „Möglicherweise werden sie sich von diesem Schrecken ihr Leben lang nicht mehr erholen. Dass der Michael dahinter steckt, das glaub ich dir sofort. Bei jeder Schweinerei hat der seine Hände im Spiel."

Andreas wartete, bis sich Sonja wieder etwas beruhigt hatte, dann fuhr er fort. Er erklärte ihr alles, von der Planung bis zur Durchführung. Zuletzt versicherte er ihr, dass er den Stein rechtzeitig losgelassen hatte, Michael ihn aber noch festhielt und erst dann fallen ließ, als das Auto unter der Brücke hervorkam. Es folgte ein minutenlanges betretenes Schweigen.

„Hast du dich denn nur von deinem Hass leiten lassen und an uns gar nicht gedacht? An Linus und mich, an unser Haus ... an unsere Zukunft?"

„Nein, leider nicht. Hätte ich da schon gewusst, dass ich wieder Vater werde, hätte ich nie und nimmer mitgemacht."

„Ach. Jetzt bin ich wohl daran schuld?"

„Nein. Du weißt genau, wie ich es meine. Es konnte doch normalerweise überhaupt nichts schief gehn. Wir haben uns abgesprochen, dass wir den Stein so rechtzeitig fallen lassen, dass sie noch gefahrlos bremsen oder ausweichen können. Anschließend wollte Michael in der Dienststelle mit verstellter Stimme anrufen und androhen, dass das nächste Mal der Stein knapper fallen werde, wenn sie nicht endlich aufhören, uns zu schikanieren. Ich war doch bis zum Schluss der festen Überzeugung, dass es sich nur um einen - zugegebenermaßen - üblen Scherz handle."

„Wie nennst du das? Einen üblen Scherz? Bist du denn noch zu retten?"

Sie stand auf und schlug sich mit der flachen Hand mehrfach gegen die Stirn.

„Da liegen die beiden Polizisten im Krankenhaus und du redest von einem üblen Scherz? Weißt du was? Aus diesem Scherz ist verdammter Ernst geworden. Du gehst ins Gefängnis, verlierst deinen Job, wir müssen das Haus verkaufen und ich bin auf einmal die Frau eines Verbrechers. Die Kinder werden wahrscheinlich von allen gemieden und ausgeschlossen."

„Sonja ... bitte hör auf. Ich weiß sowieso nicht mehr, was ich machen soll. Ich häng mich auf. Einsperren lass ich mich nicht. Das versprech ich dir."

„Halt den Mund, du Idiot. Glaubst du, dass du dadurch die Tat ungeschehen machen kannst? Willst du dich der Verantwortung entziehen, indem du dich umbringst? Willst du wirklich, dass deine Kinder nicht nur von einem Verbrecher, sondern auch von einem Selbstmörder gezeugt wurden?"

„Nein. Natürlich nicht. Das hab ich doch bloß in meiner Verzweiflung so gesagt. Aber was soll ich tun? Ungeschehen kann ich es nicht mehr machen."

„Du musst dich stellen. Wenn du Glück hast, dann werden beide wieder vollständig genesen. Aber du musst dich sofort stellen, noch bevor sie dich als einen der Täter ermitteln und vor allem ... bevor Michael seine Aussage macht. Der wird die ganze Schuld auf dich schieben, da bin ich mir leider sicher und dann ... dann kannst du schauen, wie du aus der Scheiße wieder halbwegs heil herauskommst."

Sonja hatte recht, gestand er sich ein. Es gab keine Alternative.

„Ja. Gleich morgen in der Früh fahr ich nach Tiefenbach und stelle mich."

„Warum nicht heute?", wollte Sonja wissen.

„Ich ... ich ... ich befürchte, dass sie mich gleich ins Gefängnis stecken. Ich möchte die letzten Stunden in Freiheit aber mit euch verbringen. Wer weiß, wie lange man mich einsperren wird."

Sonja lächelte bitter. Trotz allem nahm sie ihn in den Arm, küsste ihn auf den Mund.

„Du Dummkopf. Ich lieb dich trotzdem. Ich glaube dir, dass du ihnen nur einen Schrecken einjagen wolltest. Du hast dir nur den falschen Partner dazu ausgesucht."

„Wirst du auf mich warten?"

„Natürlich! Wer nimmt schon freiwillig eine Frau mit zwei Kindern, deren Mann ein Knastbruder ist?"

26.

Als Christian Köhler den Besprechungsraum betrat, saßen die Mitglieder seines Teams schon alle am Tisch und waren offensichtlich bester Laune. Jeder hatte eine Tasse Kaffee in der Hand, am Platz von Christian stand wieder eine Tasse Tee.

„Entschuldigung Leute, dass ich zu spät komme, aber ich musste mit Dieter Schnell noch ein paar offene Fragen bezüglich des Spurensicherungsberichts besprechen. Übrigens ... Guten Morgen."

Sie erwiderten den Gruß, stellten die Tassen ab und breiteten ihre Unterlagen aus.

„Danke Tami", wandte sich Christian als Erstes ihr zu, „du bist die Einzige hier, die auf mein körperliches Wohlbefinden achtet. So eine wie dich, wünsche ich mir mal als Schwiegertochter."

„Schleimerin", warf ihr Kurt lachend ins Gesicht. Bevor noch mehr dumme Sprüche aufkamen, begann Christian die Besprechung.

„Ich will euch gleich vom Ergebnis der Spurensicherung berichten. Also, Dieter hat alles ausgewertet und ... wir haben nicht viel, was uns weiterbringen könnte. Die vielversprechendste Spur scheint mir die zu sein, die am Stein gesichert wurde. Dort hat Dieter winzige Mikrofasern gefunden, die einem Walkjanker zugeordnet werden können. Die Farbe müsste schwarz sein. Auf jeden Fall handelt es sich um Faserspuren, die nur von der Kleidung der Täter stammen können. Keiner der am Unfallort eingesetzten Kräfte hat ein derartiges Kleidungsstück getragen. So viel steht schon mal fest. Außerdem wurden zwei Schuhabdruckspuren gesichert, von denen wir ausgehen, dass sie zu den Tätern gehören. Es handelt sich auf jeden Fall um zwei verschiedene Schuhgrößen. Vom Profilabdruck konnten Abdrücke in der weichen Erde fotografisch gesichert werden. Dieter meint, wenn man die Schuhe der Gesuchten hat, dann können wir sie auch definitiv zuordnen. Es gibt ein paar Details auf den Sohlen, die das zulassen. Auf diesen Fotos hier könnt ihr das unschwer erkennen."

Christian legte die Bilder in die Mitte des Tisches. Er wartete, bis sie seine Mitarbeiter alle betrachtet hatten, dann fuhr er fort. „In der Telefonzelle am Busbahnhof, also nur wenige Meter vom Tatort entfernt, konnten noch Reste von Erde festgestellt werden, die man eindeutig dem Bereich zuordnen kann, an dem der Stein gelegen hat. Weitere Spuren haben wir leider nicht."

„Das ist in der Tat nicht viel", bemerkte Joschi. „Keine Zigarettenkippen, Kaugummis usw.?"

„Doch. Solche liegen dort massenweise rum, sind aber schon so alt, dass sie lange vor der Tatzeit dort entsorgt wurden. Vergesst nicht, dass unmittelbar neben der betreffenden Stelle die Bundesstraße vorbeiführt. Gesichert und asserviert hat er sie trotzdem, auch diversen Müll wie Verpackungen von Schokoriegeln, leere Plastikflaschen und so weiter. In seinem Büro sieht es momentan wie auf einer Müllkippe aus", klärte sie Christian auf.

„Was ist mit Finger- und DNA-Spuren?", fragte Kurt.

„Am Brückengeländer und am Stein konnten erwartungsgemäß keine gefunden werden. In der Telefonzelle waren überraschenderweise fast keine Fingerabdrücke festzustellen. Dieter meint, dass das darauf hinweist, dass der Täter die in Frage kommenden Stellen abgeputzt hat."

Christian gab ihnen einen Moment Zeit, das Gehörte zu verarbeiten.

„Den Bericht und die Fotos vom Tatort habe ich in die Datei mit dem Namen „Stein" eingelesen. Kurt ... Joschi, was habt ihr herausbekommen?"

Joschi übernahm.

„Also, der Egginger war auch gegenüber uns kein bisschen kooperativ. Nachdem wir ihm gesagt haben, dass wir Einblick in die Ermittlungsakten der Beamten der B-Schicht sowie die Beschwerdeschreiben haben wollen, meinte er nur, dass das überflüssig sei. Kurt hat aber kurzen Prozess gemacht, ihm mitgeteilt, dass das wir entscheiden, was wichtig und was unwichtig ist und ihm gleichzeitig angedroht, dass wir den Polizeidirektor anrufen, wenn wir keinen Einblick in die Unterlagen bekommen. Das hat Wirkung gezeigt. Wir haben dann eine Akte nach der anderen durchgeforstet und mussten leider zur Kenntnis nehmen, dass alles, was wir bisher über das Treiben dieser Kollegen gehört haben, stimmt."

„Weniger was sie anzeigen, ist schrecklich", fügte Kurt hinzu, „sondern wie sie offensichtlich mit den Rechten der Betroffenen umgehen. Bei der Mehrzahl der Fälle wurde keine Rechtsbelehrung durchgeführt, den meisten Betroffenen wurde gar nicht die Gelegenheit geben, sich zum Vorwurf zu äußern. Die Ermittlungen wurden von ihnen abgeschlossen, bevor sich ein Rechtsanwalt zum Tatvorwurf äußern konnte. Dem Sachbearbeiter bei der Bußgeldbehörde lag also nur der Tatvorwurf der Beamten vor und gemäß diesen wurde der Bußgeldbescheid erlassen. Kamen dann doch noch Schreiben der Anwälte, haben sie die eine Zeitlang liegen lassen, anstatt sie unverzüglich an die Bußgeldbehörde weiterzuleiten. Das führte in zahlreichen Fällen dazu, dass die Betroffenen gegen den inzwischen erlassenen Bußgeldbescheid Einspruch einlegen mussten, obwohl das Verfahren normalerweise wegen Geringfügigkeit oder fehlendem Tatnachweis hätte eingestellt werden müssen."

„Manche haben trotzdem das Bußgeld bezahlt", fuhr Joschi fort „weil sie ein Gerichtsverfahren vermeiden wollten, noch dazu sie nicht wissen konnten, wie es ausgehen würde. Wenn man die Kosten des Verfahrens und des Anwalts berücksichtigt, haben sich viele für die billigere Lösung entschieden, und das bedeutete halt mal, das Bußgeld zu bezahlen. Aufgrund von Anfragen von Anwälten mussten wir feststellen, dass viele Betroffene im Unklaren gelassen wurden, was ihnen konkret vorgeworfen wurde. Manche haben erst durch den Bußgeldbescheid erfahren, dass gegen sie ein Verfahren eingeleitet worden war. Bei einigen Anzeigen haben die Kollegen angekreuzt, dass der Betroffene keine Angaben zum Tatvorwurf machen wollten. Ließt man dann die Schreiben der Rechtsanwälte, dann heißt es dort zumeist, dass ihre Mandanten sich zum Vorwurf äußern wollten, jedoch von den Beamten darauf hingewiesen wurden, es sei besser für sie, von ihrem Aussageverweigerungsrecht Gebrauch zu machen und sich einen Anwalt zu nehmen."

„Kam es deswegen auch zu Gerichtsverfahren?", wollte Christian wissen.

„Ja. Wir haben etliche Gerichtsvorladungen in den Akten gefunden. Es wurden auch sehr viele der Verfahren dann zugunsten der Betroffenen eingestellt. Besonders häufig geschah dies bei Geschwindigkeitsverstößen, weil das Gericht aufgrund des Messstellenberichts feststellen musste, dass der vorgeschriebene Abstand der Messstelle zum Ortseingangsschild nicht eingehalten wurde. Interessant hierzu dürfte sein, dass der Egginger auf diesbezügliche Beschwerden stets geantwortet hat, dass es sich bei den betreffenden Messpunkten um Unfallschwerpunkte handle und deswegen dort auch entgegen der bestehenden Vorschriften gemessen werden dürfe. Daniel Messner, der DGL der C-Schicht, hat dies jedoch eindeutig verneint."

Nachdem das seit Minuten ungläubige Kopfschütteln der Kollegen kein Ende nehmen wollte, legten Kurt und Joschi eine Pause ein.

Der Messner hat mich dann auch auf eine, wie er sagte, typische Anzeige von Xaver Diehl, hingewiesen. Diese liegt zwar schon drei Jahre zurück, dürfte aber ein Hinweis auf seine charakterliche Veranlagung zeigen."

„Das ist der pure Wahnsinn", unterbrach Kurt Joschi. „Wenn ich es nicht selbst gelesen hätte, ich würde es nicht glauben."

„Also", fuhr Joschi fort, „der Diehl hat in Birnbach zwei österreichische Motorradfahrer angehalten und kontrolliert. Bei einem Motorrad beanstandete er einen angeblich zu lauten Auspuff und untersagte die Weiterfahrt. Eine Lautstärkemessung hat er jedoch nicht durchgeführt. Dem zweiten unterstellte er, dass er die Schallschutzbleche im Auspuff unerlaubt entfernt habe. Da eine solche Manipulation die Betriebserlaubnis zum Erlöschen bringt, sofern der Vorwurf berechtigt ist, hat er den Fahrer aufgefordert, den Auspuff abzubauen und ihn dann als Beweismittel sichergestellt. Zu diesem Zeitpunkt waren die drei Österreicher bereits drei Wochen unterwegs und kamen von einer Tour durch Skandinavien zurück. Über dreitausend Kilometer hatten sie dabei zurückgelegt und nur noch zehn Kilometer bis zur österreichischen

Grenze. Trotzdem hat der Diehl kein Erbarmen gezeigt, auch dann nicht, als man ihm mitteilte, dass sie in Deutschland zwei Mal kontrolliert worden seien und dabei keine Verstöße festgestellt wurden. Also mussten sie die Motorräder abstellen und mit dem Bus die Heimfahrt antreten.

Der, dem er den Auspuff abmontieren ließ, hat gegen den Bußgeldbescheid Einspruch eingelegt, so dass es zu einem Gerichtsverfahren kam. Der Richter ließ von einem Sachverständigen ein Gutachten erstellen, ob an dem Auspuff tatsächlich Manipulationen stattgefunden haben. Der kam zu dem Ergebnis, dass das betreffende Motorrad mit einem Absorptionsauspuff mit Dämm-Material ausgestattet war, in dem es, im Gegensatz zu einem Reflexionsauspuff, keine Schallschutzbleche gab. Die Beschlagnahme des Auspuffs war somit nicht rechtmäßig, das Verfahren musste eingestellt werden. Der Diehl hat meiner Meinung nach also gar nicht gewusst, dass es verschiedene Arten von Auspuffen gibt, geschweige denn, wie diese aufgebaut sind.

„Wahnsinn", rief Tami. „Der gehört doch aus dem Verkehr gezogen. Der hat sie doch nicht mehr alle beisammen."

„Sollen wir überhaupt noch nach den Tätern suchen?", fragte Joschi in die Runde.

„Ja, das ist in der Tat Wahnsinn", wiederholte Christian. „Ein Lehrer auf der Polizeischule hat einmal gesagt, jeder Polizeibeamte ist selbst für die Öffentlichkeitsarbeit der Polizei verantwortlich und bevor ein Unschuldiger bestraft wird, soll man ihn lieber straffrei ausgehen lassen, ehe man einen Unschuldigen zu Unrecht verurteilt."

„Weiß man, wie der Egginger darauf reagiert hat?", wollte Tami wissen.

„Nein. Aus den Akten geht nichts hervor und dem Messner ist auch nicht bekannt, dass es zu Folgen für den Diehl gekommen sei."

„Okay, lasst uns fortfahren", drängte Christian ungeduldig.

„Gut", fuhr Joschi fort. „Wir haben dann deinem Auftrag gemäß die Namen der Betroffenen aller Bußgeldanzeigen der letzten zwei Jahre alphabetisch zusammengefasst und in eine Exel-Tabelle eingetragen. Einige Namen kamen mehrmals vor. Insgesamt handelt es sich um fünf männliche Personen aus Irlbach, die allein in diesem Jahr mindestens sieben Mal mit einem Verwarnungsgeld beanstandet oder wegen einer Verkehrsordnungswidrigkeit angezeigt wurden. Namentlich sind es folgende Personen:

Andreas Höhensteiger, sieben Mal. Karl Probst, Sebastian Fischer und Michael Gallinger acht Mal und Bastian Bruckner neun Mal. Wenn ich unsere Liste mit der Liste der Beschwerdeführer vergleiche, die wir vom Bürgermeister bekommen haben, dann stammen die meisten Beschwerden von eben diesen fünf Personen. Wie ein roter Faden ziehen sich diese durch unsere Ermittlungen. Ich glaube, dass wir die Täter unter den soeben Genannten zu suchen haben."

„Das sind exakt die Gleichen, die zum Stammtisch des Ramslers gehören", übernahm nun Tami die weitere Berichterstattung. „Mit Ausnahme von Andreas Höhensteiger haben wir die anderen vier gestern Abend dort angetroffen. Leider konnten wir nicht allzu viel erfahren. Wir hatten den Eindruck ...", dabei sah sie Maxi an und dieser nickte zustimmend, „ ... dass sie schon ganz schön von dem Vorfall geschockt waren. Der Sebastian Fischer hat gemeint, er hätte sich nicht träumen lassen, dass sein Wunsch so schnell in Erfüllung gehen würde. Die Bedienung hat ihn auch sogleich geschimpft, dass er es mit seinen dummen Sprüchen heraufbeschworen habe. Der Bastian Bruckner hat gesagt, dass die Polizisten selber schuld daran sind. Sie hätten bloß mit ihren Schikanen aufhören müssen. Der hatte meiner Meinung nach das wenigste Mitgefühl mit den Verletzten."

„Ja ... der hat auch gesagt, dass er die Täter nie verraten würde, selbst wenn er wüsste, um wen es sich handle", fügte Maxi hinzu. „Komisch ist mir nur der Michael Gallinger vorgekommen. Der hat immer nur sein Glas mit den Händen gedreht und auf den Tisch gestarrt. Als er von der Bedienung gefragt wurde, was er von dem Anschlag halte, hat er nur die Schultern gezuckt. Dann hat sie ihn noch gefragt, was mit ihm denn los sei? Er rede doch sonst immer gerne und viel und gibt zu allem seinen Kommentar ab. Er hat sie aber nur kurz angeschaut und mit der Hand abgewunken."

„Genau", fiel Tami sofort ein, „der ist mir auch aufgefallen. Ein unsympathischer Mensch, den kann man schlecht einordnen. Er hat ständig so komisch gegrinst, so, als würde er was wissen, es aber nicht sagen. Dem würde ich alles zutrauen. Wenn es einer vom Stammtisch war, dann würde ich auf den Gallinger tippen. Das ist aber nur einem inneren Gefühl geschuldet."

„Weiß man, warum der Höhensteiger gefehlt hat?", fragte Christian und Maxi antwortete.

„Das hat die Bedienung auch gefragt. Der Gallinger hat gemeint, dass er krank sei. Ich glaube, er hat etwas von einer Grippe gesagt."

Christian hatte sich Notizen gemacht, auch jetzt wieder. Maxi wartete, bis er mit dem Schreiben fertig war und fuhr dann fort.

„Also ... ich tippe auch auf den Gallinger. Als sich die Bedienung einmal an den Stammtisch setzte, hat sie in die Runde gefragt, ob sie sich vorstellen können, wer es gewesen sein könnte. Von allen hat sie eine Antwort bekommen, nur vom Gallinger nicht. Als sie ihn direkt angesprochen hat, ist er einfach aufgestanden und hinausgegangen. Sie hat ihn noch gefragt, wo er hingehe, da hat er ihr geantwortet, dass er auf die Toilette müsse. Die Tami hat mich sofort hinterhergeschickt. In der Toilette war er aber nicht. Ich hab ihn dann vorm Haus beim Rauchen gefunden. Ich hab mich dazugestellt und auch eine geraucht. Ich bat ihn um Feuer. Als er sein Feuerzeug an meine Zigarette hielt, habe ich gesehen, wie seine Hand gezittert hat. Ich habe versucht, ihn in ein Gespräch zu verwickeln und nach dem Unfall gefragt, er hat aber nichts gesagt, nur auf meine Fragen mit ja oder nein geantwortet."

„Was haben denn die anderen auf die Frage der Bedienung geantwortet, als sie nach dem Tatverdacht gefragt wurden?", fragte Joschi.

„Angeblich kann sich keiner vorstellen, dass es jemand aus dem Dorf war. Sie meinten übereinstimmend, dass es sich um einen dummen Jungenstreich handeln müsse."

„Das ist doch Blödsinn", meinte Kurt und Tami stimmte ihm zu, bevor sie weiterfuhr.

„Ich bin mir absolut sicher, dass sie einen Tatverdacht haben, trauen sich aber nicht, Namen zu nennen."

„Vermutlich weil ihr anwesend wart", unterstellte Christian. „Im Beisein von Fremden ist man gewöhnlich vorsichtig mit Äußerungen, die ein Außenstehender nicht mitbekommen soll. Seid ihr fertig oder habt ihr noch was für uns?" Keiner meldete sich mehr zu Wort.

„Okay. Dann versuch ich heute noch, einen Durchsuchungsbeschluss für das Anwesen des Gallingers zu bekommen. Ich hoffe nur, dass der Ermittlungsrichter mitspielt. Für einen Haftbefehl ist es meiner Meinung nach noch viel zu früh. Vielleicht haben wir Glück und finden die passenden Schuhe für einen Schuhabgleich oder sogar den Walkjanker. Aber wer kommt als zweiter Täter in Frage?"

Maxi war der erste, der antwortete.

„Ich tippe auf den Höhensteiger. Es wäre schon interessant zu erfahren, ob er wirklich krank ist oder nur wegen seines schlechten Gewissens nicht aus dem Haus geht."

„Das lässt sich leicht feststellen", meinte Christian. „Das war deine Idee, also kümmere dich darum."

27.

Andreas nahm Abschied von seiner Familie. Noch eine letzte Nacht. Wer konnte schon wissen, wie viele Jahre man ihn einsperren werde. Zu dritt lagen sie im Bett, Linus in der Mitte. Über seinem Körper hielten sich Andreas und Sonja an den Händen. Linus war sofort eingeschlafen. Er hatte keine Ahnung, welches Drama sich gerade abspielte. Auch Sonja schlief bald ein. Er hörte es an ihrer gleichmäßigen Atmung. Nur er wollte keinen Schlaf finden.

Sie hatten Vollmond. Im Schlafzimmer war es daher hell genug, dass er in aller Ruhe die Gesichter seiner Liebsten studieren konnte. Die Bilder, die sich jetzt in diesem Moment einprägten, würden ihm den Halt geben, die Haftzeit zu überstehen und nicht vor Sehnsucht nach ihnen verrückt zu werden. Mit den Fingerspitzen fuhr er vorsichtig durch das dünne Haar von Linus, dann durch das von Sonja. Für einen Moment öffnete sie die Augen, lächelte ihn an, schlief aber sogleich wieder ein. Bald würden sie zu viert sein.

Der Morgen dämmerte bereits, da fand Andreas doch noch Schlaf.

Linus wachte um halb acht auf, rieb sich den Schlaf aus den Augen und fing an, im Bett herumzuhüpfen. Andreas stand sofort auf, da er spürte, dass er jeden Moment zu heulen anfangen werde. Linus sollte das nicht mitbekommen.

Er duschte sich, putzte die Zähne, zog sich an, schnaufte tief durch und ging in die Küche. Sonja hatte in der Zwischenzeit das Frühstück hergerichtet. Appetit hatte aber nur Linus. Andreas und Sonja schauten sich immerzu an, nicht in der Lage, zu reden.

So viel wollte er Sonja noch sagen, er brachte aber keinen Ton heraus. Jedes Mal wenn er zum Sprechen ansetzte, verhinderte ein Kloß in seinem Hals das Reden. Sonja schien es ähnlich zu ergehen. Die Tränen in den Augenwinkeln sagten mehr als alle Worte.

„Wir begleiten dich nach Tiefenbach", unterbrach sie doch noch das Schweigen. Ich ziehe nur Linus noch an, dann können wir fahren".

„Nein, Sonja. Das will ich nicht. Bleibt bitte hier. Ich nehm den Bus. Ich will es alleine hinter mich bringen. Ich will keine Abschiedsszenen vor den

Augen der Polizisten. Du brauchst keine Angst zu haben. Ich werde nicht abhauen. Ich hab es dir versprochen, dass ich mich meiner Verantwortung stelle."

„Andreas, das weiß ich doch. Wie kommst du aber zum Bus? Zu Fuß ist es zu weit."

„Also gut, dann fährst du mich zum Busbahnhof. Um neun Uhr zweiundvierzig geht der Bus. Es reicht, wenn wir um halb zehn fahren."

Ein Blick auf die Küchenuhr zeigte ihnen, dass sie noch vierzig Minuten Zeit hatten. Andreas holte die Reisetasche, die er gestern Abend noch mit dem Notwendigsten gepackt hatte. Er wusste gar nicht, ob er private Sachen überhaupt mit ins Gefängnis mitnehmen durfte. Egal. Waschzeug, was zu lesen, und vor allem Bilder seiner Familie würden sie ihm schon gestatten. Plötzlich stand Sonja hinter ihm, fiel ihm weinend in die Arme. Hemmungslos heulte sie an seiner Brust, auch Andreas konnte die Tränen nicht mehr zurückhalten. Minutenlang streichelte er zärtlich ihren Rücken und verfluchte sich zum tausendsten Mal wegen seiner Dummheit.

Obwohl noch Zeit war, drängte Andreas darauf, zu fahren. Sonja war es recht.

Am Busbahnhof angelangt, stieg er aus, holte die Tasche aus dem Kofferraum. Ein letztes Mal umarmte er Sonja und Linus. Dem verdutzten Gesichtsausdruck nach, wusste Linus gar nicht, was gerade geschah. Plötzlich umklammerte er den Kopf seines Vaters und fragte ihn:

„Wann kommst du wieder Papa?"

„Bald, mein Schatz", antwortete er mit tränenerstickter Stimme. Mehr brachte er nicht heraus.

Sonja fuhr, ohne sich noch einmal umzublicken, nach Hause zurück. Linus kniete auf dem Rücksitz und winkte seinem Papa zu.

Das ist schon komisch, dachte sich Andreas. Kaum waren sie verschwunden, fiel ihm eine riesige Last von den Schultern. Ab jetzt war er auf sich allein gestellt. Er durfte seine Liebsten nicht enttäuschen. Auf einmal konnte er es gar nicht mehr erwarten, dass der Bus endlich kam.

28.

Im Anschluss an die Besprechung schrieb Christian alle Verdachtsmomente, die auf eine Täterschaft von Michael Gallinger hinwiesen sowie die vorliegenden Spuren zusammen. Er musste sich zugestehen, dass sie verdammt wenig in der Hand hatten, das den Staatsanwalt überzeugen könnte, dem Antrag zuzustimmen. Es musste aber schnell gehen, bevor die Täter auf die Idee kamen, die am Tatort getragenen Schuhe und Bekleidung zu vernichten. Wenn sie es nicht eh schon getan hatten. Es würde einiges an Überzeugungskraft erfordern, den Staatsanwalt, und natürlich auch den Ermittlungsrichter, zu überreden. Reden konnte er schon immer besser als schreiben. Als er sich auf den Weg zum Staatsanwalt machte, war er guter Dinge. Immerhin handelte es sich um ein versuchtes Tötungsdelikt. Außerdem hatten sich die Medien zu seinem Verbündeten gemacht, da sie ständig die Pressestelle der Staatsanwaltschaft mit Fragen löcherten und den derzeitigen Ermittlungsstand erfragen wollten. Das öffentliche Interesse war daher sehr groß. Nicht nur die regionalen Medien berichteten ständig darüber, auch die überregionalen.

Im Übrigen hatte sich der StA noch immer auf Christians langjährige Erfahrung verlassen können, die Anträge in aller Regel befürwortet und genehmigt. Warum sollte das heute anders sein.

Und er sollte sich nicht täuschen. Ohne lange Diskussion fertigte der StA den Beschluss aus, faxte ihn an den Ermittlungsrichter und der gab ebenfalls sein Einverständnis.

Kurz vor Mittag kehrte Christian in das Direktionsgebäude zurück. Auf dem Weg von der Tiefgarage zum Büro musste er am Dienstgruppenleiterzimmer der Polizeiinspektion vorbei. Aus dem Zimmer rief ihn einer der uniformierten Kollegen zu sich.

„Herr Köhler, für sie ist jemand da. Der wartet schon eine Zeit lang auf sie."

Christian schaute sich fragend um, konnte aber niemanden sehen.

„Und? Wo ist die Person?"

„Der Mann sitzt im Vorraum."

Christian schaute durch die Glastür in die Eingangshalle. Dort saß, zusammengekauert mit hängenden Schultern ein Mann, dessen Gesicht er nicht erkennen konnte. Zwischen den Beinen stand eine vollgepackte Reisetasche. Als Christian die Tür öffnete, sprang der Mann auf. Christian fielen sofort die verweinten Augen auf und als er ihm die Hand zum Gruß entgegenstreckte, spürte er den kalten Schweiß und das Zittern.

„Sind Sie Herr Köhler, der die Ermittlungen leitet, wegen dem Anschlag auf die Polizisten in Irlbach?" Christian nickte.

„Dann retten Sie bitte meine Frau und meinen Sohn! Sie befinden sich in Lebensgefahr."

29.

Nach dem Aufstehen trank Michael Gallinger eine Tasse Kaffee, dann streifte er sich die grobstolligen Gummistiefel über und machte sich auf den Weg in den Stall. Zunächst mussten die Tiere versorgt werden, erst dann hatte er etwas Zeit für sich.

Gegen acht Uhr betrat er nach getaner Arbeit die Küche. Er setzte sich mit dem Rücken ans Fenster, schlug die Tageszeitung auf und wartete, bis die Mutter den Tisch für das Frühstück hergerichtet hatte. Heute hatte er aber keinen Appetit. Die Mutter schaute ihn besorgt an. So kannte sie ihren Jungen nicht. Um diese Zeit hatte er üblicherweise den größten Hunger.

„Was ist los mit dir Bub? Warum isst du denn nichts?", fragte sie besorgt. Michael schüttelte den Kopf, ohne von der Zeitung aufzublicken.

„Nein. Heut hab ich keinen Hunger. Ich muss nachdenken."

Nach kurzer Zeit verließ sie die Küche, um sich um die Hühner zu kümmern. Das gehörte zu den wenigen Aufgaben, die die alte Frau nach einem arbeitsreichen Leben als Bäuerin noch bewältigen konnte. Darauf hatte Michael nur gewartet. Er nahm das Handy zur Hand, wählte die Nummer von Andreas. Er musste unbedingt in Erfahrung bringen, wie es ihm ging, vor allem, wo er derzeit war. Den ganzen Morgen über hatte er ein so komisches Gefühl, das ihm sagte, dass Gefahr in der Luft lag. Mittlerweile verfluchte er sich selber, weil er ohne zwingenden Grund das Risiko eingegangen war, jemanden dabei haben zu wollen. Jetzt musste er sich mit einem Problem herumschlagen, das vermeidbar gewesen wäre, wenn er es allein durchgezogen hätte. Egal. Jetzt war es zu spät zum Jammern.

„Sonja Höhensteiger", meldete sich Andreas Frau, die soeben vom

Busbahnhof zurückgekommen war.

„Hier ist der Gallinger Michael. Gib mir mal deinen Mann."

Sonja versetzte die Stimme in Angst und Schrecken. Unbändiger Hass stieg in ihr hoch. Sie setzte schon an, Michael die Meinung zu sagen. Im letzten Moment besann sie sich eines Besseren. Sie musste freundlich zu ihm sein, zumindest solange, bis Andreas bei der Kripo seine Aussage gemacht hatte. Michael durfte auf keinen Fall Verdacht schöpfen. Ihr war klar, dass er sofort versuchen würde, das zu verhindern. So wie sie Michael einschätzte, würde er auch vor Drohungen und Gewalt nicht zurückschrecken. Andreas hatte zwar Angst vor ihr, aber vermutlich noch mehr vor Michael.

„Andreas ist nicht hier. Soll ich ihm was ausrichten?" Sonja klopfte das Herz bis zum Hals. Sie redete betont langsam.

„Wo ist er denn? Ist er schon wieder in die Arbeit?"

Sonja meinte, aufgrund der Fragestellung eine gewisse Nervosität wahrzunehmen, zumindest bildete sie sich das ein. Sie musste vorsichtig sein, sich jedes Wort genau überlegen.

„Nein, er ist noch krank. Andreas ist soeben zum Arzt gefahren, um sich Medikamente verschreiben zu lassen."

„Aha. Zu welchem Doktor ist er denn gefahren?", frage Michael neugierig nach.

„Wieso interessiert dich das?"

„Äh ... einfach so. Wann kommt er denn zurück?"

„Das weiß ich nicht. Vielleicht in einer Stunde oder zwei."

„Wann ist er denn gefahren?" Spätestens jetzt wäre es sogar dem Dümmsten aufgefallen, dass die Fragerei einen ganz bestimmten Zweck verfolgte. Michael horchte sie aus. Und das ärgerte sie.

„Sag mal. Was sollen denn diese Fragen? Willst du mich aushorchen, oder warum interessiert es dich, was mein Mann jetzt gerade macht?"

„Ach, einfach nur so. Mir ist langweilig und ich wollte Andreas eigentlich nur fragen, ob er wieder gesund ist und ob er mit mir auf die Jagd gehen will. Aber wenn es ihm nicht gut geht, dann hat es sich sowieso erledigt. Hat er sein Handy dabei?"

In diesem Augenblick wurde Sonja richtig wütend. Sie konnte sich nicht mehr zurückhalten. Obwohl sie wusste, dass Andreas das Handy dabei hatte, log sie Michael an.

„Nein. Sein Handy liegt hier vor mir, das braucht er beim Doktor nicht. Außerdem glaube ich nicht, dass er mit dir auf die Jagd gehen will ... auch nicht wenn er gesund wäre."

Sie legte auf und schnaufte tief durch. Dieser Scheißkerl ging ihr sowas auf die Nerven. Sie hoffte nur, dass sie überzeugend geklungen hatte und er nicht auf die Idee kam, Andreas doch auf dem Handy anzurufen.

Nachdenklich geworden legte Michael sein Handy auf den Tisch. Warum war Sonja so abweisend? Nur wegen ein paar gutgemeinter Fragen? Oder steckte mehr dahinter? Hatte Andreas ihr sein Herz ausgeschüttet und alles gebeichtet?

Umso mehr musste er unverzüglich in Erfahrung bringen, wo er jetzt gerade war. Sein Gefühl sagte ihm, dass er auf keinen Fall beim Arzt saß. Was sollte er dem denn sagen, auf was seine Probleme zurückzuführen waren? Der würde doch sofort erkennen, dass er keine Erkältung hatte. Was sollte also die blöde Ausrede mit den Tabletten. Und dass Andreas ohne sein Handy aus dem Haus ging, das konnte sie jemand anderem erzählen. Aber nicht mit mir, dachte er sich. Ich lass mich nicht veräppeln. Von keinem, schon gleich gar nicht von dir.

Er nahm erneut das Handy zur Hand und wählte Andreas Nummer. Es dauerte seiner Meinung nach unendlich lange, bis endlich abgenommen wurde. Er wollte soeben wieder auflegen, da meldete sich Andreas.

„Andreas Höhensteiger!"

„Hallo Andreas. Ich bin´s. Michael. Wie geht es dir denn? Bist du wieder auf den Beinen?"

„Ja. Mir geht´s inzwischen wieder besser. Deswegen wirst du mich aber nicht angerufen haben ... oder?"

„Nein. Wo bist du denn gerade? Können wir uns treffen?"

„Nein, das ist momentan nicht möglich. Ich hab erst nachmittags wieder Zeit", log ihn Andreas an.

„Bist du gerade beim Arzt?" Michael merkte, wie Wut in ihm hochkam. Die beiden verarschten ihn. Sonja wusste also inzwischen Bescheid.

„Nein. Warum? Es geht mir ja wieder besser."

„Verdammt", schrie Michael in das Telefon. „Wo bist du gerade? Etwa bei den Bullen?"

Andreas lief es eiskalt den Rücken hinunter. Michael hatte Wind davon bekommen. Oder hatte er ihn gesehen? Befand er sich in der Nähe? In seinem Kopf raste es. Panische Angst überkam ihn. Er musste sich zusammenreißen und ruhig bleiben.

„Wie kommst du denn auf diese Idee und warum schreist du mich so an?"

„Ich hab soeben mit deiner Frau telefoniert. Die hat mir vorgelogen, du seiest beim Doktor. Also ... warum lügt ihr mich an? Sag mir endlich, wo du dich im Moment befindest?"

„Ich hab dich nicht angelogen. Ich hab dir ja noch gar nicht gesagt, wo ich bin. Warum willst du das denn unbedingt wissen?"

„Ich warne dich Andreas. Wenn du zu den Bullen gehst und auspackst, dann ... du weißt schon, was euch dann blüht."

„Was?", brüllte nun auch Andreas.

Michael war sich inzwischen absolut sicher, dass Andreas auf dem Weg zu den Bullen war. Er musste unbedingt Zeit gewinnen, um noch zu retten, was noch zu retten war.

„Okay Andreas. Dann lass uns vernünftig miteinander reden. Ich kann es verstehen, wenn du mit der Situation nicht fertig wirst und dein Gewissen erleichtern willst. Ich hab dir aber auch gesagt, dass ich nicht in den Knast gehe. Ich hau ab. Ich pack meine Sachen und verschwinde. Ich wollte zwar erst in zwei bis drei Jahren auswandern, aber dann muss ich halt meine Pläne ändern. Sei bitte ehrlich zu mir, verrate mir, ob du bei den Bullen bist."

Andreas überlegte, was er ihm antworten sollte. Den schnellen Stimmungswechsel hatte er registriert. In seiner Verzweiflung würde Michael alles versuchen, heil aus der verzwickten Situation herauszukommen. Andreas entschloss sich, ihm eine Chance zu geben, ihm die Wahrheit zu sagen. Wenn er tatsächlich abhaute, dann konnte Michael ihn nicht mehr mit Lügen in Schwierigkeiten bringen,

„Okay. Ich will ehrlich zu dir sein. Ich bin in Tiefenbach und warte auf den zuständigen Sachbearbeiter der Kripo. Ich hoffe, du verstehst mich, aber ich muss auch an meine Frau und meinen Sohn denken. Sie haben ein Recht darauf, dass ich die Sache aufkläre und mich meiner Verantwortung stelle."

„Okay, okay Andreas. Ich versteh dich ja. Ich würde an deiner Stelle wahrscheinlich genauso handeln. Du hast ja recht. Aber eine Bitte hab ich noch. Bitte warte etwas, bis du mit den Kripobeamten redest. Damit würdest du mir helfen, einen Vorsprung zu bekommen. Ich brauche ca. zwei bis drei Stunden, bis ich meine Sachen zusammen habe, die ich mitnehmen will. Ich hau dann über die Grenze nach Österreich ab. Bis sie die Fahndung nach mir auslösen, sitze ich vielleicht schon in einem Flieger. Machst du das noch für mich?"

Andreas wurde noch nervöser, als er ohnehin schon war. Was steckte hinter dieser unerwarteten Bitte? Er traute ihm nicht. Michael wollte offensichtlich Zeit gewinnen. Brauchte er die, um wirklich zu verschwinden? Andreas schwirrte im Hinterkopf noch immer die Warnung Michaels herum, dass er sich an Sonja und Linus rächen werde, falls er zur Polizei gehe und auspacke. Wenn er Michael nun eine Stunde Zeit ließ, dann reichte das, um seine Sachen zu packen und zu verschwinden. Er traute ihm wirklich viel zu, aber dass er einer wehrlosen Frau und einem unschuldigen Kind Gewalt antun könnte? Nein, dazu war auch er nicht in der Lage. Trotzdem signalisierte ihm sein Bauch eine andere Botschaft. Falls er sich doch in Michael täuschte, dann waren Sonja und Linus allein zu Hause und ihm somit schutzlos ausgeliefert. Wenn er aber jetzt einen Rückzieher machte und nach Hause zurückkehrte, musste er Sonja erklären warum. Wenn sie ihm aber nicht glaubte, dann verlor sie jeden Respekt vor ihm. Schließlich entschied er sich für einen Kompromiss.

„In Ordnung Michael. Ich warte noch, aber nicht so lange, wie du willst. Ich geb dir genau eine Stunde zum Verschwinden, das muss reichen. Länger kann und will ich nicht warten. Ich bin nämlich schon in der Polizeidirektion und warte nur noch auf den zuständigen Sachbearbeiter. Ich mache jetzt einen kurzen Spaziergang und um Punkt elf Uhr sage ich aus. Bis die Vernehmung abgeschlossen ist und die Kripo erste Maßnahmen einleiten kann, vergeht mindestens eine weitere Stunde. Also genug Zeit für dich."

„Danke Andreas. Das ist mehr, als ich zu erhoffen wagte. Das vergess ich dir nie. Und ich halte meine Versprechen."

Hätte Andreas doch nur genauer hingehört, schimpfte er sich später, dann hätten bei ihm alle Alarmglocken schrillen müssen. Vor allem beim letzten Satz. Ganz langsam hatte er ihn gesagt, fast nach jedem Wort eine kurze Pause eingelegt. Mit seinem Versprechen meinte Michael etwas ganz anderes. Der größte Fehler aber war, dass er Sonja nicht anrief und von dem Telefonat unterrichtete.

30.

Als Andreas der Anruf von Michael erreicht hatte, saß er im Eingangsbereich des Polizeigebäudes. Der Pförtner hatte ihm mitgeteilt, dass der Leiter sowie die Mitarbeiter der Ermittlungsgruppe momentan nicht im Haus waren. Man erwarte sie gegen elf Uhr zurück.

Nach dem Telefonat verließ Andreas das Polizeigebäude. Gegenüber entdeckte er ein Café. Er suchte sich einen Fensterplatz, von dem aus er den Eingangsbereich des Polizeigebäudes im Blick hatte, bestellte sich einen Cappuccino. Lustlos blätterte er in einer Illustrierten herum, um sich die Zeit zu vertreiben. Eine Dreiviertelstunde noch, dann mussten die Kripobeamten zurück sein.

Von Minute zu Minute wurde er aber immer unruhiger. Zweifel kamen auf, ob es nicht doch besser wäre, Sonja zu warnen. Vielleicht konnte er sie überreden, mit Linus zu ihrer Schwester zu fahren und dort zu warten, bis er seine Aussage gemacht hatte. Sicherheitshalber könnten sie dort sogar bis zum Abend bleiben. Dann war Michael mit Sicherheit verschwunden.

Er nahm das Handy zur Hand, legte es aber gleich wieder auf den Tisch. Nein, sagte er sich. Er würde ihr nur unnötigerweise Angst einjagen. Sie war jetzt auf sich allein gestellt. Er konnte ihr keinen Schutz mehr bieten. Nicht, wenn er im Gefängnis saß.

Pünktlich um elf Uhr bezahlte er, kehrte ins Polizeigebäude zurück. Als er im Vorraum wieder Platz nahm, spürte er, wie ihm das Herz raste. Der Zeitpunkt der Entscheidung nahte mit großen Schritten.

Durch die gläserne Fensterfront betrachtete er interessiert das Treiben im Gebäude. Das half ihm, sich abzulenken. Beständig liefen Polizeibeamte im Treppenhaus hin und her, einige in Uniform, andere in ziviler Kleidung. Im Wachraum der Polizeiinspektion läutete ununterbrochen eines der Telefone. Hektisch ging es dort zu, lautstark wurden Anweisungen weitergegeben. Neben der Tür entdeckte er eine Hinweistafel, auf der man sich informieren konnte, welche Dienststellen in dem riesigen Gebäude untergebracht waren und wo man diese fand. Die Kriminalpolizei hatte ihre Büros im ersten Stock.

Überraschend klingelte abermals das Handy. Auf dem Display erschien keine Nummer. Also ein unbekannter Anrufer. Vielleicht jemand von der Kripo, dachte er und nahm an. Es war Michael, der anrief.

„Hallo Andreas. Nochmals tausend Dank für die Stunde, die du mir gewährt hast. Die Zeit hat völlig ausgereicht, um das zu erledigen, was ich unbedingt noch machen wollte. Ich hoffe für dich, dass du noch nicht ausgesagt hast?"

„Was soll das Michael? Bist du schon über der Grenze?"

Jetzt fiel Andreas sogleich der hämische Tonfall in Michaels Stimme auf. In diesem Augenblick wurde ihm klar, dass er einen großen Fehler begangen hatte. Er hatte Michael unterschätzt.

„Nein", lachte Michael laut auf. Natürlich bin ich noch hier. Hast du wirklich geglaubt, ich lauf einfach davon? Da kennst du mich aber schlecht. So schnell geb ich nicht auf. Vor allem nicht, wenn ich noch ein paar Trümpfe in der Hinterhand habe. Und einen davon spiele ich jetzt aus. Willst du wissen, wo ich mich soeben befinde?"

Andreas war wie gelähmt, von der plötzlichen Wendung, die er nicht vorhergesehen hatte. Er war nicht in der Lage, zu antworten. Eigentlich wollte er es gar nicht wissen.

„Also gut. Anscheinend hat es dir die Sprache verschlagen. Ich sag's dir aber trotzdem. Ich steh nicht weit von deinem Haus entfernt. Ich würde dir dringend raten, zuerst einmal zu Hause anzurufen und dich nach dem Wohlergehen deiner Familie zu erkundigen. Auf jeden Fall, bevor du dein Herz den Kripobeamten gegenüber ausschüttest. Übrigens Andreas ... wie du wissen solltest, drohe ich nicht nur, sondern setze meine Drohungen auch um. Also denk daran, was ich dir gesagt habe. Mich linkt keiner und in den Knast geh ich auch nicht."

Andreas Hände zitterten dermaßen stark, dass er das Handy nur mit Mühe in der Hand halten konnte. Sein Herz klopfte bis zum Hals. Ihm wurde augenblicklich übel, er zitterte am ganzen Körper. Es kostete ihn einige Überwindung, die Nummer zu Hause zu wählen. Endlich läutete es. Es nahm aber niemand ab. Er ließ es durchläuten, bis die Verbindung unterbrochen wurde und sich der Anrufbeantworter einschaltete. Sofort drückte er die Wahlwiederholung, wieder nahm niemand ab. Panische Angst hatte sich seiner inzwischen bemächtigt. Hilflos blickte er sich um. Er brauchte Hilfe, und zwar sofort. In diesem Augenblick öffnete sich die Glastür und zwei Männer kamen auf ihn zu.

„Sind Sie der Beamte, der den Anschlag auf die Polizisten in Irlbach bearbeitet?" Christian Köhler nickte.

„Dann retten Sie meine Frau und meinen Sohn! Sie befinden sich in Lebensgefahr."

31.

Michael war zufrieden. Er hatte das Schlimmste vorerst verhindern können. Noch hatte er eine Chance. Eine Stunde musste ausreichen, um sich etwas einfallen zu lassen. Doch was konnte er unternehmen, um Andreas von seinem Vorhaben abzubringen? Sonja zu bitten, ihrem Mann das auszureden? Nein. So unfreundlich, wie sie heute zu ihm am Telefon gewesen war, würde sie ihn nie und nimmer unterstützen. Er musste Druck ausüben, ihnen Angst einjagen. Angst lähmt, hatte er mal gelesen. Es reichte, wenn Andreas den Mund nicht aufbekam. Dann hatte er eine Idee.

Er lief ins Schlafzimmer, öffnete die Schranktür, holte den Rucksack heraus und warf ihn auf das ungemachte Bett. Hektisch überprüfte er den Inhalt, vergewisserte sich, dass alles drinnen war, was er für einen Neuanfang – egal wo - brauchte. Danach holte er noch einen zweiten kleineren Rucksack vom Schrank herunter, lief damit in den Vorratsraum neben der Küche. Die Mutter hielt sich in der Wohnstube auf und bügelte. Das ersparte ihm die Beantwortung unangenehmer Fragen. Schnell verschaffte er sich einen Überblick, was in den Regalen alles zu finden war. Dann packte er hastig verschiedene Konservendosen, Handwürste, eine Stange Salami und Brot ein.

Die nächsten Tage würde er nichts Warmes zu essen bekommen, musste sich mit den Vorräten begnügen. Das war ihm aber egal. Lieber ein paar Tage aus der Konservendose leben, als täglich warme Mahlzeiten im Gefängnis zu bekommen. Neben dem Proviant packte er noch ein paar Plastikflaschen mit Mineralwasser sowie Obst ein. Zuletzt war der Rucksack bis obenhin gepackt, dass er ihn nur mit Mühe zubekam.

Als Nächstes führte ihn sein Weg in die Wohnstube. Er zwängte sich zwischen dem Bügelbrett und der Mutter vorbei, blieb vor dem Wohnzimmerschrank stehen und kniete sich hin. Während er eine Schublade herauszog, hielt die Mutter in ihrer Arbeit inne, schob die Brille nach oben und schaute ihn fragend an. Der spürte den Blick in seinem Rücken, ließ sich aber nicht aus der Ruhe bringen. Als er sich wieder erhob, hielt er seinen Ausweis, Führerschein, Impfnachweis sowie die Waffenbesitzkarte und den Waffenschein in der Hand.

„Was ist denn los Bub? Warum brauchst du das alles? Ist denn was passiert?"

„Nichts ist Mutter. Mir pressiert´s halt. Ich will ins Revier und nach dem Rechten schauen. Bis zum Abendessen bin ich wieder zurück."

„Aber dafür brauchst du doch die ganzen Dokumente nicht."

„Doch. Aber ich hab jetzt wirklich keine Zeit, dir das zu erklären."

Als er sich an ihr vorbeidrängte, blieb er für einen kurzen Augenblick stehen, küsste sie auf die Stirn und strich mit den Fingern zärtlich durch das lichte weiße Haar. Kopfschüttelnd quittierte sie das seltsame Verhalten. Eine nie gekannte Angst drückte ihr das Herz zusammen.

„Ach Bub. Was ist denn los? So kenn ich dich gar nicht."

Ohne zu antworten, riss er sich von ihr los. Immer zwei Stufen auf einmal nehmend lief er abermals die Treppe nach oben. Die Ausweise steckte er in die Außentasche des großen Rucksacks zum Sparbuch. Zum Schluss holte er aus dem Bettkasten noch sein Jagdgewehr, die dazugehörige Munition sowie die Umhängetasche, die er für die Jagd benötigte, hervor.

Mit dem Gewehr über der linken Schulter und dem großen Rucksack über der rechten, sowie dem kleineren Rucksack mit dem Proviant vor der Brust, verließ er das Haus. Er packte alles in den Kofferraum des Lada Niva, den er nur benutzte, wenn es auf die Jagd ging. Und jetzt ging es auf die Jagd.

Eine halbe Stunde blieb ihm noch. Genug Zeit für das, was er vorhatte. Als er losfuhr, erkannte er im Rückspiegel seine Mutter, die ihm nachdenklich nachwinkte. Das hatte sie noch nie getan.

Er musste nicht weit fahren. Gegenüber der langen Zufahrt zu Andreas Haus ließ er den Wagen am Straßenrand der Gassner Straße stehen. Er nahm die Umhängetasche, packte die Schachtel mit der Munition hinein, hängte sich das Fernglas um und das Gewehr über die Schulter. Zum Schluss schlüpfte er mit dem Kopf durch die Öffnung des Lodenumhangs, so dass man nicht sehen konnte, was er darunter trug.

Er überquerte die Straße, marschierte durch ein Fichtenwäldchen, das ihm Sichtschutz bot. Unter den letzten Bäumen blieb er stehen, nahm das Fernglas und schaute in Richtung von Andreas Haus. Vor dem Haus stand sein Wagen, stellte er zu seiner Freude fest. Im Garten konnte er niemanden sehen. Dann mussten sich Sonja und Linus im Haus aufhalten. Wären sie nicht zuhause, dann stünde auch der Wagen nicht da.

Keine einhundert Meter waren es bis zum Haus. Er holte das Gewehr vom Rücken und lud es mit zwei Patronen. Als er anlegte, entdeckte er in der Wiese vor sich eine Reihe von Siloballen, die zu einem U geformt zusammengestellt worden waren. Wenn er sich zwischen diesen versteckte, befand er sich noch näher am Haus. Außerdem konnte er das Gewehr auf den Ballen auflegen. Das würde es ihm erleichtern, ihn dabei unterstützen, genau ins Ziel zu treffen.

Gebückt und im Laufschritt lief er zu den Ballen und ließ sich zwischen ihnen zu Boden fallen. Besser hätte er es sich gar nicht wünschen können, dachte er. Weder von der Straße, noch vom Haus aus, konnte man ihn hier zwischen den Ballen entdecken.

Ohne Eile legte er das Gewehr mit dem Lauf auf den Ballen. Liebevoll strich er über den schwarzen Kunststoffschaft und schob den Verschluss nach vorne. Dann entsicherte er es. Die Jagdflinte war sein ganzer Stolz. Erst letztes Jahr hatte er sie für fast dreitausend Euro gekauft, nachdem er sich entschlossen hatte nach Kanada auszuwandern. Momentan gab es kein besseres Jagdgewehr auf dem Markt. Es eignete sich nicht nur für die Jagd auf das einheimische Wild, sondern auch für die Großwildjagd. In abgewandelter Form verwendete es sogar das Militär und die Polizei als Scharfschützengewehr. Seiner Mutter hatte er den Kauf verschwiegen. Sie hätte ihn nur geschimpft, weil er so viel Geld für eine Schusswaffe ausgab.

Durch das Zielfernrohr visierte er die Fenster auf seiner Seite an. Scheibengardinen verhinderten jedoch, dass er dahinter etwas erkennen konnte. Im Bad, im ersten Stock, brannte Licht. Er war schon mehrmals im Haus gewesen. Er kannte sich aus und wusste, wo sich welcher Raum befand. Im Erdgeschoss waren die Küche und das Wohnzimmer. Durch eines der beiden Wohnzimmerfenster konnte er die Umrisse des Lampenschirms über dem Wohnzimmertisch wahrnehmen. Dahinter die Regalwand, die er zwar nur erahnen konnte, aber das war egal. Viel wichtiger war, dass dort die Dockingstation des Telefons stand.

Zehn Minuten blieben ihm noch. Er war bereit. Jetzt musste er nur noch wen an das Telefon locken.

Er setzte das Gewehr nochmals ab, holte aus der Hosentasche das Handy. Als er die Festnetznummer eingab und anrief, zierte ein teuflisches Lächeln seine Mundwinkel. Er konnte es kaum mehr erwarten, dass wer den Hörer abnahm. Ihm war es egal, ob Sonja oder Linus. Er legte das Handy neben sich auf den Strohballen, schaltete den Lautsprecher ein und widmete sich wieder dem Gewehr. Den Schaft fest an die Schulter gedrückt und sein Ziel anvisierend, wartete er. Es dauerte nur ein paar Sekunden, dann hörte er, wie der Hörer abgenommen wurde. Hinter der Scheibengardine machte er einen Schatten aus. Ganz langsam zog er den Abzug bis zum Druckpunkt und einen Wimpernschlag später drückte er ab. Das Geschoss verließ mit einer Geschwindigkeit von neunhundertzwanzig Metern in der Sekunde den Lauf und suchte sich sein Ziel.

32.

Während der Rückfahrt nach Hause sprach Linus kein einziges Wort. Sonja war froh darüber, denn sie hätte ihm keine Antwort auf die Frage geben können, warum Papa so traurig war und nicht mit zurückfuhr. Eigentlich wollte sie noch ein paar Einkäufe tätigen, sah nach einem Blick in den Rückspiegel davon ab. Mit ihrem verweinten Gesicht konnte sie unmöglich unter die Leute gehen.

Zuhause lief sie unruhig hin und her, nicht in der Lage, was Sinnvolles zu tun. Linus saß schweigend auf der Couch und beobachtete seine Mama. Er, der keine fünf Sekunden stillhalten konnte, saß da, als wäre er festgewachsen. Er kapierte nicht, was gerade um ihn herum vorging. Er litt aber auch. Schließlich fing er zu weinen an. Sonja setzte sich zu ihm und nahm ihn in die Arme.

„Weißt du was? Bis Papa zurückkommt, spielen wir Mensch ärgere dich nicht. Einverstanden?"

Linus nickte nur. Auf dem Küchentisch baute Sonja das Spiel auf. Tatsächlich gelang es beiden, sich durch das Spiel für eine kurze Zeit abzulenken. Sonja ertappte sich selber, dass sie ständig auf die Uhr blickte. Je mehr Zeit verstrich, desto kürzer wurden die Abstände.

Gegen zehn Uhr läutete das Telefon. Sie sprang sofort auf, lief ins Wohnzimmer und hob ab. Ihre Finger zitterten. Es war aber Michael Gallinger, der sich erkundigte, wo sich Andreas gerade aufhielt. Nachdem sie das Telefonat wütend beendet hatte, legte sie den Hörer wieder auf.

Nach zwei verlorenen Spielen hatte Linus genug. Er zog sich in sein Kinderzimmer zurück und hörte eine Kassette an. Benjamin Blümchen, seine Lieblingsfigur, war es. Alle paar Sekunden vernahm sie das typische Törööö des Elefanten. Sonja setzte sich an den Küchentisch und starrte zum Fenster hinaus. Ihre Gedanken waren bei Andreas. Ohne dass sie es bemerkte, hatte sie die Hände zum Gebet gefaltet. Sie wünschte sich, dass man ihren Mann nicht sogleich einsperrte, sondern dass er nach Hause zu seiner Familie zurückkehren durfte.

Irgendwann stand Linus plötzlich wieder in der Küche. Er hatte Hunger. Dankbar für die Ablenkung machte sie sich daran, einen Kaiserschmarrn zu kochen. Linus Lieblingsgericht.

Während sie mit dem Mixer den Teig schlug, läutete erneut das Telefon. Linus sprang sofort auf und lief ins Wohnzimmer. Es war mittlerweile Mittag geworden. Das musste Andreas sein. Sie wischte sich die Hände ab und eilte

Linus nach.

Sie hörte noch, wie sich Linus am Telefon meldete, da vernahm sie einen furchtbar lauten Knall, gefolgt von zu Boden fallenden Scherben.

Starr vor Schreck blieb sie wie gelähmt im Gang stehen. Dann schrie sie mit gellender Stimme:

„Liiiiinus!"

Die Angst um den Jungen löste augenblicklich die Starre. Sie stürzte ins Wohnzimmer, schaute nach ihm. Sie konnte ihn aber nicht sehen. Dafür aber die Scherben auf dem Wohnzimmertisch und auf dem Boden. Als Nächstes registrierte sie das Loch in der Fensterscheibe. Sie wusste nicht, was geschehen war. Abermals rief sie hysterisch nach Linus, bekam jedoch noch immer keine Antwort. Sie ging vor Schwäche in die Knie, drückte ihre Hand vor den Mund, um nicht laut loszuschreien. Aus den Augenwinkeln nahm sie plötzlich eine leichte Bewegung unter dem Wohnzimmertisch wahr. Es waren Linus Beinchen, der sich in das hinterste Eck unter der Eckbank flüchtete.

Auf allen vieren robbte sie zu ihm, ignorierte die Glasscherben. Schließlich legte sie sich mit ihrem Körper schützend über ihn. Der wimmerte und starrte sie mit großen, vor Angst geweiteten Augen, an. Sein Gesicht war blutleer. Zum Glück konnte sie kein Blut an ihm feststellen. Ihr Verstand sagte ihr, dass er unverletzt war.

In diesem Moment fing Linus zu weinen an, klammerte sich mit seinen dünnen Armen um den Hals von Sonja. Ganz fest drückte sie ihn an sich. Dann weinten beide zusammen.

„Linus du brauchst keine Angst zu haben" flüsterte sie ihm ins Ohr. „Ich bin bei dir. Tut dir irgendwas weh, hast du Schmerzen?"

Linus schüttelte den Kopf und klammerte sich noch fester an seine Mama. Solange sie nicht wusste, was geschehen war und ob noch Gefahr bestand, entschied sie sich, den sicheren Platz unter der Bank nicht zu verlassen. Ihr blieb momentan nichts anderes übrig, als Linus beruhigend über den Kopf zu streicheln, obwohl sie selber panische Angst hatte. Linus durfte das aber nicht mitbekommen.

Sie hatte das Loch im Fenster gesehen. Ihr erster Gedanke war, dass jemand einen Stein durch die Scheibe geworfen hatte. Sie konnte aber keinen sehen, auch hätte ein Stein nie durch die doppelte Verglasung bis zum Lampenschirm gelangen können und hätte vor allem ein viel größeres Loch verursacht. Aber was war es dann? Unter der Eckbank lugte sie vorsichtig hervor, ließ ihren Blick schweifen. Dann erfasste sie Panik. In der Mauer, gegenüber dem Fenster, entdeckte sie ein kleines Loch in der Wand. Etwa in gleicher Höhe, wie das Loch in der Fensterscheibe. Und dazwischen lag der Lampenschirm. Jemand hatte auf sie geschossen. Da gab es für sie keinen Zweifel mehr. An einen Zufall, eine verirrte Kugel eines Jägers, glaubte sie nicht. Da musste Absicht dahinter stecken. Doch wer machte sowas? Es gab nur einen Menschen, dem sie das zutraute, der einen Grund für eine solch mörderische Tat hatte. Michael Gallinger.

Sie wusste nicht, wie lange sie schon unter der Bank gelegen hatten, als das Telefon erneut läutete. Es drängte sie, aufzustehen, den Hörer abzunehmen und, egal wer dran war, um Hilfe zu rufen. Doch wenn es der Verrückte war, der sie nur aus der Deckung hervorlocken wollte, um nochmals auf sie zu schießen?

Linus schien zu ahnen, was sie überlegte, drückte sie fest an sich.

„Nein Mama. Du musst hier bei mir bleiben", rief er mit weinerlicher Stimme.

„Natürlich Linus. Ich lass dich nicht allein."

Endlich hörte das Läuten wieder auf und eine gespenstische Stille folgte. In ihrer Verzweiflung schloss sie die Augen, faltete die Hände und fing laut zu beten an.

„Vater unser, der du bist im Himmel ..."

33.

Christian Köhler schaute in die verweinten Augen des jungen Mannes. Er wusste nicht, was er von dessen Worten halten sollte. Aber wenn er ihn fragte, ob er der Sachbearbeiter des Anschlags auf die Polizeibeamten war, dann musste er folglich damit zu tun haben oder zumindest ein Augenzeuge sein. Christian setzte sich neben ihn.

„Wollen Sie mir nicht zuerst einmal sagen, wie Sie heißen?"

„Mein Name ist Andreas Höhensteiger. Zusammen mit ... mit einem Bekannten habe ich den Stein auf das Polizeiauto geworfen." In letzter Sekunde hatte er es noch vermieden, Michaels Familiennamen zu nennen. Solange er nicht wusste, was mit Sonja und Linus ist, durfte er dessen Name nicht verraten.

„Und ebendieser Bekannte bedroht in diesem Augenblick meine Frau und meinen Sohn. Vielleicht hat er sie auch entführt. Ich weiß es nicht. Ich kann sie telefonisch nicht erreichen, obwohl sie zu Hause sein müssen."

Andreas brach ab, schluchzte laut auf. Christian Köhler und Maxi Weber konnten sich keinen Reim darauf machen, auf das, was sie soeben zu hören bekamen. Auf jeden Fall war der Mann verzweifelt.

„Kommen Sie doch erst mal mit in mein Büro."

Christian lege seine Hand auf Andreas Schulter und weiste ihn mit sachtem Druck durch die Tür zur Treppe. Maxi nahm die Tasche und folgte ihnen. In seinem Büro drückte er Andreas auf einen Stuhl und forderte Maxi auf, etwas zu trinken zu holen.

„Herr Höhensteiger. Wer ist denn ihr Bekannter?", fragte er nach ein paar Sekunden.

„Das sag ich erst, wenn ich sicher sein kann, dass meine Frau und mein Sohn in Sicherheit sind. Bitte sorgen Sie dafür, dass sofort jemand bei mir zu Hause nach dem Rechten schaut. Ich will wissen, was mit ihnen ist, warum sie nicht ans Telefon gehen ... ob sie noch leben." Tami und Joschi betraten in diesem Moment das Büro. Maxi hatte sie informiert.

„In Ordnung, Herr Höhensteiger. Ich schicke sofort eine Streifenbesatzung zu ihnen nach Hause." Andreas schnaufte tief durch, als er dies vernahm. Dankbar blickte er Christian an.

Mit einer Handbewegung forderte Christian seine Mitarbeiter auf, ihm auf den Gang zu folgen.

„Tami und Joschi. Ihr beide fahrt sofort zur Adresse von Herrn Höhensteiger und schaut nach dem Rechten. Seid aber bitte vorsichtig. So lange wir nicht wissen, was genau vorgefallen ist und wer der ominöse Bekannte ist, müssen wir äußerst vorsichtig vorgehen. Allein schon, um die Frau und den Jungen nicht in Gefahr zu bringen. Sobald ich neue Informationen habe, geb ich euch Bescheid."

Christian kehrte ins Büro zurück. Maxi hatte inzwischen eine Flasche Mineralwasser gebracht. Andreas Höhensteiger trank sie aus, ohne einmal abzusetzen.

„Herr Höhensteiger", begann Christian erneut. „Wie kommen Sie darauf, dass ihrer Frau und ihrem Sohn Gefahr droht?"

„Glauben?", rief Andreas hysterisch und sprang auf. „Ich bin mir absolut sicher, dass ihnen etwas passiert ist."

„Nur weil sie nicht ans Telefon gehen?" Das kann auch andere Gründe haben. Vielleicht sind sie spazieren gegangen oder befinden sich irgendwo im Haus, wo sie das Telefon nicht hören können."

„Nein, nein. Ich weiß genau, dass sie zuhause sind. Sie warten ja auf meinen Anruf, damit sie wissen, was mit mir passiert. Und unser Telefon hört man im gesamten Haus, egal, ob sie sich im Keller oder auf dem Dachboden aufhalten."

„Gut, ich glaube ihnen Herr Höhensteiger, dass Sie sich Sorgen machen. Meine Kollegen sind schon unterwegs und wir werden bald Bescheid bekommen, was der Grund dafür ist, warum ihre Frau nicht ans Telefon gegangen ist."

Andreas setzte sich wieder, ließ den Kopf sinken.

„Wenn das Dreckschwein ihnen was angetan hat, dann bring ich ihn um." Überwältigt von Angst und vor allem vor Wut, haute er mit der Faust auf den Schreibtisch. Christian blieb aber ganz ruhig.

„Wollen Sie mir nicht verraten, wer ihr Bekannter ist? Für meine Leute wäre es einfacher und vor allem sicherer, wenn sie wüssten, um wen es sich handelt."

Erneut schüttelte Andreas den Kopf.

„Erst will ich mit meiner Frau und meinem Sohn reden und mir sicher sein, dass ihnen nichts passiert ist."

„Herr Höhensteiger. Wenn ihr Bekannter tatsächlich ihrer Frau und ihrem Sohn etwas angetan haben sollte, nennen Sie uns dann seinen Namen?"

„Nein, denn dann bring ich ihn um."

Christian wartete ein paar Sekunden, überlegte, wie er an den Namen kommen konnte.

„Ich denke, wir wissen ohnehin, um wen es sich bei ihrem Bekannten handelt. Es ist Michael Gallinger, nicht wahr?"

Andreas hob erschrocken den Kopf, starrte Christian mit zusammengekniffenen Augen an.

„Sie ... Sie haben es also schon gewusst, dass wir es waren?", fragte er mit zitternder Stimme.

„Ehrlich gesagt hatten wir vorerst nur den Gallinger in Verdacht. Ob er einen Mittäter hatte und um wen es sich dabei handelte, da waren wir uns noch nicht sicher. Aber auch Sie haben zum Kreis der Verdächtigen gezählt."

„Ja, wir beide sind es gewesen. Eigentlich wollten wir Dick und Doof nur einen Schrecken einjagen, einen Denkzettel verpassen. Aber der Michael hat den Stein einfach nicht losgelassen."

„Dick und Doof? Wer soll denn das sein?"

„Dick ist der Xaver Diehl, Doof ist der Rainer Gruber. Die beiden haben uns am meisten schikaniert."

„Herr Höhensteiger, darüber können wir später weiterreden. Wichtiger ist im Moment, was mit ihre Familie ist. Was genau ist vorgefallen, dass der Gallinger ihrer Frau und dem Sohn was antun könnte."

„Der Michael hat zu mir gesagt, dass er sich an mir rächt, wenn ich ihn verpfeife. Heute muss er mitbekommen haben, dass ich eine Aussage machen will. Er hat mich auf dem Handy angerufen, während ich unten im Vorraum saß und auf Sie gewartet habe. Er hat mich gebeten, dass ich mit meinem Geständnis noch eine Stunde warten soll, damit er genügend Zeit hat, Vorbereitungen für seine Flucht zu treffen. Das hab ich ihm versprochen. Als die Stunde rum war, das war um elf Uhr, hat er mich erneut angerufen und sich bei mir bedankt. Er brauchte die Zeit aber gar nicht zum Abhauen, sondern um etwas zu unternehmen, damit ich mein Vorhaben nicht umsetze. Was er genau unternommen hat, das weiß ich leider nicht. Er hat mir auf jeden Fall dringend geraten, erst zu Hause anzurufen und mich über das Wohlbefinden meiner Familie – so hat er es genannt - zu informieren, bevor ich aussage. Ich habe auch sofort zu Hause angerufen, es geht aber keiner ans Telefon, obwohl meine Frau und mein Sohn zu Hause sind. Es muss irgendwas passiert sein. Hoffentlich hat er sie nicht entführt oder umgebracht."

„Umgebracht mit Sicherheit nicht. Denn dann hätten Sie ja keinen Grund, ihre Aussage nicht mehr zu machen. Hat er denn gesagt, dass er bei ihnen zu Hause ist?" Andreas überlegte kurz und schüttelte dann den Kopf.

„Nein, ich glaube nicht. Soweit ich mich erinnern kann, hat er gesagt, dass er in Sichtweite zum Haus steht."

Christian überlegte, was das bedeuten könnte. Dann kam ihm eine Idee.

„Hat der Gallinger eine Waffe?"

„Ja. Er ist Jäger. Er hat mit Sicherheit ein Gewehr."

„Geben sie mir bitte die Handynummer von Herrn Gallinger und die Telefonnummer von ihnen zu Hause".

Andreas schrieb sie ihm auf. Christian wählte die Festnetznummer, ließ es zwei Mal durchläuten. Es nahm tatsächlich keiner ab.

Anschließend rief er Joschi an. Er informierte sie über den bisherigen Stand und warnte sie eindringlich vor Michael Gallinger. Dem war alles zuzutrauen.

34.

Joschi und Tami hielten genau dort an, wo zuvor Michael Gallinger seinen Wagen stehen gelassen hatte. Auch sie nahmen den Weg durch das Fichtenwäldchen. Unter den letzten Bäumen hielten sie an und verschafften sich einen Überblick. Tami zeigte mit dem Finger auf ein einzeln stehendes Haus vor ihnen, keine hundert Meter entfernt. Selbst auf diese Entfernung konnte man sofort erkennen, dass es noch ziemlich neu war. Die naturroten Dachziegel reflektierten das einstrahlende Sonnenlicht, die helle Holzverkleidung des oberen Stockwerks war noch kein bisschen nachgedunkelt. Die vom Haus abgesetzte Garage war noch gar nicht verputzt, die Zufahrt noch nicht gepflastert. Die Hecke rund um das Grundstück war erst kniehoch gewachsen, ebenso hatte das Buschwerk im Garten noch nicht seine volle Größe erreicht. Im Hintergrund erkannte man einen Bauernhof mit den Stallungen und zwischen dem Schatten der Obstbäume lagen gemütlich wiederkäuend Kühe im Gras, kümmerten sich nicht darum, was um sie herum geschah. Etwas abseits davon standen die Gebäude des Wertstoffhofs, dahinter eine Baumgruppe um einen kleinen Teich.

Vor den beiden lag eine beschauliche und friedliche Landschaft, abgelegen inmitten einer bilderbuchhaft schönen Natur. Eine Idylle, von der so viele Menschen träumten. Doch Tami und Joschi hatten keinen Blick dafür. Sie hatten einen Auftrag und der benötigte ihre ganze Konzentration. Fehler konnten tödliche Konsequenzen nach sich ziehen.

„Das ist das Haus der Höhensteigers", murmelte Tami. „Sollen wir hinfahren?"

„Es wird uns wohl nichts anderes übrig bleiben", erwiderte Joschi. „Es steht abseits und man hat keine Deckung, sich unbeobachtet anzunähern."

Tami deutete auf die Siloballen in der Wiese.

„Das scheint mir eine ideale Deckung zu sein, um das Haus erst mal unauffällig beobachten zu können", meinte sie. Joschi stimmte dem zu und in gebückter Haltung liefen sie nebeneinander zu den Ballen.

„Da scheint vor uns schon jemand hier gewesen zu sein", meinte Joschi und deutete auf das niedergetrampelte Gras zwischen den Ballen. Erst jetzt erkannten sie die Spuren im niedrigen Gras, die neben der ihren zum Wäldchen führten.

„Unser Freund scheint den gleichen Gedanken gehabt zu haben wie wir." Während Joschi mit dem Fernglas das Haus und das nähere Umfeld in Augenschein nahm, untersuchte Tami den Boden nach Spuren.

„Nichts", sagte sie nach ein paar Sekunden. „Und? Hast du schon was entdeckt?" Joschi reichte ihr das Fernglas.

„Schau dir das linke Fenster im Erdgeschoss an. Wenn ich mich nicht täusche, dann hat es oben rechts ein kreisrundes Loch."

„Ja, du hast recht", bestätigte sie. „Ein Schmutzfleck ist das auf jeden Fall nicht."

„Auf keinen Fall. Vielleicht durch einen Steinwurf?"

„Nein. Das glaub ich nicht. Dafür ist es zu klein. Die Umrisse des Lochs wären dann gezackt.

Joschi setzte sich, mit dem Rücken an die Siloballen gelehnt, auf den Boden, rief Christian an und informierte ihn über die bisherigen Erkenntnisse.

„Wie sollen wir vorgehen?", fragte Joschi.

„Ich hab Verstärkung angefordert, die bereits auf dem Weg zu euch ist. Auch die Rettungsleitstelle hat zugesagt, gleich einen Sanka und Notarzt zu schicken. Wartet auf die. So lange wir nicht ausschließen können, dass sich der Gallinger im Haus befindet, müssen wir uns jeden weiteren Schritt ganz genau überlegen."

„Wir gehen davon aus, dass er schon wieder weg ist", erklärte Joschi. „Wir haben den Platz gefunden, an dem er gestanden hat. Etwa fünfzig Meter vom Haus entfernt. Es führt durch die Wiese eine Spur hierher, aber auch wieder weg. Das können wir aufgrund der Richtung, in der die Halme umgetreten wurden, sagen. Auch haben wir hier weit und breit kein Auto gesehen. Zu Fuß wird er ja wohl eher nicht gekommen sein."

Kaum hatten sie das Telefonat beendet, näherten sich im Schritttempo auf der Gassner Straße zwei uniformierte Streifenwägen. Über Funk nahm Tami mit den Kollegen Kontakt auf und wies sie an, neben ihrem Wagen zu warten.

„Hallo Jungs", begrüßten sie Tami und Joschi, als sie bei ihnen ankamen. „Schön dass ihr so schnell gekommen seid."

„Wir wissen Bescheid", unterbrach sie ein Hauptkommissar der PI Reichenfels, nachdem Tami angesetzt hatte, die Lage zu erklären. „Wir wurden von Herrn Köhler vollumfänglich informiert. Für euch beide haben wir übrigens Schutzwesten dabei. Anordnung von eurem Chef."

Während sich die beiden die Schutzwesten überstreiften, erfuhren sie von dem Hauptkommissar, dass er Gallinger gut kannte. Nicht nur dienstlich, auch privat hatte er bereits öfters Kontakt mit ihm.

„Nüchtern ist er falsch und hinterfotzig, betrunken provokativ und aggressiv. Der geht keiner Rauferei aus dem Weg. Bevor du dich umschaust, hat er dir eine reingehauen. Viele Freunde hat der nicht. Ich trau ihm alles zu."

Keine erfreulichen Hinweise, die uns das Vorgehen leichter machen würden, dachte Joschi. Aber unternehmen mussten sie was, und zwar so schnell wie möglich. Nicht auszuschließen, dass die Frau und der Junge verletzt wurden und ärztliche Hilfe dringend benötigten.

„Also los", übernahm Joschi die Initiative, nachdem auch der Notarzt mit einem Sanka im Schlepptau angekommen war.

„Meine Kollegin und ich fahren mit dem Auto vor das Haus und versuchen Kontakt aufzunehmen. Ihr verteilt euch bitte um das Haus. Falls der Gallinger drinnen ist und versucht abzuhauen, unbedingt festnehmen. Er darf auf keinen Fall entkommen."

Die Kollegen sprachen sich kurz ab und machten sich dann im Laufschritt auf den Weg, ihre Posten einzunehmen. Fünf Minuten gab ihnen Joschi, dann startete er den Wagen und fuhr mit Tami direkt vor die Haustür. Zuvor hatten sie

Christian telefonisch Bescheid gegeben, was sie vorhatten. Er musste ihnen recht geben, dass es unverantwortlich wäre, noch länger zu warten. Er gab seine Zustimmung und konnte nur hoffen, dass alles ein gutes Ende nahm.

Joschi und Tami waren ein eingespieltes Team. Sie mussten sich nicht lange absprechen, jeder wusste, was er zu tun hatte. Joschi stieg mit der Waffe in der Hand aus, stellte sich neben die Haustür. Tami blieb hinter dem Wagen in Deckung, beobachtete die Fenster. Mit nach oben gestreckten Daumen gab sie Joschi schließlich das Zeichen, dass er läuten könne.

Ein schriller Klingelton folgte, den man wahrscheinlich nicht nur im gesamten Haus, sondern auch bis in den Garten hörte.

Mit dem Ohr an die Tür gedrückt lauschte Joschi angespannt, ob er dahinter etwas hören konnte. Doch alles blieb ruhig. Totenstille. Tami sicherte weiterhin die Vorderfront mit der Haustür, Joschi schlich an der Mauer entlang, um die sich anschließende Seite zu inspizieren. Durch jedes der drei Fenster warf er einen kurzen Blick hinein. Die Scheibengardinen verhinderten leider, dass er was im Inneren erkennen konnte, was ihnen hätte weiterhelfen können. Nicht ungefährlich, wenn jemand mit einer Waffe dahinterstand und er dem für ein paar Sekunden eine Zielscheibe abgab. Schließlich stand er vor dem äußersten Fenster, betrachtete das Loch in der Fensterscheibe. „Mein Gott", flüsterte er und kehrte zu Tami zurück.

„Da hat jemand durch die Scheibe geschossen", berichtete er aufgeregt.

„Dann müssen wir sofort rein", drängte Tami.

„Warte noch eine Minute. Ich schleich mich zur Gartenseite vor und versuche, ob ich durch die Terrassentür was erkennen kann."

Schon war er wieder weg. Joschi drängte es genauso wie Tami, so schnell wie möglich ins Haus zu kommen. Die Fenster waren alle zu, also würden sie über die Terrassentür eindringen müssen. Egal ob sie offen oder versperrt war.

Er hatte Glück. Die Scheibengardine war zurückgezogen, so dass er freien Blick ins Wohnzimmer hatte. Als Erstes nahm er die Glasscherben auf dem Boden wahr, dann den kaputten Lampenschirm. Wenn jemand geschossen hatte, dann musste auf der gegenüberliegenden Seite des Fensters ein Loch in der Mauer sein. Tatsächlich entdeckte er einen dunklen faustgroßen Fleck in der Mauer. Leider spiegelte die Scheibe der Tür so stark, dass er nicht genau ausmachen konnte, ob das Loch von einer Kugel stammte. Was aber darauf hinwies, war der abgeplatzte Putz der Mauer rund um das Loch. Doch viel wichtiger war für ihn, dass er niemanden auf dem Boden liegen sehen konnte. Das war schon einmal positiv, dachte er erfreut, denn dann konnte man hoffen, dass es keine Verletzten gab.

„Frau Höhensteiger!", rief er laut und klopfte gegen die Glastür. „Hier ist die Polizei. Ihr Mann hat uns beauftragt nachzuschauen, ob alles in Ordnung ist. Wenn Sie mich hören, dann geben Sie mir bitte ein Zeichen oder rufen mir was zu."

Es folgte jedoch ein Schweigen. Joschi wollte schon zu Tami zurückkehren, da meinte er, das leise Weinen eines Kindes zu hören.

„Frau Höhensteiger. Nochmals. Hier ist die Polizei. Ich stehe direkt vor der Terrassentür. Sie können ganz beruhigt sein. Der Gallinger ist nicht mehr hier."

Eine gewagte Aussage, fand er. Denn noch konnten sie nicht ausschließen, dass der sich im Haus verschanzt und die beiden als Geiseln genommen hatte. Wieder blieb es still. Hatte er sich etwa getäuscht? Hatte ihm sein Gehör einen Streich gespielt?

Doch da hörte er erneut das Weinen des Kindes und gleich darauf nahm er eine Bewegung unter dem Tisch wahr.

„Frau Höhensteiger, Sie brauchen keine Angst mehr zu haben", wiederholte er abermals. „Öffnen Sie bitte die Haustür. Eine Kollegin steht davor. Wir rufen dann gleich ihren Mann an, damit er weiß, dass alles in Ordnung ist. Er macht sich solche Sorgen."

Kaum hatte er ausgesprochen, kam Frau Höhensteiger mit dem Sohn an der Hand, unter dem Tisch hervorgekrochen. Blitzschnell liefen sie an ihm vorbei in den Hausgang.

Joschi eilte vor zur Haustür, da wurde sie auch schon einen Spalt geöffnet. Die Sicherungskette wurde jedoch nicht abgenommen. Ein verweintes Gesicht kam zum Vorschein.

„Sind sie wirklich von der Polizei oder hat sie der Gallinger geschickt?", fragte die Frau mit leiser Stimme.

Tami holte den Dienstausweis aus der Brusttasche und hielt ihn ihr vor die Augen.

Keine zwei Sekunden später wurde die Tür wieder zugezogen, man hörte ein Rascheln, als die Sicherheitskette abgenommen wurde und die Tür öffnete sich nun ganz.

Die Frau stand, mit der einen Hand Linus festhaltend, in der anderen Hand ein langes spitzes Küchenmesser, wie ein Häufchen Elend vor ihnen. Auf einmal fing sie hemmungslos zu weinen an. Linus drückte sich an den Oberschenkel seiner Mama. Auch ihm liefen Tränen über das Gesicht.

„Die Gefahr ist vorüber, Frau Höhensteiger", versuchte Tami zu beruhigen, nahm die Frau in den Arm und streichelte über das Haar des Jungen. Sie sind in Sicherheit."

„Haben Sie den Gallinger festgenommen?"

„Nein", antwortete Tami.

„Dann ist es auch noch nicht vorbei".

35.

Als Joschi und Tami mit Frau Höhensteiger und Linus zur KPI zurückkehrten, hatte Andreas Höhensteiger mittlerweile sein Geständnis abgelegt.

Als sie Christians Büro betraten, sprang Andreas sofort auf und nahm seine Frau und seinen Sohn in die Arme. Mit aller Kraft drückte er sie an sich. Die Kripobeamten verließen das Büro, ließen die Familie nach dem überstandenen Schreck für einen Moment allein.

„Glaubst du, dass der Staatsanwalt einen Haftbefehl beantragt?", fragte Tami im Gang ihren Chef. Christian überlegte lange.

„Ich glaube nicht. Der Höhensteiger hat alles gestanden und seine Angaben decken sich mit dem Ergebnis der Spurenermittlung. Verdunkelungsgefahr als Haftgrund scheidet meiner Meinung nach aus und eine Fluchtgefahr kann ich nach diesen Bildern", dabei deutete er in sein Büro, „auch nicht erkennen. Er hat ja einen festen Arbeitsplatz, sein Haus ist hier und vor allem seine Familie. Ich kann mir nicht vorstellen, dass er zur Polizei geht, alles gesteht und dann abhaut. Nein ... ich denke, dass ich den Staatsanwalt überzeugen kann, dass ein Haftbefehl nicht erforderlich ist."

Joschi war sich da nicht so sicher, brachte einen Einwand vor.

„Aber was ist mit dem Haftgrund der Schwere der Tat? Sie haben fast einen Menschen getötet. Allein das öffentliche Interesse und vor allem als Abschreckung für Nachahmungstäter muss er eingesperrt werden. Schließlich haben wir es bei diesem Verbrechen mit einem versuchten Mord zu tun."

„Das ist richtig Joschi", erwiderte Christian. „Aber den versuchten Mord kann ich beim Höhensteiger mit Sicherheit ausschließen. Anders sieht es beim Gallinger aus. Konzentrieren wir uns nun auf den, dass wir ihn so bald wie möglich festnehmen können."

Erst jetzt fand man Zeit, Sonja Höhensteiger zu befragen, was vorgefallen war. Mit leiser und brüchiger Stimme, immer wieder unterbrochen durch Schluchzen, erzählte sie.

„Warum bist du nicht ans Telefon gegangen, als ich oder die Polizei angerufen haben", fragte Andreas seine Frau.

„Ich hatte doch solche Angst", entschuldigte sie sich. „Ich hab mich nicht unter der Bank hervorgetraut, weil ich befürchtete Linus würde auch herauskommen. Ich konnte doch nicht wissen, wer anrief. Ich hab vermutet, dass wir durch den Anruf aus dem Versteck hervorgelockt werden sollten."

„Sie haben sich genau richtig verhalten", mischte sich Christian ein.

„Wie geht es denn jetzt weiter?", wollte Sonja wissen. „Ich geh auf jeden Fall nicht mehr ins Haus zurück, so lange der Geisteskranke frei herumläuft."

„Haben Sie Verwandte oder Bekannte, bei denen Sie vorerst unterkommen können? Die Fahndung nach dem Gallinger ist eingeleitet. Ich denke, dass wir ihn schon bald festnehmen werden."

„Was ist mit deiner Schwester in Tiefenbach?", erkundigte sich Andreas. Sonja nickte. Die wohnte nicht weit von der Polizeidirektion entfernt.

„Ja, die werd ich anrufen. Die nimmt uns bestimmt für ein paar Tage auf."

Während die Höhensteigers telefonierten, traf sich Christian mit seinen Leuten im Besprechungsraum.

„Joschi. Bereite alles für die Durchsuchung beim Gallinger vor. Tami, du nimmst Kontakt mit dem Einsatzzug auf. Sie sollen uns mit einer Gruppe unterstützen. Vor allem will ich einen oder zwei Sprengstoffhunde dabei haben. Der Gallinger hat als Jäger Waffen und Munition. Die will ich unbedingt finden."

„Okay", antworteten beide und machten sich auf den Weg in ihr Büro.

„Ich ruf inzwischen den Staatsanwalt an", rief er ihnen nach. „Vielleicht kann ich ihn überreden, von einem Haftbefehl gegen den Höhensteiger abzusehen."

Zehn Minuten später hatte es Christian geschafft, die Bedenken des Staatsanwalts zu zerstreuen. Auch wenn es dem nicht leicht fiel, denn gerne hätte er den Medien eine Verhaftung gemeldet. Aber, dass sie so schnell einen ersten Täter ermitteln konnten und den Namen des Haupttäters kannten, würde die Pressemeute fürs Erste hoffentlich zufriedenstellen. Mit dieser freudigen Mitteilung kehrte er zu den Höhensteigers zurück.

„Herr Höhensteiger. Der Staatsanwalt verzichtet unter den gegebenen Umständen auf die Stellung eines Haftantrags. Als Auflagen verlangt er aber, dass sie ständig telefonisch und persönlich erreichbar sind, Sie bis zur Festnahme des Gallinger bei der Schwester ihrer Frau wohnen dürfen. Die Adresse müssen sie uns aber angeben. Sollte es mit der Festnahme des Gallinger länger als erwartet dauern, müssen sie jeden Aufenthaltswechsel sofort mitteilen und genehmigen lassen. Ich gebe ihnen meine Visitenkarte, darauf steht meine Handynummer, unter der ich zu jeder Tages- und Nachtzeit erreichbar bin."

„Natürlich", antwortete Andreas erleichtert. Sein Gesicht zierte ein glückliches Lächeln. Er brauchte zumindest vorerst keine Angst um den Arbeitsplatz haben und vor allem konnte er im Kreise seiner Familie bleiben, musste nicht ins Gefängnis.

„Herr Köhler", stammelte er gerührt. „Danke für das, was Sie und ihre Leute für uns getan haben und das, nachdem ich fast zwei von ihren Kollegen umgebracht habe."

Christian nahm den Dank mit einem Lächeln entgegen.

„Na ja. Ehrlich gesagt glauben wir eh nicht, dass Sie ein kaltblütiger Totschläger sind, sondern eher ein junger Heißsporn."

„Wie geht es übrigens ihren verletzten Kollegen?", erkundigte sich Sonja. Die kurz aufgekommene heitere Laune verschwand auf einen Schlag wieder.

„Unverändert", antwortete Christian nachdenklich werdend. „Der Fahrer kann bald aus dem Krankenhaus entlassen werden. Der Arzt meint, dass er spätestens in sechs Wochen wieder dienstfähig sein wird, sofern er psychisch dazu in der Lage ist. Den Beifahrer hat es leider schlimmer erwischt. Über seinen Gesundheitszustand kann ich keine Auskunft geben."

Es wurde mucksmäuschenstill im Raum. Andreas gute Laune verwandelte sich innerhalb eines Moments in Niedergeschlagenheit, die ihm körperliche Schmerzen bereitete. Übelkeit kam auf, nur mit Mühe konnte er den Brechreiz unterdrücken. Vor ein paar Sekunden sah es noch nach einem Happy End aus, auf einmal schwebte das Damoklesschwert des Todes über ihm.

Sonja legte mitfühlend ihre Hand auf seinen Kopf, während sie ihre Tränen nicht mehr zurückhalten konnte. Joschi kam in diesem Moment zur Tür herein, sah die betretenen Gesichter.

„Ist was passiert?", fragte er entsetzt, weil ihm sofort ein schrecklicher Gedanke kam. „Ist der Kollege etwa gestorben?"

Tami schüttelte den Kopf, Joschi schnaufte erleichtert durch.

„Für die Durchsuchung ist alles vorbereitet", informierte er Christian. Die Kollegen vom Einsatzzug werden in fünfzehn Minuten da sein."

Die Kripobeamten verabschiedeten sich von den Höhensteigers, wünschten ihnen viel Glück. Das konnten sie wahrlich gebrauchen.

„Was wissen wir über den Gallinger", fragte Christian in die Runde. Joschi legte einige Blätter vor sich auf den Tisch und informierte das Team.

„Zweiunddreißig Jahre alt und ledig. Er wohnt alleine mit seiner Mutter auf dem Hof. Was mit dem Vater ist, konnte ich nicht herausbringen, er lebt aber noch. Ein Bruder und eine Schwester leben in Irlbach, beide sind verheiratet und haben Kinder. In seiner Jugendzeit ist er einige Male straffällig geworden. Diebstähle, Körperverletzungen, Widerstandshandlungen und Beleidigungen. Fast immer im Zusammenhang mit Alkohol. Seit fünf Jahren ist er aber nicht mehr straffällig geworden. Da er Jäger ist, habe ich beim Landratsamt nachgefragt, was für Waffen auf ihn eingetragen sind."

Joschi legte eine Pause ein, schaute jedem Einzelnen ins Gesicht. Er liebte dramatische Auftritte.

„Und jetzt kommt es. Auf ihn ist eine SAKO TRG 22 eingetragen."

„Ein schöner Name, der gefährlich klingt", meinte Christian. „Hört sich irgendwie japanisch an. Also Joschi. Ich seh schon, dass du es kaum mehr erwarten kannst, uns endlich darüber aufzuklären."

„Gerne. Ich hab im Internet recherchiert. Demnach handelt es sich um eine großkalibrige Langwaffe, die hauptsächlich von Großwildjägern benutzt wird. Auch bei der Polizei und beim Militär findet sie Verwendung als Scharfschützengewehr. Je nach Munition kann man damit sogar Elefanten flach legen. Für unser einheimisches Wild ist das Gewehr eigentlich nicht geeignet, außer man schießt auf große Entfernungen. Ich hab in Tiefenbach in einem Geschäft für Jagdbedarf angerufen. Dort hat man mir gesagt, dass man bei uns damit höchstens auf Gamsjagd gehen kann, da diese meist vom Schützen weit entfernt oder im Gebirge an einem gegenüberliegenden oder schwer zugänglichen Hang zu finden sind. Dafür eignet sich die Waffe hervorragend, da man lange Patronen mit einer hohen Geschossenergie verwenden kann, die beim Auftreffen in tausend Meter Entfernung noch soviel Energie besitzen, dass sie das Tier nicht nur verletzen, sondern sofort töten. Sie fallen einfach an Ort und Stelle um. Neben dem Gallinger gibt es angeblich nur noch einen weiteren Jäger aus dem Landkreis Rosenheim, der das gleiche Gewehr mit einem Magazin für zehn Patronen besitzt."

„Verdammt, das gefällt mir gar nicht", meinte Christian nachdenklich. „Wenn der mit diesem Gewehr zu Hause auf uns wartet, dann ...". Er beendete den Satz nicht, alle wussten aber, was er meinte. Joschi nickte hektisch mit dem Kopf und fuhr fort.

„Es kommt noch schlimmer. Der vom Jagdbedarf hat mir gesagt, dass er den Gallinger gut kennt. Letztes Jahr hat er bei ihm ein Zielfernrohr bestellt, ... einen kleinen Augenblick, ich habe es gleich ..." Joschi blätterte in seinem Notizbuch.

„Hier steht es. Ein Nightforce NXS, ein amerikanisches Produkt für eintausendachthundert Euro. Laut Internet handelt es sich um die Lichtkanone unter den Zielfernrohren. Ich will nicht näher auf die technischen Daten eingehen. Ich will nur so viel sagen, dass man auf eine Entfernung von eintausend Metern einen Kopf voll im Objektiv sehen kann. Außerdem ist das Bild gestochen scharf. Man kann sozusagen eine Fliege von der Nasenspitze schießen. Sonst noch Fragen dazu?"

„Nein, danke, das reicht. Hast du vielleicht auch noch was, das uns motivieren könnte?", fragte Kurt.

„Ja. Der Gallinger ist ein schlechter Schütze."

Trotz der angespannten Stimmung sorgte diese Antwort für Heiterkeit.

„Und woher weißt du das?"

„Vom Verkäufer. Als er das Gewehr gekauft hat, hat er ein paar Probeschüsse auf dem Schießstand abgegeben. Das Ergebnis muss nicht gerade berauschend gewesen sein. Gallinger meinte, dass das am Gewehr liegen muss. Der Verkäufer hat dann selbst damit geschossen und topp Ergebnisse erreicht."

„Also Leute", sagte Christian, stand auf und legte das Schulterholster an. „Dann packen wir´s. Vergesst die Schutzwesten nicht. Es könnte sein, dass wir sie noch brauchen."

„Hoffentlich geht alles gut", schnaufte Joschi angestrengt, als sie sich auf dem Gang trafen. Blass um die Nase war er. Vermutlich stand für ihn der erste Einsatz bevor, bei dem es gefährlich werden konnte. Nach allem, was über das Gewehr und die verwendeten Patronen bekannt war, würde die Schutzweste kein wirklicher Schutz sein. Und diese Erkenntnis ließ seinen Puls schlagartig in die Höhe schnellen.

„Wäre es nicht sicherer, wenn jeder zwei kugelsichere Westen übereinander anlegt?", fragte er daher. Seinem Gesichtsausdruck konnte man ablesen, dass die Frage ernst gemeint war.

„Du kannst dich hinter mir verstecken", bot ihm Tami aus vollem Hals lachend an. Doch auch ihre Gesichtszüge wirkten angespannt. Die Nervosität, die sie alle befallen hatte, war zum Greifen. Christian zählte zu den alten Hasen, der schon öfters heikle Einsätze zu bewältigen hatte. Daher wusste er, dass die Nervosität wie weggeflogen sein würde, wenn sie am Einsatzort angekommen waren.

So gut kannte er seine Leute, dass er sich keine Sorgen machen musste, dass was schiefgehen könnte. Dennoch ahnte er, dass ihnen der Gallinger noch erhebliche Probleme bereiten würde und er heilfroh sein konnte, wenn sie alle wieder gesund aus dem Einsatz zurückkehrten.

36.

Nachdem das Geschoss den Lauf verlassen hatte, hielt Michael das Gewehr noch weiter ins Ziel. Zum ersten Mal hatte er heute einen Mündungsfeuerdämpfer benutzt. Er war positiv überrascht von dem kaum merkbaren Rückstoß. Am liebsten hätte er gerne nochmals abgedrückt. Doch er hob nur den Kopf ein wenig an, schaute über die Visiereinrichtung zum Haus.

Schließlich lehnte er das Gewehr gegen die Siloballen, ging in die Knie und suchte nach der Geschosshülse. Zentimeter für Zentimeter tastete er das Gras ab, bis er sie gefunden hatte. In diesem Augenblick hörte er einen lauten Schrei im Haus. Sonja rief den Namen von Linus.

Hatte er etwa das Kind getroffen? Erst jetzt fiel ihm ein, dass es eine kindliche Stimme war, die den Hörer abgenommen und sich gemeldet hatte. Darauf hatte er im ersten Moment gar nicht geachtet, war voll konzentriert auf den Schuss.

Auf einmal wollte er nur noch weg. Auch wenn er auf den oberen Bereich des Fensters gezielt hatte, das Geschoss konnte aber durch irgendetwas abgelenkt und zum Querschläger geworden sein, der das Kind traf. Sein Magen zog sich zusammen. Hatte er einen weiteren Menschen auf dem Gewissen? Dieses Mal ein Kind? Das Ganze schien ihm langsam zu entgleiten. Er schulterte das Gewehr, warf sich den Umhang über und lief mit dem Hut in der Hand auf direktem Weg zum Auto. Dieses Mal achtete er nicht darauf, ob er gesehen wurde oder nicht. Das war ihm jetzt egal. Er wollte nur noch weg.

Im Auto sitzend holte er das Handy heraus, wählte Andreas Nummer. Seine Hand zitterte. Endlich meldete er sich. Plötzlich war Michael wieder der Alte, hatte sich gefangen. In seiner für ihn so provokanten Art dankte er Andreas für die Stunde Zeit, die er ihm gelassen hatte. Er redete einfach drauf los, ohne vorher überlegt zu haben. Zum Schluss forderte er ihn auf, zu Hause anzurufen und sich nach dem Zustand seiner Familie zu erkundigen. Dann warnte er ihn nochmals vor einer Aussage bei der Polizei. Während des ganzen Gesprächs verfolgte ihn jedoch der Schrei von Sonja, wollte nicht mehr aus seinem Kopf. Dann fuhr er nach Hause.

Sein erster Weg führte ihn in sein Zimmer. Er riss die Schranktür auf, holte die restlichen Schachteln mit der Munition heraus, packte sie in den Rucksack. Als er die Treppe hinunterlief, stand seine Mutter am Treppenabsatz, schaute ihn mit angsterfüllten Augen an.

„Was ist denn los Bub?"

Er drückte sie zur Seite, lief in die Küche und suchte was zu trinken. Staubtrocken war sein Mund. Die Mutter war ihm nachgeeilt, hielt seinen Oberarm und wiederholte ihre Frage. Auf einmal packte er sie an der Schulter, drückte sie auf den Stuhl, zog sich einen zweiten heran und ließ sich darauf nieder.

„Mutter ... ich muss weg, Ich komme aber bald wieder," log er sie an. Die ganze Wahrheit wollte er ihr nicht sagen, hatte Angst, dass sie sich zu sehr aufregen könnte bei ihrem schwachen Herz.

„Was ist denn passiert Michael?" Die Stimme der Mutter klang besorgt.

„Man will mir was anhängen und die Polizei sucht mich. Frag mich bitte nicht, was ich getan haben soll? Ich weiß es selbst nicht genau. Ich weiß nur, dass der Höhensteiger Andreas etwas angestellt und bei der Polizei behauptet hat, ich sei das gewesen. Und jetzt wollen sie mich deshalb festnehmen."

„Aber Bub, wenn du es nicht gewesen bist, dann brauchst du doch nicht davonzulaufen. Fahr doch zur Polizei und stell es richtig."

„Nein Mutter. Die glauben mir nicht. Das weiß ich. Und wenn die mich erst haben, dann sperren sie mich ein und ich hab keine Chance, meine Unschuld zu beweisen." Michael kämpfte mit den Tränen, weil er seine Mutter noch nie angelogen hatte. Und es fiel ihm schwerer, als er befürchtet hatte.

„Was sollst du denn getan haben Michael?"

„Ich weiß es nicht Mutter!", schrie er ihr ins Gesicht.

„Woher weißt du dann, dass sie dich suchen?"

„Die Sonja, die Frau vom Andreas hat es mir gesagt. Ich war gerade bei ihr. Da hat sie es mir mitgeteilt."

Die Mutter schaute Michael komisch an. Er wusste, dass die Geschichte nicht glaubhaft war. Es musste ihm aber gelingen, sie zu überzeugen, denn er benötigte ihre Hilfe.

„Ich hab mit der Sonja eine Affäre, das hat der Andreas rausbekommen. Deswegen will er sich an mir rächen. Die Sonja hat das erfahren und mich davor gewarnt."

Die Mutter hatte bei seinen letzten Worten die Hände über dem Kopf zusammengeschlagen und schaute ihn entsetzt an.

„Mein Gott, Michael. Die Sonja ist doch verheiratet und hat ein Kind. So was macht man doch nicht."

„Ja, ich weiß Mutter. Es ist ja auch von ihr ausgegangen. Es war ein Fehler. Deswegen soll ich jetzt ja büßen."

Geknickt schaute er zu Boden und hoffte, dass die Mutter ihm nun seine Geschichte abgekauft hatte. Sie sagte aber nichts. Langsam und schuldbewusst schaute er ihr in die Augen, sah ihre Tränen. Augenblicklich nahm er sie in die

Arme.

„Es tut mir leid Mutter, wenn ich dich enttäuscht habe. Aber ich bin auch nur ein Mann."

Sie schob ihn von sich, lächelte ihm nachsichtig ins Gesicht, tätschelte seine Wange.

„Na ja, ich kann dich ja verstehen. Hübsch ist sie schon."

„Hilfst du mir Mutter?", fragte er nun.

„Was kann ich denn für dich tun?"

„Wenn die Polizei kommt, dann gib bitte keine Auskunft. Wenn sie dich aber fragen, wo ich heute war, sagst du, dass ich zu Hause war und gearbeitet habe. Und du weißt nicht, wo ich jetzt bin. Hast du das verstanden? Du darfst ihnen ansonsten nichts sagen."

Sie nickte nur und wischte sich die Tränen aus den Augen. Sie hatte die böse Ahnung, dass sie ihren Sohn so bald nicht mehr wiedersehen würde.

„Wann kommst du denn zurück?", fragte sie daher.

„Bald! Sobald ich die Beweise habe, komme ich nach Hause. In der Zwischenzeit muss ich mich verstecken. Wenn du Hilfe brauchst, dann wende dich an Gunda. Sie ist schließlich deine Tochter."

Michael schaute auf die Uhr. Es war höchste Zeit, endlich zu verschwinden. Er zog seine Mutter hoch und umarmte sie. Er küsste sie aufs Haar und auf die Stirn. Als sie sich in die Augen schauten, hatten beide Tränen in den Augen, Tränen des Abschieds.

Michael riss sich los. Vom Schlüsselbrett holte er sich einen Schlüsselbund, steckte ihn ein und ohne seine Mutter noch einmal anzuschauen, verließ er das Haus. Wenige Minuten später befand er sich mit dem Lada auf der Bundesstraße, fuhr nach Birnbach, in Richtung österreichische Grenze.

Am Ortseingang von Birnbach bog er links in einen gesperrten Forst- und Waldweg ab. Der Weg verlief zunächst parallel neben einem ausgetrockneten Bachbett durch dichten Wald, war eng, teilweise hingen die Äste der Bäume bis in die Mitte des Weges. Nach fünfhundert Metern ging es dann bergauf. In immer enger werdenden Serpentinen zog sich der Weg nach oben. Im Schritttempo holperte er auf dem geschotterten Waldweg seinem Ziel entgegen. Nach fünfzehn Minuten erreichte er eine aufgekieste größere Fläche, fuhr vorbei an frisch gefällten Baumstämmen, die beidseitig zu gewaltigen Stapeln aufgetürmt worden waren. Durch das offene Fenster drang der harzige Duft herein, den er so sehr liebte. Er fuhr bis zum Ende des Holzlagerplatzes, bis schwere Forstmaschinen ihm die Weiterfahrt unmöglich machten.

Vor diesen lenkte er seinen Wagen in die Schneisen, die die überdimensional breiten Reifen der Harvester in dem weichen Waldboden hinterlassen hatten. Michael wurde wie wild auf dem Sitz hin- und hergeworfen und es bedurfte seiner ganzen Muskelkraft, den Wagen einigermaßen in der Spur zu halten. Schließlich musste er anhalten, da es nicht mehr weiterging. Vor ihm türmten sich oberarmdicke Äste und großflächige Rindenstücke auf, die von den entasteten Baumstämmen stammten und hier aufgeschichtet worden waren. Michael stieg aus, holte die Rucksäcke und das Gewehr aus dem Wagen und legte sie hinter dem Wagen ab. Dann zog er ein paar der buschigsten Äste zum Wagen, verteilte sie darauf, bis man den Lada darunter nicht mehr ausmachen konnte.

Dann nahm er den großen Rucksack, packte ihn sich auf den Rücken, den kleineren trug er vor der Brust. Zum Schluss setzte er sich den Hut auf, nahm das Gewehr in die Hand und machte sich schließlich auf den Weg. Bis zu seinem Ziel hatte er zwar nicht mehr weit, dafür ging es aber ständig steil bergauf.

Nach zweihundert Metern trat er aus dem schattenspendenden Wald heraus. Vor dem Hintergrund des von der Sonne beschienenen Gipfels des Eibenstocks breitete sich eine großflächige Bergwiese aus. Der Weg führte mitten durch die zahlreichen hier wachsenden Gräser, Blumen und Kräuter. In der Vergangenheit hatte er immer wieder seiner Mutter Heilpflanzen und Küchenkräuter mitgebracht, die von ihr zu Salben, Tees oder als Gewürze zum Kochen verarbeitet wurden. Heute hatte er jedoch keinen Blick dafür.

Der Weg wurde ab hier immer steiler, zog sich in zahlreichen Windungen durch die Wiese den Berg hinauf. Nach etwa zehn Minuten ging es erneut in den Wald. Ab hier verließ er den ausgetretenen Pfad, suchte sich seinen eigenen, der wesentlich kürzer, aber dafür auch gefährlicher war. Der führte an einer steilen Felswand entlang und war teilweise so schmal, dass kaum ein Fuß darauf einen sicheren Stand fand. Wer hier nicht schwindelfrei und trittsicher war, konnte in erhebliche Schwierigkeiten kommen.

Doch unbeirrt strebte er seinem Ziel weiter entgegen. Nach ein paar Minuten hatte er die gefährliche Passage hinter sich. Ein letztes steiles Stück durch dichten Wald lag vor ihm, mitten durch nahezu undurchdringliche Brombeersträucher, deren Dornen sich in den Stoff seiner Hose bohrten und ihn an einem schnelleren Fortkommen hinderten, dann wurde es schlagartig heller. Durch hüfthohe Brennnesselstauden kämpfte er sich auf eine Lichtung, nicht viel größer als ein halbes Fußballfeld. Dort, wo er aus dem Wald heraustrat, stand eine einsame Hütte, umgeben von Sonnenblumen. Das Ziel. Auf dem Weg durch den Wald hatte ihn absolute Ruhe begleitet. Kein Verkehrslärm drang bis hierher durch. Nun empfing ihn das laute Glucksen eines schmalen Gebirgsbächleins, das sich seinen Weg über zahlreiche kleine Kaskaden talwärts suchte und direkt an der Hütte vorbeifloss sowie das Konzert von hunderten von Grillen. Bunte Schmetterlinge und Wildbienen flogen von einer Blume zur anderen.

Michael stellte die Rucksäcke auf der Holzbank neben der Eingangstür ab, lehnte das Gewehr gegen die Wand und holte einen kleinen Schlüsselbund aus der Hosentasche. Damit sperrte er das Vorhängeschloss auf.

Hier, in der Abgeschiedenheit und weit entfernt von der Zivilisation, hatte er sich eine zweite Heimat geschaffen. Viele Tage und Nächte hatte er hier heroben verbracht. Vor acht Jahren wurde ihm vom zuständigen Jagdpächter das Revier verpachtet. Die Hütte gehörte dazu, befand sich jedoch in einem nicht bewohnbaren Zustand. In mühseliger Kleinarbeit hatte er sie hergerichtet. Das Material für die Renovierung hatte ihm das Forstamt mittels eines Hubschraubers liefern lassen. Ansonsten wäre es nicht möglich gewesen. Die Hütte wurde sein ganzer Stolz. Trotzdem verschwieg er sie gegenüber den Freunden und den Geschwistern. Hier heroben wollte er ungestört sein, nur seine Mutter nahm er ein einziges Mal mit hierher.

Erschöpft und durchgeschwitzt von den Anstrengungen des Aufstiegs, machte er seinen Oberkörper frei und wusch sich im Brunnen vor der Hütte. Mit Hilfe einer Motorsäge und einer Axt hatte er ihn aus dem Stamm einer Buche geschnitten und bearbeitet.

Mit nacktem Oberkörper setzte er sich anschließend auf die Bank, ließ sich die Sonne auf die nasse Haut scheinen. Die Holzbalken der Hütte wärmten seinen Rücken. Mit geschlossenen Augen hörte er dem Gezirpe der Grillen und dem Gezwitscher der Vögel zu. Eine seelische Last fiel von ihm. In diesem Moment dachte er keine Sekunde an den Unfall oder den angsterfüllten Schrei von Sonja. Paradiesisch. Für einen Augenblick fühlte er sich glücklich, doch dann fiel ihm doch wieder ein, warum er hierher gekommen war.

Ganz bewusst hatte er sich für diese Hütte als Versteck entschieden. Selbst, wenn man herausbekommen sollte, wo er sich aufhielt, hatte er noch eine weitere Möglichkeit, sich zu verstecken. Von der Hütte aus brauchte man nur noch eine halbe Stunde, dann erreichte man den Gipfel des Eibenstocks. Dort oben gab es ein weiteres Versteck, das vermutlich nie einer entdecken würde.

Obwohl er noch gerne sitzen geblieben und die angenehme Wärme länger genossen hätte, stand er doch auf und betrat die Hütte. Neben der Tür stand links ein Tisch mit zwei Stühlen und einer Bank, rechts der Holzofen. Im hinteren Teil stand das Bett, an dessen Fußende eine Leiter nach oben führte. Unterhalb des Dachs hatte er sich einen Lagerraum eingerichtet. Nicht groß, aber ausreichend für das, was er dort aufbewahren wollte. Von dort holte er einen weiteren Rucksack herab. Seinen Kletterrucksack mit Helm, mehreren Haken und verschließbaren Karabinern sowie einem Klettergurt und Sicherungsgerät. Außen hing ein sechzig Meter langes dreifarbiges Seil. Jetzt musste er nur noch warten und Geduld haben. Wenn die Mutter dicht hielt, dann würden ihn die Bullen unten im Tal und vielleicht auch in Österreich suchen. Auf jeden Fall nicht hier heroben. In ein paar Tagen konnte er dann seine Flucht fortsetzen. Der Gedanke schmerzte ihn. Eine ungewisse Zukunft lag vor ihm. Er ärgerte sich, weil er all das Schöne hier aufgeben musste. Schuld waren Andreas und die Bullen. Sollte ihm einer von denen nochmals vor die Flinte kommen, dann ...

37.

Während Michael die Hütte am Eibenstock erreichte, traf sich Christian mit den Kollegen des Einsatzzuges auf dem leeren Parkplatz des Fußballplatzes in Irlbach. Drei Gruppen sowie ein Team mit Suchhunden standen ihm zur Verfügung. Er informierte sie über den Hintergrund des Einsatzes und teilte ihnen ihre Aufgaben zu.

Eindringlich wies er auf die Gefährlichkeit von Michael Gallinger hin. Denn, wer im Besitz eines Scharfschützengewehrs ist und keine Skrupel hatte, auf ein vierjähriges Kind zu schießen, dem musste man alles zutrauen. Wenn man ihn in die Enge trieb und er keinen anderen Ausweg mehr sah, dann würde er alles unternehmen, um sich der Verhaftung zu entziehen. Auch wenn es dabei Tote geben sollte.

Christian holte das Handy heraus, rief die Festnetznummer von Michael Gallinger an. Es dauerte nicht lange und seine Mutter hob ab. Ohne sich namentlich vorzustellen, erkundigte er sich sofort, ob ihr Sohn zu Hause sei.

„Warum?"

„Das will ich ihm selber sagen."

„Er ist nicht hier."

Christian gab mit der Hand das verabredete Zeichen und die Beamten der 1. Gruppe fuhren los. Sie brauchten einen Vorsprung, um das Gehöft umstellen zu können.

„Wo ist er denn, oder wie kann ich ihn erreichen?", setzte Christian die Fragerei fort.

„Das weiß ich nicht. Lassen Sie ihn in Ruhe!"

Dann legte sie auf.

„Also gut, dann wollen wir."

Christian stieg in den Wagen, in dem sein Team bereits wartete. Auf dem Weg zum Hof meldete der Einsatzzugführer, dass die Positionen eingenommen wurden, kein Auto zu sehen sei und sie alle Fenster und Ausgänge im Auge hatten. Hinter einer Scheune, die direkt an das Bauernhaus angrenzte, hielt Tami an. Die Scheune bot ihnen Sichtschutz, so dass sie sich unbemerkt der Rückseite des Hauses nähern konnten. Auf der angrenzenden Weide grasten die Kühe, zahlreiche Hennen liefen laut gackernd auf dem Hof hin und her, ließen sich von den ungebetenen Gästen bei ihrer Futtersuche nicht stören.

Geduckt, mit der Pistole in der Hand und dicht an der Mauer entlanglaufend, setzten sie ihren Weg zur Vorderseite fort. Christian baute auf das Überraschungsmoment, hoffte, dass Michael Gallinger, falls er sich doch im Haus befinden sollte, nicht mit dem Gewehr hinter der Tür stand und auf sie wartete. Ohne lange zu zögern, riss Christian die Haustür auf und warf einen ersten Blick in den langgezogenen und dunklen Hausgang. Der charakteristische Geruch nach Stall wehte ihnen entgegen.

Joschi stand auf der anderen Seite der Tür, warf nun ebenfalls einen Blick hinein. Auch er konnte niemanden in dem schummrigen Licht erkennen. Gerade, als Christian der 2. Gruppe ein Zeichen geben wollte, dass sie ins Haus konnten, um Sicherungspositionen einzunehmen, ging die Tür der Wohnstube auf. Heraus trat eine kleine weißhaarige Frau mit runzligem Gesicht und gebeugtem Rücken. Das Haar hatte sie am Hinterkopf zu einem Haarknoten geflochten, die Füße steckten in klobigen Holzpantoffeln mit einem ausgebleichten Blumenmuster. Die Hände hatte sie in den Taschen einer blauen Hausschürze versteckt. Bestürzt blieb die alte Bäuerin unter dem Türstock stehen, als sie Christian und Joschi mit den Pistolen in der Hand erblickte.

„Frau Gallinger?"

Sie nickte nur mit dem Kopf.

„Kriminalpolizei Tiefenbach. Kriminalhauptkommissar Köhler. Wo ist ihr Sohn Michael?"

Sie lächelte gequält, kam ihm entgegen.

„Sie können ihre Pistole ruhig wieder einstecken, ich tu ihnen nichts. Vor Michael brauchen Sie auch keine Angst zu haben, denn er ist nicht da."

Er führte die alte Frau in die Stube. Zusammen mit Tami nahm er mit ihr am Tisch Platz.

„Frau Gallinger. Wer befindet sich außer ihnen noch im Haus? Ich muss das wissen, da gleich die Hundeführer mit ihren Spürhunden das Haus durchsuchen werden."

„Nach was suchen Sie denn?", fragte die Bäuerin und konnte ein Grinsen nicht unterdrücken.

„Wir suchen ihren Sohn Michael. Hier habe ich vom Gericht einen Durchsuchungsbeschluss für das Haus sowie alle Nebengebäude und Fahrzeuge." Christian schob ihr den Beschluss über den Tisch zu, ließ ihr Zeit, ihn durchzulesen. Doch sie warf nur einen kurzen Blick darauf und mit einer Handbewegung wischte sie das Formular vom Tisch.

„Dann suchen Sie mal. Soll ich in der Zwischenzeit Kaffee machen?" Christian schaute die Frau verdutzt an, fragte sich, ob sie wirklich so abgebrüht war oder nur verrückt.

„Sie haben meine Frage noch nicht beantwortet. Befindet sich außer ihnen sonst noch wer im Haus?"

„Ja. Eine ganze Menge Polizisten. Wie viele es sind, werden Sie besser wissen als ich."

Christian gab Tami ein Zeichen. Sie stand auf, ging vor das Haus und gab für die Hundeführer das Startkommando.

„Wollen Sie mir nicht endlich Bescheid geben, warum Sie Michael suchen? Was hat er denn angestellt?"

Christian erklärte ihr, dass Michael verdächtigt werde, am Anschlag gegen die Polizisten beteiligt gewesen zu sein und heute Vormittag auf das Haus des

Höhensteigers geschossen zu haben. Kaum hatte sie gehört, was Michael vorgeworfen wurde, fing sie laut, ja fast hysterisch, zu lachen an.

„So was macht mein Bub nicht. Ich glaube ihnen kein Wort. Das wird wohl wieder so eine Schikane sein. Seit Monaten habt ihr ihn auf dem Kieker. Er kann ja kaum das Haus verlassen, da wird er schon aufgehalten und kontrolliert."

Christian überraschte diese Erklärung nicht. So würde jede Mutter reagieren.

„Leider stimmt das aber. Sein Komplize hat gestanden. Und momentan wird das Geschoss, das im Wohnzimmer der Familie Höhensteiger gesichert wurde, ballistisch untersucht."

„Dem Höhensteiger kann man doch nicht glauben. Der lügt doch, wenn er das Maul aufmacht. Mein Bub macht so was auf keinen Fall."

Christian war klar, dass jede weitere Diskussion nicht zum Erfolg führen werde. Inzwischen war er sich sicher, dass der Gesuchte wirklich nicht hier war. Doch wo war er dann?

„Frau Gallinger. Bitte sagen Sie mir, wo Michael jetzt gerade ist."

„Ich weiß es nicht", schrie sie Christian ins Gesicht.

„Wann haben sie Michael zuletzt gesehen?"

„Heute Mittag beim Essen."

„Und wann war das?"

Sie überlegte kurz, weil sie nachdenken musste, ob die Zeitangabe eventuell von Bedeutung sein könnte.

„Das kann ich nicht genau sagen. Wir essen zu Mittag, wenn es die Arbeit halt zulässt."

„Und?", fragte Christian ungeduldig werdend. „Wie spät war es also?"

„Das hab ich ihnen doch soeben gesagt. Ich weiß es nicht genau. "

„Dann können Sie sich hoffentlich daran erinnern, was er heute Vormittag gemacht hat?"

„Na was schon? In der Früh ist er in den Stall gegangen, hat die Tiere gefüttert, dann hat er ausgemistet ..."

„Ist gut", unterbrach er sie.

„Was hat es denn heute Mittag gegeben?" Christian ahnte, dass sie ihn auch dieses Mal anlügen werde, er hoffte aber, dass sie die Fragerei mit der Zeit nerven und sie die Konzentration verlieren werde. Vor allem mussten die Fragen schnell hintereinander gestellt werden, dass sie nicht lange überlegen konnte, was sie antworten sollte. Mittlerweile war er überzeugt, dass Michael seine Mutter genau instruiert hatte, was sie preisgeben durfte und was nicht.

„Das geht Sie wirklich nichts an, was es bei uns zu essen gibt."

Tami stand auf, ging in die Küche.

„Es scheint, als hätte es nur Suppe gegeben", erklärte sie und setzte sich zurück an den Tisch. „In der Spüle habe ich jedoch nur einen benutzten Teller und einen Löffel gefunden."

Maria Gallinger lachte abermals laut auf, schaute Tami spöttisch an.

„Lassen Sie es doch untersuchen, dann werden Sie feststellen, dass es Michael benutzt hat. Ich hab nämlich nichts gegessen."

In diesem Moment kam Kurt in die Stube, forderte Christian auf, mitzukommen. Draußen im Gang händigte er ihm einen großen Briefumschlag aus, darin eine Anzahl an Schriftstücken.

„Das hat der Hundeführer im Zimmer vom Gallinger gefunden. Es lag in seiner Nachttischschublade unter Pornoheften.

Es handelte sich um die Unterlagen des Gewehrs, eines Zielfernrohrs und eines elektronischen Entfernungsmessers.

„Leider haben wir nur die Papiere und nicht die dazugehörigen Gegenstände gefunden", erklärte Kurt. „Auch die Hunde haben nichts erschnüffelt."

„Sucht weiter. Alles was uns helfen kann, ihn so schnell wie möglich zu finden, nehmt ihr mit."

Christian kehrte in die Stube zurück, nahm sich vor, das Katz und Maus Spiel zu beenden.

„Frau Gallinger. Ihr Sohn wird wegen zweier Verbrechen gesucht. Wenn Sie wissen, wo er sich aufhält und es uns nicht sagen, dann machen Sie sich mitschuldig, an all dem, was er in Zukunft noch anstellt. Er scheint sich in einem verzweifelten Zustand zu befinden, anders kann ich mir nicht erklären, warum er auf ein vierjähriges Kind schießt. Wo ist er also?"

Sie lachte ihm erneut spöttisch ins Gesicht, zuckte lediglich mit den Schultern.

„Verdammt noch mal", schrie Christian und haute mit der Faust auf den Tisch. „Soll er noch mehr Unheil anrichten? Wollen Sie das? Muss er erst zum Mörder werden? Sie können es verhindern. Wenn Sie ihn also lieben, dann helfen Sie uns, ihn zu finden, bevor es zu spät ist."

Christian hatte sich in Rage geredet, musste danach erst mal tief durchatmen. Der Gesichtsausdruck von Maria Gallinger verdeutlichte ihm jedoch, dass sie sein Gefühlsausbruch nicht beeindruckt hatte. Sie wischte mit einem Taschentuch einen imaginären Fleck vom Tisch, beachtete ihn nicht.

Tami übernahm die Befragung.

„Lass es mich mal versuchen Christian", flüsterte sie ihm zu. „Das ist eine Sache zwischen Frauen. Da braucht man Gefühl und weibliche Intuition. Das hast du beides nicht. Lass uns also bitte einen Moment allein."

Christian musste ihr recht geben. Also stand er auf, begab sich zu den Kollegen, um sie bei der weiteren Durchsuchung zu unterstützen.

„Frau Gallinger", fing Tami mit ruhiger Stimme an, legte ihre Hand auf den Unterarm der alten Frau. „Mir ist klar, dass Sie alles tun, um ihrem Sohn zu helfen. Sie haben sich aber vermutlich noch keine Gedanken darüber gemacht, was für ihn wirklich hilfreich ist."

Da die alte Frau ihren Arm nicht wegzog, machte es Tami Hoffnung, dass sie mehr Erfolg haben würde, als ihr Chef.

„Sie dürfen mir glauben, dass wir Sie nicht mit einer Lüge dazu bringen wollen, uns zu verraten, wo er ist. Es steht aber eindeutig fest, dass er an dem Anschlag auf die beiden Polizeibeamten nicht nur beteiligt war, sondern die treibende Kraft gewesen ist. Er wollte die Polizisten sicher nicht töten, ihnen wahrscheinlich nur einen Schrecken einjagen. Und als er durch die Fensterscheibe ins Wohnzimmer des Höhensteigers geschossen hat, hat er wahrscheinlich gar nicht gewusst, dass sich in diesem Augenblick der Junge darin aufgehalten hat. Dem Bub ist, Gott sei dank, nichts passiert, er hat sich verständlicherweise aber zu Tode erschrocken. Wir vermuten, dass sich Michael in einer verzweifelten Lage befindet, seit sich der Höhensteiger entschieden hat, ein Geständnis abzulegen. Deswegen hat er, so vermuten wir jedenfalls, durch das Fenster geschossen, um ihn eindringlich davor zu warnen."

Tami hatte die Bäuerin nicht aus den Augen gelassen. Die starrte auf den Tisch, spielte mit ihren Fingern. In ihrem Kopf ratterte es, das konnte man an den unruhigen Augenbewegungen feststellen. Nicht ausgeschlossen, dass in diesem Moment ein Umdenken einsetzte. Sie gönnte ihr daher eine kleine Pause, damit sie ihre Gedanken einordnen konnte.

„Michael befindet sich in einer seiner Meinung nach hoffnungslosen Situation", fuhr Tami schließlich fort. „Und wenn man verzweifelt ist, dann macht man Fehler, und zwar solche, die man nicht mehr gutmachen kann. Mit seiner Festnahme wollen wir verhindern, dass er einen solchen begeht."

„Das sind doch alles Lügen vom Höhensteiger", erwiderte die Bäuerin nun doch. „Der will sich am Michael doch nur rächen. Deswegen erzählt der, dass der Michael dabei war."

„Wie kommen Sie denn darauf? Hat ihnen Michael das gesagt?"

Es dauerte einige Sekunden, in denen sich die Bäuerin mit dem Taschentuch die Tränen aus den Augen tupfte.

„Der Michael ... der Michael hat doch was mit der Frau vom Höhensteiger. Der hat das herausbekommen und will sich nun an Michael rächen. Das hat mir der Bub selbst erzählt. Und ich glaube ihm."

„Wann hat er ihnen denn das mitgeteilt, Frau Gallinger? Wann genau?"

„Heute, bevor er gefahren ist."

Die plötzliche Wendung des Gesprächs überraschte Tami. Jetzt wusste sie, warum die Frau so abweisend war. Michael hatte sie mit einer Lüge manipuliert. Das durfte sie ihr aber nicht direkt sagen, sondern musste mit Bedacht vorgehen.

„Frau Gallinger. Wenn das stimmen sollte, dann muss uns das der Michael persönlich sagen. Nur dann können wir ihm helfen. Solange er vor uns wegläuft, kann er das nicht richtigstellen. Also Frau Gallinger. Wenn Sie ihrem Buben helfen wollen, dann sagen Sie mir bitte, wo er ist."

„Deswegen ist er ja weggelaufen, weil er gewusst hat, dass Sie ihm nicht glauben. Er hat gesagt, sobald er die Beweise dafür hat, meldet er sich wieder."

„Mein Gott Frau Gallinger. Wenn er sich vor uns versteckt, dann bedeutet das doch, dass er etwas zu verbergen hat. Woher will er denn wissen, dass wir ihm nicht glauben? Wir haben ja noch nicht einmal mit ihm gesprochen. Wenn er weiter davonläuft, dann bestätigt sein Verhalten doch nur die Version vom Höhensteiger. Seine Flucht beweist doch nur, dass er schuldig ist."

Tami spürte, dass ihre Argumente die Frau zum Nachdenken brachten. Jetzt durfte sie nicht mehr locker lassen.

„Wenn wir Michael nicht bis heute Abend finden, wird ein internationaler Haftbefehl erlassen, das heißt, dass man ihn in ganz Europa suchen wird. Wenn er also vorhat, ins Ausland zu fliehen, wird man ihn irgendwann einmal kontrollieren und die Ausschreibung zur Festnahme feststellen. Es kann dann sein, dass er monatelang in einem fremden Land im Gefängnis sitzt und Sie ihn nicht besuchen können. Wollen Sie das wirklich?"

Ein kaum merkbares Kopfschütteln zeigte Tami, dass sie auf dem richtigen Weg war. „Wenn wir ihn festnehmen, dann kommt er in Deutschland in Untersuchungshaft und wenn es stimmt, was er gesagt hat, dann ist er schnell wieder heraußen. Wenn er jedoch im Ausland im Gefängnis sitzt, dann kann es ewig dauern, bis er nach Deutschland überstellt wird. Wenn Sie ihm das ersparen wollen, dann sagen Sie uns bitte, wo ... er ... sich ... jetzt ... befindet."

„Ich weiß es doch wirklich nicht", antwortete sie mit tränenerstickter Stimme.

„Hat er sein Handy dabei?"

„Das weiß ich auch nicht. Wenn er es dabei hat, dann ist es mit Sicherheit ausgeschaltet. Er sagt immer, dass die Strahlen gefährlich sind. Darum schaltete er es immer nur ein, wenn er selbst telefonieren will."

„Haben Sie gar keine Idee, wo er sein könnte? Wissen Sie vielleicht, was er alles mitgenommen hat?"

Maria Gallinger stand auf, ging zur Kommode. Sie öffnete die oberste Schublade und suchte etwas.

„Hier herinnen hat er mehrmals was gesucht und herausgenommen. Zuletzt waren es zwei Feuerzeuge."

Sie schloss die Schublade wieder, ging in die Küche. Sie schaute auf das Schlüsselbrett und ließ den Kopf sinken. Sie wusste jetzt, wo sich Michael aufhielt, war aber noch immer hin und hergerissen, ob sie es den Polizisten sagen sollte. Sie hatte ihrem Bub versprochen, dass sie nichts sagen werde. Auf der anderen Seite glaubte sie der Beamtin. In Gedanken sah sie Michael vor sich stehen, wie traurig er sie angesehen hatte. Aufgeregt und verzweifelt war er.

Tami hatte die Veränderung im Gesichtsausdruck der alten Frau erkannt. Sie wusste offenbar, wo sich ihr Sohn befand, überlegte nur noch, ob sie es sagen sollte oder nicht.

„Ich muss oben noch was nachschauen", erklärte sie Tami. Sie gingen vor bis zum Treppenabsatz. Dort erkundigte sich Tami, ob die Hunde oben noch bei der Arbeit waren.

„Nein, die sind bereits fertig und wieder aus dem Haus", bekam sie zur Antwort. „Das Gewehr haben wir übrigens nicht gefunden."

Als Maria Gallinger dies hörte, zuckte sie schmerzlich zusammen. Sie hatte sich also nicht getäuscht. Er hatte es mitgenommen.

In Michaels Zimmer zog sie die oberste Schublade der Kommode auf, fing an, den Inhalt zu durchwühlen. Fand das Gesuchte aber nicht. Dann kniete sie sich vor das Bett und zog mit zitternden Händen den Bettkasten hervor. Schweigend starrte sie hinein, schob ihn wieder zurück und ließ sich auf das Bett sinken. Weinend verbarg sie ihren Kopf zwischen den Händen.

Tami setzte sich neben die Frau und streichelte sanft ihren Rücken. Abrupt hob sie den Kopf und schaute Tami ins Gesicht.

„Sie müssen mir aber versprechen, dass Sie dem Bub nichts tun und dass Sie ihm glauben."

„Ja, das verspreche ich ihnen."

„Der Schlüssel von der Jagdhütte fehlt, ebenso die Rucksäcke, das Gewehr und der Lada. Ich bin mir sicher, dass er sich dort aufhält."

„Wo ist denn die Hütte, Frau Gallinger?"

„Unterhalb des Gipfels vom Eibenstock. Dort hat er vor ein paar Jahren ein Jagdrevier gepachtet. Eine verfallene Hütte gehört dazu, die er in mühsamer Arbeit hergerichtet und bewohnbar gemacht hat. Wo sie genau ist, kann ich ihnen nicht sagen, obwohl ich einmal oben gewesen bin. Mit dem Auto fährt man bis zu einem Holzlagerplatz, von dort aus sind es dann noch etwa dreißig Minuten Fußmarsch."

Tami umarmte dankbar die Frau.

„Sie werden sehen, dass Sie ihm einen Gefallen getan haben. Es wird alles wieder gut werden."

„Versprechen Sie mir das?"

„Natürlich." Sie hatte jedoch kein gutes Gefühl, als sie dieses Versprechen gab. Ob sie es halten konnte, lag in erster Linie an Michael.

„Ich glaube ihnen. Enttäuschen Sie mich bitte nicht." Tami nahm die Frau in die Arme und drückte sie fest an sich.

Christian verkündete über Funk das Ende des Einsatzes und entließ die Unterstützungskräfte. Als sie sich von Frau Gallinger verabschieden wollten, spürte Tami, dass die alte Frau noch etwas auf dem Herzen hatte.

„Eines versteh ich nicht. Warum hat Michael den Reisepass und sein Sparbuch mitgenommen?"

„Wie viel ist denn auf dem Sparbuch?", fragte Christian mehr aus Neugier.

„Einhundertfünfzigtausend Euro."

„Wow. Für was braucht er denn so viel Geld? Will er sich was kaufen? Eine Maschine für den Hof?"

Frau Gallinger schüttelte den Kopf. Ihr Blick ging ins Leere. Man hatte schon gar nicht mehr mit einer Antwort gerechnet, da beantwortete sie die Frage doch noch. Mehr zu sich selber als zu den anderen sagte sie:

„Er hat das Geld angespart, weil er später mal nach Kanada auswandern will. Sein größter Traum ist, und das schon von Kindesbeinen an, als Ranger in einem der zahlreichen Nationalparks zu arbeiten. Aber erst, wenn ich nicht mehr bin. Aber ich bin doch noch da?"

38.

Der Betrag ließ Christian nachdenklich werden. Warum hatte er das Sparbuch und das Jagdgewehr mitgenommen? Das konnte nur bedeuten, dass er sich nicht nur vor ihnen verstecken, sondern dauerhaft verschwinden wollte. Und vermutlich nach Kanada. Aber so einfach war das nicht. Für das Gewehr und die Munition benötigte er für Deutschland eine Ausfuhrgenehmigung und für Kanada eine Einfuhrerlaubnis. Das ging nicht von heute auf morgen. Um alle Eventualitäten ausschließen zu können, ließ er Gallinger mit einem internationalen Haftbefehl zur Festnahme ausschreiben. Das würde endgültig dafür sorgen, dass ihn die Kanadier nicht einreisen ließen.

Kurt hatte in der Zwischenzeit eine Übersichtskarte des Gebiets um den Eibenstock besorgt und sie auf der Motorhaube ihres Fahrzeugs ausgebreitet. Zusammen standen sie um die Karte und suchten nach dem Gipfel des Eibenstocks. Tami war es, die ihn als Erste fand. Als gebürtige Reichenfelserin tat sie sich natürlich leicht. Sie meinte sogar, den Holzlagerplatz zu kennen. Inzwischen war es schon später Nachmittag geworden, aber Christian bestand darauf, sich sofort auf den Weg zu machen. Zumindest wollte er Michaels Wagen finden, um sicher sein zu können, dass er sich auch wirklich im Bereich des Eibenstocks aufhielt. Noch konnte man nicht ausschließen, dass sie Gallingers Mutter angelogen hatte.

Bevor sie sich auf den Weg machten, forderte Christian über die Einsatzzentrale einen Hubschrauber an. Während sie nach dem Auto suchten, konnte der nach der Hütte Ausschau halten.

Zwanzig Minuten später bogen sie von der Bundesstraße in den Forstweg ab, der zum Holzlagerplatz hinaufführte. Doch schon nach wenigen Metern ging es für sie nicht mehr weiter. Der Dienstwagen hatte nicht die Bodenfreiheit wie Gallingers Lada. Joschi hatte eine Idee.

„Gestern hab ich auf dem Hof der PI Reichenfels einen Opel Frontera, ein geländegängiges Fahrzeug, gesehen."

„Okay Joschi", nahm Christian den Vorschlag auf. „Dann funk die Kollegen an und sag ihnen, sie sollen schleunigst mit diesem Fahrzeug herkommen. Es pressiert aber, nicht dass wir in die Dunkelheit kommen."

In diesem Moment meldete sich der Pilot des Polizeihubschraubers bei ihnen. In dreißig Minuten erreiche er das Einsatzgebiet, lautete die frohe Botschaft.

Mit dem Opel Frontera kam ein Kollege der PI Reichenfels, der Mitglied der Bergwacht war, zudem ortskundig und den Eibenstock bestens kannte. Christian holte sich von ihm die Informationen, die er benötigte, um das weitere Vorgehen planen zu können. Sie positionierten sich um die Motorhaube des Wagens, auf dem sich die ausgebreitete Karte befand.

„Der Eibenstock ist mit fast zweitausend Metern die höchste Erhebung eines etwa vier Kilometer langen Höhenzugs, der von beiden Seiten sanft ansteigt. Der Gipfel kann aber nur auf einem einzigen Weg erreicht werden, und zwar von diesem hier." Der Kollege deutete mit dem Finger auf die rot eingezeichnete Route auf der Karte.

„Und es gibt wirklich keine weitere Möglichkeit?", fragte Christian nach.

„Nein. Der Höhenzug ist stark zerklüftet und dicht bewachsen. Durch die Latschen gibt es kein Durchkommen. Außerdem verdecken sie tiefe Rinnen und Spalten, die man erst bemerkt, wenn man direkt davor steht. Auf der anderen Seite fällt der Berg fast senkrecht ab. An manchen Stellen sogar über einhundert Meter. Der Felsen besteht zum Teil aus porösem Gestein. Du kannst zwar leicht Haken hineinschlagen, aber sobald du sie mit deinem Gewicht belastest, geben sie nach. Aussichtslos von dieser Seite hinaufzukommen oder sich abzuseilen. Nur ein potenzieller Selbstmörder würde so ein Risiko eingehen."

Tami klappte ihr Laptop auf und googelte den Eibenstock. Neben einer Beschreibung des Berges und wie er zu seinem Namen kam, wurden zahlreiche Luftaufnahmen angeboten, die sie einzeln aufrief. Bis kurz vor dem Gipfel ging es durch Wald. Der restliche Weg verlief auf steinigem Untergrund, größtenteils überwuchert mit niedrigen Latschen und Heidelbeersträuchern. Ansonsten bestätigten die Bilder die Beschreibung des Kollegen.

„Was macht er da oben?", fragte sich Christian. „Warum hat er sich die Hütte als Versteck ausgesucht? Er muss doch wissen, dass er nur hinauf zum Gipfel fliehen kann, wenn wir seinen Unterschlupf herausbekommen. Und wie will er von dort oben weiterkommen? Es sieht alles nach einer planlosen Flucht aus. Nur mir fehlt der Glaube daran. Führt er uns etwa an der Nase herum?"

Als hätte Joschi Christians Gedanken lesen können, brachte er eine weitere Möglichkeit ins Spiel.

„Wir gehen doch momentan alle davon aus, dass er sich tatsächlich in der Hütte befindet. Und warum? Weil uns das seine Mutter erzählt hat. Aber wenn es sich bei dem Schlüssel um ein Täuschungsmanöver handelt? Womöglich hat er geahnt, dass seine Mutter nicht dichthalten wird, und benutzt sie, um eine falsche Spur zu legen."

Christian musste Joschi recht geben. Schließlich traf er eine Entscheidung.

„Es gibt nur eine Möglichkeit, das herauszufinden. Wir müssen hinauf und den Wagen und die Hütte suchen. Jetzt ist es schon egal. Wenn er uns reingelegt hat, dann hat er sowieso schon einen so großen Vorsprung, dass wir ihn so bald nicht fassen werden. Ich fahre mit Joschi rauf. Tami, Kurt und Maxi ihr bleibt hier. Macht euch mit dem Gelände vertraut. Sollte sich der Gallinger in der Tat dort oben befinden, brauchen wir morgen die Unterstützung der Einsatzhundertschaft. Wo können die ihre Fahrzeuge abstellen? Haben wir genügend Kartenmaterial? Wenn der Einsatz sich hinziehen sollte, müssen wir an die Verpflegung der Einsatzkräfte denken. Vielleicht fällt euch auch noch was ein. Das ist bis zum Einbruch der Dunkelheit eure Aufgabe."

Joschi setzte sich hinter das Steuer des Opel Frontera. Anfangs versuchte er vergebens, den Allradantrieb einzuschalten. Als es endlich geklappt hatte, gab er Gas. Christian merkte schnell, dass Joschi Gefallen an dem geländegängigen Wagen fand. Doch bereits nach der zweiten Kehre bekam er Bedenken, dass sie heil ihr Ziel erreichen. Er bremste Joschi ein, nachdem der Wagen mehrere Meter auf dem unbefestigten Bankett dahinschlitterte, weil Joschi in einer Kehre das Lenkrad zu spät eingeschlagen hatte. Krampfhaft musste sich Christian am Haltegriff über seinem Kopf einhalten, während er in die Tiefe starrte und sich am nächsten Baum enden sah.

„Joschi. Ich will gesund oben ankommen und nicht als Leiche im Tal landen. Also, runter vom Gas und bitte manierlich fahren."

Joschi nahm sogleich das Tempo heraus. Auch er hatte schwer schlucken müssen, als es ihm nur mit Mühe gelungen war, den Wagen wieder in die Spur zu bekommen.

Das Krächzen des Funkgeräts lenkte sie für einen Moment ab. Der Pilot des Polizeihubschraubers teilte mit, dass er mittlerweile am Einsatzort eingetroffen war und bereits beim ersten Anflug, etwa auf halbem Weg vom Holzlagerplatz zum Gipfel, eine Hütte auf der nördlichen Seite entdeckt hat. Er konnte aber nur eine grobe Beschreibung von ihr abgeben. Anhaltspunkte, die darauf hinweisen, dass sich wer in der Hütte befindet, konnte er nicht feststellen. Mit absoluter Sicherheit könne er das jedoch nicht behaupten, fügte er nach einer kurzen Pause hinzu. Aber im tiefen Gras rund um die Hütte sind keine Fußspuren festzustellen, die Fensterläden sind verschlossen und aus dem Kamin kommt kein Rauch."

„Und eine weitere Hütte gibt es nicht?", fragte Christian nach.

„Nein. Auf dieser Seite des Eibenstocks mit Sicherheit nicht. Und die Südseite ist eine senkrechte Felswand und dicht bewaldet."

Durch das offene Fenster vernahm Christian das typische Motorengeräusch der Rotoren, sehen konnte er den Hubschrauber durch das dichte Blätterdach der Bäume jedoch nicht. Er musste aber ganz nahe sein.

Nach kurzer Zeit meldete sich der Pilot erneut. Christian bildete sich ein, dass er sich nun genau über ihnen befand, so laut war es mittlerweile geworden. So falsch lag er mit seiner Vermutung gar nicht, denn er stand über dem

Holzlagerplatz, den sie soeben erreichten.

„Bei den Harvestern ist der Weg zu Ende", teilte ihnen der Pilot mit. „Ab da müssen Sie zu Fuß weiter. Da der Weg hauptsächlich durch dichten Wald führt, kann ich ihnen keine Zeitangabe über die Dauer des Aufstiegs sowie über die Beschaffenheit des Weges machen."

„Okay. Haben Sie den Wagen des Gesuchten irgendwo gesehen?"

„Negativ. Nur die Forstmaschinen."

Christian bedankte sich für die Unterstützung und entließ den Hubschrauber aus dem Einsatz. Von nun an waren sie auf sich allein gestellt. Zumindest bis morgen früh.

Vor den beiden Arbeitsmaschinen stoppte Joschi den Wagen. Zusammen stiegen sie aus, schauten sich aufmerksam um. Christian sog die würzige Luft der frisch entrindeten Baumstämme ein. Ein wohlbekannter Geruch, denn zu seinen Hobbys gehörte es, selber Brennholz zu schlagen.

„Da muss ein fürchterlicher Sturm gewütet haben", meinte Joschi und deutete auf die etwa zwei Fußballfelder große baumlose Fläche hinter den Baumstämmen, die sich weit den Berg hinaufzog. Vereinzelt lagen noch entwurzelte Bäume am Hang, ansonsten konnte man nur noch die Baumstümpfe ausmachen, die auf einen ehemals dichten Bergwald hinwiesen.

„Was meinst du?", fragte Christian. „Sollen wir uns gleich auf den Weg zur Hütte machen oder bis morgen früh warten? In den nächsten Minuten wird hier heroben die Dämmerung einsetzen."

„Die Dunkelheit macht mir nichts aus", antwortete Joschi. „Ich habe eine Maglite, die die Nacht zum Tage macht, außerdem eine Stirnlampe. Was mich aber stört, ist, dass der Gallinger ein Gewehr hat. Wenn der tatsächlich dort oben ist und mit unserem Auftauchen rechnet, dann braucht er nur den Weg beobachten und warten, bis wir kommen."

„Der Pilot hat aber gesagt, dass er niemanden gesehen hat", wollte Christian Joschi beruhigen. „Und seit wann bist du denn so ein Hasenfuß? So kenne ich dich gar nicht. Sonst bist du immer der Erste, der losmarschiert." Christian lächelte ihn süffisant von der Seite an.

„Ha ha ha. Warum willst du denn überhaupt zur Hütte, wenn eh keiner oben ist?"

„Eine berechtigte Frage Joschi. Ich will mich aber lieber selber davon überzeugen. Wenn er mit unserem Auftauchen rechnet, dann wird er sich kaum in einen Liegestuhl legen und auf uns warten, schon gleich gar nicht, wenn er einen Hubschrauber hört. Ich gehe eher davon aus, dass er sich im Inneren der Hütte verschanzt hat."

Christian zog seine Jacke aus, streifte die Schutzweste über, nahm die Pistole aus dem Schulterhalfter und entsicherte sie. Joschi machte es ihm nach. Dann marschierten sie los.

Hintereinandergehend folgten sie dem Bergpfad über die Wiese. Doch schon nach ein paar Metern blieb Joschi stehen.

„Warte Christian. Ich hab meine Maglite im Wagen vergessen. Ich laufe schnell zurück und hol sie. In ein paar Minuten, spätestens im Wald, werden wir gar nichts mehr sehen."

Christian setzte sich auf einen Stein neben dem Weg und beobachtete Joschi, wie er im Laufschritt zurücklief. Es dauerte keine Minute, dann hörte er aufgeregt seinen Namen rufen. Am Rande des Holzlagerplatzes stand Joschi, der ihn mit hektischen Handbewegungen zu sich winkte.

Als er ihn erreichte, deutete er wortlos mit dem Finger auf einen Haufen mit aufgerichteten Tannen- und Fichtenästen sowie Rindenstücken. Christian näherte sich und erkannte in diesem Moment die Reifenspuren von schmalen Reifen inmitten der wesentlich breiteren der Forstmaschinen, die genau unter den Ästen endeten. Mit einer Handbewegung wischte er die Äste zur Seite. Vor ihnen stand der Wagen von Michael Gallinger. Er war also hier.

39.

„Was machen wir jetzt?", fragte Joschi. Der starrte auf den Wagen von Michael Gallinger, presste die Lippen zusammen und überlegte angestrengt.

„Willst du versuchen, ihn heute noch festzunehmen?" Christian schüttelte sofort den Kopf.

„Nein, Joschi. Das ist zu gefährlich. Wir dürfen kein unnötiges Risiko eingehen. Nachdem der Hubschrauber mehrmals über die Hütte geflogen ist, hat er entweder Panik bekommen und seine Flucht fortgesetzt, oder er rechnet mit unserem baldigen Besuch. Auf jeden Fall ist es viel zu gefährlich, uns in der Dunkelheit der Hütte anzunähern. Er kennt die Umgebung vermutlich wie seine

Westentasche, wir aber tappen im Dunkeln. Es wird für ihn ein Leichtes sein, uns eine Falle zu stellen. Schlimmstenfalls eine tödliche Falle. Ich trau ihm inzwischen alles zu."

„Was würdest du an seiner Stelle machen, Joschi?" Der überlegte lange, bis er antwortete.

„Ich würde auf jeden Fall die Hütte meiden, weil ich davon ausgehen muss, dass man mich dort als Erstes sucht."

„Gut. Das seh ich auch so. Aber wo würdest du dich dann verstecken?"

„Hm. Zum Auto kann ich nicht mehr zurück, weil ich da den Bullen in die Hände laufe. Den Weg freischießen? Da müsste ich aber wissen, wie viele auf mich warten und ob ich gegen eine Überzahl überhaupt eine Chance hätte. Also ... ehrlich gesagt ... fühle ich mich überfordert mit dieser Frage."

„Geht mir genauso. Wenn wir wenigstens wüssten, warum er hier herauf geflohen ist. Wenn er davon ausgeht, dass seine Mutter dicht hält und wir demnach nicht ahnen können, dass er sich in der Hütte aufhält ..."

„... dann setzt er seine Flucht in ein paar Tagen fort", vollendete Joschi den Satz.

„Wenn wir ihm aber doch auf die Schliche kommen, dann befindet er sich uns gegenüber im Vorteil. Er kennt die Gegend, kann uns in unwegsames Gelände lotsen, in der wir Gefahr laufen abzustürzen oder uns zu verirren, hat vielleicht sogar noch eine weitere Alternative zur Verfügung, sich zu verstecken. Nein Joschi. Wir dürfen kein Risiko eingehen. Morgen, mit Sonnenaufgang, soll der Hubschrauber die Hütte überwachen und zusammen mit den Kollegen der Bereitschaftspolizei umstellen wir die Hütte. Wenn er noch einen Funken Verstand hat, dann gibt er auf."

Christian und Joschi kehrten zu ihrem Wagen zurück. Dort holte er sein Handy aus der Tasche und wählte Tamis Nummer. Doch es tat sich nichts. Ein Blick auf das Display zeigte ihm, dass er keinen Empfang hatte.

„Ich muss unbedingt Tami erreichen und ihr bescheid geben. Außerdem muss sie den Ablaufkalender auf den neuesten Stand bringen, damit uns der Chef morgen nicht alle fünf Minuten anruft und einen Lagebericht einfordert. Ich fahre ins Tal, nehme Kontakt mit Tami auf, besorge uns Decken und etwas zu essen. Du bleibst hier und hältst Gallingers Auto im Auge. Wohl oder übel werden wir die Nacht im Auto verbringen müssen. Tami soll heute noch eine Hundertschaft der Bereitschaftspolizei anfordern. Sobald die Sonne aufgeht, marschieren wir dann von hier aus los."

Joschi war mit dem Vorschlag einverstanden. Was blieb ihm auch anderes übrig. Christian war der Chef. Mit der Maglite in der Hand suchte er sich ein Plätzchen, von dem aus er den Wagen im Blick hatte, selbst aber nicht gesehen werden konnte.

„Beeil dich. Ich hab einen Bärenhunger", rief er Christian nach, der gerade losfuhr. „Bring mir eine Pizza Hawaii und eine Flasche Rotwein mit, aber den Wein bitte nicht zu warm."

„Hast du sonst noch einen Wunsch?", fragte Christian durch das offene Seitenfenster.

„Ja. Zur Nachspeise will ich eine Cappuccinocreme und bitte zwei Decken und ein weiches Kopfkissen. Ach Christian ... nimm mir bitte auch noch ein Buch mit. Falls ich nicht schlafen kann, dann habe ich wenigstens was zu lesen."

Von den Reifen wegschleudernde Kieselsteine verdeutlichten Joschi, was Christian von dessen Wünsche hielt. Jetzt war er ganz allein. Er und die Natur ... und die Mücken, die sich sogleich über ihn hermachten.

Unten im Tal angekommen hatte Christian wieder Empfang. Er rief Tami an, die zwischenzeitlich ins Kommissariat zurückgekehrt war. Als Erstes informierte er sie, dass sie Gallingers Wagen gefunden hatten, und erklärte ihr, dass er mit Joschi die Nacht auf dem Holzlagerplatz verbringen werde. Dann bat er sie, den Ablaufkalender auf den neusten Stand zu bringen, die Einsatzzentrale und den K-Leiter von ihrem Vorhaben zu informieren. Außerdem muss der Hubschrauber sowie eine Hundertschaft der Bereitschaftspolizei angefordert werden. Auch wenn die Anforderung kurzfristig erfolge, sollten sie spätestens um sechs Uhr vor Ort sein.

„Christian, meinst du nicht, wir müssen auch das SEK anfordern?", fragte Tami. „Schließlich ist der Gallinger im Besitz eines Gewehrs. Du weißt ja, dass in solchen Fällen nur das SEK die Festnahme durchführen darf."

„Ja, das weiß ich natürlich. Aber erst mal müssen wir den Gallinger lokalisieren. Vielleicht gibt er ja auf, wenn er erkennt, welcher Übermacht er gegenübersteht. Und falls doch nicht, können wir das SEK immer noch anfordern. Die Einsatzzentrale kann sie ja mal vorab informieren."

Christian spürte, dass Tami mit dieser Entscheidung nicht ganz einverstanden war. Sie schwieg jedoch.

Nach dem Telefonat setzte Christian seine Fahrt fort. Sein Ziel war die Polizeistation in Birnbach. Er lieh sich ein paar Decken aus, die eigentlich für die Inhaftierten in der Zelle vorgesehen waren, bekam zusätzlich einen Sechserpack Mineralwasser. Auf Empfehlung der Kollegen bestellte er in einer Pizzeria, die in unmittelbarer Nähe zur Polizeistation lag, das Gewünschte, holte es fünfzehn Minuten später ab und machte sich auf die Rückfahrt. Er hatte das Dorf noch nicht verlassen, da funkte ihn Joschi an.

„Wo bleibt das Essen? Ich hab Hunger."

„Geduld, lieber Kollege. Ich befinde mich ja schon auf dem Rückweg. Du kannst schon mal den Tisch decken und die Kerze anzünden."

Oben wieder angekommen, parkte Christian den Frontera so, dass man ihn nicht sehen konnte, falls sich wer von der Hütte her näherte. Der Wagen vom Gallinger stand zwar außerhalb ihres Blickfelds, aber falls er bewegt wurde, musste er direkt an ihnen vorbei.

Schließlich richteten sie es sich im Auto so bequem wie möglich ein und machten sich mit Heißhunger über die Pizzas her. Seit dem Frühstück hatten die beiden nichts mehr zu essen bekommen. Aber erst jetzt, als ihnen der verführerische Duft der Pizzen in die Nase strömte, merkten sie, wie hungrig sie waren.

Stockdunkel war es inzwischen um sie herum geworden, obwohl es erst sieben Uhr abends war. Eine dichte Wolkenbank verdeckte den aufgehenden Mond.

Er schaltete das Radio ein, suchte lange nach einem Sender, der in dieser Abgeschiedenheit störungsfrei zu empfangen war. Schweigsam saßen sie eine Zeit lang nebeneinander, lauschten der Musik und hingen ihren Gedanken nach. Es war nicht das erste Mal, dass sie die Nacht im Auto verbringen mussten. Stundenlange Observationen gehörten mittlerweile zu ihrem dienstlichen Alltag. Plötzlich fing Joschi zu singen an.

„Im Wald da sind die Räuhäuber, ..."

„Sei bloß still, sonst schmeiß ich dich raus", drohte ihm Christian mit erhobenem Zeigefinger.

„Okay, okay, ist ja gut. Ich bin schon still. Aber du kannst nicht von mir verlangen, dass ich bis zum Sonnenaufgang schweige."

„Warum hab ich Trottel gerade dich für diesen Job ausgesucht", meinte Christian kopfschüttelnd. Trotzdem konnte er ein Lächeln nicht unterdrücken. „Ich stell mir gerade vor, wie romantisch es jetzt mit Tami an meiner Seite sein könnte. Da hätte ich auch nichts auszusetzen, wenn sie zu singen anfangen würde. Im Gegensatz zu dir ist sie musikalisch veranlagt, hat keine so krächzende Stimme wie du."

„Zu spät Chef. Das hättest du dir früher überlegen müssen. Jetzt hast du mich auf dem Hals. Mit mir kannst du wenigstens Männergespräche führen und reden, wie dir der Schnabel gewachsen ist. Nicht nur mir ist aufgefallen, dass du dich im Beisein von Tami immer besonders ausgewählt ausdrückst."

Christian erwiderte nichts, dachte nach. Das war ihm selber noch gar nicht aufgefallen. Es stimmte jedoch.

„Ich steig mal aus und vertrete mir noch etwas die Beine", meinte Joschi. „Das fette Essen liegt mir noch im Magen. Jetzt wäre zur Verdauung ein Schnaps recht. Kommst du mit?"

Christian folgte Joschi. Der begann mit ein paar Dehnübungen, fing dann zu laufen an. Aber nur ein paar kurze Sprints, mehr ließ die Dunkelheit nicht zu. Christian setzte sich derweilen auf die Motorhaube und beobachtete ihn.

„Ganz schön ungemütlich und unbequem in dem engen Karren", schimpfte Joschi, als er sich neben Christian auf die Motorhaube schwang. „Von außen sieht der Wagen eigentlich geräumig aus, wenn du aber mal drinnen sitzt, merkst du schnell, wie beengt es tatsächlich ist."

„Wollten wir uns nicht die Beine vertreten?", fragte Christian, schwang sich vom Wagen. In den letzten Minuten hatte die Wolkendecke aufgerissen und man konnte mittlerweile die Konturen der Bäume erkennen. Er ging los und richtete seine Schritte zu dem Weg, der weiter zur Hütte führte. Als sie nach den letzten Bäumen auf die Wiese hinaustraten, konnten sie die Sichel des Mondes genau über dem Gipfel des Eibenstocks erkennen. Über die Wiese selber hatte sich mittlerweile Bodennebel ausgebreitet. Nach ein paar Metern standen sie bis zu den Knien darin.

„Mein Gott, ist das schön hier. Jetzt kann ich verstehen, warum so viele Leute auf die Berge rennen und auf einer Hütte übernachten wollen", bemerkte Joschi, von dem Naturschauspiel überwältigt.

„Warte erst mal auf den Sonnenaufgang, der wird noch viel schöner werden".

„Lass uns zurückgehen Chef, mir wird kalt. Ich bin nicht angezogen für eine Nacht im Freien." Zum Nachdruck seiner Worte klopfte er sich auf die Oberarme und rollte die Schultern ein. Christian lächelte nachsichtig und sie kehrten wieder um. Im Wagen legte Joschi den Sitz um, zog sich eine der Decken bis unter die Nase.

„Ich nehme an, dass die erste Wache Chefsache ist", gab Joschi das Stichwort.

„In Ordnung. Ich bin sowieso nicht müde. Schlaf du nur, dass du morgen fit bist. Spätestens um zwei Uhr weck ich dich aber."

Es dauerte nicht lange und Christian hörte am gleichmäßigen Atmen neben sich, dass Joschi schlief. Auch er holte sich nun eine Decke nach vorne und zog sie sich zum Schutz vor der Kälte um die Schultern. Mittlerweile war es empfindlich kalt geworden und beim Ausatmen bildeten sich kleine Wölkchen vor dem Gesicht. Mit der Zeit beschlugen die Scheiben. Anfangs versuchte er noch, mit dem Taschentuch ein Sichtfenster freizuwischen, dann ließ er es bleiben. Er erzeugte nur Schlieren, sehen konnte er trotzdem nichts. Aus Langeweile, und um sich wach zu halten, fing er an, mit den Fingern Strichmännchen auf die Scheiben zu zeichnen. Die Zeit wollte aber einfach nicht vergehen. Die Zeitabstände, in denen er auf die Uhr am Armaturenbrett schaute, wurden immer kürzer. Das Radio hatte er schon allein aus Rücksicht auf den schlafenden Joschi ausgeschaltet. Joschis Schlaf war jedoch unruhig. Ständig drehte er sich von einer Seite auf die andere, dann zog er sich die Decke bis unter die Nase hoch, kurz darauf zog er sie wieder zu den Füßen runter. Christian holte eine zweite Decke nach vorne und breitete sie auf seinem Kollegen aus.

Mit der Zeit wurde aber auch er müde. Immer öfters erwischte er sich, wie ihm die Augen zufielen und er wegnickte. Schließlich verlor er den Kampf gegen die Müdigkeit und schlief ein.

Er wusste nicht, wie lange er geschlafen hatte, da fuhr er erschrocken hoch. Ein flüchtiger Blick auf die Uhr zeigte ihm, dass es bereits drei Uhr war. Er musste mindestens zwei oder drei Stunden geschlafen haben. Sein Rücken schmerzte und die Beine waren auch eingeschlafen. Kurz überlegte er, ob er aussteigen und sich mit ein paar Dehn- und Streckübungen wieder fit machen solle. Da hob Joschi überraschend den Kopf und grinste Christian an.

„Na, hast du gut geschlafen, Herr Wachhabender?"

„Ich habe nicht geschlafen", log Christian.

„Ach, ja. Wer war das dann, der auf deinem Sitz geschnarcht hat? Dein Geschnarche hat mich nämlich aufgeweckt. Ich bin schon seit über einer Stunde wach und hab deine Wache übernommen. Du brauchst dich nicht zu bedanken.

Hab ich gern für dich gemacht."

Christian musste sich über sich ärgern. Das hätte nicht passieren dürfen. Er verlangte von seinen Leuten, dass sie ihre Aufträge gewissenhaft und zuverlässig erledigten. Vertrauen in den anderen ist in unserer gefahrvollen Arbeit unerlässlich, predigte er immer wieder. Und dann schlief er einfach ein. In Zukunft konnte er sich derartige Bemerkungen sparen.

„Weißt du, an was ich die ganze Zeit denken musste, während ich Wache schob?", fragte Joschi schließlich. Die letzten Worte betonte er dabei vielsagend.

„Nein, aber du wirst es mir vermutlich gleich sagen."

„Du weißt, dass ich mit Herz und Seele Polizist bin. Seit du mich in deine Ermittlungsgruppe geholt hast, hatte ich von Anfang an das Gefühl, Mitglied einer großen Familie zu sein. Die gegenseitige Hilfsbereitschaft, die Rücksichtnahme auf die Gefühle des anderen, der freundliche Umgangston und noch vieles mehr, haben dafür gesorgt, dass ich mich von Anfang an in eurem Kreis wohlgefühlt habe. Das wollte ich euch zurückzahlen, indem ich immer einer der Ersten war, der sich ins Getümmel geworfen hat, wenn es erforderlich wurde. Ein erfolgreich zum Abschluss gebrachter Auftrag war mir stets wichtiger als meine eigene Gesundheit. Egal, ob es sich um die Festnahme eines bewaffneten Straftäters handelte oder um eine Verfolgungsfahrt, immer war ich vornedran."

„Ja. Das weiß ich doch Joschi. Nur ... ich verstehe nicht, warum du dir gerade jetzt darüber Gedanken machst."

„Weißt du, seit ich verheiratet und Vater einer Tochter bin, habe ich nun meine eigene Familie. Ich merke immer öfters, dass ich zurückhaltender geworden bin. Ich hatte nie Angst vor einer Verletzung oder gar dem Tod. Aber nun. Ich freue mich jeden Tag, wenn ich nach Hause komme, das Lachen meiner Frau mich empfängt und ich mit der Kleinen spielen kann, bevor sie ins Bett geht. Seitdem wäge ich ab, bevor ich mich in eine bedrohliche Situation begebe. Nicht, weil ich plötzlich ängstlicher geworden wäre, sondern weil ich nun in meinen Überlegungen das mögliche Risiko mit einbeziehe. Bisher wart ihr der Mittelpunkt in meinem Leben, nun meine Familie. Die Prioritäten haben sich halt verändert. Verstehst du das?"

„Ja natürlich. Dafür brauchst du dich doch nicht zu entschuldigen."

Christian wurde nun auch nachdenklich. Ein solches Gesprächsthema war ihm neu. Er musste sich eingestehen, dass er im Grunde wenig über seine Leute wusste. Nie hatte er sich bisher Gedanken darüber gemacht, was ihnen bei den zum Teil lebensgefährlichen Einsätzen durch den Kopf ging. Vor allem, ob sie Angst empfinden. Angst ist ein schlechter Ratgeber, der zu fatalen Fehleinschätzungen oder sogar Panikattacken führen kann. Je länger er darüber nachdachte, desto mehr musste er sich eingestehen, dass auch er Angstgefühle kannte. Angst vor Versagen, vor Krankheiten, vor Einsamkeit, vor allem Angst um seine Familie aber auch Angst vor Verletzungen oder Tod eines Kollegen. Das wurde ihm erst in diesem Moment bewusst. Bisher hatte er es geschafft, derartige Gedanken zu verdrängen. Er nahm sich vor, nach Abschluss des Einsatzes sich die Zeit zu nehmen, mit seinen Leuten mal darüber zu sprechen. Das war er ihnen schuldig. Joschi holte ihn aus den Überlegungen zurück.

„Ich habe bisher keine Vorsorge getroffen, wenn mir mal was passieren sollte. Es existiert kein Testament und meine Frau weiß nicht, wie ich einmal bestattet werden möchte."

„Wieso denkst du gerade heute an so etwas? Hast du Angst Joschi?"

„Nein. Aber es kann doch jederzeit etwas passieren. Lass es heute blöd laufen und der Typ fängt zu schießen an ... bumm ... und du bist tot."

„Ja natürlich. Aber du kannst auch auf dem Weg zur Arbeit einen Unfall haben und sterben. Die Gefahren lauern überall, nicht nur bei der Polizeiarbeit." Christian betrachtete ihn aus den Augenwinkeln. Er wollte ihn nicht in Verlegenheit bringen, nur weil er seine Gefühle offenlegte. Mit gesenktem Kopf spielte Joschi gedankenverloren mit den Fingern, vermied es, Christian anzuschauen. Der war sich mittlerweile im Klaren, dass Joschi den Umstand, mit dem Chef endlich mal allein zu sein, ausnutzte, um sich mit ihm über seine Gefühle auszusprechen.

„Christian. Erfüllst du mir einen Wunsch, wenn mir was passieren sollte?"

„Natürlich! Was kann ich denn für dich tun?"

„Ich will verbrannt werden, keine Erdbestattung. Ich hab neben einer Lebensversicherung eine Sterbeversicherung abgeschlossen. Im Falle meines Todes ist die finanzielle Zukunft von Sabine und der Kleinen gesichert. Sagst du ihr das?"

„Sag mal, spinnst du jetzt? Wieso redest du so, als würdest du wissen, dass dir heute was passieren wird?"

„Weiß ich nicht. Aber ich wollte einfach mal mit einer Person meines

Vertrauens darüber reden, bevor es zu spät ist. Bei Sabine habe ich mich nie getraut, es anzusprechen. Ich habe befürchtet, dass sie sich dann ständig ohne Grund ängstigt. Aber wissen sollte es wer. Danke, dass du mir zugehört hast."

„Das ist doch selbstverständlich Joschi. Danke für dein Vertrauen. Das ehrt mich. Ich bin froh, dass du den Mut gefunden hast, mit mir darüber zu sprechen. Sabine und deine Tochter werden nicht allein und ohne Unterstützung sein, falls tatsächlich was passieren sollte. Das verspreche ich dir."

„Danke Chef. Jetzt geht es mir gleich viel besser."

„Ich habe eine Lebensversicherung abgeschlossen", erklärte Christian, weil er das Bedürfnis hatte, Joschi gegenüber ebenso offen zu sein. „Meine Frau weiß das. Ich habe auch eine Patientenverfügung für den Fall der Fälle erstellt. Wir haben schon vor einigen Jahren darüber gesprochen. Im Gegensatz zu dir ist es mir aber egal, wie ich beerdigt werde. Wenn ich tot bin, dann bekomme ich eh nichts mehr mit."

Das Gespräch schlief wieder ein. Jeder hing seinen Gedanken nach. Immer kälter war es mit fortschreitender Zeit geworden. Beide hatten sich mit zwei Decken eingehüllt, es fror sie aber trotzdem. Christian hatte das Gespräch mehr aufgewühlt, als er zugeben wollte. Die Müdigkeit war daher vollständig verschwunden. Joschis Kopf lehnte an der Fensterscheibe, die Augen geschlossen.

„Versuche weiterzuschlafen Joschi. Ich bin nicht mehr müde und übernehme die restliche Wache. Dieses Mal bleib ich wach. Ehrenwort." Ohne die Augen zu öffnen, nickte Joschi nur, legte sich auf den Rücken und bereits nach kurzer Zeit hob und senkte sich sein Brustkorb gleichmäßig.

Joschis letzte Worte wollten ihm nicht mehr aus dem Kopf verschwinden. Es belastete ihn mehr, als er sich eingestehen wollte. Zum ersten Mal hatte ein Kollege mit ihm über das Sterben während eines Einsatzes gesprochen. Dieses Thema war bisher immer tabu gewesen, keiner wollte den Teufel an die Wand malen und einen derart fatalen Ausgang herbeireden. Ein ums andere Mal quälte ihn die Frage, warum Joschi gerade heute darüber sprechen wollte. Er hatte ganz offensichtlich Angst bekommen. Auf jeden Fall würde er darauf achten, dass Joschi sich im Hintergrund hielt, falls es gefährlich werden sollte.

Für einen kurzen Moment überlegte er sogar, ob es nicht besser sei, ihn aus dem Einsatz herauszulösen. Den Gedanken verwarf er aber sogleich wieder. Joschi könnte das falsch auffassen, meinen, dass er das Vertrauen in ihn verloren habe. Es würde schon gutgehen, beruhigte er sich selber. Wegen so einem Gespräch, wenn es auch noch so aufwühlend war, durfte man nicht alles über den Haufen schmeißen. Nein. Es würde genau so ablaufen, wie immer. Basta.

Die Abstände, in denen Christian auf die Uhr schaute, wurden wieder kürzer. Halb vier war es inzwischen geworden. Zeit ist nicht gleich Zeit, dachte er sich. Bei Langeweile dehnte sich die Zeit, wenn einen die Arbeit ablenkte oder unter Druck setzte, wurde sie komprimiert.

„Willst du aussteigen und mit mir ein bisschen Frühsport machen, dass es uns wärmer wird?", hörte Christian plötzlich Joschis Stimme.

„Und ich habe gedacht, du schläfst tief und fest."

„Das habe ich auch. Aber die Kälte hat mich aufgeweckt. Ich muss mich unbedingt bewegen, sonst frier ich hier noch ein."

„Guter Vorschlag", antwortete er ihm.

Mit schweren Beinen stiegen sie aus. Den Rücken bekamen sie kaum gerade, die Nackenmuskulatur schmerzte bei jeder Bewegung des Kopfes. Wenn sie ausatmeten, bildete sich kleine Wölkchen. Für Ende September war es verdammt kalt, dachte sich Christian. Hoffentlich hält das Wetter, denn wenn es umschlug, mussten sie auf dieser Höhe mit Schnee rechnen. Vorsichtig fingen sie an, mit den Armen und Schultern zu kreisen, hoben abwechselnd die Beine an und machten Kniebeugen. Langsam lockerten sich die Verspannungen und der Kreislauf kam in Schwung.

„Komm, lass uns ein paar Meter laufen", schlug Christian vor und lief zügig los. Joschi stakste ihm in einigem Abstand hinterher. Sie liefen im hellen Mondlicht bis zum Ende des Holzlagerplatzes. Dort wartete Christian auf Joschi und bot ihm ein Wettrennen zum Auto an.

„Okay", sagte Joschi und lief sofort los.

„Das ist unfair," rief ihm Christian nach, holte ihn aber noch vor dem Wagen ein.   „So früh am Tag habe ich noch nie Sport getrieben", brachte er nur noch hechelnd hervor.

„Du hast ja nur gewonnen, weil du längere Beine hast als ich", meinte Joschi. „Wenn es aber um Ausdauer geht, dann schlag ich dich. Willst du es ausprobieren?"

„Nein danke. Ich glaube es dir auch so." Christian hatte sich auf den Oberschenkeln abgestützt und schnappte nach Luft.

„Wenn ich es nicht besser wüsste, dann müsste man fast glauben, du hast gerade einen Marathon gelaufen, so fertig siehst du aus. Ich frage mich, ob du überhaupt noch Sport treibst?"

„Und ob. Als ich jung und ledig war, hab ich mir das Bier noch selber aus dem Keller geholt. Das waren immerhin zwei Stockwerke. Seit ich verheiratet bin, erledigt das meine Frau. Es stimmt aber. Die einzige Bewegung, die ich noch habe, ist, wenn ich mit dem Hund Gassi gehe."

Christian holte eine Decke aus dem Auto und wickelte sich damit ein.

„Das würde ich dir auch empfehlen Joschi. Nicht dass du dich verkühlst und ich dich nach Hause schicken muss."

„Was machen wir jetzt?", fragte Joschi.

„Was meinst du? Wollen wir versuchen, die Hütte zu finden? Hell genug ist es inzwischen und mit Hilfe der Stirnlampe sollte es kein Problem werden. Wenn wir in Bewegung bleiben, merken wir außerdem die Kälte nicht."

„Bevor wir hier blöde rumstehen, ist das sicher die bessere Idee. Bei dem hellen Mondlicht sollte es uns nicht schwerfallen, die blöde Hütte zu finden. Wir könnten uns mit der Umgebung der Hütte schon mal vertraut machen und kostbare Zeit gewinnen. Nur bezweifle ich, dass es ein Spaziergang werden wird. Für mich passionierten Bergwanderer sehe ich kein Problem, für dich Bewegungswunder schon eher."

„Gut, dann lass uns losgehen", sagte Christian entschieden und schmiss die Decke in den Wagen zurück. Dann zog er den Reißverschluss der Windjacke bis unter den Hals zu und setzte sich die Stirnlampe auf. Joschi knöpfte seine wattierte Stoffjacke ebenfalls bis oben zu, steckte sich ein Funkgerät in die äußere Brusttasche. Zum Schluss holte er die Taschenlampe aus dem Wagen und verstaute sie in der Seitentasche seiner Jacke.

„Es ist wahrscheinlich besser, wenn wir das Funkgerät ausschalten. Nicht dass uns Tami anfunkt, während wir bei der Hütte sind. Das Geräusch hört man hier im Wald meilenweit."

Mit raumgreifenden Schritten marschierte Christian vorneweg. Joschi folgte ihm dicht auf. Der Nebel hatte sich inzwischen nach oben verzogen, so dass man im Mondlicht den gewundenen Verlauf des Wegs problemlos erkennen konnte. Nicht weit von ihnen entfernt hörten sie den Schrei eines Kauzes, ansonsten blieb es totenstill. Mit kurzen flotten Schritten stiegen sie bergan. An flacheren Stellen hatte sich Wasser angesammelt und den Untergrund in Morast verwandelt. Bis zu den Knöcheln sanken sie teilweise ein.

„Das war eine Superidee", schimpfte Joschi. „Meine Schuhe kann ich wegwerfen. Die bekomm ich nie mehr sauber."

„Sei still und spar dir deinen Atem für den Anstieg", erwiderte Christian, der im Gegensatz zu Joschi wasserdichte hohe Bergschuhe an hatte. „Wenn wir zurück sind, kauf ich dir neue Schuhe, du Heulsuse. Du hast ja nur Angst vor deiner Frau, weil du genau weißt, dass sie dich mit den dreckigen Latschen nicht ins Haus lässt und du sie selber putzen musst."

Nach ein paar Minuten wechselten sie von der Wiese in den Wald. Hier, unter den Bäumen, wurde es doch finsterer, als sie vermutet hatten. Keine zwei Meter konnten sie ohne Lampe was erkennen, dann lag nur noch eine schwarze undurchdringliche Wand vor ihnen. Christian knipste die Stirnlampe an, Joschi holte seine Maglite heraus und schaltete sie ein.

Nachdem der Pfad die ersten Minuten mäßig anstieg, ging es auf einmal in einem steilen Zick-Zack-Kurs weiter. An manchen Stellen mussten sie sich, an Wurzelgeflecht und Gesträuch festhaltend, mühsam hochziehen. Zwischendurch querten armdicke Wurzeln den Weg, oder tiefhängende Äste mussten mit den Armen zur Seite gedrückt werden. Es war ein mühevolles Unterfangen und die Zuversicht, mit der sie losmarschiert waren, schwand mit jedem Schritt. Endlich wurde der Steig wieder flacher. Sie legten eine Pause ein, setzten sich auf einen Felsen neben dem Weg.

„Puh. In meinem Alter sollte man solche Anstrengungen am besten vermeiden", stöhnte Christian und wischte sich zum wiederholten Male den Schweiß aus dem Gesicht."

„Ich hab dir ja gleich gesagt, dass du Probleme bekommen wirst. Aber du wolltest ja nicht auf mich hören."

„Auf jeden Fall ist mir warm geworden. Das allein war es schon wert, hier herauf zu gehen."

Joschi richtete den Lichtstrahl der Taschenlampe auf die Armbanduhr.

„Wir sind jetzt fast eine halbe Stunde unterwegs. Ich vermute, dass wir bald da sein werden."

„Das hoffe ich inständig Joschi. Aber Scherz beiseite. Wir sollten auf jeden Fall ab jetzt jeden Lärm vermeiden, nur noch flüstern und vor allem im Dunkeln weitergehen."

Sie schalteten die Lampen aus und setzten den Weg fort. Erst jetzt, ohne Licht, nahmen sie zur Kenntnis, dass der Wald hier lichter geworden war. Die Bäume standen weiter auseinander und das Mondlicht drang bis zum Boden durch.

Plötzlich blieb Joschi stehen und hielt Christian an der Schulter zurück.

„Wenn wir aber an der Lichtung vorbeilaufen und uns verirren? Was machen wir dann? Zurückgehen oder weitermarschieren, bis wir auf dem Gipfel oben sind?"

„Keine Angst Joschi. Der Weg muss direkt an der Hütte vorbeiführen. Wir können sie gar nicht verfehlen."

„Dein Wort in Gottes Ohr."

Langsam setzten sie ihren Marsch fort, bis Joschi erneut stehen blieb und Christian ins Ohr flüsterte.

„Trotzdem bin ich der Meinung, dass das eine Schnapsidee war. Wir hätten einfach bis Sonnenaufgang warten sollen. Dann hätten wir uns am Hubschrauber orientieren können. Der hätte sich nur über der Hütte positionieren müssen und wir hätten immer genau gewusst, wo sie ist und wie lange wir noch brauchen. So laufen wir plan- und ziellos durch die Gegend."

„Schimpf nicht Joschi. Dafür ist die Zeit schneller vergangen, als im Auto zu warten und warm ist uns auch geworden. Hör jetzt also zum Jammern auf und geh weiter."

Mürrisch marschierte Joschi wieder los, doch es dauerte nicht lange, dann hielt er abermals Christian an der Schulter zurück.

„Warte kurz. Ich muss nämlich mal."

Joschi drehte Christian den Rücken zu, öffnete den Reißverschluss der Hose und erleichterte sich. Christian starrte währenddessen nach vorne. Er vernahm das leise Plätschern und grinste sich einen.

„Sag mal. Hörst du gar nicht mehr auf? So viel Flüssigkeit hat doch kein Mensch in sich."

„Wieso? Ich hab doch schon aufgehört", flüsterte ihm Joschi ins Ohr. Er stand direkt neben ihm. Christian schaute ihn irritiert an, denn das Plätschern, das er vernommen hatte, nahm kein Ende.

„Hörst du auch das Plätschern?", flüsterte Christian. Joschi drehte den Kopf halb zur Seite, um besser hören zu können.

„Ja", erwiderte er ebenso leise. „Da muss ein Bach sein."

„Dann sind wir da", stellte Christian erleichtert fest. „Und da vorne wird es auch heller." Er deutete nach vorne und Joschi musste ihm recht geben.

„Hat der Pilot nicht gesagt, dass neben der Hütte ein Bach vorbeifließt?"

Christian nickte nur und tastete sich vorwärts. Jetzt hieß es besonders aufzupassen. Noch konnten sie die Hütte nicht sehen, aber jeder unnötige Lärm, den sie ab jetzt verursachten, konnte sie verraten.

Nach wenigen Schritten standen sie zwischen den letzten Bäumen und blickten auf die Lichtung. Joschi klopfte Christian auf die Schulter und zeigte mit dem Finger nach rechts. Keine zehn Meter von ihnen entfernt stand die Hütte. Trotz der kurzen Entfernung konnten sie nicht ausmachen, ob sich wer drinnen befand oder nicht. Aus dem Kamin kam kein Rauch und die Fensterläden waren geschlossen. Aber die hätte Christian auch zugemacht, wenn er anstelle vom Gallinger gewesen wäre. Außerdem konnten sie nur eine Seite der Hütte sehen.

„Was willst du jetzt machen Christian? Hier auf die Kollegen warten oder zum Holzlagerplatz zurückkehren?"

„Zurückgehen auf gar keinen Fall. Dann hätten wir uns die Mühe ersparen können. Ich will mich vergewissern, ob sich der Gallinger in der Hütte aufhält."

„Wie willst du das feststellen? Etwa höflich anklopfen und fragen, ob wer da ist? Auf jeden Fall werde ich den Schutz der Bäume nicht verlassen und mich als Zielscheibe zur Verfügung stellen. Nein nein Chef. Da gehst du mal schön alleine hin. Ich bleib hier und geb dir Deckung."

Christian überlegte. Vielleicht war es gar nicht so unklug, wenn Joschi unentdeckt blieb, falls Gallinger sie aus der Hütte heraus beobachtete.

„Okay. So machen wir es."

Und schon hatte sich Christian auf den Weg gemacht. Den Schutz der Bäume verlassend, lief er tief geduckt die wenigen Schritte über den moosigen Waldboden bis zur Hütte. Für einige Sekunden drückte er sich mit dem Rücken gegen die Holzwand und horchte. Doch nur das Glucksen des Baches war zu hören. Schließlich inspizierte er die Tür. Der Riegel war mit einem massiven Vorhängeschloss mit dem Gegenstück an der Hütte verbunden und abgesperrt. Und zwar von außen. Enttäuschung machte sich breit. Gallinger war also doch nicht hier. Christian nahm das Schloss prüfend in die Hand, rüttelte daran, um sich zu vergewissern, dass es tatsächlich abgesperrt war.

„Verdammte Scheiße", entfuhr es ihm, marschierte um die Hütte und rüttelte an jedem einzelnen Fensterladen, ohne sich die Mühe zu machen, dabei leise vorzugehen. Wie die Tür waren sie alle von außen mit einem Vorhängeschloss gesichert.

„Joschi, du kannst kommen. Es ist niemand da", rief er in Richtung der Bäume.

Zaghaft näherte der sich der Hütte, nicht so überzeugt wie Christian. Auch er rüttelte an den Schlössern.

„In der Tat, der Vogel ist ausgeflogen." Sie flüsterten nicht mehr. Joschi haute vor Enttäuschung mit der flachen Hand gegen die groben Holzbalken der Hütte.

Ihre Aktion war ein Schlag ins Wasser. Christian hörte schon die spöttischen Kommentare der Kollegen. Doch dann dachte er an Gallingers Wagen. Er musste da sein. Wenn nicht in der Hütte, dann in der Nähe. Joschi schien den gleichen Gedanken zu haben.

„Mein Gott Christian. Wenn sich der Gallinger irgendwo neben dem Weg versteckt und uns vorbeispazieren lassen hat, dann ist er jetzt wahrscheinlich unterwegs zu seinem Wagen, den wir eigentlich bewachen sollten. Wir aber stehen wie die größten Trottel da und bestaunen seine Hütte." Joschi haute sich mit der flachen Hand immer wieder gegen die Stirn.

Sie standen an der Rückseite der Hütte. Christian schaute gedankenverloren an Joschi vorbei, auf einen Baum, der keine fünf Meter von ihnen entfernt in den nächtlichen Himmel ragte. Langsam hob er den Arm und deutete auf diesen.

„Nein Joschi. Ich hab mich getäuscht. Wir sind nicht allein."

40.

Die letzten Strahlen der Abendsonne hatten noch viel Kraft, auch wenn es schon auf Ende September zuging. Michael liebte das Plätschern des Brunnens neben der Hütte, es beruhigte und half ihm, die Probleme zu vergessen. Das heutige Problem ließ sich aber nicht verdrängen. Mit geschlossenen Augen und nacktem Oberkörper saß er auf der Bank vor der Hütte. Obwohl ein leichtes Lächeln um seinen Mund dem Gesicht einen entspannten Gesichtsausdruck verlieh, plagten ihn schwerwiegende Überlegungen. Er musste die weitere Flucht planen.

Es hatte alles ganz schnell gehen müssen, daher hatte er nicht die Zeit, einen durchdachten Plan zu erstellen. Für ihn war klar, dass er sich nicht der Polizei stellen würde. Das bedeutete Gefängnis. Deshalb entschied er sich kurzfristig, sich in der Jagdhütte zu verstecken, um dort in der Einsamkeit in Ruhe zu planen, wie es weitergehen sollte.

Schon als kleiner Junge träumte er von Kanada. Er las alles, was mit dem riesigen Land im Norden von Amerika zu tun hatte. Abenteuerromane und Reiseberichte, besorgte sich Bildbände, hing sich eine kanadische Flagge über das Bett. Die Mutter nannte ihn immer einen Spinner, wenn er von seinem Traum erzählte und dass er eines Tages auswandern wolle. Die Sehnsucht nach der unberührten Landschaft sowie dem einsamen Leben in der Wildnis Kanadas ließen ihn nicht mehr zur Ruhe kommen. Am liebsten wäre er schon nach der Schule abgehauen, aber er konnte seine Eltern nicht im Stich lassen. Der Vater war mittlerweile gestorben, die Mutter schon alt. Mehrfach hatte er seine Schwestern gebeten, die Mutter aufzunehmen, damit er den Hof verkaufen könne. Die zeigten ihm aber nur die kalte Schulter, hatten kein Interesse, ihm zu helfen, genauer gesagt, sich um die Mutter zu kümmern.

Von Kindesbeinen an war er schon immer ein sparsamer Mensch gewesen. Jeden Cent, den er entbehren konnte, zahlte er auf sein Sparbuch ein. Viel war es nicht, da der Bauernhof nicht viel an Gewinn abwarf.

Nach der Schule begann er eine Lehre bei einem Zimmerer im Dorf. Der Beruf machte ihm Spaß und sein Chef bedauerte es, als er nach drei Jahren aufhörte, weil er nach dem Tod des Vaters den elterlichen Hof übernehmen musste. Die Geschwister waren zu diesem Zeitpunkt bereits ausgezogen, hatten geheiratet und bewirtschafteten einen eigenen Bauernhof.

Mit Engelszungen redete er auf die Mutter ein, zu diesen zu ziehen. Doch der Hof, den die Mutter von ihren Eltern übernommen und weitergeführt hatte, war ihr Ein und Alles. Nie hätte sie die Zustimmung dazu gegeben, den Hof zu verkaufen. Ihr ganzes Leben hatte sie darauf verbracht, hier wollte sie auch sterben. Sie wollte Bäuerin auf ihrem Hof bleiben und nicht Magd bei den Kindern.

Vor zwei Jahren hatte sie ihm auf sein Drängen den Hof übergeben, ließ sich jedoch ein lebenslanges Wohnrecht eintragen. Michael versuchte alles, den Hof zu halten und wenigstens kostenneutral zu bewirtschaften. Die Bank verweigerte ihm jedoch die notwendigen Kredite für die Vergrößerung des

Viehbestands sowie zum Kauf von landwirtschaftlichen Maschinen. Die Mutter bekam von all den Problemen nichts mit. Trotzdem gab sie ihr Einverständnis, dass Michael Grund und Boden, den sie nicht mehr brauchten, verkaufte. Wo noch vor ein paar Jahren Kühe grasten und Kartoffeln angebaut wurden, wucherte inzwischen das Unkraut. Das Geld, das er dafür erhielt, zahlte er auf das Sparbuch ein. Mittlerweile hatten sich 150.000 € angesammelt, sein Startkapital für Kanada.

All diese Gedanken beschäftigten ihn in diesem Augenblick. Eigentlich war er gar nicht traurig, dass es so gekommen war. Das Schicksal meinte es gut mit ihm. Die Schwestern würden sich um die Mutter kümmern, da war er sich sicher. Er war ja nicht mehr da. In Kanada würde er sich eine Farm kaufen oder pachten, eine Frau suchen, die auch die Einsamkeit liebte und bereit war, das harte Leben eines Landwirts mit ihm zu teilen. Früher oder später würden sie dann Kinder bekommen, dann hatte er endlich eine eigene Familie. Das Leben konnte so schön sein. In seinen Gedanken sah er sich mit einem Kanu über einen See paddeln. Dann baute er ein Holzblockhaus, so wie er es in der Lehre gelernt hatte, ging auf die Jagd und zu Hause warteten die Frau und die Kinder auf seine Rückkehr. Das Grinsen um seinen Mund wurde immer breiter. Am liebsten wäre er auf der Stelle aufgesprungen und hätte sich auf den Weg gemacht. Wenn nicht die verdammten Bullen wären. Innerlich war er in diesem Moment hin- und hergerissen. Eigentlich hatte er es ihnen zu verdanken, dass er sich mit der erzwungenen Flucht endlich seinen Traum erfüllen konnte, andererseits waren es aber auch sie, die ihn daran hinderten. Das Grinsen verschwand wieder um seine Mundwinkel, trotzdem weigerte er sich, die Augen zu öffnen. Er wollte so lange wie möglich in seinem Traum verweilen. Der Realität ins Auge sehen konnte er später auch noch.

Ein paar Nächte wollte er auf der Hütte verbringen, bevor er sich auf die Reise begab. Jetzt war Geduld angesagt. Er durfte keinen Fehler mehr machen. Geduld gehörte aber nicht zu seinen Stärken.

Das beruhigende Plätschern des Wassers, das ihm half, sich zu entspannen und seinen Träumen nachzuhängen, wurde plötzlich von einem anderen Geräusch übertönt. Er riss die Augen auf und starrte in den wolkenlosen Himmel. Noch konnte er ihn nicht sehen, es handelte sich aber eindeutig um das typische Geräusch eines Hubschraubers. Er wusste selber nicht, warum er so panikartig reagierte, denn Hubschrauber flogen des Öfteren über den Berg. Trotzdem war er sich im Klaren, dass es sich nur um einen Polizeihubschrauber handeln konnte.

Auf der Stelle sprang er auf, lief um die Hütte und schloss alle Fensterläden. Bevor er sich in die Hütte in Sicherheit brachte, vergewisserte er sich, dass nichts darauf hinwies, dass er hier war. Doch trotz aller Hektik entging es seiner Aufmerksamkeit nicht, dass sich der Hubschrauber nur langsam näherte. In der einen Sekunde wurde er lauter, gleich darauf wieder leiser. Sie suchten etwas. Und das Etwas waren er und die Hütte.

Er begab sich in das Innere der Hütte, starrte durch die herzförmigen Öffnungen der Fensterläden in den Himmel. Noch hoffte er, dass er sich täuschte. Doch nur wenige Sekunden hielt die Hoffnung an, dann sah er ihn. Ein Polizeihubschrauber näherte sich, dicht über die Baumwipfel fliegend, der Lichtung. Dann entdeckten sie die Hütte, flogen direkt auf sie zu. Zunächst hatte es den Anschein, als würde der Hubschrauber über die Hütte hinwegfliegen, doch er täuschte sich. Der ohrenbetäubende Lärm entfernte sich nicht, sondern blieb genau über ihm. In seinen Gedanken sah er, wie sich schwarzgekleidete und vermummte Polizisten an Seilen in die Tiefe abseilten und mit entsicherten Maschinenpistolen die Hütte stürmten.

Grenzenlose Wut stieg in ihm hoch. Er griff nach dem Gewehr, wollte schon aus der Hütte stürmen und den Hubschrauber mit einem Schuss vertreiben, da besann er sich doch noch eines Besseren. Wo ein Polizeihubschrauber auftauchte, da waren die Bodentruppen nicht mehr weit. Zur Wut gesellte sich eine nie gekannte Niedergeschlagenheit. Die Mutter hatte ihn also verraten, musste er enttäuscht zur Kenntnis nehmen.

„Warum ...?", schrie er, so laut er konnte. „Warum hast du mich verraten? Was haben sie dir für Lügen aufgetischt, dass du weich geworden bist Mama?" Tränen liefen ihm über das Gesicht.

Trotz all des Schmerzes entging es ihm nicht, dass auf einmal das kniehohe Gras vor der Hütte zu Boden gedrückt wurde. Gleich darauf sank der Hubschrauber zu Boden, ohne jedoch zu landen. Deutlich konnte er die beiden Piloten erkennen. Der Co-Pilot hatte ein Fernglas vor den Augen, das auf die Hütte gerichtet war.

Dann traf Michael eine Entscheidung. Blitzschnell füllte er das Magazin, lud das Gewehr durch, befestigte das Zielfernrohr. Wenn er seinen Traum schon nicht verwirklichen konnte, dann sollten sie dafür auch büßen. Er war entschlossen, über Leichen zu gehen. Ins Gefängnis ging er auf keinen Fall. Eher würde er im Kugelhagel der Polizisten sterben als sich festnehmen lassen.

Zum letzten entschlossen, riss er die Tür auf und sprang mit dem Gewehr im Anschlag nach draußen, den Finger am Abzug. Das Gewehr hektisch von links nach rechts schwenkend suchte er nach Zielen. Aber entgegen aller Erwartungen konnte er keine Uniformierten entdecken. Weit und breit war kein Mensch zu sehen. Also richtete er den Lauf gen Himmel, suchte nach dem Hubschrauber. Der verschwand aber soeben über den Baumwipfeln in Richtung Tal. Noch einmal Glück gehabt, dachte er sich. Sie würden aber wieder kommen. Es war nur eine Frage der Zeit.

Er ließ sich auf der Bank nieder, legte das Gewehr griffbereit neben sich. Wie wenige Minuten zuvor schloss er die Augen und überlegte, wie es weitergehen sollte. Auf jeden Fall hatte sich die Situation zu seinem Nachteil verändert. Er musste umplanen.

Mittlerweile war es empfindlich kalt geworden. Die Sonnenstrahlen schafften es nicht mehr über den Bergrücken. Die Dämmerung setzte in diesen Minuten ein, die Hütte lag nun vollkommen im Schatten. Auch wenn der Gipfel noch im vollen Sonnenlicht lag und golden glänzte, konnte er von den Bäumen nur noch die Konturen unterscheiden.

Michael kehrte in die Hütte zurück, packte die Rucksäcke und trug sie vor die Hütte. Hier, in der Hütte, konnte er nicht mehr bleiben. Wenn die Bullen doch noch auftauchten, dann saß er in der Falle, aus der er nicht mehr entrinnen konnte. Er musste rauf auf den Gipfel, sich dort oben die Nacht über verstecken, bevor er sich mit dem ersten Tageslicht ans Abseilen machen konnte. In der Dunkelheit war es zu riskant.

Aber auch für heute war es schon zu spät dafür, musste er sich eingestehen. Nicht der Aufstieg bei Dunkelheit stellte ein Problem dar, sondern der Abstieg zu dem anderen Versteck. Hierzu brauchte er unbedingt Tageslicht. Und das schaffte er heute nicht mehr. In dreißig Minuten würde es dort oben ebenfalls stockdunkel sein.

Es blieb ihm nichts anderes übrig, als die Nacht im Freien zu verbringen. Er wusste auch schon wo. Hinter der Hütte stand ein uralter Baum, der schon seit Jahren tot war. Unten war er bereits so verfault, dass man das abgestorbene Holz mit Hilfe eines Werkzeugs leicht herauskratzen konnte. Das hatte er immer wieder mal gemacht. Mittlerweile hatte sich eine Lücke gebildet, die breit genug war, um auf allen vieren hindurchschlüpfen zu können. Den Boden hatte er mit Moos, trockenen Blättern und lockerer Walderde bedeckt. In diese Lücke legte er die Isomatte und breitete den Schlafsack darauf aus. Auf der einen Seite schaute der Kopf heraus, auf der anderen die Füße. Hinter der Hütte hatte er Bretter gestapelt, die vom Umbau übriggeblieben waren. Ein paar von denen holte er und lehnte sie so an den Baum, dass man die Lücke nicht mehr sehen und mit ausgestreckten Beinen liegen konnte.

Zum Schluss stellte er die Rucksäcke auf der von der Hütte abgewandten Seite auf den Boden, krabbelte angezogen und mit Schuhen in den Schlafsack und legte das Gewehr neben sich.

Unter diesem Baum verbrachte er also seine vermutlich letzte Nacht in der Heimat. Noch bevor die Sonne aufging, würde er aufstehen und zum Gipfel des Eibenstocks aufbrechen. Dass sich zu dieser frühen Stunde bereits Polizeibeamte auf dem Weg zu ihm aufgemacht haben, konnte er sich nicht vorstellen. Auch den Hubschrauber fürchtete er nicht, denn im Morgengrauen würden dichte Nebelschleier den Berg einhüllen. Und bei Nebel konnte der aus Sicherheitsgründen nicht eingesetzt werden.

Beruhigt legte er sich schließlich hin. Als Jäger war er es gewohnt, unter freiem Himmel zu übernachten. Seine Ausrüstung und Kleidung schützten ihn vor Kälte und Feuchtigkeit, hielten ihn warm. Allmählich überkam ihn trotz all der Aufregungen Müdigkeit. Das monotone Geplätscher des Baches sorgte schließlich dafür, dass er einschlief.

Michael wusste nicht, wie lange er bereits geschlafen hatte, da meinte er, ein Geräusch vernommen zu haben. Er starrte in den sternenübersäten Himmel und horchte. Schließlich vermutete er, dass es das Geräusch nur in seinem Traum gegeben hatte, da vernahm er es erneut und dieses mal noch näher als zuvor.

Er griff nach dem Gewehr und richtete sich auf. Vorsichtig zog er den Reißverschluss des Schlafsacks auf, krabbelte heraus, ohne ein verräterisches Geräusch zu verursachen. Durch einen schmalen Spalt zwischen den Brettern lugte er gespannt hindurch. Sehen konnte er jedoch nichts, aber hören. Es waren Stimmen und alle paar Sekunden hörte er zudem ein kurzes Klappern. Obwohl das Licht des Vollmondes die Umgebung der Hütte hell erleuchtete, konnte er nur Konturen wahrnehmen. Dann lief es ihm eiskalt den Rücken hinab. Er umklammerte das Gewehr noch fester, denn zwei der zuvor bewegungslosen Konturen begannen sich zu bewegen. Und sie kamen auf ihn zu.

Zwischenzeitlich wurde so laut gesprochen, dass er einige Wortfetzen verstehen konnte. Das, was er ohnehin schon geahnt hatte, bewahrheitete sich. Zwei Bullen kamen auf ihn zu, blieben ein paar Schritte vor ihm stehen und unterhielten sich.

Sie waren allein, entnahm er erleichtert ihrem Gespräch. Das war ein fataler Fehler. Michael konnte sich eines Grinsens nicht erwehren, als er hörte, wie enttäuscht sie waren, weil sie ihn nicht angetroffen hatten. Dem kann abgeholfen werden, dachte sich Michael, schlich sich um den Baum, legte das Gewehr an und ließ den Verschluss laut hörbar nach vorne schnellen.

„Guten Tag die Herren. Kann ich ihnen behilflich sein? Suchen sie etwa jemanden?", fragte er höhnisch.

Joschi erstarrte zur Salzsäule, Christian dagegen griff geistesgegenwärtig nach der Pistole. Rechtzeitig erkannte er den auf ihn gerichteten Gewehrlauf, hielt in seiner Bewegung inne, hob schließlich die Hände über den Kopf.

„So ist es brav. Ich dachte für einen Moment, dass ich schießen muss. Das wäre natürlich nur aus Notwehr geschehen, denn wenn man mitten in der Nacht von zwei dunkel gekleideten Männern, die Pistolen mit sich führen, überfallen wird, dann darf man sich doch wehren. Oder? Sie als Polizisten müssten das eigentlich wissen."

Die beiden waren jedoch vom unerwarteten Auftauchen des Gallinger so schockiert, dass sie zu keiner Antwort fähig waren.

„Hat es euch die Sprache verschlagen? Sie wissen ja, wer ich bin. Jetzt würde mich aber brennend interessieren, wer mich mitten in der Nacht besuchen kommt."

„Ich bin Kriminalhauptkommissar Christian Köhler von der Kriminalpolizei Tiefenbach. Und das ist mein Kollege Kriminaloberkommissar Joschi Fischer.", antwortete Christian.

„Ah, jetzt wo ihr mich unten nicht mehr drangsalieren könnt, kommt ihr sogar hier herauf, um die Schikanen fortzusetzen?"

„Nein, Sie wissen ganz genau ..."

„Maul halten", schrie ihn Michael Gallinger an. „Ihr redet nur, wenn ich es euch erlaube. Klar?"

„Herr Gallinger ...", fing Christian erneut an, wurde jedoch sofort wieder angebrüllt.

„... dann müssen sie mich halt erschießen. Aber dann sind Sie ein Mörder. Noch sind Sie es nicht. In ein paar Stunden wimmelt es hier von Polizisten und von Beamten des Sondereinsatzkommandos mit Scharfschützengewehren. Sobald Sie ihr Gewehr gegen die erheben, werden Sie erschossen. Wollen Sie das wirklich riskieren?"

„Ihr verdammten Arschlöcher. Warum könnt ihr mich nicht einfach in Ruhe lassen?"

„Wie sollen wir Sie in Ruhe lassen, nachdem sie einen Mordanschlag auf zwei Polizisten verübt und auf einen vierjährigen Buben geschossen haben?"

„Das mit den Bullen tut mir leid. Das wollte ich nicht. Und dass der Bub und nicht Sonja ans Telefon gegangen ist, das konnte ich doch nicht ahnen. Ich wollte doch nur, dass es sich der Andreas nochmals überlegt, bevor er zu den Bullen geht und alles gesteht."

„Los. Werft mir eure Pistolen her. Aber vorsichtig. Nehmt sie am Lauf und ja nicht am Griff. Ich schieße sofort."

Christian und Joschi, der sich mittlerweile wieder etwas von dem Schrecken erholt hatte, zogen vorsichtig die Pistolen aus dem Schulterholster und warfen sie vor Michael Gallingers Füße. Der bückte sich, sammelte sie ein und steckte sie hinter den Hosenbund. Dann forderte er die beiden Kriminaler auf, sich mit dem Rücken an die Hütte gelehnt, auf den Boden zu setzen und die Arme hinter dem Kopf zu verschränken.

„Wie geht es übrigens den beiden Polizisten? Sind sie schwer verletzt worden?"

„Dem einen geht es den Umständen entsprechend inzwischen besser. Er kann heute oder morgen aus dem Krankenhaus entlassen werden. Der Zweite schwebt nach wie vor in Lebensgefahr. Selbst wenn er überlebt, kann man noch nicht sagen, ob er bleibende Schäden davonträgt."

„Wen hat es schwerer erwischt? Dick oder Doof ... äh den Diehl oder den Gruber?"

„Der Diehl wurde leichter verletzt. Er war der Fahrer. Der Gruber saß gar nicht im Auto, sondern PHK Markus Reisinger, der stellvertretende Dienststellenleiter."

„Was?", rief Gallinger sichtbar überrascht. „Der Diehl und der Gruber treten doch immer gemeinsam auf."

„Tja. Da haben Sie Pech gehabt. Sie haben den Falschen erwischt. Und das Tragische daran ist, dass sich der Reisinger in dieser Schicht den Diehl wegen der zahlreichen Beschwerden von euch zur Brust genommen hat. Er hat ihm disziplinarische Maßnahmen angedroht, falls sie sich weiter wie ein Elefant im Porzellanladen aufführen. Sie haben sozusagen einen Verbündeten erwischt."

„Verdammt", schrie Gallinger in den Himmel. „Das konnte doch keiner ahnen."

„Herr Gallinger ...", fuhr Christian fort. „Jetzt wäre die beste

Gelegenheit aufzugeben. Dafür würden wir vergessen, dass Sie uns mit dem Gewehr bedrohen."

„Neiiin! Niemals! Eher sterbe ich, als dass ich in den Knast gehe. Verstanden? Und euch nehme ich mit."

Der plötzliche Gefühlsausbruch Gallingers und seine letzten Worte ließen Christian ins Grübeln kommen. Jetzt war Fingerspitzengefühl angesagt. Er durfte ihn auf keinen Fall provozieren. Er traute ihm ohne weiteres zu, sie zu misshandeln oder sogar zu töten.

Gallinger fing an, mit gesenkten Kopf hin- und herzugehen. Er ahnte, dass sich seine Lage mit dem Auftauchen der beiden Kriminaler sogar verbessert hatte. Nur wie?

„Herr ...", versuchte Christian nochmals das Gespräch zu suchen.

„Du sollst dein Maul halten. Hast du das schon wieder vergessen? Ich muss überlegen." Gleichzeitig trat er an die beiden heran und drückte Christian den Lauf des Gewehrs auf die Brust. Obwohl es noch relativ dunkel war, vor allem hier im Schatten der Hütte, erkannte er, dass Gallinger den Finger am Abzug hatte.

„Okay, okay. Sie sind hier der Boss. Sie schaffen an." Christians Stimme klang belegt. Diese Unterwürfigkeit gefiel Gallinger. Ein teuflisches Grinsen zierte sein Gesicht.

„Du hast es erfasst. Da unten habt ihr das Sagen, hier heroben gelten meine Regeln."

Joschi beugte sich zu Christian und flüsterte ihm ins Ohr. „Bitte Chef. Reize ihn nicht noch mehr. Lass uns Zeit gewinnen."

Als hätte Gallinger gehört, was Joschi flüsterte, trat er vor ihn, bückte sich und gab ihm eine schallende Ohrfeige, dass sein Kopf zur Seite geschleudert wurde.

„Aua", schrie der. „Was soll das?"

„Hab ich gesagt, dass du reden darfst?", entgegnete Gallinger und gab ihm abermals eine Ohrfeige. Dieses mal auf die andere Seite. Joschi zuckte vor Schmerz zusammen, war schon im Begriff, aufzuspringen und sich den Gallinger zu packen. Im letzten Moment hielt er sich zurück. Der Lauf des Gewehrs zielte nun auf ihn.

„Das sind schmerzvolle Erfahrungen, die ihr machen müsst. Mir ist es nicht anders ergangen. Auch wenn ich nicht geschlagen wurde, die psychische Gewalt, die nicht nur mir angetan wurde, schmerzt mehr als die physische. Das dürft ihr mir ruhig glauben. Die Schmerzen nach einer Ohrfeige vergehen schnell, die Schmerzen, die mir Dick und Doof zugefügt haben, jedoch nicht. Die brennen sich in die Festplatte da oben ein, Schmerzen verursachen sie aber da." Gallinger deutete mit dem Finger auf seinen Kopf und dann auf das Herz. „Gegen diese Schmerzen gibt es auch keine Medizin. Nur der Gedanke an Rache lassen sie ertragen."

Joschi hob wie ein Schulkind den Arm. Gallinger starrte ihn an, gab ihm schließlich die Erlaubnis zu reden.

„Herr Gallinger, wir können nachfühlen ..."

„Nein, könnt ihr nicht", schrie Gallinger erneut aufs Äußerste aufgebracht, stieß dieses Mal den Gewehrlauf Joschi zwischen die Rippen.

„Was haben wir ihnen getan?", mischte sich Christian ein und erwartete den nächsten körperlichen Angriff. Doch Gallinger ignorierte ihn. Das machte Christian Mut und er redete weiter.

„Ich habe die Beschwerden gelesen und weiß daher, wie Sie sich fühlen. Selbst mir ist die Galle hochgekommen, als ich das alles lesen musste. Ich verspreche ihnen, dass die beiden, die an all dem schuld sind, nicht ungestraft davonkommen werden. Lassen Sie uns also vernünftig miteinander reden. Jeder Richter wird Verständnis für ihre Situation aufbringen und ich verspreche ihnen, dass wir ein gutes Wort einlegen werden, dass Sie möglichst glimpflich davonkommen."

Gallinger bekam einen Lachanfall, zeigte Christian einen Vogel.

„Glimpflich davonkommen? Dass ich nicht lache. Ins Gefängnis werden sie mich stecken, und das soll glimpflich sein? Und du willst ein gutes Wort für mich einlegen? Wer glaubst du denn, zu sein, dass du dem Richter vorschreiben kannst, wie er über mich zu urteilen hat? Ich kann dir sagen, wie sein Urteilsspruch ausfallen wird. Mehrere Jahre Gefängnis, um ein Exempel zu statuieren. Nicht, dass noch jemand auf die Idee kommen könnte, den beiden Arschlöchern was anzutun."

„Das stimmt so nicht. Die Staatsanwälte und Richter fragen uns vor den Gerichtsverhandlungen oft, wie sich der Täter während der polizeilichen Vernehmungen und Festnahme verhalten hat, ob er Einsicht zeigt, und bereut, was er getan hat."

„Und? Was willst du ihm sagen? Dass ich freudestrahlend auf euch zwei Pausenclowns zugelaufen bin, als ihr hier mitten in der Nacht aufgetaucht seid? Dass ich euch angefleht habe, mich endlich festzunehmen?"

Christian warf einen heimlichen Blick auf seine Armbanduhr. Die Zeit wollte einfach nicht vergehen. Es war erst kurz nach fünf Uhr. Wenn es ihm gelang, ihn noch eine Stunde hinzuhalten, wuchsen ihre Chancen.

„Wenn ich gewusst hätte, dass ich Besuch bekomme, hätte ich Kuchen gebacken", fing Gallinger auf einmal wieder an, mit ihnen zu sprechen.

„Das nächste Mal melden wir unseren Besuch bei ihnen an", antwortete ihm Christian.

„Was mach ich jetzt bloß mit euch? Ihr seid mir im Weg und haltet mich bloß von meiner weiteren Flucht ab. Entweder ich erschieß euch oder ich schneide euch die Kehle durch. Ihr dürft es euch selbst aussuchen."

„Wenn sie uns gleich umbringen wollen, dann würde ich den elektrischen Stuhl bevorzugen", antwortete ihm Joschi, was Christian laut auflachen ließ.

Abermals rammte Gallinger Joschi den Gewehrlauf in die Seite. Der stöhnte vor Schmerzen laut auf.

„Aua! Was soll das? Dürfen nur Sie hier Witze reißen?"

„Ich bitte mir mehr Respekt aus, ihr Galgenvögel. Also passt mit euren Äußerungen auf und verarscht mich nicht."

„So. Und jetzt gebt ihr mir mal eure Handschellen ... aber vorsichtig", forderte sie Gallinger überraschend auf. Christian hatte den Eindruck, dass ihm eine Lösung des Problems gekommen war. Wenn er die Handschellen haben wollte, dann hatte er nicht vor, sie umzubringen.

Christian langte nach hinten, holte sie aus der am Gürtel angebrachten Handschellentasche heraus und warf sie vor die Füße von Gallinger. Joschi rührte sich nicht.

„Was ist mit dir? Muss ich erst wieder nachhelfen?"

„Ich hab keine dabei", erklärte er und blickte Christian schuldbewusst an. „Die liegen im Auto. Ich hab sie abgenommen, weil sie mich beim Schlafen auf dem Autositz gedrückt haben."

Christian konnte es nicht glauben, quittierte die Begründung mit einem ungläubigen Kopfschütteln.

Gallinger trat daraufhin zu Joschi, drückte ihm den Lauf unter die Nase und fing mit der freien Hand an, ihn von oben bis unten abzutasten. In der Brusttasche von Joschis Jacke entdeckte er das Funkgerät, das er herauszog und sofort nachprüfte, ob es eingeschaltet war.

Er wog es in der Hand, so, als ob er das Gewicht prüfen wollte. Dann überzog ein Grinsen sein Gesicht.

„Könnt ihr mit dem Ding da Kontakt zu euren Kollegen herstellen?", fragte er. Christian bejahte.

„Okay. Dann weiß ich jetzt, was ich mit euch mache. Los! Aufstehen!"

Der Mond war mittlerweile hinter dem Gipfel verschwunden, so dass es hier herunten wieder dunkler geworden war. Aber bald würde auch hier die Morgendämmerung einsetzen. Er musste sich beeilen.

Kaum standen die beiden, warf er ihnen die Handschelle zu.

„Los. Kettet euch zusammen. Aber so, dass ihr noch laufen könnt."

Christian legte eine der Schellen um sein rechtes Handgelenk, das andere um Joschis linkes.

„Wo ist der Schlüssel?"

Christian holte seine Geldbörse heraus, entnahm dem Hartgeldfach den kleinen Schlüssel und warf ihn vor sich auf den Boden. Gallinger sollte Zeit damit vergeuden, ihn zu suchen. Der dachte aber gar nicht daran. Er drückte Christian eine Taschenlampe in die Hand, schaltete sie ein und deutete mit dem Finger an den Waldrand.

„Ihr geht voraus. Ich sag euch schon, wo ihr hingehen müsst. Also. Auf gehts. So ein Morgenspaziergang bringt den Kreislauf in Schwung."

Christian marschierte vorneweg, Joschi folgte ihm. Zwischen den Bäumen erfasste der Lichtkegel der Taschenlampe einen von Brennnesseln gesäumten schmalen Trampelpfad. Zunächst ging es in dem hier noch lichten Wald in engen Serpentinen etwas bergab, im dichter werdenden Wald dann wieder hoch. Mehrmals kamen sie aufgrund von quer über den Weg verlaufenden Wurzeln ins Stolpern, konnten aber Stürze gerade noch vermeiden.

„Wo führen Sie uns denn hin?", fragte Joschi, dem nicht ganz geheuer war.

„Ich zeige euch den schönsten Platz des Eibenstocks. Von dort aus könnt ihr den Sonnenaufgang im Tal beobachten. Traumhaft, kann ich da nur sagen. Ihr werdet mir dankbar sein." Ein lautes, hämisches Lachen folgte, das bei Christian eine Gänsehaut erzeugte. Ein harmloser Spaziergang würde das mit Sicherheit nicht werden. Und er sollte mit seiner Einschätzung recht behalten.

Nach fünf Minuten endete der Pfad unerwartet an einer Felswand. Christian und Joschi blieben stehen.

„Noch sind wir nicht da, meine Freunde. Ein paar Meter liegen noch vor euch."

„Wo soll es denn hier noch weitergehen?", fragte Christian. Gleichzeitig trat er ein paar Schritte zurück, zog Joschi mit sich. Hatte der Gallinger etwa vor, sie hier in die Tiefe zu stürzen?

„Entlang der Felswand führt ein schmaler Wegstreifen weiter. Es sind nur etwa zehn Meter, dann erreicht ihr wieder einen breiteren Trampelpfad."

„Wenn Sie uns nicht sagen, wo der Weg endet und was Sie mit uns vorhaben, dann gehen wir keinen Schritt mehr weiter", schimpfte Christian aufgebracht. Er hatte die Psychospiele satt.

„Auch gut. Dann werf ich euch hier hinab. Wenn ihr weitergeht, bleibt ihr am Leben, wenn nicht ..." Er beendete den Satz nicht. Christian hätte gerne die Gesichtszüge Gallingers gesehen, um feststellen zu können, wie ernst er es mit seiner Drohung meinte. Auch wenn er nicht weiter als drei Meter von ihm entfernt stand, es war zu dunkel, um etwas zu erkennen. Daher zog er Joschi mit sich nach vorne, leuchtete die Felswand an. In der Tat konnte er im Lichtkegel einen waagerechten Streifen erkennen, breit genug, um mit den Füßen darauf einen festen Stand zu haben.

„Nein. Da bringen mich keine zehn Pferde rüber", rief Joschi und versuchte, Christian vom Abhang zurückzuziehen. In diesem Moment bohrte sich aber auch schon der Lauf des Gewehrs in seinen Rücken.

„Ihr solltet schnellstmöglich weitergehen. Ich hab nicht mehr viel Zeit zu verschenken. Also ... noch einmal. Hier sterben oder dort drüben weiterleben."

Christian flüsterte Joschi ins Ohr, nahm ihm die Angst. Er hatte mehr Bedenken vor einer Panikattacke Joschis, als vor dem schmalen Pfad, der vor ihnen lag.

Dann marschierte er los. Am Beginn der Felswand blieb er erneut stehen. Wie tief es hinabging, konnte man in der Dunkelheit nicht sehen. Ab hier musste Joschi vorangehen, weil die Fesselung keine andere Reihenfolge zuließ. Außerdem wollte Christian, dass sie sich mit dem Bauch gegen die Wand drückten. Zum einen, um nicht in die Tiefe schauen zu müssen und zum anderen, um sich mit der freien Hand einen Halt im rissigen Gestein suchen zu können. Langsam und konzentriert, den Blick stets auf die Wand gerichtet, kamen sie schließlich auf der gegenüberliegenden Seite an.

Gallinger ließ ihnen aber keine Zeit zum Verschnaufen. Er war ihnen auf dem Fuß gefolgt und scheuchte sie unerbittlich weiter, indem er den Lauf des Gewehrs abwechselnd Christian und Joschi in den Rücken stieß. In diesem Augenblick kam Christian eine verrückte Idee. Gallinger rechnete bestimmt nicht mit Gegenwehr. Das war vielleicht die Chance, an das Gewehr zu kommen. Beim nächsten Mal, er musste nur nahe genug an ihn herankommen, würde er versuchen, mit der freien Hand den Lauf zu greifen und das Gewehr Gallinger aus der Hand zu reißen. Mehr als einen Versuch würde er aber nicht bekommen. Während sie weiter vorwärtsgetrieben wurden, kam Christian von dem irrwitzigen Plan schnell wieder ab. Zu schmal war der Pfad. Kaum dass man mit beiden Füßen nebeneinander auftreten konnte. Wenn hier wer ins Stolpern geriet, dann flog er in den Abgrund. Sollte es er sein, dann riss er Joschi mit ins Verderben.

Kurz darauf kamen sie um eine enge Kurve. Danach endete der Weg erneut. Sie erkannten die Konturen einer riesigen Fichte, die quer über dem Weg lag. Der flache, jedoch großflächige Wurzelballen, ragte mehrere Meter in die Höhe. Der Stamm war aber nicht in die Tiefe gerauscht, da sich der Gipfel des Baumes auf einem gegenüberliegendem Felsvorsprung verfangen hatte.

„Das ist der Finger des Eibenstocks", erklärte Gallinger. Christian wusste auch sofort, was es mit dem Namen auf sich hatte. Der Felsvorsprung verlieh dem steil abfallenden Gelände die Form einer Hand mit abgestrecktem Daumen. Nur, dass es zwischen dem Abhang und dem Felsvorsprung etwa fünfzig Meter senkrecht hinab ging, bis sich der Felsvorsprung wieder mit dem Berg vereinigte.

„So meine Freunde. Ihr habt das Ziel erreicht. Jetzt müsst ihr nur noch da rüberturnen und ich lass euch wieder allein."

„Da rüber?", schrie Joschi hysterisch. „Nie im Leben."

Gallinger lachte aber nur laut auf. „Wetten dass du doch da rüber gehst?"

„Niemals!"

„Warum sollen wir da rüber?", fragte Christian. „Fesseln Sie uns doch an den Füssen zusammen. Der Weg ist so schmal, dass wir unmöglich derart gefesselt zurückgehen können. Schon gleich gar nicht bei der Felswand. Viel zu riskant. Es bleibt uns nichts anderes übrig, als hier auf Hilfe zu warten. Und Schreien hilft auch nichts, weil uns mit Sicherheit niemand hören kann."

„Treibt es mit meiner Geduld nicht zu weit. Ich muss auf den Gipfel rauf und brauche mindestens ein bis zwei Stunden Vorsprung. Und ihr werdet mir diesen verschaffen."

„Und wie haben Sie sich das vorgestellt?"

„Ganz einfach. Ich kehr um, wenn ihr drüben seid. Dann mach ich mich auf den Weg zum Gipfel. Das kann ich euch ruhig verraten, da mir ja keine andere Möglichkeit bleibt. Sobald eure Kollegen auf Empfang sind ...", dabei hob er das Funkgerät in die Höhe, „ ... werde ich sie anfunken und ihnen mitteilen, dass ihr euch in einer lebensbedrohlichen Situation befindet und jeden Moment abstürzen könnt. Also werden sie sich, so hoffe ich zumindest, zuerst auf die Suche nach euch machen. Der Hubschrauber kann nicht eingesetzt werden, weil hier in einer halben Stunde alles im dichten Nebel liegt. Bis sie euch dann endlich gefunden haben, bin ich oben angelangt."

„Und? Was wollen Sie auf dem Gipfel?"

„Das mein Freund, werde ich dir mit Sicherheit nicht verraten."

Christian und Joschi starrten den Baumstamm an. Viele Jahre musste der hier schon so liegen, denn die Rinde hatte sich fast vollständig abgeschält und die Nadeln an den Ästen waren gänzlich verschwunden. Der Baum war nur noch ein Skelett. Tot und völlig ausgetrocknet. Zum Teil armdicke meterhohe Äste säumten den Stamm bis zum anderen Ende. Anfangs dürfte der Stamm einen Durchmesser von mindestens sechzig Zentimeter haben, mutmaßte Christian, der sich aber mit jedem weiteren Meter verjüngte. Auf der drüberen Seite waren es höchstens noch zwanzig Zentimeter. Im Licht der Taschenlampe war dies schwer abzuschätzen. Machbar war es, auch wenn es ihm wie ein Himmelfahrtskommando vorkam.

„So. Genug geguckt. Jetzt gehts los."

„Könnten Sie uns nicht vormachen, wie man da rüber kommt?", fragte Joschi todernst. Als Antwort bekam er dieses Mal zur Abwechslung den Kolben in den Rücken.

„Ich weiß, wie wir da sicher rüberkommen Joschi. Vertrau mir bitte.“

„Vielleicht fliegen wir wie ein Vogel rüber oder springen wie ein Weitspringer über den Abgrund! Leider fehlt uns der Anlauf.“, witzelte Joschi, obwohl im eher zum Weinen zumute war.

Ein abgebrochener Aststummel, den sie als Tritt benutzten, verhalf ihnen zum Aufstieg auf den Stamm. Dort stellten sie sich gegenüber, griffen die Handgelenke des anderen.

„Wir halten uns gegenseitig“, erklärte Christian. „Wir arbeiten uns dann seitwärts gehend Schritt für Schritt vor. An den vier oder fünf Ästen, die uns auf dem Weg nach drüben im Wege sind, können wir uns festhalten und Pause machen. Du darfst nur nicht nach unten blicken, sondern immer nur in mein Gesicht schauen. Verstanden?“

„Ja. Aber ich weiß ehrlich gesagt nicht, was mir mehr Angst einjagt.“

Christian war zufrieden. Solange Joschi Witze machte, brauchte er keine Angst zu haben, dass er in Panik geriet. Hoffentlich blieb das auch so, bis sie heil drüben angelangt waren.

„Ich geb das Kommando. Bist du bereit Joschi?“

„Hilft es mir, wenn ich nein sage?“

Sie prüften nochmals den Griff am Handgelenk des anderen, dann gab Christian das Kommando. Zentimeter für Zentimeter rutschten sie auf dem glatten Stamm in Richtung Felsvorsprung.

„Geht das nicht rascher, ihr Schlafmützen? Da ist ja eine Schnecke noch schneller.“

„Dann müssen Sie halt mitkommen und uns mit ihrem verdammten Gewehrlauf antreiben.“

Gallinger zog eine der Pistolen hinter dem Hosenbund hervor und zielte auf Joschi.

„Noch so einen dummen Spruch und ich schieß dir ein Loch in deinen Kopf.“

„Ich mag keine Menschen ohne Humor“, raunte Joschi Christian zu.

Meter für Meter wurden sie sicherer und kamen immer zügiger voran. Der Stamm wurde zwar immer schmaler, doch bis zum Ende war es nicht mehr weit. Da kam völlig unerwartet Bewegung in den Stamm.

Was Christian nicht einberechnet hatte, war ihr Körpergewicht. Zusammen wogen sie etwa einhundertsechzig Kilogramm. Stellte dies bis hierher kein Problem dar, so reichte ihr Gewicht nun aus, den Stamm, der jahrelang Wind und Wetter ausgesetzt war, in Bewegung zu versetzen. Der Gipfel des Baums lag zwar auf dem Felsvorsprung auf, wurde jedoch nur von seinem Eigengewicht niedergehalten. Da der Felsen nicht eben, sondern leicht nach unten abgerundet war, drückte ihr Körpergewicht nun auf den Stamm. Erst kaum wahrnehmbar, doch dann immer schneller werdend, fing er zu rutschen an und fing sich erst einen guten halben Meter tiefer in einer Spalte im Felsen. In diesem Moment, in dem er zum Stillstand kam, ging das Rutschen in ein rhythmisch Wippen über.

Christian meinte, sich augenblicklich übergeben zu müssen, während Joschi, vor Entsetzen bewegungsunfähig, ins Leere starrte.

Es dauerte ein paar Sekunden, dann hatte sich der Stamm ausgependelt. In diesem Moment kehrte Leben in Joschi zurück. Er griff mit der freien Hand den neben ihm aufragenden Ast, hielt sich krampfhaft daran fest und zog dabei den Oberkörper an diesen ran. Das war aber das Fatale. Christian konnte nicht schnell genug reagieren. Da das Gegengewicht zu ihm nachgab, kippte er nach hinten. Auch er versuchte, den rettenden Ast zu erfassen, doch er verfehlte ihn. Aufgrund der ruckartigen Bewegung glitt sein linker Fuß von dem glatten Stamm, baumelte über dem Abgrund, gleich darauf fing auch der rechte Fuß zu rutschen an. In der Sekunde, in der er erfasste, dass er fiel, schrie er entsetzt: „Lass dich fallen Joschi!"

41.

Joschi sah, dass Christians freier Arm zu rudern anfing, er verzweifelt versuchte, den Ast neben sich zu greifen, jedoch knapp verfehlte. Reflexartig griff er selber nach dem Ast, bekam ihn sofort zu fassen und klammerte sich um den nach oben ragenden armdicken Ast.

„Lass dich fallen", schrie Christian. Joschi blickte in die weit aufgerissenen Augen von Christian, erkannte das Entsetzen darin und erfasste augenblicklich die tödliche Gefahr, in der sie sich befanden. Durch die

Handschellen waren sie miteinander verbunden, auf Gedeih und Verderben aufeinander angewiesen. Wenn Christian jetzt abstürzte, dann zog er ihn mit in den Abgrund, egal, wie fest er sich auch um den Ast klammerte. Auf Dauer würde ihn das Gewicht Christians ebenfalls in die Tiefe ziehen.

Es war nur ein Reflex, keine durchdachte Aktion, als Joschi mit aller Kraft den mit den Handschellen verbundenen Arm von Christian ruckartig heranzog. Der Schmerz, den die ins Fleisch eindrückende Handfesseln verursachten, ließ sie beide aufstöhnen. Doch es half. Christian bekam im zweiten Versuch den Ast zu greifen. Joschi ließ sich nun auf den Hosenboden nieder, überkreuzte unter dem Stamm seine Beine und presste sich mit den Oberschenkeln mit voller Kraft gegen den Stamm. Schnell hatte er einen stabilen Halt gefunden. Christian wollte es ihm gleichtun. Doch in dem Augenblick, in dem er sich ebenfalls niedersetzen wollte, verlor er die Balance und drohte erneut seitlich abzurutschen. Joschi registrierte das, griff mit der freien Hand nach Christians linkem Bein, bekam die Hose am Bund zu fassen und zog mit aller Kraft daran. Zwei Sekunden später saß auch Christian.

Schwer atmend saßen sie sich Gesicht an Gesicht schließlich gegenüber, der Ast, an dem ihr Leben hing, zwischen ihnen. Joschi zitterte am ganzen Körper. Christian wusste nicht, ob vor Schmerzen oder vor Entsetzen.

Sie waren sich jedoch bewusst, dass sie soeben dem Tod von der Schippe gesprungen waren.

„Weißt du, wie tief es da nach unten geht?", fragte Joschi mit geschlossenen Augen. „Ich kann nicht hinabschauen, bin nämlich nicht schwindelfrei."

„Das will ich gar nicht wissen", antwortete Christian.

Ein scharfer kalter Wind brachte sie nach kurzer Zeit zum Frösteln. Dichte Nebelschwaden zogen vom Tal empor. Zwischendrin immer wieder mal ein Loch, durch das man, dank der einsetzenden Morgendämmerung, bis zum Grund hinabsehen konnte. Es ging verdammt weit hinunter, dachte sich Christian, als er doch einen Blick nach unten wagte.

„Okay Joschi. Tausend Dank. Ich glaube, du hast uns gerade das Leben gerettet."

„Bedank dich erst, wenn wir wieder festen Boden unter den Füßen haben. Momentan spüre ich aber nur meinen Arsch und den friert es."

„Respekt", vernahmen sie unerwartet die Stimme von Gallinger, der auf dem Weg stand und offenbar alles mitangesehen hatte. „Ich habe schon befürchtet, dass ihr beide runterfällt. Ehrlich, eine geile Vorstellung. Mit dieser Nummer könntet ihr in jedem Zirkus auftreten."

Ohne die Augen zu öffnen, schrie ihm Joschi wutentbrannt zu, ihnen zu Hilfe zu eilen. Gallinger lachte aber nur.

„Das sollen gefälligst eure Kollegen tun. Momentan besteht keine Gefahr für euch, ich kann euch also allein lassen."

„Zuvor funkst du aber noch die Kollegen an und sagst ihnen, wo sie uns finden können. Aber pronto!"

„Ich glaub nicht, dass du Großmaul dich momentan in der Situation befindest, mir gegenüber Forderungen zu stellen."

„Okay, ist ja gut", lenkte Christian ein. Er musste Gallinger recht geben. Sie brauchten ihn, mit Forderungen würden sie aber nicht weit kommen. Vielleicht gelang es mit etwas Freundlichkeit.

„Herr Gallinger. Sie haben ihren Spaß gehabt. Wenn Sie uns hier so hilflos zurücklassen, die Kollegen nicht darüber informieren, wo sie uns finden können, dann besteht die Gefahr, dass wir doch noch abstürzen. Wollen Sie das wirklich?"

Er bekam jedoch keine Antwort. Da er mit dem Rücken zum Wurzelballen saß, konnte er Gallinger nicht sehen. Joschi wollte er nicht bitten, die Augen zu öffnen und nach ihm zu schauen. Also drehte er den Oberkörper, ohne den Ast loszulassen.

Mittlerweile waren sie von dichten Nebelschwaden umgeben, die sie vollkommen einhüllten. So sehr er sich auch anstrengte, er konnte nur die Konturen des Wurzelballens erahnen, von Gallinger war nichts zu sehen und zu hören.

„Gallinger?", rief er in dessen vermeintliche Richtung. Keine Antwort. Er hatte sich in Luft aufgelöst und sie tatsächlich in dieser hilflosen Lage zurückgelassen.

„Verdammt. Ich frier mir ja jetzt schon den Arsch ab", schimpfte Joschi.

„Ignorier die Kälte einfach. Überliste dein Gehirn, indem du dir warme Gedanken machst oder an deinen letzten Sommerurlaub in der Türkei denkst."

„Ein super Tipp. Ich sage meinem Gehirn, ignoriere die Kälte, krame ein paar sommerliche Bilder vom Strand hervor und schick sie mir über die Augen zu meinem Arsch. Und schon wird es mir warm."

„Ich bin mir sicher, dass sich Tami mit den Kollegen bereits auf die Suche nach uns gemacht hat. Sie ist ein intelligentes Mädchen und wird alles unternehmen, uns so schnell wie möglich zu finden."

„Klar", ächzte Joschi, „dann marschiert sie über den Baum und trägt uns auf ihren zierlichen Händen auf den Weg zurück."

Christian wusste nicht, was er ihm antworten sollte. So weit voraus hatte er noch gar nicht gedacht. Wie musste man vorgehen, um sie von dem Stamm sicher herabzubringen?

„Übrigens Christian. Mir fällt gerade ein passender Witz für unsere Scheißsituation ein. Willst du ihn hören?"

„Ja, kann ja nicht schaden."

„Da ist einmal ein Dachdecker während der Arbeit auf dem Dach ausgerutscht und nach unten gefallen. Im letzten Moment erwischte er noch die Dachrinne und hielt sich daran fest. Genau in dem Augenblick kam unten ein Priester vorbei, der dies sah. Er blieb stehen, machte das Kreuzzeichen und rief ihm zu: Halt dich an Gott, mein Sohn und dir wird geholfen. Da antwortet der: Idiot, ich bin froh, dass ich mich an der Dachrinne festhalten kann ... und ich sag dir eins. Unser Ast da ist mir tausend mal lieber als eine Dachrinne."

Christians Gesicht blieb ausdruckslos. Kein Anzeichen von Lachen.

„Na ja, so schlecht war der Witz doch nun auch wieder nicht ...", meinte Joschi enttäuscht.

„Doch. Und vor allem momentan sehr unpassend."

„Übrigens", fuhr Joschi unbeirrt fort, „kannst du dich noch daran erinnern, was du mir gestern Abend versprochen hast?"

Christian überlegte kurz, kam aber nicht darauf.

„... dass der Sonnenaufgang noch viel schöner werden wird als der Sonnenuntergang. Eines muss ich dir lassen Christian. Wo du recht hast, hast du recht. Ich könnte mir keinen schöneren Ort für einen stimmungsvollen Sonnenaufgang vorstellen, als mit dir auf diesen Baumstamm."

„Sei still!", unterbrach ihn Christian abrupt. „Hörst du das auch? Da kommt ein Hubschrauber! Hörst du ihn nicht?"

Joschi hörte jetzt auch das monotone plopp, plopp, plopp der Rotoren.

„Scheiße", schrie Christian, „der fliegt genau über uns hinweg und sieht uns nicht."

42.

Pünktlich um fünf Uhr traf sich Tami mit Kurt und Maxi im Besprechungsraum. Dicke Augenringe zeugten von einer kurzen Nacht. Jetzt musste ein starker Kaffee her, der die Müdigkeit bekämpfte. „Ohne Kaffee kann ich nicht kämpfen", sagte Joschi immer frühmorgens, wenn er das Büro betrat und sein erster Weg zum Kaffeevollautomaten führte. Heute verstand sie ihn, was er mit diesem Spruch meinte.

„Ich funke mal Christian an und erkundige mich, ob sich während der Nacht was getan hat", eröffnete sie das Meeting und nippte an ihrer Tasse.

„Frag sie auch gleich, wie sie geschlafen haben", fügte Kurt mit einem spöttischen Lächeln hinzu.

Mehrmals forderte Tami in den nächsten Minuten Christian auf, sich zu melden. Es blieb jedoch still.

„Vielleicht haben sie das Funkgerät ausgeschaltet, um nicht zu viel Batterie zu verbrauchen", meinte Maxi und gähnte ausgiebig. Tami schüttelte sofort den Kopf.

„Nein, nicht Christian. Der schaltet ein Funkgerät nicht ohne Grund aus. Außerdem hat er immer ein paar Akkus zum Wechseln dabei."

Zehn Minuten später versuchte sie es ein letztes Mal. Gespannt starrten sie auf das Funkgerät, doch es blieb ruhig.

„Hast du schon bei der Einsatzzentrale angerufen, ob in der Nacht was vorgefallen ist?"

„Natürlich Kurt. Das hab ich als Erstes gemacht. Sie haben aber die ganze Nacht nichts von ihnen gehört."

„Dann sind sie möglicherweise gerade beim Frühsport", warf Maxi lachend ein.

„Das werden wir gleich sehen. Ich rufe Christian auf seinem Handy an."

Tami wählte die Nummer und wartete, dass er sich meldete. Schließlich versuchte sie es auf Joschis Handy. Beide mal vergeblich.

„Verdammt noch mal, meldet euch endlich!", schrie Tami das Funkgerät an und haute mit der flachen Hand auf den Tisch. „Es muss was passiert sein. Eine andere Möglichkeit gibt es nicht. Der Chef würde nie ohne eingeschaltetem Funkgerät oder Handy das Auto verlassen."

Kurt teilte ihre Sorge. „Das befürchte ich inzwischen auch. Noch dazu Christian genau weiß, dass wir uns um diese Zeit bei ihm melden wollten."

Unruhig klopften sie im Gleichtakt mit den Fingern auf die Tischplatte. Kurt traf dann eine Entscheidung.

„Tami. Fahr du mit Maxi voraus und schau nach dem Rechten. Ich halte hier die Stellung und warte auf das Eintreffen der Kollegen von der Bereitschaftspolizei. Es ist jetzt halb sechs. Spätestens in einer halben Stunde müssten sie da sein. Ich komm dann mit ihnen nach."

Die beiden sprangen auf, eilten in ihre Büros, holten ihre Einsatztaschen.

„Ruf mich aber sofort an, sobald du weißt, warum sie nicht erreichbar sind", rief ihr Kurt noch nach.

„Natürlich. Also bis später."

In der Tiefgarage traf sie sich mit Maxi, der neben der Einsatztasche einen riesigen Rucksack mitführte.

„Was hast du denn vor? Hast du deinen Kleiderschrank ausgeräumt?"

„Warum? Ich bin bei der Bergwacht und zudem ausgebildeter Bergführer. Wenn es in die Berge geht, nehm ich den immer mit."

„Na ja, hoffentlich brauchen wir das alles nicht."

Sie warfen ihre Sachen in den Kofferraum eines Hyundai Tucson, das einzige geländetaugliche Fahrzeug, das sie bei der KPI hatten. Tami drückte Maxi die Schlüssel in die Hand.

„Du fährst, ich funke."

Während der Fahrt versuchte sie ein ums andere Mal, per Funk oder mit dem Handy Kontakt zu ihnen aufzunehmen. Erfolglos. Von Minute zu Minute wurde ihr Unbehagen immer größer. Ihnen musste was zugestoßen sein, war sie sich zwischenzeitlich sicher. War etwa Gallinger zu seinem Wagen zurückgekehrt und dabei auf Christian und Joschi gestoßen? Kam es zu einer Auseinandersetzung, in dessen Verlauf die beiden verletzt oder sogar getötet wurden? Tami wurde übel bei dem Gedanken. Die Hand mit dem Handy fing unkontrolliert zu zittern an.

„Fahr schneller", rief sie Maxi zu, der ohnehin alles aus dem Wagen herausholte, was der PS-schwache Motor hergab.

Auf dem Forstweg, hoch zum Holzlagerplatz, hüpften sie aufgrund der vielen Schlaglöcher ungewollt auf ihren Sitzen auf und nieder. Tami musste sich mit beiden Händen am Armaturenbrett abstützen. Maxi schien ebenfalls voller Sorge zu sein, anders war es nicht zu erklären, warum er mit Vollgas die Kurven anfuhr und erst im allerletzten Moment abbremste und einlenkte. Trotzdem vertraute sie seiner Fahrkunst.

Endlich erreichten sie den Holzlagerplatz, blieben hinter dem uniformierten Opel Frontera stehen. Zugleich sprangen sie aus dem Wagen, eilten zum Fahrzeug der Kollegen. Es war unversperrt und leer. Die Lehnen beider Sitze waren zurückgeklappt und die Decken lagen unordentlich auf den Sitzen. Auf dem Rücksitz erkannte sie zwei leere Pizzaschachteln.

Tami beugte sich ins Wageninnere und suchte nach Hinweisen, was hier in der Nacht vorgefallen sein könnte. Das einzig Ungewöhnliche waren Handschellen auf dem Rücksitz. Weder das Handfunkgerät noch die Handys hatten sie zurückgelassen.

„Wo seid ihr?", fragte sich Tami.

Maxi hatte mittlerweile nach Gallingers Lada Niva geschaut. „Der Wagen steht noch immer an der gleichen Stelle", rief er schon von Weitem.

„Sie müssen sich entschlossen haben, loszugehen, um die Hütte zu suchen", mutmaßte sie.

„Dann sind sie wahrscheinlich dem Gallinger in die Hände gelaufen", sprach Maxi aus, was Tami am meisten befürchtete.

Sie rief Kurt an, um ihn über ihren Verdacht zu informieren. „Scheiße ... Scheiße ... Scheiße", stöhnte der. „Ich kann es einfach nicht glauben, dass der

Chef so unbedacht handelt und mitten in der Nacht losmarschiert, um einen schwerbewaffneten Verbrecher aufzuspüren, ohne das Gelände zu kennen. Der hätte doch zumindest die Einsatzzentrale davon in Kenntnis setzen müssen."

„Dann muss was vorgefallen sein, dass er dazu nicht mehr in der Lage war."

„Okay Tami. Die Bereitschaftspolizei ist mittlerweile eingetroffen und ich habe sie in den Einsatz eingewiesen. Sie machen sich gerade abfahrbereit. In einer halben Stunde sind wir bei euch. Unternehmt bis dahin nichts."

„Das sagst du so leicht Kurt. Wir können uns doch nicht hier hinstellen, auf euer Eintreffen warten und nichts tun. Vielleicht sind sie verletzt und brauchen dringend ärztliche Hilfe."

„Tami, ihr unternehmt auf keinen Fall was auf eigene Faust. Verstanden?"

„Ja. Du hast ja recht. Aber bitte kümmere dich noch darum, dass so schnell wie möglich ein Hubschrauber kommt."

„Ich habe vorher mit der Flugstaffel in Fürstenfeldbruck gesprochen. Die meinen, dass bei dem Hochnebel, den wir derzeit in den Bergen haben, zur Zeit ein Einsatz nicht möglich ist."

„Deswegen können sie doch schon mal in unsere Richtung fliegen. Der Nebel kann sich jede Minute auflösen und dann verlieren wir unnötig Zeit, wenn sie sich erst dann auf den Weg machen."

„Das hab ich ihnen auch gesagt", beruhigte sie Kurt. „Ein Hubschrauber ist bereits unterwegs nach Irlbach und wartet dort, bis sich der Nebel verzogen hat."

Kaum hatte sie das Telefonat mit Kurt beendet, hörte sie in ihrem Funkgerät ein Knacken, hervorgerufen durch das Drücken der Sprechtaste. Ohne darauf zu warten, wer sich meldete, rief sie völlig außer sich vor Sorge in das Gerät: „Christian?"

Sie bekam aber keine Antwort.

„Joschi?", fragte sie schnell nach.

„Nein," bekam sie endlich eine Antwort. So kurz diese auch ausfiel, sie hörte sogleich an der Stimme, dass es weder Christian noch Joschi waren.

„Wer ist denn dran?", fragte sie aufgebracht.

„Ein Freund."

„Verdammt noch mal, geben Sie sich endlich zu erkennen und spannen uns nicht auf die Folter. Wo befinden sich meine Kollegen und wie geht es ihnen? Und warum sind Sie im Besitz des Funkgeräts?" Tami hatte ihre Fragen in das Gerät geschrien. Maxi legte ihr beruhigend die Hand auf die Schulter.

„Wenn Sie Antworten auf ihre Fragen haben wollen, dann hören Sie mir gut zu und vor allem ... unterbrechen Sie mich nicht."

„Okay. Reden Sie."

„Wissen Sie, wenn ich was gar nicht mag, dann sind das Überraschungen. Vor allem, wenn nachts zwei Bullen auftauchen und mich festnehmen wollen. Doch dafür müssten sie früher aufstehen. Ich bin schließlich nicht auf der Brennsuppe dahergeschwommen, auch wenn ich nur ein einfacher Landwirt bin. Kurz gesagt. Ich habe sie entwaffnet und festgenommen. Ich hätte sie auch erschießen können. Das hätte mir jeder Richter als Notwehr ausgelegt, denn wenn plötzlich zwei bewaffnete Männer im dunklen Wald vor einem stehen, dann hat man meiner Meinung nach das Recht, sich zu wehren und die Angreifer zu töten. Hab ich aber nicht, weil sie mir lebend wichtiger sind."

Tami schnaufte tief durch. Die beiden waren also noch am Leben. Es drängte sie, danach zu fragen, ob sie auch unverletzt seien. Sie traute sich aber nicht, den Redefluss Gallingers zu unterbrechen.

„Wie viele Bullen seid ihr denn, die nach mir suchen?" Tami musste kurz überlegen, bevor sie antwortete.

„Vierzig."

„Sehr schön. Und die sollten Sie auf jeden Fall ausnahmslos dafür einsetzen, nach ihren beiden Kollegen zu suchen. Die befinden sich ... wie soll ich es erklären ... in einer prekären Lage. Sie hängen sozusagen in der Luft, haben keinen Boden unter den Füßen und warten sehnsüchtig darauf, aus ihrer unbequemen Lage befreit zu werden. Ich will Sie ja nicht unbedingt unter Druck setzen, aber ihr solltet so schnell wie möglich euren Arsch in Bewegung setzen und nach ihnen suchen. Lange werden sie es nicht mehr in ihrer ungemütlichen Lage aushalten. Und wenn sie fallen, dann fallen sie verdammt tief."

„Wo finden wir sie?"

„Tja, das werde ich euch mit Sicherheit nicht verraten. Ich brauche schließlich einen Vorsprung, nur deswegen hab ich die beiden am Leben gelassen, weil ihr nach ihnen suchen sollt und nicht nach mir. Verstanden?"

„Aber Sie müssen uns doch irgend einen Hinweis geben, wo wir suchen sollen. Ohne einen Tipp finden wir die doch nie. Und wegen des Nebels können wir keinen Hubschrauber einsetzen."

„Das haben Sie richtig erkannt. Aber wenn ihr alle zusammen zu denken anfangt, dann könntet ihr sogar darauf kommen, wo es sich lohnt zu suchen. Ich glaube, das nennt man Schwarmintelligenz. So. Und jetzt haben wir mit der Rederei genug Zeit verloren. Ich muss weiter. Grüßen Sie mir die Kollegen, wenn Sie sie gefunden haben. Vorausgesetzt, sie sind dann noch in der Lage, zu reden."

Das Gespräch endete abrupt. Mehrmals versuchte Tami, erneut Kontakt zu Gallinger aufzunehmen, es half aber nichts. Er hatte das Funkgerät ausgeschaltet.

„Was sollen wir denn jetzt machen?", fragte sie Maxi. „Wir können doch nicht hier untätig herumsitzen und auf die Kollegen der Bereitschaftspolizei warten. Das dauert mir zu lange."

„Wir sollen aber hier warten", erinnerte sie Maxi eindringlich.

„Ja, ja. Du kannst ja hierbleiben. Ich mach mich auf jeden Fall auf den Weg zur Hütte. Vielleicht finde ich dort Hinweise darauf, wo sie sein könnten."

„Dann komm ich aber mit. Allein lass ich dich nicht gehen. Nicht dass auch du noch spurlos verschwindest."

Bevor sie losliefen, überlegte sie, ob sie nicht Kurt Bescheid geben sollte. Nein, sagte sie sich. Der würde mir nur davon abraten. Im knietiefen Nebel eilten sie schließlich über die Wiese. Der Mond war mittlerweile hinter dem Gipfel verschwunden, dafür begann im Osten die Morgendämmerung. Ein neuer Tag kündigte sich an. Schöner noch, als der gestrige, wenn man dem Wetterbericht Glauben schenken konnte. Als sie in den Wald eindrangen, wurde es um sie stockdunkel. Nicht mal die einzelnen Konturen der Bäume vor ihnen waren noch zu erkennen. Ohne ihre Taschenlampen hätten sie spätestens hier ihr Vorhaben abbrechen müssen. Maxi übernahm die Führung, Tami mit ihren kürzeren Beinen hatte Mühe, mit ihm Schritt zu halten. An manchen Stellen mussten sie über größere Felsbrocken steigen, auf die Tami nur mit Mühe hinaufkam und die entgegengestreckte Hand Maxis dankend annahm und sich hinaufziehen ließ. Mehr als einmal mussten sie den Weg zurückgehen, weil sie sich verirrt hatten und nicht mehr weiterkamen. Dann standen sie endlich am

Rande der Lichtung. Auf die Oberschenkel gestützt mussten beide erstmal zu Atem kommen. Keuchend sogen sie die kühle Luft ein und wischten sich den Schweiß aus dem Gesicht.

Totenstill war es um sie herum. Nur ihren keuchenden Atem und das glucksende Wasser des Bächleins waren zu hören.

43.

Der Polizeihubschrauber Edelweiß 2 hatte sein Einsatzgebiet erreicht. Der Flug vom Standort in Fürstenfeldbruck nach Irlbach war problemlos verlaufen. Je näher sie den Bergen kamen, desto dichter wurde der Nebel unten auf der Erde. Die Nebeldecke zog sich so hoch hinauf, dass die meisten Gipfel darin verschwanden.

Laut letzter Auskunft des Wetteramts Bayern um fünf Uhr früh, lag das gesamte Voralpengebiet im Nebel. Also hieß es warten, bis sich dieser gelichtet hatte. Und das konnte unter Umständen noch Stunden dauern. In Absprache mit der Einsatzzentrale sollten sie in Irlbach auf dem Sportplatz landen und dort auf weitere Weisungen warten. PHK Nico Wildner, der Pilot, erkannte bereits das Blaulicht des Streifenwagens, der ihnen zur Unterstützung zugewiesen worden war, um ihm in der Dunkelheit den Landeort anzuzeigen und auszuleuchten.

Doch bevor er die Landung einleitete, meldete sich über Funk die Einsatzzentrale.

„Edelweiß 2 für Einsatzzentrale".

„Hier Edelweiß 2."

„Ist es richtig, dass Sie mit einer Wärmebildkamera ausgestattet sind?"

„Ja."

Dann informierte man ihn über die bedrohliche Situation, in der sich die beiden Kollegen befanden, die ein sofortiges Handeln notwendig machte. Da es keinerlei Anhaltspunkte gab, wo sich die beiden aufhielten, benötigte man den Hubschrauber, um mit Hilfe der Wärmebildkamera den Aufenthaltsort schnellstmöglich zu finden.

„Okay ...", antwortete der Pilot nach einem kurzen Moment des Überlegens. „Wir verlegen in Richtung Eibenstock und schauen, wie dicht der Nebel ist. Versprechen kann ich noch nichts. Ich melde mich, sobald ich neue Erkenntnisse habe."

POK Patrick Berz, der Copilot, hatte vor sich eine Karte vom Einsatzgebiet auf seinen Oberschenkeln ausgebreitet, auf dem die Höhenmeter sowie der Verlauf des Bergrückens zu erkennen waren. Mittlerweile hatte er auch die unten am Rumpf angebrachte und frei schwenkbare Wärmebildkamera eingeschaltet und in Richtung des Höhenrückens ausgerichtet. Auf dem Monitor vor ihm blieb es, wie nicht anders zu erwarten war, dunkel. Zu weit waren sie noch vom nördlichen Abhang entfernt, der ihnen als Suchgebiet zugeordnet worden war. Patrick Berz fuhr mit seinem Finger über die Karte und verglich sie mit den Informationen, die ihnen vorlagen.

„Es hat doch geheißen, dass sie den Boden unter den Füßen verloren haben, beziehungsweise in der Luft hängen", überlegte er laut.

„Richtig. Das heißt, sie befinden sich vermutlich am Rand eines Abhangs und drohen hinabzufallen."

„Ja. Das denk ich auch. Dass sie im Wald irgendwo hoch oben auf einem Baum festgebunden wurden, kann ich mir nicht vorstellen. Ich hab auf der Karte drei signifikante Örtlichkeiten gefunden, die passen könnten. Drei Felswände, nicht weit entfernt von der Hütte, die wir gestern schon angeflogen sind, die ziemlich steil abfallen. Ich kann mich erinnern, dass sie am Übergang vom Berghang zur abschüssigen Wand dicht mit Latschen und Sträuchern bewachsen sind. Vielleicht hängen sie dort an einer Wurzel oder klammern sich an einen Ast oder Strauch."

„In Ordnung, dann gib mir die Koordinaten. Fangen wir dort an, wenn es der Nebel zulässt."

Von Minute zu Minute wurde es heller. Trotzdem konnten sie die Konturen des Bergrückens noch nicht erkennen. Vorsichtig steuerte Nico Wildner den Hubschrauber heran. Patrick Berz hatte das Fernglas vor den Augen und starrte durch die langsam aufreißende Nebelbank.

„Der akustische Warnmelder des Abstandsmessers ist auf fünfzig Meter eingestellt", bemerkte er nebenbei. In immer kürzeren Abständen wanderten seine Augen zwischen dem Monitor und dem Fernglas hin und her. Dann ertönte plötzlich das schrille Signal des Abstandsmessers. Nico Wildner zog den Hubschrauber sofort in die Höhe und weg vom Abhang.

„Da sind sie", rief Patrick Berz auf einmal. Die Wärmebildkamera hatte die beiden im letzten Moment erfasst. Auf dem Monitor tauchte wie von

Geisterhand erschaffen ein dunkelroter runder Fleck auf, der zum Rand hin heller wurde. Nico Wildner hielt den Hubschrauber in sicherem Abstand zum Berghang über den beiden in der Luft. Noch wussten sie nicht, was den Alarm ausgelöst hatte, dann erkannten sie die Spitze des Eibenstockfingers, der aus dem Nebel herausragte.

„Puh, das war knapp", schnaufte Nico Wildner. Er wartete noch ein paar Minuten, bis sich der Nebel dank des böig nach oben strömenden Windes verzogen hatte. Langsam ging er schließlich in sicherem Abstand zur Felsspitze und dem Baumstamm nieder, um die beiden hilflosen Gestalten, die sie nun auch ohne Wärmebildkamera sehen konnten, nicht durch den von den Rotoren erzeugten Luftdruck zu gefährden.

„Wir haben die Kollegen gefunden", meldete Patrick Berz über Funk und beschrieb die Auffindesituation.

Tami schnaufte laut vernehmlich durch. Die Sorge, sie nicht rechtzeitig zu finden, war wie weggeblasen.

„Beschreiben Sie mir bitte die Örtlichkeit, dass wir ihnen zu Hilfe eilen können".

„Ich glaube nicht, dass den beiden Bodenpersonal helfen kann. Ich denke, dass wir sie von dem Baumstamm runterholen müssen.

„Verdammt. Das darf doch nicht wahr sein. Die sind mit Handschellen aneinander gekettet", murmelte Patrick Berz plötzlich und setzte das Fernglas ab.

„Dann wird es schwierig werden, die beiden an Bord zu bekommen."

Meter für Meter sank der Hubschrauber nieder, bis sie sich schließlich seitlich versetzt auf gleicher Höhe mit dem Baustamm befanden.

„Ich hab eine Idee", rief Patrick. „Versuche, seitlich so nah wie möglich an den Stamm heranzukommen." Nico nickte nur. Mehr musste er nicht wissen, um zu ahnen, was sein Kollege vorhatte. Die beiden waren erfahren und hatten als eingespieltes Team schon manche kritische Situation zusammen gemeistert. Immer wieder wurden solche Einsätze unter verschiedenen Wetterverhältnissen geübt, bis jeder Handgriff saß, doch ein derartiges Rettungsmanöver war auch ihnen neu.

Patrick begab sich nach hinten, zog die seitliche Kabinentür auf. Ein eiskalter Wind schlug ihm entgegen. Er setzte sich auf die Kante, ließ die Beine hinausbaumeln und hakte die Sicherheitsleine in einen im Boden verankerten

Metallring ein. Mittels Bordfunk dirigierte er Nico Zentimeter für Zentimeter an den Baumstamm heran.

Christian und Joschi beobachteten das Manöver, mussten aber schließlich die Köpfe auf die Brust senken, denn der orkanartige Luftstrom, der ihnen entgegenschlug, nahm ihnen die Luft zum Atmen.

Dann hatten sie die richtige Position erreicht. Patrick stellte sich auf die Kufen, beugte sich nach vorne und klopfte Joschi von hinten auf die Schulter. Der schüttelte aber nur den Kopf und blieb regungslos an den Ast geklammert sitzen. Christian dagegen hob den Kopf, sah die dünne Schnur vor seinem Gesicht herumbaumeln, an die Patrick einen Schlüssel für die Handschellen befestigt hatte. Sofort langte er zu und sperrte die Handfesseln auf. Achtlos ließ er sie in die Tiefe fallen.

Mit Handzeichen, weil aufgrund des Lärms eine Verständigung nicht möglich war, forderte Patrick Christian auf, sich zu erheben. Die ersten Versuche scheiterten, schließlich gelang es ihm doch noch, sich an dem Ast hochzuziehen und auf dem Stamm zum Stehen zu kommen. Mit schlotternden Knien und letzter Kraft griff er die ihm entgegengehaltene Hand Patricks und ließ sich mit einem kräftigen Zug in den Hubschrauber ziehen. Augenblicklich klammerte er sich an das Gestänge des Notsitzes gegenüber der Tür. In diesem Moment fiel die ganze Anspannung von ihm ab und er fing hemmungslos zu weinen an.

Joschi hatte es nicht mitbekommen, wie Christian in den Hubschrauber gekommen war. Noch immer nach unten starrend und krampfhaft den Ast umarmend, weigerte er sich, Patrick anzuschauen. Vom Tal hochziehende stürmische Aufwinde zwangen Nico, die Position des Hubschraubers immer wieder zu korrigieren, damit sie nicht gegen den Stamm gedrückt wurden.

„Was ist? Hast du die beiden herinnen?"

„Nein! Nur einen. Der andere ist vor Angst wie gelähmt. Versuche in der Position zu bleiben. Ich klettere rüber, leg ihm den Brustgurt um, befestige den an der Seilwinde und zieh ihn dann rein."

„Okay. Mach aber schnell, denn die Windböen werden immer heftiger und drücken mich zunehmend hin zum Berg. Lange kann ich die Position nicht mehr halten."

Patrick stieg mit den Beinen voran in den Klettergurt, zog den Karabinerverschluss oberhalb der Taille zu und klinkte das Sicherungsseil des Gurtes am Hacken der Seilwinde ein. Zusätzlich hängte er einen Brustgurt an die Winde. Bevor er das Abseilgestell ausfuhr, fragte er Christian nach dem

Vornamen des Kollegen. Dann nahm er die Fernbedienung für die Steuerung des Abseilgestells in die Hand und kletterte hinter Joschi auf den Stamm.

„Hallo Joschi", brüllte er ihm wegen des infernalischen Lärms ins Ohr. „Ich heiße Patrick Berz und hol dich jetzt rüber in den Hubschrauber. Dazu musst du aber den Ast für einen Moment auslassen, damit ich dir einen Brustgurt umlegen kann. Der verhindert zum einen ein Abstürzen, zum anderen ziehe ich dich damit in den Hubschrauber. Hast du das verstanden? Dann nicke mit dem Kopf."

Tatsächlich nickte Joschi, ließ aber den Ast nicht los. Patrick hatte damit gerechnet. Für lange Reden und Bitten war keine Zeit. Er griff nach Joschis linker Hand, drückte mit aller Kraft auf die Daumenwurzel, so dass Joschi vor Schmerz den Griff lösen musste. Bevor er an Gegenwehr denken konnte, hatte Patrick dessen Arm nach oben gezogen und zog blitzschnell den Brustgurt über den ausgestreckten Arm und den Kopf und zum Schluss unter die linke Achsel. Mit der anderen Hand praktizierte er es genauso und es dauerte nur wenige Sekunden, dann hatte er den Gurt um Joschis Brust befestigt und gesichert.

Währenddessen war Nico bemüht, mit Hilfe der Pedale und dem Steuerknüppel Ausgleichsbewegungen durchzuführen, um die Maschine im Gleichgewicht zu halten.

Kaum hatte Patrick Joschi den Gurt übergezogen, klammerte der sich sofort wieder an den Ast.

„Ich zieh dich jetzt mit der Seilwinde hoch", erklärte Patrick. „Du brauchst keine Angst haben, abstürzen kannst du nicht mehr. Lass also ruhig den Ast los."

„Nein", schrie ihm Joschi ins Gesicht. „Erst wenn ich sicher im Hubschrauber bin. Keine Sekunde eher."

„Also gut. Dann nimmst du halt deinen Baum mit."

Patrick drückte auf den grünen Knopf der Fernbedienung und sofort wurden die beiden in die Höhe gezogen. Joschi schrie laut auf, konnte jedoch der Kraft der hydraulischen Seilwinde nichts entgegensetzen und ließ den Ast los. Gleich darauf schwenkte das Abseilgestänge in die Öffnung des Hubschraubers und Joschi hatte wieder festen Boden unter den Füßen.

„Das war doch gar nicht so schlimm Joschi. Oder?" Patrick Berz löste die Gurte und Leinen und lächelte ihm aufmunternd zu.

Joschis Gesicht war weiß wie Schnee. Die Augen fest geschlossen und am ganzen Körper zitternd, schüttelte er unentwegt den Kopf.

„Die Gefahr ist vorüber Joschi. Du kannst die Augen ruhig wieder öffnen", versuchte Patrick, ihn zu beruhigen.

„Nein, ist sie nicht. Ich habe nämlich panische Flugangst."

„Könnt ihr uns bei der Hütte vom Gallinger runterlassen?", fragte Christian, der sich zwischenzeitlich wieder erholt hatte.

„Kein Problem. Ich hoffe nur, dein Kollege hält so lange durch und macht sich nicht in die Hose."

Nico Wildner nahm Kurs auf die Hütte, froh darüber, endlich den gefährlichen Ort verlassen und wieder frei fliegen zu können. Als er zur Landung neben der Hütte ansetzte, erinnerte sich Christian, dass ihnen Gallinger die Pistolen abgenommen hatte. Also fragte er, ob die beiden Piloten ihm nicht die ihren geben könnten. Die besprachen sich kurz und händigten sie dann schließlich Christian mitsamt den Reservemagazinen aus.

„Wiedersehen macht Freude", meinte Patrick Berz.

44.

Aus einem Meter Höhe sprangen Joschi und Christian aus dem Hubschrauber, der sich sofort wieder in die Höhe erhob und sich in Richtung Gipfel entfernte, um die Suche nach Gallinger aufzunehmen. Tami und Maxi beobachteten die Ankunft der beiden und liefen augenblicklich auf sie zu, kaum dass sie wieder Boden unter den Füssen hatten. Als Erstes fiel sie Christian um den Hals und drückte ihn, bis der sich aus der Umarmung befreite.

„Sachte Tami. Wir sind soeben dem Tod von der Schippe gesprungen und ich laufe nun Gefahr, von dir zerquetscht zu werden. Ich weiß nicht, was für ein Tod mir da lieber wäre."

„Entschuldigung Chef. Aber ich wäre vor Sorge fast gestorben. Was habt ihr beiden euch nur dabei gedacht, in der Nacht eine derartig gefährliche Aktion zu starten. Ihr hättet auf uns warten sollen."

„Schimpf nicht. Ihr zwei seid ja auch ohne Unterstützung losgelaufen."

„Ja. Weil wir Angst hatten, dass euch was passiert ist und jede Sekunde wichtig werden könnte."

Joschi, der bisher nur abseits gestanden war, klopfte nun Tami sanft auf den Rücken.

„Hallo Tami. Ich freu mich auch, dich wiederzusehen. Ich hoffe, du hast dir um mich auch solche Sorgen gemacht, wie um den Chef."

„Natürlich Joschi. Ein Leben ohne dich hätte ich nicht ertragen. Komm her und lass dich drücken."

Mit einem spitzbübischen Lächeln, das so gar nicht mehr an die panische Angst erinnerte, der er noch vor ein paar Minuten ausgesetzt war, öffnete er die Arme und erwartete ihre Umarmung.

„Weil ich dich nicht so fest drücken darf wie Christian, bekommst du dafür von mir einen Kuss." Und schon hatte sie seinen Kopf herangezogen und gab ihm einen Schmatz auf die Stirn. Das brachte den ansonsten schüchternen Joschi derart in Verlegenheit, dass er einen hochroten Kopf bekam. Mit einem Scherz versuchte er, davon abzulenken.

„Übrigens. Jetzt weiß ich auch, warum Hubschrauberpiloten eine Pistole mitführen. Sie könnten nämlich Kollegen wie uns begegnen, die sich ihre haben abnehmen lassen."

„Wie geht es euch übrigens?", fragte Tami. „Seid ihr soweit wieder in Ordnung, dass wir mit der Suche nach Gallinger fortfahren können?"

„Danke der Nachfrage. Mir geht es den Umständen entsprechend gut", antwortete ihr Christian. „Wie es Joschi geht, kann ich nicht sagen. Ich vermute, er wird erst die Hose wechseln müssen, bevor wir losmarschieren können."

„Danke Chef, dass du mich vor meiner Lieblingskollegin so bloßstellst. Ich habe übrigens genau gesehen, wie du im Hubschrauber geflennt hast. Spiel uns also nicht den furchtlosen Helden vor."

„Ist ja gut Joschi. Es ist schön, dass du schon wieder Spaß verstehst. Scheinst also wieder auf dem Damm zu sein."

Maxi, der mit einem respektvollen Abstand die Begrüßungszeremonie beobachtet hatte, kam nun auch hinzu und schüttelte den beiden die Hand.

„Maxi. Du sollst zwar von uns lernen, wie man einen Einsatz plant und durchführt, aber den heutigen Tag streiche bitte aus deiner Erinnerung."

„Geht klar Chef. Aber aus Fehlern kann man auch lernen, oft sogar mehr, als wenn alles durch Zufall problemlos abgelaufen wäre."

„Hört, hört ...", erwiderte Tami bewundernd. „Der Kleine scheint ja ein richtiger Philosoph zu sein, so kluge Reden hält er."

In diesem Augenblick tauchte Kurt mit den Kollegen der Bereitschaftspolizei auf.

„Hauptkommissar Jonas Schrobenhauser", stellte sich der Einsatzleiter vor und schüttelte die Hand von Christian. „Ich habe gehört, dass Sie bereits in aller Herrgottsfrüh ein Abenteuer erlebt haben. Ich hoffe, Sie sind wohlauf?"

„Danke der Nachfrage. Mir geht es gut. Können wir den weiteren Ablauf durchgehen?"

„Natürlich. Ich will Sie auch gleich auf den neuesten Stand bringen. Zwei Mann habe ich zur Bewachung des Wagens vom Gallinger zurückgelassen. Vier Mann behalten eine Engstelle auf dem Weg im Auge, an der Gallinger durch muss, wenn er, entgegen aller Erwartungen, uns doch zum Narren halten sollte und zum Wagen zurückkehren will."

„Wie viele Kräfte haben wir also noch zur Verfügung?", fragte Christian.

„Zwei Gruppen mit insgesamt zweiundzwanzig Leuten. Außerdem eine Gruppe SEK mit fünf ausgebildeten Scharfschützen, die von der Einsatzzentrale angeordnet wurde. Und der Hubschrauber kann mit Hilfe der Wärmebildkamera den Gipfel überwachen. Erfahrungsgemäß gibt jeder Täter bei einer solchen Übermacht auf und stellt sich."

„Da geb ich ihnen recht. Eigentlich sollte ein derart großes Personalaufgebot ausreichend sein, den Blödmann zur Aufgabe zu bewegen. Nur sagt mir mein Bauchgefühl, dass es nicht so leicht werden wird, wie wir uns das wünschen. Noch wissen wir nicht, warum er unbedingt zum Gipfel rauf will. An einem der Rucksäcke Gallingers habe ich ein langes Seil gesehen. Das nimmt man nur mit, wenn man sich abseilen will. Es bringt ihm also nichts, wenn er sich hier herunten irgendwo versteckt und wartet, bis wir auf dem Weg zum Gipfel an ihm vorbei laufen, um dann zum Auto zurückzukehren. So dumm ist er nicht. Ich bin mir sicher, dass er nach einem Plan vorgeht. Wie der aussieht, kann ich noch nicht sagen. Aber wenn er zwei Rucksäcke, voll mit Proviant, hier herauf schleppt, dann wollte er sich auf der Hütte für eine gewisse Zeit verstecken. Da wir diesen Plan durchkreuzt haben, bleibt ihm nur der Weg nach oben. Womöglich kennt er doch einen Weg, wie er hinunterkommt, ohne dass wir ihm folgen können."

„Außerdem hat er ja erklärt, dass er einen Vorsprung braucht",fügte Joschi hinzu. "Vor allem war ihm wichtig, dass der Hubschrauber zur Suche nach uns eingesetzt werden muss."

„Das werden wir in spätestens zwei bis drei Stunden wissen", beendete PHK Schrobenhauser die Spekulationen.

„Auf jeden Fall sehe ich keinen Grund, in Optimismus zu verfallen. Inzwischen bin ich überzeugt, dass Gallinger freiwillig nicht aufgeben wird. Im Gegenteil. Ich befürchte, dass er bis zum Letzten gehen wird."

„Und das wäre?"

„Er wird weder auf unser Leben noch auf seines Rücksicht nehmen. Ich befürchte, dass er lieber sterben wird, als ins Gefängnis zu gehen."

PHK Schrobenhauser blickte Christian lange und nachdenklich an. Dann traf er eine Entscheidung.

„Okay. Dann werde ich meine Leute jetzt instruieren. Sobald sie den Gallinger antreffen und der sich nicht sofort ergibt oder eine Waffe gegen uns erhebt, werde ich den Schusswaffengebrauch anordnen."

„Ich kann nur hoffen, dass ich mit meiner Einschätzung falsch liege. Aber ich gebe ihnen recht. Wir dürfen kein Risiko eingehen."

Christian legte den Kopf in den Nacken, blickte gedankenversunken in den Himmel. Was würde dieser Tag bringen? Ein glückliches Ende des Einsatzes oder Tod und Leid? Die Morgendämmerung hatte mittlerweile die Oberhand über die Nacht übernommen. Über der Wiese lag ein silbriger Schleier mit Millionen von kleinsten Tautropfen, die die ersten, bis zu ihnen durchdringenden Sonnenstrahlen, brachen und in alle Richtungen reflektierten. Ein traumhaft schöner Anblick, der sich ihnen präsentierte, dem aber in diesem Moment keiner Beachtung schenkte.

45.

Nachdem Michael zur Hütte zurückgekehrt war, schulterte er sofort den größeren der beiden Rucksäcke. Das Gewicht schätzte er auf mindestens zwanzig Kilogramm. Dann hängte er sich die Umhängetasche über die linke

Schulter. Zum Schluss warf er sich seinen dunkelgrünen Umhang über und setzte den Hut auf. Das Gewehr nahm er in die rechte Hand, den kleineren Rucksack, der auch mindestens zehn Kilogramm wog, in die andere Hand.

Dann marschierte er los.

Das Gewicht auf dem Rücken zwang ihn jedoch, kurze Schritte zu machen. Im Wald wurde der Weg dann richtig steil. Weit mit dem Oberkörper vornübergebeugt quälte er sich Schritt für Schritt nach oben.

Nach einem besonders steilen Teilstück legte er eine Pause ein. Schwer atmend ließ er sich auf einem Baumstumpf nieder, nahm den Rucksack vom Rücken. Gierig trank er ein paar Schluck aus der Mineralwasserflasche, wischte sich den Schweiß aus Gesicht und Nacken.

Kaum war er wieder zu Atem gekommen, schulterte er erneut seine Last und nahm die nächste Etappe in Angriff. Die Oberschenkel begannen bereits nach wenigen Schritten zu brennen, ein untrügliches Zeichen, dass er viel zu schnell unterwegs war. Er konnte aber keine Rücksicht auf sich und seinen Körper nehmen. Nach einer halben Stunde verließ er den Wald, ließ sich völlig erschöpft ins feuchte Gras sinken.

Zehn Minuten trennten ihn noch vom Gipfelkreuz, das er bereits sehen konnte. Langsam und schwerfällig richtete er sich auf, machte sich erneut auf den Weg. Aber nur ein paar Schritte, dann hielt er abermals inne.

Ganz leise war es zu hören und nur dank der absoluten Ruhe, die hier heroben herrschte. Aber er hörte das verhasste Geräusch. Plopp, plopp, plopp.

Rasend schnell wurde es lauter und es kam aus dem Tal. Panisch schaute er sich um. Er brauchte ein Versteck. Und zwar augenblicklich. Es blieb ihm nichts anderes übrig, als in den Wald zurückzulaufen. Keine Sekunde zu früh erreichte er die ersten Bäume. Über dem Bergkamm tauchte auch schon der Polizeihubschrauber auf. In der milchigen Nebelsuppe konnte er nur die Konturen erkennen. Die ersten Sonnenstrahlen drangen jedoch bereits bis zum Gipfelkreuz durch und ließen das Kreuz aus Messing golden leuchten. Genau über dem Gipfelkreuz blieb er im Schwebeflug stehen. Hinter dem Stamm einer mächtigen Fichte hervorlugend, beobachtete Michael den Hubschrauber. Er drehte sich um die eigene Achse, aber äußerst langsam. Kein Zweifel. Sie suchten was und das war er.

Gott sei dank, dachte sich Michael, hatte er eine Pause eingelegt. Wäre er ohne diese weitergelaufen, hätte er es nicht mehr zurück unter die Bäume geschafft.

Das Schicksal meinte es gut mit ihm.

Schließlich flog der Pilot seitwärts hin und her. Mit der Zeit kam er Michael so nahe, dass er in dem immer lichter werdenden Nebel nicht nur die dunkelblau-weiße Farbe des Hubschraubers unterscheiden konnte, sondern auch die Piloten mit ihren dunklen Sonnenbrillen. Ihr Blick war zu Boden gerichtet, der Copilot nahm immer wieder das Fernglas zur Hand.

Immer unruhiger werdend drehte sich Michael alle paar Sekunden um. Wenn jetzt die Suchmannschaft auftauchte, war er geliefert. Die ganze Quälerei, die er sich die letzte halbe Stunde zugemutet hatte, war dann umsonst gewesen.

„Nein!", schrie er in die Luft. „Ihr bekommt mich nicht!" Mittlerweile stand der Hubschrauber genau über ihm. Die Gipfel der Bäume wurden wie bei einem wütenden Orkan hin- und her geschleudert. Michael erkannte, dass das Absicht war. Die weit ausladenden Äste der dicht aneinander stehenden Fichten waren für ihn ein perfekter Sichtschutz nach oben. Die von den Rotoren nach unten gepeitschte Luft sorgte nun dafür, dass sich für einen kurzen Moment die Baumkronen zur Seite neigten und Michael die Deckung nahmen. Zudem wurden Staub und trockenes Laub aufgewirbelt, die ihm augenblicklich die Sicht raubten. Instinktiv warf er sich zu Boden und krabbelte auf allen vieren hinter den nächsten Baum. Doch der Hubschrauber folgte ihm unerbittlich. Sie mussten ihn entdeckt haben, sagte er sich, und sie jagen mich nun so lange vor sich her, bis mich die Einsatzkräfte erreicht haben und nur noch festnehmen müssen. Es war ihm nun egal, ob sie ihn sahen oder nicht. Er musste handeln. Und zwar sofort. Er riss sich den Rucksack vom Rücken, entsicherte das Gewehr und trat hinter seinem Schutz hervor. Keine zehn Meter über ihm stand der Hubschrauber. Sie konnten ihn also momentan nicht sehen. Er hob das Gewehr an und zielte dort hin, wo er den Piloten vermutete.

46.

Patrick Berz setzte das Fernglas ab und deutete auf die Tankanzeige. „Ich glaube, wir sollten hier abbrechen und ans Auftanken denken."

Nico Wildner nickte. Die nächste Möglichkeit zum Betanken bot sich beim Krankenhaus in Tiefenbach an. In einer halben Stunde konnten sie wieder im Einsatzgebiet zurück sein. Er rief die Einsatzleitung, teilte ihnen mit, dass sie den Gipfel bis zur Baumgrenze abgesucht hatten, vom Gesuchten jedoch keine

Spur zu sehen war. Dann meldete er sich ab.

Er zog den Hubschrauber in einer steilen Rechtskurve nach oben und nahm Kurs auf Tiefenbach. In keiner Sekunde dachten die beiden Piloten an die Gefahr, in der sie sich soeben noch befanden.

Gerade als Michael abdrücken wollte, verschwand der Hubschrauber über den Bäumen und somit aus seinem Sichtfeld. „Verdammt", murmelte er. „Genau wie gestern bei der Hütte. Die beiden scheinen einen Schutzengel mit an Bord zu haben."

Trotzdem war er erleichtert, dass er nicht schießen musste. Ein paar Sekunden lauschte er noch, dann war es wieder totenstill. Schließlich nahm er die letzten Meter in Angriff. In engen Serpentinen zog sich der restliche Weg durch dichte Latschenfelder und zwischen mannshohen Felsbrocken nach oben. Die letzten Meter führten ihn über glatten Felsen bis zum Gipfelkreuz.

Oben angekommen entledigte er sich augenblicklich seines Gepäcks. Als Nächstes löste er die beiden verschieden langen Seile vom Rucksack und breitete sie auf dem Boden aus. Dann suchte er an jedem Seil die von ihm angebrachte Kennzeichnung, die das Seil in einen längeren und einen kürzeren Abschnitt einteilte. Dann schlang er das Seil an der Markierung um den Fuß des Kreuzes, das auf einem massiven Betonfundament stand und knotete es fest.

Mit einem kräftigen Ruck am längeren Seilende prüfte er die Festigkeit des Knotens, erst dann befestigte er die beiden Rucksäcke am kürzeren Ende. Vorsichtig näherte er sich dem Rand des Felsvorsprungs, ließ in sicherem Abstand das Seil mit den Rucksäcken behutsam über die Kante gleiten und dann in die Tiefe. Anschließend befestigte er das zweite Seil am Kreuz, stieg in den Klettergurt, zurrte ihn um die Hüfte und Oberschenkel fest. Zum Schluss führte er das Seil durch die zwei Öffnungen des Abseilachters. Dann schulterte er das Gewehr und kehrte zur Kante zurück.

Während der letzten Minuten zierte ein Dauerlächeln sein Gesicht. Er hatte es geschafft. Sie würden ihn nicht zu fassen kriegen. Er war ihnen in allen Belangen überlegen. Euphorisch reckte er die Faust mit ausgestrecktem Mittelfinger in die Höhe.

„Na, wo bleibt ihr denn?", schrie er in Richtung des Weges, auf dem er vor wenigen Minuten gekommen war. „Und Tschüss. Viel Spaß beim Suchen", rief er, bevor er sich mit dem Rücken zum Abgrund stellte, das längere Seilende griff und sich über die Kante abseilte. Nach zehn Metern stoppte er mit Hilfe des Abseilachters den weiteren Weg nach unten. Vor seinen Augen öffnete sich der Schlund einer Höhle, die sich exakt unterhalb des Gipfelkreuzes befand. Da sich die Kante, über die er sich abseilte, wie ein Balkon über dem Höhleneingang lag, musste er seinen Körper in eine Pendelbewegung bringen, um mit den Füßen voraus an den Rand der Öffnung heranzukommen. Nach ein paar Versuchen gelang ihm dies. Kaum spürte er den harten Fels unter den Schuhen, griff er in einen Spalt im Felsen und zog sich hinein.

Mannshoch war die Öffnung und breit genug, um zwei Männern nebeneinander Platz zu bieten. Ohne Hast entledigte er sich seines Gewehrs, griff das kürzere Seilende und zog mit einem kräftigen Ruck daran. Dadurch löste sich der am Gipfelkreuz angebrachte Abseilknoten und das Seil rauschte in die Tiefe. Das Seilende in der Hand fing er es auf und zog es in die Höhle. Gleiches wiederholte er mit dem zweiten Seil, an dem sich die Rucksäcke befanden.

In aller Ruhe wickelte er die beiden Seile wieder auf. Er brauchte sie noch. Schließlich zog er sich in das Innere der Höhle zurück. Nach ein paar Schritten, die ihn leicht bergab führten, erreichte er bereits die hintere Felswand. Seine Finger tasteten sich an der Wand entlang, denn bis hierher drang kein Tageslicht. Schließlich fand er, was er suchte. Ein glatter Felsbrocken, der ihm als Sitzgelegenheit diente.

Die Höhle hatte er vor einigen Jahren durch Zufall entdeckt. Auf der Pirsch nach einer verletzten Gämse, die sich in ein Latschenfeld zurückgezogen hatte, das sich etwas unterhalb des Gipfels in Sichtweite zum Eibenstockgipfel erstreckte, hatte er die Höhle mit Hilfe des Fernglases entdeckt.

Es war jedoch gefährlich, das Latschenfeld zu betreten. Zwischen den weit ausladenden bodenbedeckenden Ästen der einzelnen Latschen gab es immer wieder tiefe Spalten, die man erst wahrnahm, wenn es schon fast zu spät war. Die Bergwacht hatte daher zum Schutz der Wanderer gleich unterhalb des Gipfels einen Holzzaun installiert und mit Hinweisschilden auf die Gefahr hingewiesen. Michael war daher überzeugt, dass nur sehr wenige Menschen von der Höhle wussten. Eines Tages hatte er sich schließlich entschlossen, sich vom Gipfelkreuz abzuseilen und die Höhle zu besichtigen. Inzwischen war er einige Male in ihr gewesen, hatte darin sogar schon übernachtet und sich frühmorgens, wenn ihn die ersten Sonnenstrahlen weckten, den Sonnenaufgang genossen. Schade, dachte er und ein Gefühl der Schwermut überkam ihn, dass ich morgen um diese Zeit nicht mehr da sein werde.

Viel Zeit zum Nachdenken blieb ihm aber nicht, denn das charakteristische Geräusch des sich schnell annähernden Hubschraubers holte ihn aus seinen Überlegungen.

47.

PHK Schrobenhauser rief seine Leute zusammen, organisierte das weitere Vorgehen und verteilte Aufträge. Die Kollegen des SEK sollten die Führung übernehmen. Mit ihrer vierzig Kilogramm schweren schusssicheren Sicherheitsausrüstung waren sie am ehesten gegen einen Überraschungsangriff Gallingers gewappnet. Erst wenn diese den Weg als sicher freigaben, sollten in einem zeitlichen Abstand von jeweils einer Minute Fünfergruppen der Bereitschaftspolizisten folgen.

Das Ende bildeten Christian und sein Team. Schon nach wenigen Minuten hatten sie die jungen und gut durchtrainierten Kollegen aus den Augen verloren, die im Laufschritt den Berg hinaufstürmten. Kein Laut war von ihnen zu hören. Alles lief mit einstudierten und in Übungen x-fach eingeübten Handzeichen ab.

Christian und Maxi versuchten vergebens, mit raumgreifenden Schritten Anschluss zu halten, aber auch Tami, Kurt und Joschi mussten bald abreißen lassen.

Schon bald hatten sie einsehen müssen, dass sie das vorgelegte Tempo nicht mithalten konnten. Schweigend konzentrierten sie sich daher auf den Weg, versuchten nicht zu stolpern oder zu stürzen und den Abstand nicht zu groß werden zu lassen.

„Was rennt ihr denn so?", rief Joschi nach ein paar Minuten und wischte sich den Schweiß aus dem Gesicht. „Befinden *wir* uns auf der Flucht oder der Gallinger? Wenn wir so weiterrennen, überholen wir ihn noch."

Tami hielt an, drehte sich zu Joschi um, der eine Lücke von gut zwanzig Metern hatte aufreißen lassen müssen.

„Vor ein paar Minuten konnte es dir nicht schnell genug gehen, dass wir den Gallinger endlich in die Hände bekommen und auf einmal pressierte es dir überhaupt nicht mehr. Könnte es etwa daran liegen, dass du keine Puste mehr hast?"

„Nein. Natürlich nicht. Ich kann es nach wie vor nicht erwarten, ihn zwischen meine Finger zu bekommen und wie eine Fliege zu zerquetschen. Aber das muss in Ruhe vorbereitet werden. Setz euch mal hin und lasst uns darüber sprechen."

Joschi setzte sich auch sofort, besser gesagt, er ließ sich erschöpft zu Boden fallen.

„Das können wir auch während des Gehens besprechen, Joschi. Oder brauchst du eine Pause?"

Diesen Vorwurf konnte er nicht auf sich sitzen lassen. Sofort richtete er sich wieder auf.

„Pah. Ich und eine Pause. Lächerlich. Wenn Kurt nicht so vor mir herschleichen würde, wäre ich schon längst oben. Leider ist der Weg so schmal, dass ich ihn nicht überholen kann."

Kurt schaute ihn verwirrt an.

„Deswegen musst du aber keine zehn Meter Abstand zu mir lassen, mein Freund. Los komm, ich lass dich gerne vorbei, damit du als Erster oben ankommst."

Kurt trat zur Seite und forderte Joschi mit einer Handbewegung auf, vorbeizugehen. Schwer atmend blieb der aber hinter ihm stehen.

„Nein, nein, Kurt", keuchte er. „Ich bleib besser hinter dir. Nicht dass du den Anschluss verlierst und dich dann verirrst. Dann können wir dich auch noch suchen. Bleib du nur zwischen uns."

Tami und Kurt schüttelten sich vor lachen. Joschi und sein Humor waren einfach nicht zu überbieten.

„Außerdem beeinträchtigt mich mein Meniskus", fügte er entschuldigend hinzu. „Der zwickt mich schon seit einiger Zeit, so dass ich nicht schneller gehen kann."

„Joschi, ich glaube, dass du Meniskus und fehlende Kondition verwechselst."

„Ha, ha, ha. Sehr lustig Tami. Los. Geh endlich weiter. "

Christian hatte die Probleme seiner Leute erkannt und daher bewusst das von ihm eingeschlagene Tempo reduziert. Dennoch dauerte es noch gut zehn Minuten, bis es zum Zusammenschluss kam. Joschi übernahm ab diesem Zeitpunkt sofort die Führung, zwang den anderen sein Tempo auf. Trotzdem blieb er alle paar Schritte immer wieder stehen, bewunderte mit blumigen Worten die Schönheiten der Natur. Das war selbstverständlich nur ein Vorwand, um kleinere Pausen einlegen zu können.

„Pass auf Joschi", rief Kurt. „Hinter dir ist gerade eine Schnecke ausgeschert und will dich überholen."

„Soll ich sie vorbeilassen oder Kampflinie gehen?", erwiderte er schlagfertig.

Christian akzeptierte das langsame Tempo. Sie sollten sich nicht völlig verausgaben. Keiner konnte wissen, was sie oben erwartete.

Endlich erreichten sie die Baumgrenze. Die Kollegen der Bereitschaftspolizei kauerten im Schatten der letzten Bäume und warteten auf weitere Befehle. Das SEK hatte sich mittlerweile direkt unterhalb des Gipfels verteilt. Hinter Felsbrocken verschanzt, lagen sie mit entsicherten Gewehren auf dem Boden. Als PHK Schrobenhauser auf Christian zutrat, kehrte der Hubschrauber zurück. Über dem Gipfel kreisend blieb er in der Luft stehen. Von dort aus meldete er sich über Funk.

„Sind Sie sich sicher, dass der Gesuchte rauf auf den Gipfel ist?", fragte der Pilot. „Wir haben bisher nichts ausmachen können, was dies bestätigen würde."

„Verdammt ja", rief Christian erzürnt. „Warum sollte er sonst zwei Seile mitführen? Er muss hier irgendwo sein. Da bin ich mir absolut sicher."

„Davon bin ich auch überzeugt", bekräftigte PHK Schrobenhauser. „Der Hubschrauber soll nochmals weiträumig das Gelände absuchen. Vielleicht gibt es doch eine Möglichkeit, sich abzuseilen oder zu verstecken."

Christian wies dem Piloten sein neues Einsatzgebiet zu. Vor allem sollten sie die schroffen Felswände genau inspizieren. Es konnte durchaus sein, dass er sich dort unter Latschen versteckt aufhielt und darauf wartete, dass sie die Suche nach ihm abbrachen.

„Das darf doch nicht wahr sein", schimpfte Joschi, „dass wir hier den Berg raufhetzen, um dann zu erfahren, dass er gar nicht da ist?"

„Er ist hier Joschi. Da wette ich mit dir. Ich kann ihn förmlich riechen."

„Ja. Wenn ihn einer riechen kann, dann du. Schließlich hast du von uns allen den größten Zinken im Gesicht."

Langsam machte sich die Gruppe wieder auf den Weg. Im Gänsemarsch näherten sie sich dem Gipfelkreuz. Die Kollegen des SEK hatten zuvor das Zeichen gegeben, dass das Gelände gesichert war.

An eine Unterhaltung war momentan nicht zu denken, denn der Hubschrauber befand sich fast auf gleicher Höhe mit ihnen. Im Seitwärtsflug flog er den Gebirgskamm ab, kehrte etwas tiefer fliegend zurück, blieb schließlich überraschend in der Luft stehen und schaltete den Suchscheinwerfer ein. Diesen richtete er auf die Felswand unterhalb des Gipfels, schwenkte ihn etwas hin und her. Schließlich meldete sich der Pilot.

„Ich glaube, wir wissen jetzt, wo sich die Zielperson befindet. Genau unterhalb des Gipfels haben wir den Eingang zu einer Höhle entdeckt. Wenn ich mich nicht täusche, dann habe ich im Hintergrund einen Rucksack liegen sehen. Da er gleich darauf weg war, nehme ich an, dass sich der Gesuchte dort drinnen aufhält und den Rucksack aus unserem Sichtfeld entfernt hat."

„Beschreiben Sie uns die Höhle etwas näher", forderte ihn Christian auf.

„Etwa zehn Meter unterhalb der Abbruchkante, dort wo sich das Gipfelkreuz befindet, ist der Eingang zur Höhle. Groß genug, um einer oder zwei Personen Platz zu bieten. Wie weit sich die Höhle in den Felsen hineinzieht, kann ich nicht sagen, da es dort drinnen absolut dunkel ist. Von oben kann man den Höhleneingang allerdings nicht erkennen, da die Felswand von oben nach unten zurückweicht."

„Dass er sich mittlerweile abgeseilt hat, das kann man ausschließen?", fragte PHK Schrobenhauser.

„Definitiv. Denn dann hätten wir ihn unten auf dem Geröllfeld oder seine Spuren im feinen Geröll sehen müssen. Das zieht sich mindestens zweihundert Meter steil bergab und es gibt keine Deckung. So lange waren wir nicht weg, höchstens eine halbe Stunde. Und in der kurzen Zeitspanne hätte er sich nie abseilen und das Geröllfeld überwinden können, ohne Spuren zu hinterlassen."

„In Ordnung. Behaltet die Höhle bitte bis auf Weiteres im Auge. Wir müssen sicher sein, dass er sich dort drinnen aufhält, bevor wir weiterführende Maßnahmen zu seiner Ergreifung einleiten."

„Wie bringen wir den da raus?", fragte Christian, mehr zu sich selber als zu den anderen. „Der hat genügend Proviant und zu trinken dabei, um uns hier tagelang hinzuhalten."

„Schießen wir ihm halt ein oder zwei Rauchgranaten hinein. Dann kommt er schneller raus, als er denken kann", schlug PHK Schrobenhauser vor.

„Und wenn er uns dabei abstürzt?"

„Selber schuld. Keiner hat ihn gezwungen, sich dort drinnen zu verstecken."

Von ihnen unbeobachtet, hatte sich Maxi entfernt und war ein Stück des Weges zurückgegangen. Er stieg über den Holzzaun und bewegte sich vorsichtig vor, bis er einen Platz gefunden hatte, von wo aus er die Felswand betrachten und den Eingang der Höhle erkennen konnte. Dann hatte er einen Plan gefasst und kehrte zurück.

„Ich glaube, ich habe eine Idee, wie wir mit dem Gallinger Kontakt aufnehmen können. Dazu müsste ich mich jedoch abseilen, bis ich mich auf gleicher Höhe mit dem Eingang befinde. Von dort aus nehme ich dann mit ihm Kontakt auf und erkläre ihm, wie aussichtslos sein Vorhaben ist. Vielleicht gelingt es mir, ihn zum Aufgeben zu überzeugen."

„Nein, nein", antwortete ihm Christian sofort, „das lässt du schön bleiben. Das ist viel zu gefährlich."

„Da kann ich dich beruhigen. Ich hab mir die Umgebung der Höhle genau angeschaut. Dabei habe ich eine Felsnase entdeckt, keine fünf Meter vom Eingang entfernt, hinter der ich mich abseilen kann. Die gibt mir Deckung."

Dass sie mit Gallinger Kontakt aufnehmen mussten, war Christian klar. Er wollte es selber probieren. Dazu musste aber der Hubschrauber weg. Bei dem Lärm, den dieser veranstaltete, war es unmöglich, sich mit Gallinger zu verständigen. Also forderte er den Piloten auf, sich für ein paar Minuten zu entfernen. Schließlich trat er an die Kante des Felsabsturzes und rief Gallingers Namen. Nach ein paar Sekunden versuchte er es erneut, bekam jedoch keine Antwort. Dann gab er seinen Versuch auf und nickte Maxi zu.

„Okay. Du nimmst aber ein Funkgerät mit, dass wir in Kontakt bleiben können. Wenn er mit dir sprechen sollte, dann mach ihm auf jeden Fall keine Zusagen, egal was er verlangt."

„Und wie bekommen wir ihn herauf?", fragte PHK Schrobenhauser. „Freiwillig wird er nicht raufklettern."

„Mit der Abseilwinde des Hubschraubers", schlug Joschi vor. „So, wie sie uns von dem Baumstamm geholt haben."

„Gut. Dann machen wir es so. Aber du versprichst mir, Maxi, dass du kein Risiko eingehst."

„Natürlich. Ich bin ja nicht lebensmüde."

„Aber vielleicht der Gallinger", murmelte Christian leise, so dass es außer ihm keiner hören konnte. Zu einfach hörte sich der Plan an, sagte ihm sein Bauchgefühl und warnte ihn. Das hatte ihn bisher noch nie im Stich gelassen. Er hätte besser darauf hören sollen.

48.

Christian wusste auch nicht, warum ihm genau in diesem Augenblick die Diskussion mit Joschi über das Sterben einfiel. Wie aus heiterem Himmel und ohne Anlass waren diese Gedanken aufgetaucht, ließen ihn die nächsten Minuten nicht mehr los. Es gab Menschen, die manchmal eine Vorahnung vom Sterben hatten. Gehörte Joschi zu diesen?

Schließlich gelang es ihm doch noch, diese Gedanken zu vertreiben. Er durfte sich von nichts mehr ablenken lassen. Er trug in letzter Konsequenz die Verantwortung dafür, dass niemandem was passierte, dazu zählte auch Michael Gallinger.

Kurt kniete an der Felskante und warf gedankenverloren Steinchen in den Abgrund. In Gedanken zählte er die Sekunden, bis er den Aufprall hörte.

„Wenn du hinabfallen solltest Kurt, dann musst du unbedingt nach rechts schauen. Ein traumhaftes Panorama", rief ihm Joschi in seiner unnachahmlichen Art zu.

Kurt winkte nur ab, erhob sich aber tatsächlich und setzte sich zu ihm neben das Gipfelkreuz.

Von dort aus beobachteten sie Maxi bei den Vorbereitungen zu seinem Einsatz. Bei ihm standen zwei Kollegen der Bereitschaftspolizei, die das Seil sichern sollten, mit dem er sich abseilen wollte.

„Ich bin bereit", rief er schließlich und näherte sich dem Rand der Felswand.

„Viel Erfolg!", rief ihm Joschi nach. „Ab jetzt nenne ich dich nur noch Mad Max."

„Wie kommst du auf den Namen?", wollte Kurt wissen.

„Ach. Das ist so ein Film-Actionheld. Ein durchgeknallter Polizist, der sich in einem Rachefeldzug gegen Rocker befindet. Kennst du den Film nicht?"

„Nein. Mich interessiert nur die Realität."

Das Seil, mit dem Maxi abstieg, hatte er am Gipfelkreuz befestigt und um einen Felsbrocken geführt, so dass er fast senkrecht runter konnte. Die beiden Bereitschaftspolizisten standen zwei Schritte vom Abgrund entfernt und hielten das Seil in der Hand. Ihre Aufgabe bestand darin, das Seil gespannt zu halten und auf Zuruf von Maxi nachzulassen. Die Rinne, in die er einstieg, wurde gleich von Beginn an immer enger. Anfangs fiel sie nur sachte ab, war mit losem Geröll gefüllt, um dann nach drei bis vier Meter fast senkrecht abzufallen. Ab hier konnte er sich mit den Händen links und rechts an der tief zerklüfteten Felswand einhalten. Seine Augen suchten dabei ständig nach kleinen Vorsprüngen im Fels, auf denen er mit den Fußspitzen festen Halt finden konnte. Er kam schnell voran, dachte schon, dass er das Seil gar nicht gebraucht hätte. Doch dann stockte es.

„Seil!", rief Maxi nach oben, bekam aber keins. „Seil nachlassen!", wiederholte er, doch erneut tat sich nichts. „Was ist?", seid ihr eingeschlafen?"

„Wir haben dich schon gehört und das Seil nachgelassen!", bekam er zur Antwort. Trotzdem blieb das Seil straff.

Christian beobachtete die Aktion von oben, hörte den Wortwechsel.

„Was ist? Gibt es ein Problem?"

„Das Seil hat sich anscheinend verklemmt."

„Maxi! Ist bei dir alles in Ordnung?"

„Nein. Ich brauch noch ein bis zwei Meter. Momentan hänge ich in der Luft."

Michael Gallinger saß im Hintergrund der Höhle, hörte den Wortwechsel. Neugierig schlich er nach vorne, um herauszubekommen, was da vor sich ging. Es wollte sich also tatsächlich, wer zu ihm abseilen, dachte er amüsiert. Ganz nah erklangen die Stimmen, fast zum Greifen nahe. Er verstand auch, was gerufen wurde. Es war nicht schwer zu erraten, wo sich die Person, die nach mehr Seil rief, aufhalten musste. Genau hinter der Felsnase, so dass er sie zwar hören aber nicht sehen konnte. Er wollte sich schon wieder zurückziehen, da erkannte er, keine fünf Meter von ihm entfernt, auf dem Rücken der Felsnase ein Stück blaues Seil.

„Warte nur, du Scheißkerl", murmelte er, „dir kann geholfen werden. Wenn du dir mehr Seil wünscht, dann bekommst du es auch." Aus dem Rucksack holte er ein Jagdmesser, kehrte zur Öffnung zurück. Mit dem Gesicht zur Felswand suchte er mit den Fingern Halt im Gestein und hangelte sich vor bis zur Felsnase. Dort kletterte er etwa zwei Meter hoch, bis er mit der Nasenspitze fast das Seil berührte. Es wäre ihm ein Leichtes gewesen, das eingeklemmte Seil zu befreien, er entschied sich jedoch anders. Mit der linken Hand hielt er sich am Felsen fest, mit der rechten fing er an, das Seil anzuschneiden. Er kam allerdings nicht richtig ran, denn es hatte sich tief in einem Spalt im Gestein eingeklemmt. Nach ein paar Sekunden hatte er es etwa zur Hälfte durchgeschnitten, dann erreichte die grobgezackte Schneide das Seil nicht mehr, knirschte nur noch über Stein. Er zog sich noch etwas hoch, bis er mit der Spitze der Klinge von oben auf das Seil einstechen konnte.

Maxi ahnte nicht im Geringsten, in welcher Gefahr er sich befand. Er hielt sich mit beiden Händen am Seil ein und hoffte, dass es jeden Augenblick wieder etwas nachgelassen werde.

„Was ist?", rief er abermals genervt nach oben. In diesem Moment traf ihn ein Steinchen im Gesicht. Als er hochblickte, entdeckte er die grinsende Visage Gallingers. Triumphierend hob der die Hand mit dem Messer in die Höhe.

„Kann ich dir helfen? Brauchst du etwa mehr Seil? Weißt du was? Ich werde dir behilflich sein."

„Was machen Sie da?", rief Maxi entsetzt als er erkannte, dass Gallinger mit dem Messer auf das Seil einstach.

„Na, was schon?" Ich befreie dich. Bin ich nicht nett?"

„Hören Sie sofort auf. Wenn Sie das Seil durchschneiden, stürze ich ab."

„Ja und? Glaubst du, dass mir das was ausmacht? Dann gibt es halt einen Bullen weniger."

Oben wurde man hellhörig, als man eine fremde Stimme vernahm. Allen war klar, dass es Gallinger sein musste. Nur sehen konnte man ihn nicht, da ihn die Felsnase verdeckte. Christian fuhr der Schrecken in die Glieder, als ihm bewusst wurde, dass sich Maxi in Gefahr befand. Doch was konnte er tun? Da das Seil klemmte, konnten sie ihn nicht einmal hochziehen. Einer plötzlichen Eingebung folgend zog er die Pistole aus dem Halfter, zielte dort hin, wo er Gallinger vermutete, und drückte mehrmals ab. Die Schüsse prallten jedoch wirkungslos am Gestein ab.

„Gallinger hören Sie auf!", schrie er nun nach unten.

„Aber gleich doch. Gleich hab ich ihren Kollegen befreit."

Maxi suchte verzweifelt nach Spalten oder Rissen im Felsen, in denen er sich mit den Fingern festkrallen konnte. Mit den Fußspitzen hatte er auf kleinen Vorsprüngen Halt gefunden. Doch lange würde er so nicht durchhalten können. Bereits nach wenigen Sekunden fingen die Waden zu zittern an. Ein letztes Mal flehte er Gallinger an.

„Herr Gallinger. Bitte hören Sie auf. Denken Sie an ihre Mutter, nehmen Sie Rücksicht auf sie. Soll sie sich Vorwürfe machen müssen, dass sie einen Mörder großgezogen hat?"

„Ich soll auf meine Mutter Rücksicht nehmen?", erwiderte Gallinger und lachte lauthals. „Hat sie auf mich Rücksicht genommen, als sie mich an euch verraten hat? Ohne sie wären wir beide nicht hier. Ohne sie müsstest du jetzt nicht um dein beschissenes Leben flehen."

Mittlerweile hatten sich zwei Beamte des SEK zu dem abgesperrten Bereich vorgearbeitet und sich nahe der Kante des Felsens positioniert. Von dort aus hatten sie freie Sicht auf die Felsnase. Sie konnten aber nur Gallingers Hand mit dem Messer erkennen. Trotzdem zielten sie mit ihren Gewehren auf ihn und drückten mehrmals ab. Die Kugeln schlugen rund um seinen Kopf ein. Abgesprengte Gesteinsbrocken trafen ihn ihm Nacken und Gesicht. Mit einem Fluch zog er die Hand zurück und zog den Kopf ein. Als weitere Schüsse folgten, entschied er sich zum Rückzug. Ungeachtet der Gefahr, in die er sich kurzfristig begeben musste, weil er die Deckung verließ, hangelte er sich wieder zur Höhle zurück. Ohne dass man weiter auf ihn schoss, erreichte er unversehrt die Öffnung, ließ sich sofort zu Boden fallen. Wie ein gehetztes Tier kam er sich in diesem Augenblick vor, kroch auf allen vieren in den hinteren Bereich der Höhle.

„Zieht mich hoch. Bitte!", schrie Maxi verzweifelt.

Die beiden Polizisten zogen auch augenblicklich am Seil. Christian sprang hinzu und zog ebenfalls mit. Mit katastrophalen Folgen. Dort, wo Gallinger mit dem Messer das Seil angeschnitten hatte, riss es und peitschenartig flog das obere Ende nach oben. Gott sei dank blieb der untere Teil stecken und verhinderte, dass Maxi sogleich in die Tiefe stürzte. Wie lange das malträtierte und ausgefranste Seil aber Maxis Gewicht halten konnte, wusste keiner.

„Verdammt. Was machen wir jetzt?", schrie Christian ratlos. „Wir müssen ihn da raufholen, können ihn doch nicht seinem Schicksal überlassen. Es muss wer zu ihm runter und ihn sichern. Habt ihr keine Seile dabei?" Die Frage richtete sich an PHK Schrobenhauser. Der schüttelte den Kopf. „Seile führen wir mit, aber keine so langen, wie wir hier bräuchten. Unsere sind nur maximal zwanzig Meter lang. Und vom Gipfelkreuz, wo wir sie festmachen können, bis zur Felskante sind es schon mindestens zwanzig Meter. Keine Chance."

„Dann muss der Hubschrauber her", rief Christian und nahm Kontakt mit dem Piloten auf.

„Wo seid ihr denn gerade? Ich kann euch nicht hören."

„Wir müssen Sprit sparen und haben uns daher entschlossen, bei der Hütte Gallingers zu landen und dort auf weitere Aufträge zu warten."

„Den bekommen Sie jetzt. Kommen Sie unverzüglich rauf. Ein Kollege ist in Not und muss aus der Felswand gerettet werden."

Christian schilderte die Lage. Unverzüglich leitete Nico Wildner den Startvorgang ein. Es dauerte nur ein paar Sekunden, dann hob der Hubschrauber ab. Drei Minuten später kreiste er bereits um den Gipfel, verschaffte sich einen Überblick. Patrick Berz nickte nur und die beiden wussten, was zu tun war.

„Wir holen ihn da raus, benötigen dazu jedoch jemanden von euch an Bord, der uns unterstützt."

Christian blickte Joschi an, der sofort abwinkte. „Ich hab heute schon einen Gratisflug hinter mir." Kurt überlegte nicht lange und sagte, dass er es mache.

Der Hubschrauber ging in der Nähe des Gipfelkreuzes nieder, ohne zu landen. Patrick Berz ergriff den ausgestreckten Arm Kurts und zog ihn rein. Nico Wildner steuerte augenblicklich den Hubschrauber über die Rinne, in der Maxi auf Rettung wartete, während Patrick Berz Kurt den Helm mit der Sprechverbindung aufsetzte und instruierte, wie sie vorgehen wollten. Nico steuerte derweilen den Hubschrauber genau über Maxi, hielt die Maschine zehn Meter über ihm in der Luft. Dann wurde die Abseilwinde ausgefahren.

Kurt saß gesichert und mit der Fernbedienung in der Hand an der offenen Tür. Patrick Berz hackte sich an der Abseilwinde ein, deutete mit erhobenem Zeigefinger an, dass er bereit sei. Kurt drückte den Knopf und in drehenden Bewegungen näherte sich Patrick Maxi, der zum Schutz gegen den von den Rotoren erzeugten Luftdruck mit gesenktem Kopf nach unten starrte.

„Stopp", rief Patrick und Kurt nahm den Finger von der Taste. „Nico, du musst etwa dreißig Zentimeter weiter von der Wand weg. Ansonsten lande ich genau auf seinem Kopf." Zentimetergenau kam Nico der Aufforderung nach.

„Okay Kurt. Jetzt musst du mich noch zwei Meter runter lassen, dann hab ich ihn."

Langsam ließ Kurt Patrick hinab, bis erneut das Stopp erklang. Genau hinter Maxis Rücken kam er zum Stillstand. Mit einem Handgriff klickte er den Sicherungskarabiner an Maxis Klettergurt ein.

„Hallo Maxi. Ich heiße Patrick und hol dich hier raus", schrie er ihm ins Ohr, um den Lärm der Rotoren zu übertönen. „Ich hab dich gesichert, du kannst also nicht mehr abstürzen. Bevor wir aber nach oben starten, muss ich dich vor dem Umkippen sichern. Nicht dass du mit dem Kopf gegen den Felsen knallst. Hast du das verstanden?"

Maxi nickte heftig mit dem Kopf, traute der Sache aber noch nicht. Seine Finger krallten sich nach wie vor in den Felsen.

Patrick schob seine Arme unter den Achseln Maxis durch, verschränkte sie vor der Brust.

„So Maxi. Jetzt hab ich dich unter Kontrolle. Du musst jetzt nur noch deine Arme, so wie ich, vor der Brust verschränken und auf meine Arme legen. Dann können wir rauf."

Zögernd löste er erst eine Hand, dann mit etwas Abstand auch die zweite.

„So Kurt. Beam uns rauf!"

Kurt hatte schon gebannt auf das Kommando gewartet und holte sie nach oben. Nico Wildner, der die Rettungsaktion über Video auf seinen Monitor verfolgen konnte, zog den Hubschrauber zusätzlich nach oben und dirigierte die Maschine in Richtung Gipfelkreuz. Kaum spürte Maxi wieder Boden unter den Füßen, löste Patrick seinen Griff und entfernte den Sicherungshacken. Kurt sprang ebenfalls aus dem Hubschrauber und führte den am ganzen Körper zitternden Maxi zur Seite. Dort ließ er sich zu Boden fallen. Tami kam sofort hinzu, nahm den weinenden Jungen in die Arme. Als Christian und Joschi sich näherten, forderte sie die beiden mit einer Handbewegung auf, Abstand zu halten. Nach diesem Schock brauchte Maxi einige Minuten für sich, um sich wieder zu fassen. Dass es ihm nicht gut ging, konnte man deutlich sehen und nachvollziehen. Jetzt Fragen zu stellen, wie es ihm gehe, war unnötig.

„So. Jetzt hab ich die Nase voll", schrie Christian und rief PHK Schrobenhauser zu sich. „Wir räuchern ihn jetzt aus. Ich warte nicht, bis tatsächlich jemand zu Tode kommt. Dem ist alles zuzutrauen. Der hat mittlerweile keinen Respekt mehr vor dem Leben anderer. Wenn er sich selber umbringen will, dann nur zu. Ich will auf jeden Fall heute Nacht wieder in meinem Bett schlafen."

„In Ordnung", antwortete PHK Schrobenhauser mit einem zufriedenen Lächeln. Endlich ging es los. „Dann übernehme ich ab jetzt die Einsatzleitung."

Christian nickte zustimmend. Das, was jetzt folgte, war was für Spezialkräfte.

„Als Erstes lass ich zwei meiner Scharfschützen vom Hubschrauber auf dem Höhenzug seitlich des Gipfels absetzen. Von dort aus haben sie die Höhle im Blickfeld. Sobald sich der Gallinger blicken lässt, werden wir ihn mit ein paar gezielten Schüssen in sein Loch zurücktreiben. Mit der Außenbordkamera des Hubschraubers sollen dann Aufnahmen vom Bereich rund um die Höhle gemacht werden, damit wir beim Zugriff keine unliebsamen Überraschungen erleben. Nachdem wir die Aufnahmen ausgewertet haben, seilen sich zwei meiner Leute mit Maschinenpistolen links und rechts vom Höhleneingang ab und werfen Rauchgranaten in das Innere. Wenn der beißende Rauch den Gallinger schließlich herauszwingt, packen wir zu, fesseln ihn und lassen ihn vom Hubschrauber nach oben bringen."

PHK Schrobenhauser erzählte dies so, als sei es das Leichteste der Welt, einen schwerbewaffneten und zu allem fähigen Verbrecher zu überwältigen. Hoffentlich täuscht er sich da nicht, sinnierte Christian. Er musste jedoch dem Plan zustimmen, weitere Möglichkeiten sah er nicht. Als PHK Schrobenhauser seine Leute zu sich holte und ihnen die Aufträge zuwies, setzte sich Christian zu den anderen neben das Gipfelkreuz. Nachdenklich blickte er in die Ferne.

„Was ist?", fragte Kurt. „Hast du Bedenken?"

„Ja. Nicht nur Bedenken. Ich habe tierische Angst. Ich fühle, dass es nicht so ablaufen wird, wie wir es uns vorstellen."

49.

Christian beobachtete die Kollegen des SEK, wie sie sich, ohne in Hektik zu verfallen, auf ihren Einsatz vorbereiteten. Sie setzten sich die kugelsicheren Helme auf, zogen die ballistischen Schutzwesten an, dann wurden die dunklen Spezialbrillen aufgesetzt und die schnittsicheren Handschuhe angezogen. Zum Schluss prüfte jeder bei seinem Nebenmann, dass alles korrekt saß und die Klettverschlüsse hielten.

Nico Wildner hatte mittlerweile den Hubschrauber über der Abbruchkante der Felswand positioniert. Mit der Bordkamera schoß Patrick Berz ein Foto nach dem anderen, die sofort auf dem Laptop von PHK Schrobenhauser erschienen. Der dirigierte den Piloten so, dass er nach zwei Minuten jede Ritze im Gestein und jede noch so kleine Spalte kannte.

„Okay. Jetzt bräuchte ich noch Bilder vom Eingang der Höhle und wenn möglich, auch noch die eine oder andere Aufnahme vom Inneren. Ist das machbar?"

„Natürlich!", antwortete Nico. „Aber erst, wenn wir die zwei Scharfschützen am gegenüberliegenden Bergrücken abgesetzt haben, die uns sichern können."

Die beiden Beamten, die dafür vorgesehen waren, standen bereits parat. Der Hubschrauber ging bei ihnen nieder und sie sprangen hinein. Fünf Minuten dauerte es, dann hatte Nico die beiden an Stellen abgesetzt, an denen sie Deckung fanden und den Eingang der Höhle im Blickfeld hatten. Sofort richteten sie sich auf dem Boden liegend ein und nahmen die Höhle ins Visier.

Langsam näherte sich der Hubschrauber dann der Höhle. Die Kamera schoss ein Bild nach dem anderen. Dann meldete sich PHK Schrobenhauser.

„Den Bereich hinter dem Eingang kann man leider nicht erkennen. Zu dunkel. Wir müssen aber wissen, in welche Richtung sie sich erstreckt, damit wir die Rauchbomben richtig platzieren können."

„Kein Problem. Dann leuchten wir den Eingangsbereich aus."

Christian und seine Kollegen hielten sich schützend die Hände vor die Augen, als sie in das grelle Licht des Strahlers unter dem Rumpf des Hubschraubers schauten.

Langsam richtete ihn Patrick Berz auf die Höhle aus und Nico Wildner näherte sich Meter für Meter dem Eingang. Mehrmals wechselte er den Winkel, bis klar wurde, dass sich die Höhle nach rechts zog. Gerade wollte PHK Schrobenhauser mitteilen, dass der Einsatz abgebrochen werden könne, da ertönte ein Schuss und der Scheinwerfer unter dem Hubschrauber erlösche von einer Sekunde auf die andere.

Nach einer Schrecksekunde zog Nico die Maschine in einer steilen Kurve nach oben, aus dem Schussfeld von Gallinger. Gleichzeitig eröffneten die beiden Scharfschützen das Feuer.

„Verdammt. Das Arschloch hat auf uns geschossen", rief Patrick ins

Funkgerät.

„Ist ihnen was passiert?", fragte Christian nach.

„Nein. Uns nicht. Wir müssen aber unverzüglich landen, um zu checken, ob die Maschine beschädigt wurde. Die Warnanzeigen haben Gott sei dank bisher noch nicht aufgeleuchtet. Aber sicher ist sicher."

Gallinger lag im hinteren Bereich der Höhle auf dem Bauch, hatte das Gewehr auf den Eingang gerichtet und in dem Moment, als die Lichtquelle genau vor der Öffnung auftauchte und ihn blendete, abgedrückt. Aufgrund des grellen Lichts musste er die Augen schließen, als er sie wieder öffnete, war es erneut dunkel um ihn herum und vom Hubschrauber nichts zu sehen.

In diesem Moment klatschten die Schüsse der Scharfschützen hinter ihm in die Felswand. Ein Querschläger streifte seinen Oberschenkel.

Augenblicklich krabbelte er aus der Gefahrenzone. Erst jetzt erkannte er den Riss in der Hose. Mit dem Zeigefinger fuhr er darüber, als er ihn vor die Augen hielt, erkannte er Blut darauf.

„Ihr Dreckschweine. Das habt ihr nicht umsonst gemacht", schrie er voller Wut hinaus. Er war schon versucht, aufzuspringen und zurückzuschießen. In letzter Sekunde hielt er sich zurück. In vier Stunden setzte die Dämmerung ein, dann würden sie nichts mehr unternehmen können. So lange musste er noch aushalten, dann konnte er im Schutz der Dunkelheit seine Flucht fortsetzen. Wenn sie dies morgen Früh entdeckten, befand er sich hoffentlich schon weit entfernt in Sicherheit.

Während seine Wut langsam verrauchte und er einen Happen zu sich nahm, liefen oben die letzten Vorbereitungen für seine Festnahme.

Zwei SEK-Beamte standen im seitlichen Abstand von drei Metern mit dem Rücken zum Abgrund an der Kante, gesichert mit einem Seil, das am Gipfelkreuz befestigt worden war. Über ihre Brust baumelte eine Maschinenpistole, entsichert und durchgeladen. Am Gürtel hatten sie Rauchbomben befestigt. Ein letzter Verständigungstest über Funk, dann gab PHK Schrobenhauser das Zeichen für den Zugriff.

50.

Möglichst leise, bemüht, keine Geräusche zu verursachen, die sie vorzeitig verraten könnten, kletterten sie die Felswand hinab. Zeitgleich erreichten sie den Eingang der Höhle. Einer nahm die Maschinenpistole zur Hand und richtete den Lauf in Richtung Höhleneingang, während der zweite eine Rauchbombe aus dem Gürtel holte, den Sicherungsstift abzog und hineinwarf. Ein dumpfer Knall folgte. Fünf Sekunden später wurde eine weitere hineingeworfen.

Es dauerte ein paar Sekunden, dann quoll aus der Höhle dunkelgrauer Rauch, gefolgt von Husten und lautstarken Beleidigungen. Im Inneren der Höhle breiteten sich die Rauchschwaden aus und hatten mittlerweile die Höhle bis unter die Decke gefüllt. Gallinger bekam kaum mehr Luft und mit jedem Atemzug atmete er nur mehr Rauch ein. Der Qualm reizte seine Augen, Tränen rannen unkontrolliert über die Wangen. Je mehr er rieb, desto mehr brannten die Augen. Er war nahezu blind. Mit letzter Kraft kroch er vor zum Eingang, sog auf dem Bauch liegend gierig die frische Luft ein.

„Stehen Sie auf und heben die Hände über den Kopf", wurde er angeschrien.

Er regte sich jedoch nicht. In seinem Kopf arbeitete es. Tausend Gedanken auf einmal kamen, und vergingen ebenso schnell wieder. Er hatte verloren, musste er sich schmerzlich eingestehen. Er hatte die Bullen unterschätzt. Sie hatten ihn doch noch zu fassen bekommen. Abrupt zu Ende der Traum von einem neuen Leben in Freiheit, einem Neuanfang in Kanada.

Schließlich erhob er sich langsam, blieb in dem engen Durchgang zur Höhle stehen, lehnte sich mit dem Rücken gegen den Fels und wischte sich mit dem Handrücken die Tränen aus den Augen. Mit Mühe gelang es ihm, die verklebten Augenlider zu öffnen, konnte jedoch nur Konturen wahrnehmen. Aber das, was er zu sehen bekam, ließ ihn einen verhängnisvollen Entschluss fassen.

„Ist gut. Ich geb auf", raunte er den beiden zu. Dann hob er die linke Hand über den Kopf, die rechte langte nach hinten. Im Hosenbund steckten die Pistolen der Kripobeamten, die er ihnen in der Nacht abgenommen hatte.

„Die andere Hand auch über den Kopf", schrie ihn der links von ihm befindliche Polizist an. Michael wendete den Kopf in dessen Richtung, erkannte, dass der mit den Beinen gegen die Felsmauer gestemmt fast waagerecht am Seil hing und eine Maschinenpistole auf ihn richtete. Der andere versuchte soeben, sich ihm zu nähern, stand bereits mit einem Bein in der Öffnung, in der Hand hielt er Handschellen.

Widerstand war zwecklos. Von Gallinger ging keine Gefahr mehr aus, dachten die zwei Polizisten in dieser Sekunde, denn er war fast blind und das Gewehr hielt er auch nicht in der Hand. Plötzlich und nicht vorhersehbar riss Michael die Pistole aus dem Hosenbund, drückte die Griffsicherung und feuerte auf den Polizisten mit der Maschinenpistole. Das ganze Magazin leerte er, dann spürte er einen harten Schlag gegen sein Bein.

Der gegenüberliegende Scharfschütze hatte alles durch sein Zielfernrohr beobachten können. Für ihn schaute es so aus, als ob die Festnahme problemlos über die Bühne gehen sollte. Seine Anspannung ließ daher schlagartig nach.

In dem Moment, in dem er die Augen vom Zielfernrohr entfernte und den Kopf anhob, ertönte plötzlich eine schnell aufeinanderfolgende Serie von Schüssen. Augenblicklich visierte er Gallinger erneut an, zielte auf dessen Beine und drückte kurz hintereinander drei Mal ab.

Durch das Okular blickend erkannte er, dass er getroffen hatte. Gallingers Körper wurde gegen die Felswand geschleudert, dann fiel er nach vorne auf die Knie. So verharrte er einige Sekundenbruchteile, um dann langsam, wie in Zeitlupe, den Oberkörper zur Seite zu drehen. Den Mittelfinger der rechten Hand in die Höhe gestreckt, ließ er sich mit einem gequälten Lächeln über den Rand in den Abgrund fallen.

51.

Markus Reisinger war mittlerweile ins Krankenhaus nach Tiefenbach verlegt worden. In jeder freien Minute saß Helena an seinem Bett, fütterte ihn wie ein kleines Kind, weil der linke Arm in einer Schiene fixiert war. Gestern hatte ihm der behandelnde Arzt Hoffnung gemacht, dass er in wenigen Tagen nach Hause entlassen werden könne, aber nur, wenn er eine Pflegekraft habe.

„Natürlich ...", rief Helena und grinste über das ganze Gesicht. „Wenn es sein muss, dann wische ich ihm auch den Ar..."

„Um Gottes willen", unterbrach sie der Arzt. „So genau wollte ich es gar nicht wissen."

Markus konnte es seit geraumer Zeit kaum mehr erwarten, dass sich die Tür öffnete und das strahlende Gesicht Helenas hereinschaute. Schon seit dem ersten Tag im Unfallkrankenhaus in Salzburg war sie jeden Tag nach Dienstende gekommen und bis zur Schlafenszeit geblieben.

„Hallihallo", begrüßte sie Markus jeden Tag aufs Neue, umarmte ihn dann behutsam, küsste ihn dafür umso intensiver. Beide hatten sich ineinander verliebt. Das konnte man deutlich sehen, musste man nicht erst sagen.

„Ihre Anwesenheit tut ihm gut", meinte der Arzt nach ein paar Tagen. „Das verhindert, dass er schwermütig wird. Viele Patienten entlassen wir, obwohl sie körperlich geheilt, jedoch psychisch dafür schwer angeschlagen sind. Ich denke, dass wir bei Markus keine psychologische Nachbehandlung einleiten müssen."

Eines Tages klopfte es zaghaft an der Tür.

„Ja!", rief Markus überrascht. Er erwartete eigentlich gar keinen Besuch und Helena klopfte nie an. Behutsam wurde die Tür geöffnet, dann erschien ein etwa vierjähriger Junge, bekleidet mit einer Lederhose, Trachtenhemd und Walkjanker. In den Händen hielt er eine Erdbeertorte in Herzform. Ohne Markus anzuschauen, balancierte er die Torte in Richtung Bett. Dahinter erschien eine hübsche junge dunkelhaarige Frau mit einem Blumenstrauß in der Hand. Verlegen fragte sie, ob sie rein dürfen.

„Natürlich", antwortete er und grinste über das ganze Gesicht. Er ahnte, wer ihn besuchte. Zusammen mit dem Jungen stellte er die Torte auf das Nachtkästchen. „Die hat meine Mama für dich gebacken. Magst du Sahne?" Bevor Markus antworten konnte, hatte der Junge einen Finger in die Sahne eingetaucht und hob ihn nun vor Markus Gesicht. Als Markus die Sahne abschlecken wollte und sich nach vorne beugte, zog der Junge den Finger rasch zurück und schleckte sie selber ab. Dabei grinste er Markus so spitzbübisch an, dass alle mitlachen mussten.

„Linus!", rief die Frau und zog ihn vom Bett weg.

„Aber lassen Sie ihn doch. Ich muss ja ohnehin noch gefüttert werden. Und ob mit einer Gabel oder einem Finger, das ist doch egal."

Linus kletterte auf das Bett und fragte Markus, ob es noch weh tue. Dabei zeigte er auf seine Schulter. „Nein, nur wenn ich lachen muss."

„Entschuldigung, dass wir uns noch nicht vorgestellt haben und Sie einfach so überfallen. Ich bin Frau Höhensteiger, das ist mein Sohn Linus."

„Und draußen wartet Papa", fügte Linus hinzu. „Der traut sich nicht rein."

„Und warum nicht?", fragte Markus.

„Weil er dir wehgetan hat und jetzt Angst hat, dass du ihn schimpfst."

„Nein. Ich schimpf ihn nicht. Versprochen."

„Darf ich ihn reinholen?"

„Natürlich. Aber ... nur wenn er keinen Stein dabei hat."

Ende

Zitate zur Handlung:

Wer wünscht, dass man ihn fürchtet,

erreicht nur, dass man ihn hasst!

Je höher die Stellung des Vorgesetzten,

desto mehr Fehler darf er machen.

Und wenn er nur noch Fehler macht,

dann ist das sein Stil.

Wer seine Pflicht erfüllt, hat Charakter,

wer nur seine Pflicht erfüllt, hat keinen.

Gesetze dienen zur Durchsetzung des Rechts,

aber nicht der Gerechtigkeit.

Roman von Helmut Franz Weber

Die Marionetten der Macht

Countdown zum 3. Weltkrieg

ISBN Buch:	9783740734152
ISBN E-Book:	9783740738150
Buch:	18,90 EUR
E-Book:	7,99 EUR
Gesamtseitenzahl:	440 Seiten

Eine lästige Pflichtveranstaltung für die deutsche Kanzlerin. So scheint es zumindest. Sie soll anlässlich des Bundesdelegiertentags der Jungen Union in Inzell eine Rede halten. Doch trotz aller Sicherheitsvorkehrungen ereignet sich dort das Unglaubliche. Die Kanzlerin wird entführt. Es gibt aber kein Bekennerschreiben, so dass man weder über das Motiv des Täters noch über ihn selbst etwas in Erfahrung bringen kann. Schnell entwickelt sich der Verdacht, dass fremde Geheimdienste oder globale Organisationen hinter dem Verbrechen stecken. Die deutsche Kanzlerin gehört zu den bedeutendsten Politikern der Welt. War sie einer Geheimorganisation im Weg und soll durch eine der Organisation genehme Person ersetzt werden? Oder will man in Deutschland nur ein Machtvakuum erzeugen, um die momentane Regierungs- und Handlungsunfähigkeit Deutschlands für eigene Zwecke auszunutzen?

Das BKA, das die Ermittlungen übertragen bekommt, forscht in alle Richtungen. Schon bald erkennen die Ermittler, dass ausländische Geheimdienste, aber auch deutsche Politiker, die Ermittlungen manipulieren. Iris Fath, die Chefermittlerin, muss sich mit den Lügengeschichten und gefälschten Beweisen auseinandersetzen. Diese Lügen werden von den Medien weltweit verbreitet. Die Bürger und Politiker werden gezielt auf eine falsche Fährte geführt. All dies dient einem bestimmten Zweck. Nur welchem und wer steckt dahinter?

Als Iris Fath das Lügenkonstrukt durchschaut und erkennt, dass sie Teil dieses Plans ist, steuert die Welt bereits auf eine Katastrophe zu.

MOMENTAUFNAHMEN

Kurioses, Lustiges aber auch
Nachdenkliches aus dem
Leben eines Polizisten

Helmut Franz Weber

ISBN Buch: 9783740726584

ISBN E-Book: 9783740741976

Buch: 18,99 EUR

E-Book: 9,99 EUR

Gesamtseitenzahl: 498 Seiten

Warum habe ich dieses Buch geschrieben? Bis zur Pensionierung hätte ich nie daran gedacht, mein Leben in einem Buch niederzuschreiben. Das änderte sich, nachdem ich mich bei Treffen mit ehemaligen Kollegen über unsere gemeinsame Zeit bei der Polizei unterhielt. Weißt Du noch ...? Kannst Du dich noch an den oder die erinnern ...? Was ist wohl aus der oder dem geworden ...? Lange und unterhaltsame Gespräche folgten. Oft mit nachdenklichem Effekt, die meisten jedoch lustig.

„Du schreibst doch gerne", hieß es dann oft. „Bring doch all die Geschichten und Erlebnisse mal zu Papier. Schreib ein Buch. Viele Menschen ahnen doch gar nicht, was wir so alles im Dienst erleben, mit was für Problemen und Aufgaben wir uns tagtäglich befassen müssen."

Ich fing daraufhin an, in meiner Erinnerung zu kramen und mir Notizen zu machen. Schon bald füllte sich mein Notizbüchlein und „Stoff" für mehrere hundert Seiten sammelte sich an.

In dieser Zeit des Nachdenkens starb meine Mutter. Sie hatte uns immer wieder mit zum Teil urkomischen Geschichten aus ihrem Leben, vor allem aber auch mit traurigen Geschehnissen aus der Kriegszeit, unterhalten. Dann wurde sie aus unserer Mitte gerissen und mit ihr alle ihre Erinnerungen.

Ihr Tod war schließlich für mich der Impuls, mein privates Leben sowie die im Polizei- und Kriminaldienst erlebten Geschichten in einem Buch niederzuschreiben und somit meiner Familie und all denen, die sich für den Polizeiberuf in all seinen Facetten interessieren, zu erhalten. Ich hoffe, dass es mir gelungen ist, ein kurzweiliges und unterhaltsames Buch geschaffen zu haben.

ISBN Buch:	13 3954930943
ISBN E-Book:	10 9783954930944
Seitenzahl:	453 Seiten
Preis:	18,90 €

Abdesalam Echafari, ein 21-jähriger Marokkaner, wird 2001 nach den Anschlägen auf die Zwillingstürme in New York unschuldig unter Terrorverdacht gestellt und nach Guantánamo gebracht. In seiner Verzweiflung wendet er sich während der jahrelangen Gefangenschaft mehr und mehr dem Koran zu und hat nach seiner Freilassung nur noch einen Wunsch: Rache an den Ungläubigen.

Zurück in Marokko schließt er sich einer salafistischen Terrorgruppe an, deren Ziel die weltweite Verbreitung des Islams ist. Man schickt ihn als Schläfer nach Deutschland.

In Traunstein baut er sich eine bürgerliche Existenz auf, heiratet eine Katholikin und gibt vor, völlig unreligiös zu sein. Alles nur zum Schein.

Dann kommt endlich der Tag, auf den er jahrelang gewartet hat. Er soll den bis dahin schlimmsten Terroranschlag verüben, bei dem Zehntausende von Menschen sterben sollen.

Doch die Jahre, die er unter den Christen lebte, haben Spuren hinterlassen. Er ist mittlerweile nicht mehr der hasserfüllte Islamist. Doch er kann nicht mehr aus. Wenn er jetzt abspringt, dann ist nicht nur sein Leben in Gefahr, sondern auch das seiner Frau. Der Tag des Anschlags rückt immer näher. Man stellt ihm einen Gehilfen zur Seite, der jedoch nur ein Aufpasser ist. Offensichtlich vertraut man ihm nicht mehr.

Er weiß, dass, wenn er den Anschlag nicht ausführt, dies ein anderer erledigt. Verhindern lässt er sich nicht mehr. In seiner Verzweiflung trifft er eine lebensgefährliche Entscheidung.

Kann er sein Leben und das seiner Frau retten und auch den Anschlag noch verhindern?